남쪽으로 튀어!

Southbound

1

오쿠다 히데오 奧田英朗

일본문학 독자들로부터 절대적 지지를 받고 있는 대표적인 작가. 1959년에 기후에서 태어났다. 기획자, 잡지 편집자, 카피라이터, 구성작가 등으로 일하며 다양한 경험을 쌓은 그는 1997년 소설가로 데뷔했다. 2002년 《인 더 풀》로 나오키상 후보에 올랐으며, 같은 '이라부'를 주인공으로 한 《공중그네》로 제131회 나오키상을 수상했다. 그 외 대표작으로는 제43회 요시카와에이지 문학상을 수상한 《올림픽의 몸값》을 비롯해 《면장 선거》《스무 살, 도쿄》《꿈의 도시》《나오미와 가나코》《시골에서 로큰롤》 등이 있다.

옮긴이 양윤옥

일본문학 전문번역가. 2005년 히라노 게이치로의 《일식》 번역으로 일본 고단샤가 수여하는 노마 문예번역상을 수상했다. 사쿠라기 시노의 《호텔 로열》《굽이치는 달》, 무라카미 하루키의 《1Q84》《여자 없는 남자들》, 히가시노 게이고의 《악의》《나미야 잡화점의 기적》, 오쿠다 히데오의 《올림픽의 몸값》《꿈의 도시》 등 다수의 작품을 우리말로 옮겼다.

SOUTHBOUND

© Hideo OKUDA 2014
All rights reserved.
Original Japanese edition published by KODANSHA LTD.
Korean translation rights arranged with KODANSHA LTD.
through Shinwon Agency Co.

이 책의 한국어판 저작권은 신원에이전시를 통한 KODANSHA LTD와의 독점 계약으로 (주)은행나무출판사가 소유합니다.
저작권법에 의해 한국 내에서 보호를 받는 저작물이므로 무단전재와 무단복제를 금합니다.

남쪽으로 튀어!

Southbound

오쿠다 히데오
장편소설
양윤옥 옮김

1

은행나무

Southbound

1

나카노(中野) 브로드웨이 빌딩은 우에하라 지로(上原二郎)가 학교에서 돌아오는 길에 으레 한 차례씩 들르는 곳이었다.

4층짜리 빌딩인데 장난감 가게며 헌책방, 게임 센터와 레스토랑, 중국집, 일식집들이 잡다하게 들어차 있었다. 대부분이 작은 개인 상점이고, 일 년 내내 잔칫날처럼 북적거렸다.

담임인 미나미(南) 선생님은 "학교에서 정해준 통학로로 다녀야 해"라고 틈날 때마다 타일렀지만, 고학년 남학생들은 그런 빤한 규칙 따위는 거의 지키지 않았다. 나카노 선플라자 상점가를 목을 빼고 쳐다만 보며 지나가는 건 시골에서 전학 온 아이들뿐이었다. 지로도 5학년이 된 다음부터는 줄곧 브로드웨이 빌딩을 한바탕 훑는 게 하교 때의 습관이었다.

에스컬레이터를 타고 3층으로 올라가 우선 만화 전문 헌책방부터 들렀다. 통로 쪽으로 '전부 100엔!' 책장이 줄줄이 늘어섰고, 마냥 공짜로 읽고 있어도 나무라는 사람이 없었다. 가게 안은 그 방면의 골수들이 우글거렸고, 왠지 시큼한 냄새가 가득했다. 하지만 통로 쪽은 바람도 잘 통하고 아예 바닥에 자리를 잡고 앉아도 통행에 그다지 방해가 되지 않았다.

우선 배낭부터 벗어서 다리 사이에 끼웠다. 멜빵가방은 졸업한 지 오래였다. 같은 반 친구들 대부분이 일반 토트백이나 배낭을 사용했다.

책장을 눈으로 훑으며 《내일의 조》(일본 스포츠 만화의 거장 지바 데쓰야의 대표작. 1968년부터 1973년까지 《소년 매거진》에 연재되어 선풍적인 인기를 끌었다. 한국에는 '허리케인 조'라는 제목으로 소개되었다 - 역주)를 찾았다. 오래 전 만화지만 1권부터 읽기 시작해서 금세 마니아가 되었다. 1960년대 끝 무렵의 도쿄가 무대인데 등장인물들이 유난히 밥을 맛있게 먹는 게 특히 인상적이었다. 만화를 읽는 지로까지 흰쌀밥을 한번 배부르게 먹어보고 싶을 정도였다.

"야, 7권 찾았어!"

준(淳)이 책장에 팔을 내밀며 말했다. 구스다 준(楠田淳)은 항상 함께 다니는 같은 반 친구다. 아버지가 세탁소를 하는데 '장래 하고 싶은 직업'이라는 제목의 글쓰기에 '세탁소'라고 단정하게 써냈던 열한 살짜리 소년이다. 벌써 고추에 털이 수북한 무카이(向井)의 말에 의하면 '그 녀석은 저희 부모의 판박이'란다.

"난 9권 찾았어!"

"그럼 8권만 찾으면 되는데."

'전부 100엔!' 책장은 팔다 남은 것들만 진열하기 때문인지 시리즈마다 이가 빠져 있었다. 지금까지도 순서대로 맞춰서 읽은 건 아니었다. 조와 리키이시가 만나는 편은 빼먹은 채 내내 읽지 못했다.

빈자리를 찾아 앉았다. 순식간에 만화에 빠져들었다. 삼륜 트럭, 게타(일본의 굽 달린 나막신 – 역주)를 신은 소녀……. 낯선 풍속들이 차례차례 등장했다. 아무래도 60년대는 무지하게 재미있었던 것 같다.

이따금 사람들이 지로의 등을 툭 치고 지나갔다. 통로에 앉아 있는 지로도 문제지만, 골수들은 사람을 치고서도 미안하다는 말도 하지 않았다. 고등학생인 것 같지는 않으니까 분명 어른들이다. 모두들 가방을 메고 무표정하게 만화책을 물색하고 있었다.

"어라? 지로, 준! 집에 안 가고 딴 짓 하고 있네?"

그 소리에 돌아보니 같은 반의 삿사와 핫세였다.

"시끄러워. 저리 가." 지로가 손을 까불어 쫓아냈다.

"선생님한테 이른다." 삿사, 즉 사사키 가오리(佐々木かおり)가 턱을 내밀며 얄밉게 말했다. "지로하고 준이 통학로 안 지켰다고."

"너희도 지나가면서, 뭘?"

"우리는 일단 집에 갔었네요. 지금 선플라자 수영교실에 가는 길이라구." 이번에는 핫세, 즉 하세가와 노리코(長谷川紀子)가 스포츠 가방을 눈앞에 대고 흔들었다.

6학년에 올라온 뒤부터 유난히 여학생들이 시비를 걸어왔다. 두세 명이 떼를 지어 다가와서는 몸을 비비 꼬며 남학생들 하는 일에 사사건건 참견을 하는 것이다.

"선생님한테 이르면 내일 너희 급식에 나프탈렌 넣을 줄 알아!"

준이 날카로운 소리를 내질렀다. 여자애들은 콧등을 찌푸리며 "바보!" "메롱!" 하고는 뛰어가 버렸다.

다시 만화의 세계로 돌아왔다. 준과 책을 바꾸어, 리키이시가 체중 감량으로 점점 여위어가는 대목을 읽었다. 사실 그 뒤의 내용은 이미 알고 있었다. 준이 "우리 아버지가 알려줬어"라면서 결말을 죄다 불어버렸기 때문이다. 그래도 설마하니 만화에서 주인공의 라이벌을 죽게 할까? 지로는 반신반의했다.

한 시간쯤 뭉그적거리다 자리를 털고 일어섰다. 그 다음 권은 내일의 즐거움으로 남겨두었다. 만화도 도저히 한꺼번에 다 읽을 수 없을 때는 의외로 딱 자르고 일어나기가 쉬운 법이다.

장난감 가게에서 중고 게임소프트를 대충 살펴보고, 스포츠 용품점에서는 갖고 싶은 축구화를 구경했다. 나카노 브로드웨이에서 심심해 할 초등학생은 없었다.

계단으로 나가다가 게임 센터 앞에서 낯익은 얼굴을 만났다. 6학년 4반 구로키(黑木)였다. 머리를 염색한 중학생들과 어울리고 있었다. 구로키는 험악한 눈으로 지로를 흘끔 쏘아보더니 그 중학생들과 유난히 친한 척 지껄이기 시작했다. 자신이 중학생들과 사이가 좋다는 것을 과시하려는 것 같았다. 요란한 전자음과 광선이 구로키 일행을 휘감고 있었다.

"구로키 녀석, 질이 영 안 좋아." 계단을 내려가며 준이 내뱉듯이 말했다. "가끔 하급생들한테서 돈도 빼앗는대."

"그래?" 지로는 애매하게 대꾸했다.

구로키는 3, 4학년 때 같은 반이었다. 부모가 이혼을 해서 어머니와 단둘이 서민 아파트에서 살았다. 딱 한 번 그 집에 놀러 간 적이 있었다. 유난히 화장이 짙은 아줌마가 나오더니 샐샐 웃었다. 구로키네 어머니가 호스티스라는 건 초등학생이라도 금세 알 수 있었다.

빌딩 밖으로 나와 골목길로 접어들었다. 소형 자동차도 들어가기 힘든, 말 그대로 골목길이고 온통 눅눅하게 습기 찬 곳이었다. 길 가장자리 콘크리트에 이끼가 잔뜩 낀 걸 보면 분명 몇 년 동안 햇볕이 들지 않았을 것이다.

골목길 한 귀퉁이에 일 년 내내 '오늘은 대박 세일!'이라는 빨간 깃발을 세워두는 정육점에서 크로켓을 샀다. 일주일에 두 번은 사 먹었다.

"옜다, 한 개에 80만 엔이다."

머리가 희끗희끗하고 배에 복대를 두른 주인아저씨는 맨 처음 사러 갔을 때부터 지금까지 내내 똑같은 개그를 던졌다. 걸어가면서 먹을 줄 다 알기 때문에 종이로 대충 싸서 내주신다.

"얘들아, 소스는 바르지 마. 시골뜨기들이나 소스를 바르는 거야."

이것도 매번 똑같은 대사였다. 그러면서도 계산대 옆에는 항상 소스가 준비되어 있었다.

한입 베어 물면 감자와 양파의 달콤한 맛이 입 안 가득 퍼졌다. "후아! 맛있다, 맛있어." 준과 함께 감탄의 소리를 연발한다. 그 소리에 정육점 주인아저씨의 얼굴에 당장 웃음 주름이 쪼글쪼글 번졌다.

두 사람 옆을 자전거가 스쳐 갔다. 같은 반 친구 마미야(間宮)였다. 별명은 린조.

"야, 린조! 학원 가냐?" 지로가 소리쳤다.

"응!" 흘낏 돌아보며 린조가 대답했다. 새 마운틴 바이크는 멈추지 않고 그대로 골목길을 내달렸다.

6학년이 되면서 사립중학교에 진학하려는 입시 팀은 모두 학원에 다니기 시작했다. 한 반에 열 명 정도였다. 린조는 그중에서도 일등 입시생이었다. 의사 집안이라 압박이 꽤 센 모양이었다.

"너희는 학원 안 다니냐?"라는 정육점 아저씨.

"안 다녀요." 지로가 대답했다.

"저도요. 우리 집은 세탁소거든요."

기죽은 기색도 없이 준이 말했다.

"그렇지, 그렇지." 아저씨가 흐뭇한 듯 고개를 끄덕였다.

기름 묻은 손가락은 바지에 쓱쓱 닦았다. 그새 바지 길이가 깡똥해졌다. 셔츠도 빡빡하다. 4월에 키를 쟀을 때는 158센티미터였다. 어머니는 "이제 일 년만 지나면 엄마보다 더 크겠네"라며 눈이 부신 듯 지로를 바라보았다. 키 작은 준과는 꺽다리와 난쟁이 콤비였다.

다시 골목길을 걸었다. 손님 맞을 준비를 시작한 술집들 여기 저기서 닭 꼬치 굽는 맛있는 냄새가 풍겨왔다. 준과 만화 이야기를 했다.

"크로스 카운터라는 거, 팔이 짧으면 아무래도 불리하겠지?"

준이 지극히 당연한 질문을 입에 올렸다.

"《내일의 조》의 원작을 쓴 사람이 《거인의 별》도 썼대. 우리 아버지한테 들었어."

"《거인의 별》이 뭔데?"

"나도 잘 모르지만 아주 유명한 만화인가 봐."

상점가 끄트머리에 자리 잡은 '구스다 크리닝' 앞에서 준과 헤어졌다. 창문 너머로 러닝셔츠 차림의 아저씨가 보였다. 땀을 줄줄 흘리며 다리미질을 하고 있었다.

십 년 뒤에는 준도 똑같은 일을 할 것이다. 십 년 뒤란 정신이 멍해질 만큼 멀고먼 미래지만.

모퉁이를 돌아 골목길을 빠져나왔다. 이쯤에서 슬슬 인적이 뜸해지면서 역 앞 큰길의 소란이 문득 멀어진다. 하지만 철길 바로 옆이라서 전차 소리와 진동은 상당히 컸다. 오래된 맨션이 보인다. 그 1층에서 지로의 어머니가 찻집을 운영했다. 가게 이름은 '아가르타'. 무슨 뜻인지, 언젠가 한번 일러주었는데 너무 어려워서 다 잊어버렸다.

가게 문을 밀자 목제 문짝에 붙여놓은 종이 딸랑딸랑 울었다.

"다녀왔습니다." 손님이 있어서 조용조용하게 말했다.

"잘 다녀왔니?" 카운터에서 어머니가 웃는 얼굴을 내보였다.

어머니의 이름은 사쿠라. 올해 마흔두 살이다. 늘 머리를 뒤로 묶고 화장은 별로 하지 않았다. 준의 어머니가 "지로네 엄마는 참 젊어 보이셔"라고 하기에 그 말을 그대로 전해줬더니 하루 종일 기분이 좋아서 웃고 있었다.

평상복은 누나와 함께 입었다. 그래서 이따금 배꼽이 보일락 말락 하는 티셔츠를 입고 있기도 했다. 오늘은 알로하 셔츠였다.

카운터 안으로 들어가 냉장고에서 우유를 꺼내 마셨다. 콜라나 캔 커피는 우에하라 집안에서는 금지 품목이었다. 어릴 때부터 "저건 미국의 음모이며 독이다"라는 아버지의 가르침을 받았다.

"오빠, 수학 좀 가르쳐줘."

카운터 끝자리에 모모코(桃子)가 있었다. 초등학교 4학년인 여동생인데 학교에서 돌아오면 늘 그 자리에 앉아서 숙제를 했다.

"네가 해." 물론 거절했다. 모모코는 이해력이 형편없어서 가르쳐 주려면 속이 탄다.

"꼽꼽쟁이."

모모코가 낮게 말하고는 입을 뾰족하게 내밀었다.

"꼽꼽쟁이는 너지. 가정교사를 공짜로 쓰는 게 어딨어?" 속닥거리는 소리로 응수했다.

가게에서 오누이 간에 싸움을 했다가는 당장 쫓겨나기 때문에 소리를 죽이는 게 버릇이 되었다.

먼 곳에서 학교의 차임벨이 울었다. 도시 상점가의 하늘에 메아리치고 가게 안에까지 흘러들었다. 오후 5시를 알리는 소리였다.

"지로, 모모코, 이제 그만 집에 들어가거라." 어머니가 말했다.

집은 가게 바로 뒤의 단독주택이었다. 낡아빠진 목조 이층건물인데 집세가 10만 엔이라고 누나한테 들은 적이 있다.

어머니가 냄비를 건네주었다. 냄새로 보아 생선찌개였다. 데워서 저녁 반찬으로 먹는 것이다. 모모코에게 들려준 플라스틱 통은 감자샐러드였다. 가게가 한가한 틈을 타서 어머니는 식구들의 저녁거리를 준비했다. 8시에 가게 문을 닫고서야 어머니는 집에 돌아와 혼자 저녁을 먹었다.

가게를 나와 뒷길로 돌아 갔다. 전깃줄에 앉은 까마귀가 태평하게 울어댔다. 5월 들어 해가 길어져서 서쪽 하늘은 아직 저녁노을에 물들 준비도 하지 않고 있었다.

집 앞에 낯선 아주머니가 서있었다. 검은 가방을 들었다. 몇 차례나 현관문의 벨을 눌러댄다.

지로와 모모코의 기척을 알아차리고 아주머니가 돌아보았다. "너희, 이 집에 사는 애들이니?" 얼굴을 들여다보며 말한다. "그럼 우에하라 이치로(上原一郎) 씨라는 분이 너희 아버지구나?"

"아, 네." 일단 대답을 했다.

아버지의 이름은 이치로(一郎. 첫째라는 뜻 - 역주). 그 장남인 내 이름은 지로(二郎. 둘째라는 뜻 - 역주). 듣는 사람마다 "거, 좀 이상하다"라며 웃었다.

"아버지 좀 불러줄래? 아줌마가 아까부터 벨을 누르고 불러봐도 나오시지를 않아. 전깃불도 켜있고 소리도 들리는 걸 보면 분명 안에 계시는 거 같은데."

지로는 냄비를 가슴에 안고 현관 미닫이문을 열었다. 모모코도 뒤를 따랐다.

"전에도 다른 사람이 찾아왔었으니까 무슨 용건인지는 다 아실 거야." 등 뒤로 밝은 목소리가 쏟아졌다. "아줌마는 나카노 구청 국민연금과에서 나왔단다."

현관을 지나 복도로 올라갔다. 안쪽 부엌으로 들어서니 아버지가 식탁에 석간신문을 펼치고 앉아있었다. 굵직한 눈썹에 번쩍거리는 큼직한 눈, 붉은 기가 감도는 천연 곱슬머리. 한 번 보면 절대 잊히지 않는다는 게 아버지를 본 많은 사람들의 감상이었다.

"아버지, 손님 왔어." 지로가 말했다. 냄비는 가스 불에 올려놓았다.

"저이는 손님 아니야. 강매하러 온 장사꾼이지." 콧구멍을 후비고 있다.

"구청에서 나왔대."

"그럼 구청에서 온 장사꾼이로군."

그러고는 의자 위에서 책상다리를 한다. 신문 위에 팔꿈치를 짚고 이번에는 코털을 뽑았다.

"아버지는 멀리 여행을 떠나셨습니다. 무슨 남쪽 섬이랍니다.

바닷가 언덕바지에 집을 짓고 밭을 일구어 수확의 계절이 될 때쯤에 가족을 데리러 온다고 하셨습니다."

작문을 낭독하듯이 줄줄 말을 이어나간다.

"바깥의 아주머니한테 그렇게 얘기하고 와."

"우에하라 씨!" 아주머니의 커다란 목소리가 부엌까지 와 닿았다. 현관문 안으로 들어온 것 같았다.

"뭐야, 시끄럽게." 아버지의 목소리도 커졌다. 마치 들으라는 것 같다. "지로, 빨리 쫓아내. 아버지는 안 계시다, 우리 집에서 당장 나가지 않으면 무단침입으로 고소하겠다고 해."

"소리가 다 들립니다. 안에 계시지요?"

"아버지, 빨리 나가봐."

지로가 간청했다. 집들이 다닥다닥 붙은 동네라서 이런 대화는 이웃집에 고스란히 다 들렸다.

"체제에 빌붙어 사는 개 따위와 말을 섞을 마음은 없어. 나는 관청이 벌레보다 싫어." 아버지는 점점 더 큰소리를 냈다. "국민 세금의 떡고물로 연명하겠다는 그 근성이 영 맘에 안 들어. 저런 인간들은 착취자와 가장 악질적인 한편이야."

'관청'과 '착취'. 지로는 초등학교 1학년 때쯤부터 그 단어들을 익히 들어 알고 있었다.

"모모코, 넌 2층에 올라가 있어." 지로는 여동생의 등을 밀었다. 아버지의 관자놀이가 벌게지면서 분화(噴火)할 조짐을 보였기 때문이다.

"수학 문제, 가르쳐줄 거지?" 가느다란 소리로 묻는다.

"알았어. 나중에 풀어줄게."

복도를 내달려 현관으로 나갔다. 아주머니는 신발장 위에 붙은 채 게바라의 포스터를 심각한 표정으로 들여다보고 있었다. 체 게바라가 어떤 사람인지 지로는 알지 못했다. 이름을 들었을 뿐이다. "무슨 일이시죠?" 아주머니에게 물었다.

"너는 못 알아들을 일이야. 아버지하고 이야기하고 싶구나."

학교 선생님처럼 의연한 태도였다.

"전에 찾아왔던 아저씨들은 말씨름에 져서 돌아갔지만 아줌마는 그렇게 간단히는 물러서지 않아. 분명하게 설명을 해야겠어."

대체 무슨 소리인지, 지로는 도통 알 수가 없었다.

"이 집 주인은 죽었소이다. 부의금(賻儀金)이나 내고 가시오."

안에서 아버지의 큼직한 소리가 울렸다.

"장난치지 마세요. 자제분 앞에서 부끄럽지도 않으세요?"

"뭐라고!"

노성(怒聲)이 터졌다. 퉁탕거리는 발소리와 함께 아버지가 모습을 드러냈다. 천장이 갑자기 낮아졌다. 키 185센티미터의 거구다. 어깨를 붙잡혀 옆으로 밀려났다.

암담한 기분이 가슴속에 번졌다. 아주머니의 어깨 너머로 바깥을 보니 맞은편 집 할머니가 길로 나와서 무슨 일인가 하고 들여다보고 있었다. 서둘러 현관으로 내려가 문을 닫았다.

"이봐! 무슨 짓이야? 당신, 체제 편을 들자는 거야?"

아버지의 얼굴이 상기되었다.

"아버지, 목소리가 너무 커."

앞을 가로막으려고 했더니 지로의 팔을 밀쳐냈다.

"당장 나가. 국민연금 따위, 못 낸다면 못 내는 줄 알아."

"우에하라 씨, 이건 국민의 의무랍니다."

갑자기 돌변하여 아주머니가 부드러운 말투로 나왔다. 엷은 웃음마저 띠고 있었다.

"어떤 의무야? 전개(展開)해봐."

"전개요?"

"논리적 증거를 펼쳐보라는 거야."

"그러니까요, 이건 법률로 정해진……."

"뭐가 법률이야? 그걸 누가 정했는데? 나는 인정 못해. 애초에 연금제도란 게 펑크 나기 일보 직전이잖아?"

"그런 일은 없습니다. 시대에 맞춰 그때그때 궤도를 수정하면서 틀림없이 이어나갈 제도지요. 일본이 정정(政情)이 불안한 나라라면 또 모르지만, 경제 기반이 분명하게 확립된 민주주의 국가로 운영되는 이상, 연금제도가 무너지는 일은 있을 수 없어요. 이건 말하자면 한 나라의 체면이 걸린, 가장 밑바탕이 되는 부분입니다."

"호오, 체면을 들고 나섰어?"

아버지가 눈을 부릅뜨고 우렁우렁한 소리를 울렸다. 아버지는 원래부터 목소리가 보통 큰 게 아니었다. 근처의 고양이들이 다

도망갈 정도였다.

"만일 연금제도가 파기된다면 그거야말로 최대의 배신 행위지요. 우선 첫째로, 정부가 그런 일은 용납하지를 않습니다."

"흠, 지난달에 왔던 말단 공무원보다는 좀 낫군. 독촉반의 에이스인 모양이지?"

"이야기를 딴 데로 돌리지 마시고요. 저는 국민연금의 의의에 대해 말하려는 겁니다." 아주머니의 말은 막힘이 없었다. 상당한 훈련을 쌓은 것 같았다. "연금은 우리 모두가 힘을 합쳐서 은퇴자의 생활을 도와주자는, 선진 사회의 기본적인 상호보장 시스템이에요. 우에하라 씨, 서로 돕고 사는 게 싫으십니까?"

"응수법(應酬法)이구만."

"예?"

"싫습니까? 잘못되었습니까? 허용할 수 없는 일입니까? 그렇게 부정형으로 질문해서 '노'라는 대답을 유도하고, 하나하나 퇴로를 끊어나가는 변증법의 일종이야. 옛날에 사학동(社學同. 60~70년대의 일본 학생운동 조직의 한 분파 - 역주) 패들이 조직 내에서 열심히 써먹었던 수법이지. 음, 제법인데? 나이로 봐서는 이치가야(市ヶ谷) 분파인가?"

아주머니가 미간을 찌푸렸다.

"물론 농담이야. 사학동 운동권이 공무원이 될 리가 있나, 아하하하."

아주머니는 심호흡을 한 번 했다.

"아무튼요, 우에하라 씨도 언젠가는 노인이 되실 겁니다. 개미와 베짱이에 빗대자는 건 아니지만, 변변한 저축도 없이 노후를 맞이한다면 그건 정말 불안한 일이죠. 그러니까요, 노후를 위한 저축이라고 생각하시면 어떻겠습니까?"

"쓸데없는 참견이야. 그런 건 각각 자기 책임으로 해두면 돼."

"말씀은 그렇게 하시지만, 굶어 죽는 사람을 나라에서 그냥 손 놓고 보고만 있겠습니까? 결국 도움의 손길을 내밀 수밖에 없다고요."

"오만하기 짝이 없는 발상이군. 대체 어느 누가 도와달래?"

"인도주의는 국가의 구심력인 겁니다."

"시건방진 소리. 미국의 패권주의와 똑같은 발상이로군. 인도주의라는 미명 아래 지배층의 가치관을 온 세계에 이식하려고 하지."

"이야기를 비약시키지 마시고요."

"노상에서 죽을 자유를 빼앗겠다는 건가, 국가에서?"

아버지의 입에서 침이 튀었다.

"우에하라 씨는 노상에서 죽고 싶다는 말씀이세요?"

"응, 노상에서 죽고 싶고말고. 신주쿠(新宿) 중앙공원에서 새벽녘에 싸늘한 시체로 발견되었다, 음, 아주 멋진 최후야."

"그럼 그 시체는 누가 치웁니까? 우에하라 씨가 벌레보다 싫어하는 그 공무원들이 치워야겠죠? 한 사람의 막무가내식 행동 때문에 온 국민의 세금이 들어간다고요."

"그게 바로 쓸데없는 참견이라는 거야. 시체야 까마귀가 쪼아 먹게 놔두면 돼."

"그런 말도 안 되는……. 그랬다간 도시가 온통 시체투성이가 될 걸요? 아무튼요." 아주머니가 가방에서 종이를 꺼냈다. "납부서를 드리고 가겠습니다. 우에하라 씨는 40세가 넘으셨으니까 장기요양보험료도 납부하셔야 해요. 다들 내는데 내지 않는 사람이 있으면 불공평한 부분이 발생합니다. 그게 바로 연금 시스템이죠."

"웃기지 마. 그렇다면 왜 세금으로 징수하지 않지? 나중에 임의로 납부하게 하는 것 자체가 당신들 뒤가 구리다는 증거야."

"그러니까요, 임의가 아니라 의무라니까요, 국민의 의무!"

"그럼 나는 국민을 관두겠어." 아버지가 가슴을 쭉 젖히며 말했다.

"예?" 아주머니의 목이 앞으로 쑥 내밀어졌다.

"일본 국민이기를 관두겠다고. 애초부터 원했던 일도 아니었으니까."

"……어디, 해외로 이주하시려고요?" 갑자기 목소리 톤이 낮아진다.

"내가 왜 해외에 나가? 여기 거주한 채로 국민이기를 관둘 거야."

아주머니는 할 말이 얼른 떠오르지 않는 모양이었다. 미간에 잔뜩 주름을 잡은 채, 움직이기를 관두고 있었다.

집 앞길을 두부 장수의 자전거가 나팔을 울리며 지나갔다. 왠지 저녁나절에는 유난히 소리가 잘 퍼졌다.

지로는 슬그머니 현관에서 물러났다. 이런 소란은 예전에도 있었다. 아버지는 지난번에도 세무서 공무원을 상대로 두 시간이나 말씨름을 하며 놀았던 것이다.

"그게 대체 무슨 농담이세요?" 아주머니가 당황하고 있었다.

"농담이 아냐. 오래 전부터 일본 국민을 관둘 생각이었어. 오늘이 바로 그날이야."

아버지의 목소리는 분명 집 밖으로 두루두루 울려 퍼지리라.

지로는 부엌으로 돌아와 전기밥솥 스위치를 눌렀다. 쌀은 어머니가 아침에 씻어두고 갔다. 이어서 냄비에 물을 담아 가스 불에 올렸다. 된장국을 끓이려는 것이다.

"우에하라 씨, 일본사람…… 맞으시죠?"

"그래. 하지만 일본사람이 반드시 일본 국민이어야 할 이유는 없어."

시끄러워서 부엌문을 닫아버렸다. 이웃 사람들한테는 정말이지 괜한 폐를 끼치는 일이었다. 이웃집 아주머니가 "지로네 아버지, 조금만 더 목소리를 낮춰주시면 좋겠는데……"라고 한 적이 있었다. 텔레비전 소리를 제대로 들을 수 없다고 했다.

가다랭이포로 국물을 만들고 무를 썰어 넣었다. 된장국을 끓여놓으면 한 번에 백 엔씩 어머니가 용돈을 주었다. 냉장고를 뒤져봤더니 유통기한이 끝나가는 돼지고기가 있어서 그것도 잘게

썰어 국 냄비에 던져 넣었다.

"그러니까 나는 국민을 관두겠다잖아."

아직도 입씨름을 하고 있었다. 아버지는 아무래도 이 나라가 싫은 모양이었다. 걸핏하면 "학교 같은 거, 억지로 다니지 않아도 괜찮다"라고 하면서 지로의 어깨를 툭툭 쳤다. 의무교육은 국가의 무리한 강요이며 얼마든지 거부할 권리가 있다는 것이었다.

담임인 미나미 선생님에게 그 말을 했더니 "설마, 아버지가 농담하신 거겠지"라며 얼굴이 굳어지셨다. 아버지의 직업란에는 '프리라이터'라고 적었다. "어떤 일을 하시는데?"라며 슬슬 심문을 걸어오셨다.

스물한 살의 누나는 직장인이어서 집에서는 거의 저녁밥을 먹지 않았다. 그래서 4인분만 만들면 되었다. 아버지는 어머니가 돌아올 때까지 기다리기 때문에 지로는 모모코와 둘이서 저녁을 먹었다. 요즘 지로는 밥 네 그릇이 보통이었다. 세 그릇으로는 잠들 때쯤에 다시 배가 고팠다.

"사람을 저희들 맘대로 국민으로 만들어놓고 이래저래 세금을 뜯어 간다니까. 그러면 인간은 태어나면서부터 피지배층이라는 얘기야? 정말 웃기고 있어."

아버지는 아직도 고함을 치고 있었다. 아주머니는 아버지의 침을 엄청 뒤집어썼을 것이다. 시원한 보리차라도 대접할까? 물론 농담이다.

밥해먹는 데는 완전히 익숙해졌다. 아직 찌개는 못 끓이지만,

굽거나 튀기는 거라면 자신 있었다.

냄비 안에 국자를 넣고 된장을 살살 풀었더니 맛있는 냄새가 부엌에 자욱하게 피어올랐다.

2

지로에게 학교는 즐거운 놀이터였다. 친구들을 만날 수 있고, 체육을 잘하는지라 애들 앞에서 근사한 모습을 보여줄 수 있었다. 며칠 전, 높이뛰기에서 1미터 40센티미터를 거뜬히 뛰어올랐을 때는 여자애들의 시선을 한 몸에 받았다. 영웅이라도 된 듯한 기분이었다.

"왜 날이면 날마다 사서 고생이냐?" 아버지는 그러면서 턱수염을 슬슬 쓰다듬었다.

"하루씩 걸러서 다녀도 괜찮아"라고도 했다. 아버지는 체육은 영 못했던 것일까.

담임이 젊은 선생님이라 친구처럼 다정하게 느껴져서 학교 다니는 게 한층 더 즐거웠다. 미나미 아이코(南愛子) 선생님은 대학을 졸업한 지 2년밖에 안 되는 신임 교사였다. 작년에는 세 번을 울었다. 그중 한 번은 학급에서 기르던 병아리가 죽었을 때였다. 여자애들이 울었고 그걸 보고 덩달아 우신 것이다. 그만큼 눈물샘이 풍성한 분이었다.

장난기도 만만치 않았다. "오늘은 선생님이 여러분에게 줄 선물이 있어요"라면서 숙제 프린트를 나눠주신다. "에이!" 하고 아이들이 소리를 지르면 "그렇게 좋아해주다니, 선생님은 너무 기쁘구나"라고 과장스럽게 연기를 하는 것이다. 아직 결혼을 하지 않았는데 "남자친구 있어요?"라고 여자애들이 물어보자 얼굴이 빨개져서 고개를 저었다.

"자, 주목!" 그게 미나미 선생님의 입버릇이었다. 짝짝, 하고 손뼉도 쳤다.

"뭔가 사정이 있는 집은 어려워 말고 선생님께 말해주세요. 선생님이 조정해볼게요. 그리고 어머니가 일하러 나가시는 집은, 희망하는 날짜와 시간을 두 가지로 적어서 내주세요. 밤이나 토요일, 일요일도 괜찮아요. 선생님은 언제라도 방문하겠습니다."

오늘은 가정방문의 연락이었다. 홈룸 시간에 〈소식지〉가 개별적으로 나눠졌다.

"음료수는 사양합니다. 부모님들께 미리 말씀드려주세요. 일일이 다 마셨다가는 배가 너무 부른 데다 가까운 곳에 화장실도 없으니까요."

지로는 자신에게 건너온 〈소식지〉를 보았다. '5월 15일 오후 4시경'이라고 적혀있었다.

"선생님은 다이어트중이거든? 그러니까 달콤한 케이크 같은 것도 사양한다고 전해주세요. 그리고 중매 사진도." 반 아이들이 와아 하고 끓어올랐다.

청소 시간이 되어서 지로는 담당 구역인 체육관 뒤로 갔다. 교정 청소는 한 달에 한 번 하수구 대청소를 빼면 그저 대나무 빗자루로 노는 것뿐이었다.

남자애들끼리 빈 깡통으로 하키를 하고 있으려니 같은 반 핫세가 지로를 불렀다.

"저기, 잠깐만"이라며 손짓을 했다. 그 곁에는 삿사가 약간 굳은 표정으로 서있었다.

하키 팀에서 빠져나와 거기로 뛰어갔다.

"이번 일요일이 삿사 생일이야. 그래서 삿사네 집에서 생일 모임을 가질 건데, 지로, 너 올 생각 있어?"

초대 치고는 몹시 고압적인 말투였다. "아무려나." 지로는 퉁명스럽게 대답했다.

"그럼 와라"라는 핫세.

"응......, 알았어."

지로가 승낙하자 곁에 있던 삿사가 수줍은 모습으로 하얀 이를 내보였다.

"준하고 무카이도 부를 거야."

"하루미하고 다카코도." 삿사가 같은 반 여자애들의 이름을 댔다.

"그럼 됐어. 이제 가봐." 핫세가 손끝을 팔랑팔랑 까불었다.

어쩌면 저렇게 무례할 수가! 하지만 가슴이 부풀었다. 여자애에게 생일 모임 초대를 받은 건 태어나서 처음이었다.

하굣길에 준에게 그 얘기를 했더니 준도 이미 초대를 받았는지 "에이, 귀찮게 생일 파티는 무슨……"이라며 별로 귀찮은 것 같지도 않은 표정으로 투덜거렸다. 볼이 칠칠맞게 헤실헤실 풀어져 있었던 것이다.

"뭔가 선물을 해야지, 안 그러면 재미없을 거 같은데?"

"내가 돈이 어딨어?" 준이 입을 뾰로통하게 내밀었다.

"나는 있겠냐?"

"나프탈렌 세트 같은 건 안 될까?"

둘이서 웃었다.

준과 헤어진 뒤에는 늘 하던 대로 아가르타에 들러 어머니에게 가정방문 〈소식지〉를 보여주었다.

"어쩌지? 가게를 맡겨야 할 텐데. 모모코네 담임선생님도 같은 날 오신대."

어머니는 그러면서 양손으로 뺨을 감쌌다. 모모코는 카운터 끝자리에서 연필 든 손을 멈추고 있었다. 지로는 말없이 우유를 마셨다.

아버지에게 부탁하자는 말은 아무도 하지 않았다. 가게 당번도 그렇고, 선생님 대접도 그렇다. 아버지가 나섰다가는 공연히 귀찮은 일만 벌어지리라는 건 가족 모두 훤히 알고 있었기 때문이다.

"엄마, 괜찮겠어?" 모모코가 불안한 듯 물었다.

"응, 괜찮아. 가게 봐줄 사람, 찾아볼게."

어머니의 말에 지로도 가슴을 쓸어내렸다. 어머니도 이미 익숙한 것이다. 가정방문 날에는 아버지에게 볼일을 만들어서 어딘가로 내쫓아 줄 터였다.

"저기, 엄마." 모모코가 목소리를 낮추더니 엉뚱한 소리를 했다. "어째서 아버지하고 결혼했어?"

어머니가 눈을 떨구며 쓴웃음을 지었다.

"엄마를 받아줘서."

그러고는 한참이나 어깨를 문지르고 있었다.

모모코는 이해가 안 된다는 표정으로 입만 헤벌리고 있었다.

지로는 남자라서 그런지 그런 의문이 들었던 적은 없었다. 어른들에게는 어른들의 사정이 있는 법이라고, 그저 열한 살의 영역을 지키고 있었을 뿐이다.

삿사의 생일 모임에는 베이지색 바지를 입고 갔다. "청바지는 좀 그렇잖니?" 그러면서 어머니가 나카노 브로드웨이에서 사주셨다. 짙은 청색 폴로셔츠의 가슴팍에는 말 탄 사람의 자수가 들어가 있었다. "진짜인 척하면 돼"라고 어머니는 괜히 신경 쓰이는 소리를 했다.

선물은 준과 상의한 끝에 키티 장식품을 골랐다. 준은 저금통, 지로는 연필꽂이로 했다.

삿사네 집은 와세다(早稻田) 거리를 지나 조용한 주택가에 있었다. 새로 지은 이층집이라 담장이 새하얗고 대문 주변에는 화분이 줄지어 놓여있었다. 옆에서 준이 꿀꺽 침을 삼키는 소리가 들렸다. 똑같은 나카노인데도 지로와 준이 사는 동네와는 분위기가 사뭇 달랐다. 벨을 누르려는데 뒤에서 누군가 "어이!" 하고 말을 걸어왔다.

돌아보았다. 4반의 구로키였다. 어딘지 불안하게 자꾸만 눈을 깜빡거린다.

구로키는 평소와 달리 깨끗한 옷차림이었다. 머리에는 젤을 바른 흔적도 있었다. 구로키도 초대를 받았구나, 하고 그제야 생각했다.

"삿사가 자꾸 오라고 해서." 구로키가 짐짓 툴툴대며 말했다.

삿사와 구로키는 같은 반이었던 적이 없었을 터였다.

"너를 왜 불렀대?" 준이 서슴없이 실례되는 질문을 던졌다.

"내가 아냐? 삿사한테 물어봐." 구로키가 험악한 눈으로 준을 노려보았다.

"여어, 자네들. 현관 앞에서 뭐하시나?" 현관문 안에서 도장 가게의 무카이가 얼굴을 내밀었다. "서서 얘기하는 것도 저거하시니 어서 안으로 들어오시지요." 어른을 흉내 내는 무카이의 말투에 곁에서 삿사와 핫세가 웃고 있었다.

아주머니의 재촉에 집 안으로 들어갔다. 넉넉히 다섯 평은 될 듯한 넓은 응접실에 다들 모여 있었다. 남학생 다섯 명, 여학생도 다섯 명이었다. 일단 숫자를 맞춘답시고 맞춘 모양이었다. 남학생 중에는 의사 아들 린조도 와있었다. 지로와 똑같은 상표의 흰

폴로셔츠를 입고 있었다. 저게 진짜구나. 색깔이 다른 게 그나마 다행이었다.

여학생들은 한껏 멋을 냈다. 핫세는 머리에 리본을 달았다. 처음 보는 모습이었다.

남학생들이 선물을 건넸다. 모두들 캐릭터 장식품이었다. 구로키가 내민 것은 스누피 지갑이었다. 녀석이 그걸 고르고 다녔을 장면을 생각하니 왠지 우스웠다.

아주머니가 요리를 내왔다. 닭튀김이며 샌드위치가 테이블을 장식했다.

"많이들 먹어라."

"아주머니, 지로가 정말로 많이 먹으면 큰일인데요? '먹보 지로'라고 하면 우리 학교에서 모르는 애가 없거든요."

무카이가 그런 말로 좌중을 한바탕 웃겼다. 무카이가 말을 잘하는 건 늘 도장 가게를 지키기 때문이었다. 이웃 아줌마들이 시간을 때우려고 노상 들락거리는데 그 상대를 하다 보니 저절로 화술이 뛰어난 초등학생이 된 것이다. 침착하기 이를 데 없는 거동은 어딘가 소년 스님 같은 풍모를 빚어내고 있었다. 게다가 일찌감치 아버지가 돌아가신 영향 때문인지도 모른다.

"구로키는 4반이지?"라는 아주머니.

"아, 예." 구로키는 고개를 숙인 채 작은 소리로 대답했다.

"어른스럽게 보여서 아줌마는 중학생인가 했다."

구로키는 눈을 깜빡거리며 말없이 코를 긁었다.

"우리 가오리하고 같은 수영교실에 다녔었구나?"

"아이, 엄마. 그게 아니라……." 삿사가 끼어들었다. "작년에 우리 구(區) 초등학생 수영대회 때 함께 나갔었다니까. 구로키는 수영교실에 안 다니고서도 학교 대표로 뽑혔었어."

'흠, 그런 거였군' 하고 지로는 생각했다. 구로키는 수영이 특기였다. 어떻든 삿사와는 안면이 있었던 것이다.

하긴 그때 한 번뿐일 터였다. 이번 생일 모임에 부른 것은 좀 더 친해지고 싶어서였으리라.

아주머니가 자리를 뜨고, 아이들끼리만 담소를 나누었다. 하지만 분위기가 평소와는 달랐다. 여학생들이 얌전하게 접시에 음식을 담아주는 것이었다.

"그래서, 린조는 자부(麻布) 중학교에 시험 칠 생각이냐?"

무카이가 대화의 진행자 역할이었다.

"일단 시험이나 쳐보려고."

"린조, 대단하다." 여자애들이 감탄하고 있었다.

"의사 친구가 있으면 아주 편리하지." 무카이가 코를 벌름거리며 말했다. "병이 났을 때, 솜씨 좋은 의사 선생을 소개받을 수 있거든."

"왜, 나로는 안 되겠냐?" 린조가 눈을 부라렸다.

"그야 당연하지. 조각도로 노상 제 손가락을 베는 그런 녀석이 어떻게 메스를 들고 내 맹장을 자르겠냐?"

다들 킥킥 웃었다. 구로키도 하얀 이를 내보였다. 구로키의 웃음은 어색했다. 불량한 아이들과 한 패로 어울릴 때는 기세가 좋더니만, 오늘은 말수마저 적었다. 어딘지 이 자리가 영 불편한 기색이었다.

"구로키, 항상 중학생들하고 노니?" 핫세가 말을 붙였다.

"뭐, 대충."

"내 동생이 걔네들 무섭대."

"그럼 한번 데려와. 내가 얼굴 알면 귀여워해주지."

"안 돼, 나쁜 짓 배울 거 같아."

"저기, 어떤 중학생들하고 친하게 지내는데?"

여학생들이 저마다 구로키의 친구 관계에 은근히 관심을 보였다. 구로키는 "가쓰 형은 제5중학교 1학년을 꽉 잡고 있는데……"라느니 뭐니 하며 험한 소리를 우물우물 펼쳐놓았다.

구로키가 이 자리에 초대된 이유를 어쩐지 알 것도 같았다. 여자애들은 불량한 남자에게 왠지 관심이 있는 것이다.

식사를 마치고 다 같이 카드놀이를 했다. 학교에서는 남학생과 여학생이 함께 어울려서 노는 일이 없었는데, 이날은 모두가 시종 우호적이었다. 때로는 이런 모임도 나쁘지는 않았다.

"지로는 생일이 언제야?" 이야기 끝에 삿사가 물었다.

"6월 20일인데?"

"그럼, 다음 달이네?"

"나는 3월 23일." 묻지도 않았는데 준이 끼어들었다.

"난 1월 8일." "나는 9월 10일." 남자애들이 다투어 말했다.

삿사는 나한테만 물어봤다. 약간 의기양양한 기분이 들었다.

이제 곧 열두 살이다. 지로는 그날을 강하게 의식하고 있었다. 예전에 누나가 "네가 열두 살이 되면 알려줄 게 있어"라고 했기 때문이다.

불안한 마음이 가득했다. 누나가 고등학생이었을 때, 아버지와 싸움을 하던 누나 입에서 "친아버지도 아닌 주제에"라는 뜻밖의 말이 튀어나온 적이 있었다. 그 말을 뱉은 뒤에 누나는 자기 방으로 뛰어가 큰 소리로 울었다.

아직 초등학교 저학년이던 지로는 방 안에서 그 말을 다 들었지만 부모에게도 누나에게도 진상을 캐물을 수는 없었다. 모모코에게도 말하지 않았다. 내 가슴에 담아두는 게 좋다. 본능적으로 그렇게 판단했던 것이다.

분명 좋지 않은 이야기일 것이다. 그날을 그냥 건너뛸 수는 없을까 하는 생각이 들 때도 있었다.

"얘들아, 나카노 공원에 가서 배드민턴 칠까?"

카드놀이가 대충 끝나가는 참에 삿사가 그런 제안을 했고 모두가 찬성했다.

남학생과 여학생 열 명이 줄줄이 공원으로 향했다. 그룹 미팅이라는 말이 떠올라 가슴이 두근두근 뛰었다. 앞으로 살다보면 좋은 일이 잔뜩 기다리고 있을 것 같은 기분이었다.

그때 휴대전화가 울렸다. 구로키의 호주머니에서였다.

"좋겠다, 구로키는. 핸드폰도 있네."

여자애들이 부러워했다.

"나도 있어." 린조가 자랑을 쳤지만 "너는 엄마가 억지로 쥐어주신 거 아니냐?"라고 무카이한테 놀림만 당했다.

"지금은 좀 곤란해요."

구로키가 누군가와 이야기를 하고 있었다. 말투로 보아 상대는 중학생인 모양이었다.

"지금 나카노 공원에 가는 중인데."

안색이 어두웠다.

공원에 도착하여 배드민턴을 치기 시작했다. 두 팀으로 나뉘어 토너먼트 단체전을 했다.

여학생들의 교성(嬌聲)이 맑은 5월 하늘에 메아리쳤다. 평소에는 승부에 억척스럽던 핫세가 오늘은 지고서도 "아이, 참"이니 뭐니 하며 내숭을 떨고 있었다.

지로가 벤치에 앉자 삿사가 곁으로 다가왔다. 어딘지 모르게 지로 곁에 자꾸 달라붙으려는 것 같았다.

"지로, 너희, 찻집한다며?" 무릎을 꼭 닫고 다리를 여덟팔자로 하고서 물었다.

"응, 가게 이름이 아가르타야."

"어머니가 하시는 거니?"

"응. 우리 가게 쿠키, 꽤 맛있어."

"우와, 한번 먹어보고 싶다."

"학교 끝나고 가는 길에 한번 와. 대접할 테니까."

삿사가 얼굴을 붉히며 좋아했다. 그 몸짓을 보고 있으려니 이쪽 얼굴까지 뜨끈해졌다.

"아버지는 뭐하시니?"

"프리라이터. 잡지에 기사를 써서 가끔 이름이 나오기도 하고 그래."

"어머, 굉장하다."

아버지가 한 번인가 지로에게 보여준 적이 있었다. "아버지 이름이 여기 나왔다"라면서. 세상을 향해 자신의 의견을 밝히는 페이지였다. 들어본 적도 없는 잡지였지만, 아버지의 이름이 활자로 찍혀서 나온 것이라 대단하다고 생각했었다.

"그리고 소설도 써."

"우와, 그럼 작가잖아?"

"이번에 책으로 나온다고는 하던데."

"서점에 나오면 나한테 꼭 알려줘야 해."

"응, 그럴게."

아버지는 밤이면 부엌 테이블에서 원고지 위에 펜을 달렸다. "베스트셀러를 내서 편히 살게 해준다니까, 사쿠라" 하면서 어머니의 엉덩이를 쓰다듬는 것을 본 적이 있다. 어머니는 엷은 웃음을 지으며 아버지의 머리통을 때렸었다.

아버지가 회사에 다닌 적은 한 번도 없었다. 지로가 철이 든 이후로 대부분 집에 있었다. 아버지란 원래 그런 사람인가 보다 했는데 초등학생이 되어 친구들이 생기면서 다른 집들은 그렇지 않다는 것을 알았다. 그리 신경이 쓰이지는 않았다. 불편할 것도 없었다.

삿사는 자기 집안 이야기를 했다. 아버지는 은행원이고 아카사카(赤坂)에서 지점장을 하고 있으며, 언니는 사립 여중에 다니고, 자기도 내년에는 같은 학교에 갈 거라고 했다.

"여중이라니, 너무 따분하지 뭐야."

입을 뾰족하게 내밀고 벤치 아래로 다리를 건들건들 흔들고 있었다.

한참을 배드민턴을 치며 놀고 있으려니, 공원 한쪽에 자전거를 탄 중학생들이 나타났다. 먼눈으로도 질이 안 좋은 불량배들이라는 것을 알 수 있었다. 헐렁한 바지 차림에 날카로운 눈초리로 이쪽을 쏘아보고 있었다.

순간적으로 구로키를 쳐다보았다. 긴장한 표정으로 우뚝 서있었다. 건너편 중학생 중의 한 사람이 턱짓을 했다. 구로키는 배드민턴 팀에서 벗어나 중학생들에게 다가갔다.

심상치 않은 기척에 여학생들도 불안한 표정이었다. 잠시 선 채로 이야기를 나누더니 구로키가 느릿느릿 돌아왔다.

"어이, 린조." 린조를 손짓으로 불렀다. 그대로 린조의 어깨를 껴안고 은행나무 아래로 데려갔다.

"뭐야, 저 녀석들." 준이 지로의 귓전에서 속삭였다.

"항상 게임 센터에서 노는 애들이잖아?"

"작년까지 우리 학교에 다니던 애도 있어." 무카이도 곁으로 다가왔다.

은행나무 아래서는 린조가 얼굴이 잔뜩 긴장되어 있었다. 구로키가 뭔가 을러대는 것 같았다. 가만히 놔둘 수 없어서 지로가 달려갔다.

"구로키, 뭐하는 거야?"

"어, 지로. 너도 돈 좀 빌려줘." 구로키가 부루퉁한 목소리로 말했다.

"왜 그러는데? 왜 돈이 필요해?"

"나중에 갚을 거야. 그러면 불만 없잖아?"

안색이 달라져 있었다. 초조한 기색으로 지로를 노려본다.

"저 녀석들한테 협박이라도 당한 거야?"

"날 뭘로 보고. 내가 왜 협박을 당해?"

어깨를 툭 친다. 얼굴이 붉어져 있었다.

"왜 그래?" 준과 무카이도 다가왔다.

"시끄러워, 이것들이 떼로 몰려와서. 린조한테 돈 좀 빌리려는 것뿐이야. 린조네 집은 부자잖아. 천 엔쯤 별 것도 아니지."

구로키에게 셔츠 깃을 붙잡힌 채 린조는 핏기를 잃고 있었다.

"야, 하지 마." 지로가 그 손을 떼어놓으려고 했다.

"네가 무슨 상관이야?"

이번에는 가슴을 떠밀렸다. 두세 걸음이나 뒤로 밀렸다.

중학생들을 보니 멀리 떨어진 곳에서 이쪽을 쳐다보며 빙글거리고 있었다.

"야, 다들 기다리잖아. 빨리 돈 내놔."

구로키가 린조를 흔들었다. 흥분했는지 입술이 떨렸다. 구로키는 금세 욱해서 자신을 잃어버리는 놈인 거다.

"내가 빌려줄까?" 그때 무카이가 말했다. "가는 길에 서점에서 만화책을 사려고 했거든. 천 엔 있어."

"빌려줄 거 없어!"

준이 거칠게 말리고 나섰다. 준은 키는 작지만 담대한 구석이 있었다.

"아냐, 됐어, 됐어." 무카이가 뒤쪽 호주머니에서 지갑을 꺼냈다. "근데 구로키, 꼭 갚아야 해. 난 부자가 아냐. 너희 집하고 똑같이 모자 가정(母子家庭)이야."

구로키가 린조를 놓아주었다. 어느 누구와도 눈을 마주치려고 하지 않았다.

"이 자리에 있는 세 사람이 증인이다. 이달 안으로 꼭 갚아줘."

무카이가 천 엔짜리 지폐를 건넸다. 구로키는 빼앗듯이 돈을 움켜쥐더니 발을 돌려 느린 걸음으로 중학생들이 있는 곳으로 갔다.

땅바닥에 침을 뱉는다. 가슴을 뒤로 젖히고 있었다. 있는 힘껏 허세를 부리는 것처럼 보였다.

여자애들은 한 군데 모여서 서로 몸을 맞대고 저마다 눈살을 찌푸리고 있었다.

"너희는 잘 모르겠지만 구로키와 나는 아주 오랜 친구 사이야. 유치원 다닐 때부터 나카노 구가 주최하는 모자 가정 모임에 매번 함께 다녔어." 무카이가 조용한 눈빛으로 말했다. "다카오 산에 하이킹을 하러 간 적도 있지."

지로와 준은 침묵하고 있었다. 린조는 아직도 얼굴이 새파랗게 질려있었다. 구로키가 한 중학생에게 돈을 건네는 모습이 눈에 들어왔다.

"초등학생이 된 뒤부터였나, 틱 증세를 보이기 시작한 게?"

"틱 증세가 뭐야?"라는 지로.

"구로키가 눈을 깜빡깜빡하지? 그거, 신경성 병이래. 우리 엄마한테 들었어."

구로키가 한 중학생의 자전거 뒤에 올라탔다. 패거리는 공원에서 사라져 갔다. 바람이 불어와 주위의 나무들이 우수수 울었다. 모래 먼지도 일었다.

내일부터 구로키가 삿사나 핫세 등의 여학생들과 말을 나누는 일은 없겠구나, 하고 생각했다.

3

가정방문 날은 누나가 회사에 휴가를 내고 가게를 봐주기로 했다.

"가게는 요코(洋子)에게 부탁했으니까 괜찮아. 엄마가 그날 집에 있을 거야." 어머니가 빨래를 하면서 말했다.

요코라는 건 누나의 이름이다. 고등학교를 졸업하고 1년 동안 부기 학교에 다닌 끝에 에비스(惠比寿)에 있는 광고 회사에 경리로 취직했다. 그런데 그 회사에 다니는 사이에 디자인 일도 배웠는지, 요즘에는 자기 직업이 디자이너라고 했다.

"누나가 무슨 일을 하느냐고 물으면 디자이너라고 해야 돼."

그러면서 지난달에 지로의 뺨을 꼬집었다. 누나는 무슨 일에건 지로의 볼을 꼬집는다. "일종의 스킨십이지"라는 게 누나의 변명이었다.

누나는 올해로 스물두 살이 된다. 지로와는 열 살이나 차이가 났다.

처음에 그 말을 듣고서 무카이는 "그럼, 너는 늘그막에 주책없이 기어 나온 늦둥이구나"라며 빙글빙글 웃었다. 하지만 두 살 아래의 여동생도 있다는 얘기를 하자 "엥, 그럼 누나 쪽이 젊은 혈기의 실수인 게야?" 하며 난해한 표정을 지었다.

무카이는 '이 녀석이 정말 열한 살, 맞아?' 하고 의심이 드는 때가 한두 번이 아니었다. 뭐니 뭐니 해도 우선 고추의 털부터가 빽빽한 밀림이었다. 어서 빨리 수학여행 날이 되었으면 좋겠다. 단체로 목욕탕에 들어갈 때, 틀림없이 우리 학년 남학생들이 일제히 쳐다볼 것이다.

"누나, 콜라 마셔도 돼?"

점심으로 곱빼기 볶음밥을 뱃속에 몰아넣고, 카운터 안의 누나에게 물었다. 가정방문 기간이면 학교는 오전 수업이었다.

"안 돼. 우유 마셔."

깨끗이 튕겼다. 이런 때의 누나는 영락없이 어머니 같다. 손님에게 낼 커피를 익숙한 손놀림으로 끓이고 있었다.

"아버지, 밖에 나가신 거 맞지?"

"응, 엄마가 일거리를 주선해줬어."

"주선이라니?"

"일거리를 소개해줬다는 얘기야. 우리 가게 오시는 손님 중에 마침 잡지 편집인이 있어서, 그 잡지의 영화 안내란을 아버지한테 쓰라고 했대. 지금, 영화 시사회에 갔어."

"그래?" 물수건으로 입가를 닦았다.

"엄마는 정말 조강지처야."

"조강……?"

"사전 찾아보셔."

누나가 손님 테이블에 커피를 날랐다. 동생인 내 눈으로 봐도 누나는 상당한 미인이었다. 몸매도 좋아서 타이트한 바지에 동그스름한 엉덩이가 감싸여 있다. 남자친구는 있을까? 이상하게 생긴 남자라면 싫은데.

"아버지, 책 낸다는 거 진짜야?"

지로는 물을 한 잔 더 따라 마시며 물었다.

"글쎄. 지난번에 마침내 걸작을 완성했다고 한밤중에 엄마랑 댄스를 추고 난리를 치더라. 엄마는 싫어했지만."

"어떤 소설?"

"내가 어찌 아냐?" 누나가 사과를 깎기 시작했다.

"누나는 읽어본 적 없어?"

"전에 다른 걸 억지로 읽으라고 해서 읽어봤는데 뭐가 뭔지 하나도 모르겠더라. 한 남자가 국회의사당을 폭파한다는 얘기야."

"와, 멋있는데? 스파이 소설 같아."

"아냐." 고개를 젓는다. "아버지 말로는 순수문학이래. 첫째로 그 주인공이란 사람이 예전에 운동권에서 활동했던 사람이야. 그거, 아버지 본인이 모델 아니냐?"

지로는 잘 알 수 없었다.

"엄마하고 비슷한 여주인공도 나오는데, 무슨 혁명 조직의 마돈나라나?"

점점 더 모르겠다. 어른들의 소설이니까 어려운 얘기가 적혀 있는 모양이다.

"언제 출판되는데?"

"글쎄, 나도 모른다니까. 책이 그렇게 간단히 출판되는 게 아니야."

"우리 반 여자애한테 말해버렸는데. 우리 아버지, 이번에 책 낼 거라고."

"안 돼!" 누나가 눈을 둥그렇게 떴다. "지난번에도 한바탕 난리를 쳤단 말이야. 신인상에 응모만 해놓고서 마치 당선한 것처럼 마침내 작가 데뷔를 했다고 이웃 사람들한테 떠들고 다녀서 엄마가 그 뒷수습하느라고 얼마나 고생했는데?"

"끄응······." 누나가 건네준 사과를 베어 물었다.

"아버지 허풍이 보통 허풍이냐?" 누나도 한입 베어 물었다. 사각사각 좋은 소리가 난다. "남쪽 섬에 땅을 사서 이사를 한다느니, 쿠바의 카스트로하고 친구라느니, 내가 초등학생 때부터 그런 허튼 소리를 했어."

"쿠바의 카스트로라니?"

"그런 유명 인사가 있어, 카리브 해의 섬나라에. 아, 어서 오세요!"

손님이 들어와서 누나가 목소리를 한 옥타브 높였다. 손을 씻고 컵에 물을 따른다. 지로는 자신이 먹은 볶음밥 접시를 들고 카운터 안으로 자리를 옮겼다. 설거지는 초등학교 1학년 때쯤부터 했다. 우에하라 집안의 규칙이었기 때문이다.

오후 4시, 가정방문 시간이 되어서 지로는 집으로 돌아갔다. 현관에 올라서자 좋은 냄새가 코끝을 간질였다. 어머니가 모모코와 함께 부엌에서 쿠키를 굽고 있었다.

"가게에 내갈 거야."

모모코가 다 구워진 쿠키를 제 손 밑으로 냉큼 끌어안았다.

"어, 바닥에 떨어졌다!"

지로가 손가락으로 가리키자 모모코가 깜짝 놀라 아래를 내려다보았다. 그 틈에 잽싼 손놀림으로 쿠키 하나를 쏙싹했다.

모모코가 목소리를 높인다. 어머니에게는 "하나만이야"라고 꾸지람을 들었다.

"모모코 가정방문은 벌써 끝났어?"

"응, 끝났어. 모모코가 글쓰기 대회 4학년 대표로 뽑혔대. 선생님한테 칭찬받고, 엄마가 정말 기분 좋았다."

"헤에, 수학은 영 빵점인데? 하긴 인간이란 누구나 한 가지 특기는 있다더니만."

"시끄러워!" 모모코에게 두들겨 맞았다.

잠시 뒤에 미나미 선생님이 오셨다. 오늘은 청색 정장 차림이었다. 엷게 화장도 했다. 오전 중에는 하지 않았었는데. 어쩐지 낯선 누나 같았다.

"안녕하세요? 지로 담임 미나미입니다."

어머니를 향해 깊이깊이 머리를 숙였다. 긴장했는지 이마에 땀이 나있었다.

큰방에 안내하여 테이블을 사이에 두고 마주 앉았다. 지로는 어머니 곁에 앉았다.

음료수는 사양한다고 어머니에게 전했더니, 정말로 아무 것도 내놓지 않았다. 그 대신 선풍기를 들고 왔다. "화장실은 저쪽으로 나가서 왼쪽이에요. 마음 편히 사용하세요. 그리고 더우시면 선풍기를 켜겠습니다."

"그럼, 선풍기를 부탁합니다." 미나미 선생님이 부끄러운 듯 하얀 이를 내보였다. "각 가정을 자전거를 타고 돌아다니거든요." 손수건으로 얼굴 여기저기를 찍어댄다.

선풍기가 돌기 시작했다. 미나미 선생님의 긴 머리카락이 찰랑찰랑 흔들렸다.

"이 동네는 역이 가까워서 편리하고 좋군요."

미나미 선생님이 그런 인사말을 했다. 하긴 전차 소리가 시끄럽다는 이야기는 차마 할 수 없었을 것이다.

"지로는 과외 활동에 적극적으로 참가해서 정말 큰 도움이 됩니다. 특히 졸업 기념 화단 만들기 때는 리더를 맡아줘서……."

미나미 선생님이 경어를 사용하는 모습을 보니 왠지 느낌이 묘했다. 항상 어른이라고만 생각했는데, 오늘만은 우리들 쪽에 훨씬 가깝게 느껴졌다.

"과학을 좀 더 열심히 한다면 다섯 과목의 성적이 균형 있게……."

미나미 선생님은 수첩을 펼쳐 들고 이야기했다. 사흘 동안 30군데가 넘는 집들을 돌아다녀야 하니 아무래도 머릿속이 뒤죽박죽이 될 것이다.

"학교에서 내주는 숙제에 대해 어머니는 어떻게 생각하시는지요? 이런 질문을 드리는 건 학원에 다니는 학생의 부모님들께서 숙제를 좀 적게 내달라는 말씀들을 하셔서요."

"우리 지로에게는 잔뜩 내주세요."

어머니가 장난스럽게 말했다.

"엄마!"

지로가 항의하자 어머니와 미나미 선생님이 나란히 웃었다.

그때 현관문 열리는 소리가 들렸다. 그 소리가 여간 난폭한 게 아니었다. 쿵쾅쿵쾅 복도가 울리는 소리도 들렸다. 안 좋은 예감이 들었다.

"어이, 사쿠라! 부엌에 있나?" 아버지의 고함 소리였다.

'우욱!' 지로가 마음속으로 부르짖었다. '어째서 이렇게 빨리? 영화 시사회에 갔었던 거 아냐?' 미나미 선생님이 무슨 일인가 하는 표정으로 시선을 이리저리 헤엄치고 있었다.

장지문이 열렸다. "뭐야, 여기 있었어?" 방 안에 아버지의 목소리가 쩌르릉 울렸다.

"여보, 이 분은 미나미 선생님. 지로의 담임선생님이세요."

어머니는 침착하기 그지없다.

"처음 뵙겠습니다." 미나미 선생님이 자세를 바로잡고 인사를 건넸다.

"뭐야, 그 시사회? 사람을 바보로 만드는 데도 정도가 있지!" 선생님의 인사를 무시하고 아버지의 거친 목소리가 터졌다. "나는 상영 시간 30분 전에 갔는데 자리마다 거의 다 '초대'라는 표딱지가 붙어서 아예 앉을 의자가 없더라니까."

"여보, 선생님께 인사를……"이라는 어머니.

"아, 예, 어서 오쇼." 거만하게 턱만 잠시 쳐들었다. "뭐야, 지로? 무슨 일 저질렀냐? 싸웠어? 소매치기했어?"

"내가 그런 짓을 왜 해? 가정방문이야. 아버지는 저리로 가." 지로는 소리를 낮추어 말했다.

"흥, 아무려나 됐다. 그보다 시사회가 문제야." 다시 어머니에게 말을 퍼붓기 시작했다. "앉을 자리가 없어서 오락가락하고 있는데, 시간이 다 되어서야 일류 출판사 놈들이 차례차례 나타나서 '어이, 자리 잡아뒀어?'라면서 영화사 놈들의 안내를 받아 초대석에 앉더라고. 특등석은 맨 꼴찌로 온 방송국 여자 아나운서가 '늦어서 죄송합니다'라나 뭐라나, 그러면서 털썩 앉더라니까. 참, 웃기지도 않아서. 그래서 영화사 놈을 붙잡고 이게 무슨 경우냐고 따졌더니 입석으로 보시래. 30분이나 일찍 온 나한테 서서 보라는 거야."

아버지의 이마에 퍼런 핏줄이 돋아있었다. 분명 영화관에서부터 집까지 씩씩거리며 돌아온 모양이었다.

"그래서 영화 안 봤어."

"그래요?"라고 어머니가 미간을 찌푸렸다.

"당연하지. 첫째로 영화사 놈을 한 놈, 그 자리에서 내던져버렸거든."

어머니가 한숨을 내쉬었다. 눈을 내리깔고 가만히 고개를 젓는다.

"이건 투쟁 축에도 안 들어가. 교훈이지. 귀한 교훈을 내려줬다고."

미나미 선생님은 어리벙벙한 표정으로, 느닷없이 나타난 거구의 사내를 올려다보고 있었다.

지로의 가슴속에 회색빛 공기가 스멀스멀 차올랐다. 미나미 선생님의 눈에 우리 집은 어떻게 비칠 것인가.

"그건 그렇고, 가정방문이라고?"

아버지가 방바닥에 자리를 잡고 앉았다. 미나미 선생님을 염치고 뭐고 없는 시선으로 이리저리 뜯어보고 있었다.

"엄청 어리네. 당신, 나이는 몇이오?"

"아, 예, 저, 스물셋입니다."

"우리 요코하고 비슷하군."

"아버지는 저 방으로 가라니까. 엄마가 해도 돼." 지로는 얼굴을 찡그리며 항의했다.

"뭐야, 아버지한테?"

"여보." 어머니가 나무랐다. "아들 담임선생님께서 오셨으니 조금쯤 예의를 차려주세요."

"어, 그래? 그럼 정좌라도 할까?" 아버지는 농담 삼아 앉음새를 바로잡았다. "출신 대학은?"

"저어……." 미나미 선생님이 당황하고 있었다.

"선생 출신 대학 말요."

"……성동대학 교육학부입니다." 목소리가 가늘어져 있었다.

"성동대학이라. 아, 그리운 이름이구만. 거긴 전혁공(全革共)의 근거지였어. 무로타라고 아시오? 78년에 학비 인상을 저지했던 전설의 투사지."

"여보, 그걸 아실 리가 있어요? 연대가 전혀 다른데."

"아, 그런가?" 뻔뻔하게 입 끝을 치켜올리고 웃는다.

"죄송합니다. 이제 시간이 되어서……."

미나미 선생님이 어물어물 입을 열었다. 허리를 엉거주춤 쳐들고 있었다.

"벌써 가시려고? 저녁이라도 먹고 가지."

"아뇨, 다음 가정방문이 있어서요." 열심히 손을 내두른다.

"뭐야, 섭섭하네." 아버지가 번쩍 눈을 치켜떴다. "그럼, 내가 한 가지만 물어봐도 되겠소?"

"예……, 무엇이신지요?"

"우리 아들이 기미가요(일본의 국가— 역주)를 부르지 않겠다고 하면, 선생, 어쩔 거요?"

"네?" 쳐들려던 허리가 그 자리에 멈췄다.

"학교 행사 때, 기미가요 제창을 거부한다면 어떻게 할 거냐고 묻는 거요."

미나미 선생님의 목이 꿀꺽하고 울렸다. 이마에는 땀이 배어 나오고 있었다.

"아, 그, 그러면 지로와 이야기를 해서 되도록 이해할 수 있도록……."

"무슨 이해?"

"일단 국기 게양과 기미가요 제창은 학교법으로 정해진 것이니까요."

"학생들이 모두 다 일본인인 건 아니잖소?"

"저어, 우에하라 씨 댁은……."

"물론 일본사람이지. 하지만 국가라는 공동체에 참가하고 안 하고는 개인의 자유요."

선생님의 표정이 굳어졌다. 별 성가신 부모도 다 있다고 생각할 것이다.

"이 나라에 태어나면 무조건 선택의 여지도 없이 국민으로서의 의무와 권리가 생기다니, 그건 이상하다고 생각하지 않소? 뭔가를 억지로 해야 한다는 건 지배를 받는다는 것과 같은 뜻이야. 사람은 지배당하기 위해 태어나는 것이오?"

"여보, 그런 이야기는 다음에. 선생님은 다른 집에도 가정방문을 가셔야 해요."

어머니가 말리고 나섰다. 어린아이를 달래는 듯한 시선으로 아버지를 바라보았다. 지로는 너무나 창피해서 낯이 뜨거워졌다.

"자, 그럼 마지막으로 한 가지만 질문을 하지. 간결하게 대답해주시오. 선생은 천황제에는 찬성이오?"

아버지가 선생님을 똑바로 바라보았다. 미나미 선생님은 잠시 틈을 둔 뒤에, 한 번 심호흡을 하고서 대답했다.

"찬성입니다." 의연한 말투였다.

"호오." 아버지가 몸을 앞으로 내민다. "자, 그럼 전개해봐요."

"전개요?"

"그러니까 논리를 펼쳐보라는 얘기요."

"……만일 왕실이 없다면 이 나라는 품격 없는 대중사회로 떨어질 거라고 생각합니다." 미나미 선생님이 손등으로 머리채를 뒤로 넘겼다. 뺨이 약간 상기된 채 아버지를 정면으로 바라본다.
"왕실 사람들도 똑같은 인간인데 자신의 장래를 자유롭게 선택할 수 없는 건 불공평하다고 생각합니다. 그래서 왕실에는 적잖이 동정의 마음도 듭니다. 하지만 질투심이 강하고 극단적인 동질사회인 일본에서는 누군가를 희생양으로 삼아서라도 도저히 질투할 수 없는, 도저히 손이 닿지 않을 존재가 필요하다고 생각합니다. 그것이 왕실입니다. 그리고……"

미나미 선생님이 헛기침을 한 번 했다. 아버지가 무릎을 세우고 흐뭇한 듯 눈을 반짝였다.

"흠흠, 그리고?"

"황거(皇居)와 아카사카 용지의 녹지대는 대체 누가 지켜야 할까요?"

아버지가 소리 높여 웃었다. 손을 쳐가며 좋아하고 있었다.

"거, 좋구만. 선생, 마음에 들었어."

일이 뜻밖의 방향으로 흘러가는 바람에 지로는 할 말을 잃었다. 미나미 선생님의 또 다른 면을 본 듯한 느낌이었다. 어른들끼리 만나면 내보이는 얼굴도 다른 것일까.

"인물이로군. 교사로 썩히기가 아까워." 아버지가 눈을 가느스름하게 뜨고 말했다.

"여보, 어지간히 하세요." 어머니가 허리에 손을 짚고 있었다.

"미안해요, 선생님. 지로 아버지가 이렇답니다."

"아뇨, 큰 공부가 되었습니다."

"아들에게 이런저런 허튼 소리를 해대지만, 나는 아이들이란 그리 간단히 세뇌되는 존재는 아니라고 생각해요. 지로는 의외로 객관적인 면이 있으니까 아버지 일도 나름대로 냉정하게 보고 있을 거라고……."

긴장이 풀렸는지 미나미 선생님은 입가에 웃음을 띠우고 말없이 고개를 끄덕였다.

지로는 안심이 되었다. 잘은 모르지만 미나미 선생님이 화가 나시진 않은 것 같았다.

"그럼, 이만 실례하겠습니다."

미나미 선생님이 일어섰다. 날씬한 다리가 스커트 아래로 길게 뻗어 나왔다. 방 안의 공기가 움직이면서 좋은 냄새가 감돌았다. 그제야 깨달았는데 미나미 선생님은 향수를 뿌리고 있었다.

어머니가 현관 앞까지 배웅을 나갔다.

"지로, 너희 담임, 꽤 괜찮은 여자인데?" 아버지가 방바닥에 벌렁 드러눕더니 목소리를 낮추며 말했다. "이거 있냐?" 엄지를 세운다.

지로는 불끈했다. 선생님에게 무슨 버릇없는 소리를.

"다음 가정방문은 언제지?"

"뭐하러 또 오시겠어? 일 년에 한 번인데."

"그래? 그거, 섭섭하구만." 느물느물 웃으며 턱수염을 쓰다듬는다.

지로는 온몸의 힘이 다 빠져서 테이블에 엎드렸다.

"수업 참관일은 언제지?"

"몰라!"

"그러고 보니 아버지가 한 번도 간 적이 없었어, 너희 학교에."

수업 참관일 따위, 아버지에게는 절대 안 가르쳐주리라고 다짐했다.

지로의 뱃속이 꼬르륵 울렸다. 공연한 에너지를 써버린 탓에 5시도 안 된 시간에 벌써 배고픔이 절정에 달해있었다.

4

유카(優華)가 만화잡지 컬러 페이지에서 튀어나왔다. "네 이름이 지로구나." 그렇게 중얼거리더니 지로의 얼굴을 들여다본다.

얼굴이 뜨거워지는 게 느껴졌다. 유카의 티셔츠는 가슴 부분이 예쁘게 볼록 튀어나왔다. 달콤한 향기가 코끝을 간질였다.

"6학년이니? 후훗, 귀여워." 새하얀 이가 내보인다.

뜨거운 부분이 점점 더 넓어지더니 이윽고 온몸으로 퍼져갔다. 특히 팬티 속은 손난로라도 집어넣은 것처럼 후끈 달아올랐다.

"호오, 새벽바람에 삼각산에 올랐냐?"

느닷없이 아버지가 나타났다. 아버지는 늘 그렇게 지로를 놀렸다. 목욕탕에 들어간 것처럼 목소리가 우렁우렁 퍼졌다.

"아버지는 저리 가!" 지로는 눈을 치켜뜨며 대들었다.

"에구, 무섭네. 으하하……." 스윽 사라졌다.

다시 유카와 둘만 남았다.

"어딘가로 데려가 줘." 유카가 섹시한 눈빛으로 말했다.

"나카노 브로드웨이에 갈까? 장난감 가게도 있고 게임 센터도 있거든." 지로는 목소리가 들떠있었다.

"응, 그래. 가자."

자전거를 끌어왔다. 유카가 뒤에 걸터앉았다. 귀여운 목소리로 "출발!"이라는 명령을 내린다. 두 사람을 태운 자전거가 골목길을 질주했다. 마치 텔레비전 게임처럼 휙휙 다가드는 장애물을 오른쪽으로 왼쪽으로 따돌리며 달려갔다.

"지로, 굉장하다!" 뒤에서 유카가 흥분하고 있었다. 점점 더 자전거 속도를 올렸다.

정육점 아저씨가 가게 앞에서 입을 헤벌리고 바라보았다. 준이 나타나더니 "나도, 나도!" 하며 쫓아왔다. 물론 보기 좋게 뿌리쳤다.

나카노 선플라자로 들어가 거리를 내달렸다. "잠깐." 유카가 지로의 팔을 당겼다. "이쪽이야, 이쪽." 그녀가 데려간 곳은 창고였다.

"여기라면 아무도 못 찾아낼 거야."

어느새 숨바꼭질을 하고 있었다. 아, 그렇구나, 아버지와 준은 술래였구나.

짐 보퉁이 틈새에 둘이 나란히 몸을 감추었다. 유카의 얼굴이 바로 옆에 와있었다. 온몸이 점점 더 뜨거워졌다. 게다가 심장이 마구 두근거리다 못해 목구멍으로 튀어나올 것 같았다.

팔과 팔이 맞닿았다. 유카의 팔뚝은 막 만든 떡처럼 보들보들했다. 눈앞에 유카의 목덜미가 있었다. 입으로 빨고 싶은 충동에 휩싸였다.

아랫배 언저리가 깊은 심지에서부터 근질거렸다. 뭔가 아쉬운 듯한, 온몸으로 내달리고 싶은 듯한, 학교 운동장 철봉에 올라갈 때 사타구니에 일어나는 저 이상한 감촉이 백배로 불어나 한꺼번에 몰려온 듯한 느낌이었다.

유카가 돌아보며 말했다. "지로 얼굴, 무서워."

자신이 어떤 얼굴을 하고 있는지는 물론 알 수 없었다.

"저어, 유카, 나, 나······." 콧숨을 내쉬며 껴안으려고 했다.

쏘옥 빠져나간다. "우후후." 유카가 장난스럽게 웃어댔다.

"나, 나······." 그 말밖에 나오지 않았다. 다시 껴안으려 했다.

움직일 때마다 허리를 당겼다. 그러지 않으면 앞으로 나가지지도 않았다. 머릿속이 폭발할 것만 같았다. 이런 느낌은 처음이었다.

우윽, 이런! 뭔가 나오려고 한다. 앗, 못 참겠다. 이래도 되는 거야? 여기서 싸도 되는 거냐고!

지로는 파자마 차림으로 1층 세면실까지 뛰어 내려가 세탁기 안에서 어제 넣었던 팬티를 꺼냈다. 그 자리에서 잽싸게 갈아입었다. 젖은 팬티는 빨래 속에 밀어 넣고 휘휘 저어서 알아보지 못하게 했다.

새벽녘에 꾼 꿈은 아직도 그 여운이 남아있었다. 그 쾌감은 대체 무엇이었을까. 참고 참다가 오줌을 쌌을 때와도 비슷했지만, 근본적으로 종류가 다른 것 같았다. 아무튼 안 될 일인 듯한 느낌이 들었다. 아버지나 어머니에게는 말할 수 없는 종류의 사건이었다.

잠에서 깨어 팬티 안의 이상을 발견했을 때, 가장 먼저 머릿속에 떠오른 건 무카이의 얼굴이었다. 예전에 "너희들 아직 몽정도 안 해봤냐?"라고 했었다. "그건 일종의 극락이지"라고 먼눈을 하고서 말했었다. 이게 바로 그 몽정인 걸까.

5학년 때, 여학생들이 가정과 교실에 가있는 동안, 옆 반 남자 선생님이 오셔서 '사정(射精)'에 대해 가르쳐주셨다. 얌전히 듣기는 했지만, 훨씬 나중 일이라고만 생각했었다. 그런데 그게 내 몸에 일어났단 말인가. 그나저나 선생님은 이런 이상한 느낌이 든다는 얘기는 하지 않았었다.

학교에 가면 당장 무카이를 붙잡고 물어봐야겠다.

"오우, 지로. 우리 아들, 오늘 아침도 건강하냐?" 아버지가 다가왔다.

가슴이 덜컥 했다. 늘 던지는 말이기는 하지만 오늘 아침에는 진땀이 났다.

아버지가 힐끔 고추 쪽을 들여다보려고 하는지라 몸을 비틀고 돌아서서 이를 닦았다.

"뭐야, 되게 무뚝뚝하네." 아버지도 칫솔을 들었다.

좁은 욕실이라 구석으로 밀려났다.

"그런데 너희 담임선생님 말인데……." 아버지가 거울을 바라본 채 말했다. "가까운 시일 내에 교육방침에 대해 토론을 좀 했으면 한다고 전해라."

"아버지가? 미나미 선생님하고?"

"그래. 이번에는 헌법에 관한 의견을 듣고 싶다고 해."

"응"이라고 억지 대답을 했다. 어떻게든 속일 방법을 생각해 내야 한다. 어차피 아버지가 제대로 그런 얘기를 나눌 리 없었다.

아침밥은 세 그릇을 먹었다. 시샤모(빙어과의 작은 생선 - 역주)로 한 그릇, 위너 소시지 볶음으로 한 그릇, 날달걀과 후리카케(생선이나 김 등을 가루로 만들어 밥 위에 뿌려 먹는 음식 - 역주)로 한 그릇. 그래도 4교시쯤이면 배가 고파서 눈이 핑핑 돌았다.

책가방을 메고 집을 뛰쳐나왔다. 모모코는 따돌리고 혼자 도망질을 쳤다. 같이 가면 걸음이 느려서 신경질이 났다.

가는 길에 세탁소의 준을 만나 함께 갔다.

"나카타가 찬 프리킥, 굉장하더라."

"일본 대표선수는 역시 나카타야."

준과 어제 저녁 텔레비전에서 본 축구 이야기를 했다. 3월생이라 그런지 준은 아직 어린 티가 남아있었다. 아무래도 몽정 이야기는 어울리지 않을 것 같았다. 그래서 교실에 들어가자마자 가장 먼저 한 일은 무카이를 붙잡아 복도로 끌고 나온 것이었다.

"왜 그러냐, 지로? 돈 꿔달라고? 안됐다만 이번 달은……."

"그런 게 아니고."

"그럼 도장 파려고? 우리 집에 마침 훌륭한 상아 재료가 들어왔어. 말만 해라. 쓸 만한 인감도장 하나 만들어주마."

"초등학생이 그런 걸 어디다 쓰냐?"

"아니야, 도장은 일찍 파둘수록 이익이라니까."

"아아, 그건 됐으니까 이리 와봐."

비상계단 있는 데까지 끌고 갔다. 손잡이 쪽에 무카이를 밀어붙였다.

"뭐야, 이 무례한 놈. 세상이 조금만 달랐어도 당장 치도곤을 먹일 놈이로고."

이런 말이 술술 튀어나오는 것은 무카이가 저희 할머니와 함께 어울리느라 노상 사극을 보기 때문이었다.

"무카이, 예전에 몽정 얘기 했었지?" 지로가 소리를 낮추어 물었다.

"몽정? 그래, 했었지. 앗, 그러고 보니……." 무카이가 일순 진지한 표정을 지었다. 하지만 곧바로 입가가 헤벌어지며 "오호" 하고 지로의 가슴팍을 쿡 찔렀다.

"지로 군도 마침내 제2차 성징기에 들어갔더냐?" 턱을 쓰다듬으며 반달눈을 뜨고 있다. "그러니까 네가 오늘 아침에 허연 것을 싸질렀다 이거지?"

"그런 걸 누가 색깔까지 확인하냐?"

"냄새는?"

"안 맡았지."

"지로 군은 적잖이 탐구심이 부족한 소년이로고."

"시끄러워. 다른 애들한테는 말하면 안 돼."

지로가 흘겨보자 무카이는 "알았어, 알았다니까" 하며 큰 입을 벌리고 웃었다.

"그래서 말인데……." 지로가 한층 더 목소리를 낮추었다. "그거, 그래도 괜찮은 거야?"

"지로 군, 좀 알아듣게 말을 해봐."

"그게 그러니까 말이지……, 그런 느낌이 들어도 괜찮은 거냐고."

"그런 느낌이라니, 요는 기분이 무지하게 좋았다는 거지?"

"낸들 아냐?"

지로가 대답했다. 사실 오늘 아침의 일을 기분 좋다고 표현해야 할지, 스스로 판단이 서지 않았다. 그저 저질러버렸다는 마음만 강했다.

"처음이니 그럴 만도 하지. 두세 번 거듭하다보면 그 좋은 기분에 익숙해질 게야."

그런 건가? 무카이가 대견하다는 듯 어깨를 툭툭 쳐주었다.

"너희들 뭐하냐?" 그때 등 뒤에서 소리가 쏟아졌다. 준이었다.

"오우, 지로가 오늘 아침에 몽정을 했단다. 그 이야기를 하고 있었지." 무카이가 널름 발설해버렸다.

"비밀로 하랬잖아!" 지로가 때릴 듯이 덤볐다.

"안 되네, 친구 사이에 비밀이 있으면." 무카이는 전혀 겁을 먹지 않았다.

어쩔 수 없이 준에게도 사정을 설명하고 잠시 셋이서 '몽정 회의'를 하게 되었다.

준은 "나도 했어"라고 슬며시 뺨을 긴장시키며 말했다. 분명 거짓말일 것이다. 준은 발육이 늦는 것을 내심 부끄러워하고 있었다. 성기는 백합 봉오리 정도밖에 안 되었다.

그런 준이 대담한 말을 꺼냈다.

"근데 그 발기라는 거, 스물다섯 살쯤까지만 한다더라."

"정말이야?" 지로는 처음 듣는 소리였다.

"누가 그러더라고." 준은 진지한 얼굴이었다.

"그럴 게야." 무카이가 팔짱을 끼고 묵직하게 고개를 끄덕였다. "어른이 되어서까지 고추가 딱딱해졌다 흐물흐물해졌다 하면 영 불편할 테니까."

무카이가 하는 말이면 당연히 옳을 것이라고 지로는 생각했다.

"그나저나 얘들아, 갑자기 딴 얘기를 해서 미안하다만, 저기 오쿠보(大久保)에 여탕을 슬쩍 들여다볼 수 있는 빌딩이 있다더라."

무카이가 별로 느물거리는 표정도 아닌 채 담담하게 말했다.

"들여다봐 봤자 대중목욕탕에는 할머니들뿐이잖아?"라는 준.

"아니, 젊은 여자들. 그것도 외국 여자. 그 일대에 외국인 노동자들이 많거든. 대중탕에도 금발머리들이 득실득실하대."

"그런 걸 어떻게 알았어?"

"그 빌딩 2층에 학원이 있어. 거기 다니는 사촌 형이 그러는데 옥상에 올라가면 옆에 있는 대중탕의 여탕이 빤히 다 보인다는 거야."

"외국 여자는 머리는 금발이라도 거기 털은 검다던데?" 준이 이번에는 뺨이 불그레해져서 말했다.

"정말이야?" 아무리 그래도 그건 좀 미심쩍은 소리였다.

"정말이라니까. 우리 옆집 대학생이 그랬단 말이야."

"지로, 너는 어떻게 생각해?"라는 무카이.

"내가 어떻게 알아? 아무리 궁리해봐도 그런 건 몰라."

"자, 그럼 확인해볼 필요가 있겠군."

무카이가 태연한 얼굴로 말했다. 하지만 눈은 싱글싱글 웃고 있었기 때문에 지로도 준도 신바람이 났다.

"그럼 보러 가는 거야?"라는 지로.

"자네들이 원하는 일이라면 내가 함께 해주지."

"들키면 큰일이잖아."

"괜찮아. 거기 학원 다니는 학생이라고 하면 돼." 준은 의욕이 넘쳤다.

"너희, 밤에 나올 수 있기는 해? 해가 중천에 떠있을 때는 남의 눈에 띄기 십상이라 역시 컴컴해진 다음이어야 할 텐데." 무카이가 그야말로 침착한 태도로 말했다. "나쁜 일은 어둠을 틈타서 하는 법이니라, 흐흐훗."

정말 이 녀석은 초등학생다운 말은 아예 처음부터 못하는 게 아닐까.

"난 괜찮아. 엄마한테 구민회관 수영장에서 수영 연습한다고 둘러댈 거야."

준은 벌써부터 흥분한 기색이었다. 눈에 핏발까지 서있었다.

"그럼 나도 구민회관 수영장으로 해두지."

지로도 고개를 끄덕였다. 자기 혼자만 빠질 수도 없는 일이고, 이런 일에 무카이나 준이 앞서가는 것도 신경질이 났다.

"좋아, 7시에 선플라자 앞에 모여. 단, 우리 셋만의 비밀로 할 것."

어라, 어라, 하는 사이에 일이 척척 결정되어버렸다. 어이가 없을 정도였다. 셋에서 둥그렇게 둘러섰다. 손과 손을 겹쳤다.

"말하기 없기!"

"좋아!"

야구 시합 전처럼 소리를 맞춰 외쳤다.

마침내 여자의 벌거벗은 몸을 생방송으로 볼 수 있는가. 그렇게 생각하니 지로의 심장은 마구 두근거렸다.

이건 분명 획기적인 일이었다. 첫 경험, 이라는 말이 떠올랐다. 뭔가 사타구니까지 후끈 달아오르는 것 같았다.

그날 수업은 전혀 귀에 들어오지 않았다. 오늘 밤, 우리는 여자의 벌거벗은 몸을 보러가는 것이다……. 태평하게 수업을 받고 있는 순진한 녀석들을 실컷 비웃어주고 싶은 충동에 휩싸였다.

다른 남자애들이 안다면 분명 영웅 대접을 해줄 것이다. 저절로 콧구멍이 벌름벌름했다.

"지로, 얼굴이 벌겋다. 감기 걸렸니?"

결국 삿사한테 한 소리를 듣고 말았다.

저녁을 일찌감치 먹어치우고 자전거로 선플라자 앞까지 달려갔더니 무카이와 준이 벌써 와서 기다리고 있었다.

"왜 이렇게 늦어, 지로!" 그러면서 준이 눈을 흘겼다.

"뭘, 아직 6시 45분이잖아."

분명 집에 가만히 있을 수가 없었던 것이리라. 애초에 약속했던 대로 각자 가방을 메고 있었다. 안에는 눈속임용으로 수영복과 수건이 들어있었다.

"9시 반까지는 돌아온다! 자동차를 조심한다!" 무카이가 허리에 손을 짚고 주의 사항을 말했다.

"흥, 잘난 척은. 선생님 같이 구네."

미운 소리를 하면서도 지로의 뺨은 헤실헤실 풀어졌다. 뭐가 어찌됐건 여자의 벌거벗은 몸을 보게 되는 것이다.

"자, 갈까?"라는 지로. 하지만 무카이가 "아, 잠깐!"이라며 손을 내밀어 가로막았다.

"린조도 오기로 했어. 준이 불어버리는 통에."

"너는 도무지 약속이란 걸 못 지키냐?"

"뭐, 어때, 린조인데?" 준은 입을 뾰로통하게 내밀었다.

그 린조가 마운틴 바이크를 타고 나타났다. 검은 야구 모자에 검은 티셔츠 차림이었다. 본격적으로 어둠에 눈속임을 하겠다는 건가. 팽팽한 긴장감이 언뜻 보기에도 뚜렷이 드러났다.

"어이, 린조. 학원은 어쩌고?" 지로가 물었다. 린조는 "땡땡이 쳤지"라고 아무 일도 아니라는 듯 대답했다.

"그러다 자부 중학교 떨어진다?"

"괜찮아. 헤헤."

얌전한 호색한이었군. 린조의 뜻밖의 면을 본 듯한 느낌이 들었다.

"빨리 가자"라는 린조.

"흥, 네가 왜 설치고 난리냐?" 지로의 목소리가 저도 모르게 거칠어졌다.

네 대의 자전거가 한 줄을 그리며 철로 옆길을 달렸다. 나카노에서 오쿠보까지는 바로 코앞이었지만 아이들끼리 나가본 일은 거의 없었다. 초등학생은 행동 범위가 학구 내로 정해져 있어서 그 바깥으로 나가는 데는 용기가 필요했다. 다른 초등학교 아이들을 만나는 것만으로도 적잖이 긴장이 되었다. 하물며 알지도 못하는 번화가까지 나가는 일은 상당한 모험이었다.

해는 완전히 떨어지고 도심의 고층 빌딩들이 저 앞에서 번쩍거렸다. 지로는 이 경치가 너무나 좋았다. 가장 키 큰 도청이 다른 빌딩들을 거느리고 우뚝 서있는 모습은 데카레인저가 악당을 꺼꾸러뜨릴 때마다 정해놓고 짓는 포즈 같았다.

큰길에는 오가는 자동차가 많아서 뒷길 쪽을 달렸다. 맨 앞에서 달리는 무카이는 아줌마용 자전거를 타고 있었다.

"할머니가 새 자전거 사준다고 했는데, 나는 미니 콤포넌트가 갖고 싶어서 말이야." 무카이는 그러면서 자기만 자전거가 다른 것에 전혀 신경을 쓰지 않았다. "지로, 라이트 켜라." 무카이가 던져준 지시를 말없이 따랐다. 무카이 녀석에게는 별로 대들 생각이 나지 않았다.

십여 분 자전거를 달려 오쿠보 역에 접어들었다. 이 시간대에 오쿠보에 나와본 것은 처음이었다. 역 앞이 북적거리는 것은 나카노 쪽이 훨씬 더했지만, 이쪽 거리는 분위기가 딴판이었다. 네온사인의 종류부터 달랐다. 유난히 자극적인 것이다.

게다가 험상궂게 보이는 어른들이 많이 돌아다녔다. 자신들이 엉뚱한 곳에 와있다는 건 금세 알 수 있었다. 이 시간에 초등학생들은 아예 돌아다니지도 않는 것이다.

네 사람 모두 표정이 굳었다. 나누는 대화도 줄었다.

역 앞에서는 자전거에서 내려 끌면서 걸었다. 사람들 사이를 누비며 자전거 벨을 울릴 엄두도 나지 않았고, 외국인들이 보도를 막고 떼 지어 서있는 곳에서는 어물어물 차도로 내려서기도 했다.

역 앞 번화가를 빠져나온 뒤에야 다시 자전거에 올라탔다. 거리가 어둑해진 참에 저 앞쪽으로 대중탕의 굴뚝이 보였다.

"와, 저기다!"라는 무카이. "드디어 여체의 신비가 벗겨지는 순간이구나."

넷이 함께 웃었더니 어깨 힘이 스르르 빠졌다.

"우리 아버지 쌍안경 가져왔어. 독일제야"라는 린조.

린조를 다시 봐야겠다고 생각했다. 분명 제 방에는 음란한 잡지도 잔뜩 모아뒀을 것이다.

목적지인 대중탕에 도착하자 무카이가 말했던 대로 바로 옆에는 학원 빌딩이 있었다. 어린이용 자전거가 몇 대나 늘어섰다. 올려다보니 2층 창문이 온통 환하게 밝혀져 있었다.

"썩 좋은 교육 환경이구나." 무카이가 비아냥거렸다.

주위는 고요히 가라앉아 있었지만, 이곳이 주택가가 아니라는 사실은 금세 알 수 있었다. 큰길에서 한 걸음만 들어서면 러브호텔 거리였다.

무카이를 앞세우고 빌딩으로 들어갔다. 학원이 자리 잡은 층을 그대로 지나쳐 한 층 더 계단을 올랐다. 맥박이 빨라졌다. 마침내 여자의 벌거벗은 몸이다! 마음속으로 어른과 마주치지 않기만을 빌었다.

무사히 옥상에 도착했다. 무카이가 옥상 문의 손잡이를 잡고서 뒤를 돌아보았다. '자, 간다!' 라고 눈빛으로 신호를 보내왔다. 뒤따르던 세 사람이 말없이 고개를 끄덕였다.

문이 열리자 끈끈한 공기가 피부에 휘감겨왔다. 눈앞에서는 러브호텔의 네온이 깜박였다. 등에 땀이 주르륵 흘렀다. 이 주변만 유난히 습기가 고여 있는 것 같았다.

한 걸음씩 내디뎠다. 모두가 허리를 한껏 숙이고 있었다.

굴뚝이 있는 쪽 난간으로 다가갔다. 먼저 준이 "앗!" 하고 낮게 부르짖었다.

모두가 난간 밖으로 몸을 내밀고 아래를 보았다. 분명 대중탕의 큼직한 창문 불빛이 보였다. 하지만 유리창이 물방울에 흐려져 있었다. 여탕인지 아닌지도 분간할 수 없었다.

"뭐야!" 지로가 무카이를 향해 얼굴을 찌푸렸다. "이야기가 틀리잖아?"

"아, 거 이상하네. 우리 사촌 형이 분명히 보인다고 했는데?"

무카이가 초조해 하는 기색도 없이 태연하게 말했다.

"여탕이 빤히 다 보인다더니, 거짓말이잖아."

지로가 눈을 치뜨고 무카이의 팔을 툭 쳤다.

"하지만 틀림없는 여탕이야." 그때, 곁에서 린조가 나지막한 소리를 냈다. 어느새 쌍안경을 들여다보고 있었다. "전체적으로 머리가 길고, 게다가 엉덩이 정도는 알아볼 수 있어."

나머지 세 사람이 술렁거렸다.

"거기 털도 대충 보여"라는 린조.

"나도 좀 보자."

준이 손을 내밀었다. 물론 지로도 팔을 쭉 뻗었다.

"내 거야."

드물게도 린조가 강하게 저항했다. 쌍안경을 사이에 두고 쟁

탈전이 벌어졌다.

"잠깐, 조용히 좀 해." 무카이가 끼어들었다. "순서대로 보자. 한 사람에 1분씩. 린조가 손목시계를 찼으니까 그걸로 재봐."

모두가 고개를 끄덕였다. "자, 출석 번호 순서대로 간다."

먼저 지로가 쌍안경을 차지했다.

두근거리는 가슴을 억누르며 쌍안경을 눈에 댔다. 렌즈로 확대되자 틀림없이 여탕이라는 게 드러났다. 희미한 윤곽뿐이기는 했지만 몸의 선이 달랐다. 뭔가 따스하고 부드러운 것이 렌즈 너머에서 움직이는 것이다. 거기의 털이 거무스레한 것도 나름대로 알아볼 수 있었다.

"우와, 꽤 자세히 보인다, 보여."

확실하지 않은 만큼 더욱 더 상상력을 자극했다. 바지춤에서 성기가 열을 띠기 시작했다.

"웃, 젖이 흔들린다." 사실이었다. 여자가 탕 안에서 나오는 장면이었던 것이다.

"어디, 어디." 흥분한 준이 목에 매달렸다.

"아직 1분 안 됐어." 준을 밀어냈다.

정해진 시간이 되어서 준에게 쌍안경을 건넸다. 무카이와 눈이 마주치자 저도 모르게 입가가 헤실헤실 풀어졌다.

"무카이, 역시 외국 사람도 거기 털은 검구나."

"아, 그래?"

자신이 본 건 분명 젊은 외국인 여자다. 그렇게 믿기로 했다.

준은 마구잡이로 흥분했다. "오!"라느니 "아!"라느니, 혼잣말을 흘리고 있었다.

린조는 아무 소리도 없이 일심불란하게 쌍안경을 들여다보았다. 엄청난 집중력이었다. 그러니 공부를 잘하는 것이리라.

"게르만 민족은 역시 우수해." 무카이는 쌍안경의 성능에 감탄하고 있었다. 정말 능청맞은 녀석. 딴전 피우는 데는 선수였다.

쌍안경은 도합 다섯 바퀴를 돌았다. 그때쯤이 되자 역시 처음에 느꼈던 흥분은 가라앉고, 얼굴도 보이지 않는 데 대해 뭔가 부족함이 느껴졌다. 분명 다른 세 사람도 마찬가지였을 것이다.

하지만 아무도 그런 말을 입에 올리지는 않았다. 애써 여기까지 달려와 한참 신바람이 났는데 찬물을 끼얹을 수는 없었다. 그런 마음은 넷이 똑같았다. 이것으로 네 사람은 전우가 된 것이다.

30분쯤 머물다 옥상에서 내려왔다. 무카이의 제안으로 대중탕 앞쪽에 가보기로 했다.

"어떤 여자가 들어갔었는지, 나오는 손님을 확인해보자."

나쁜 머리가 저리도 잘 돌아가는 초등학생이 또 있을까. 지로는 감동마저 느꼈다.

자판기 앞에 자전거를 세워놓고 나오는 손님들을 지켜보았다. 그 참에 주스를 사서 마셨다. 다들 목이 말랐던 것이다.

주렴을 젖히고 목욕탕 손님들이 나왔다. 아주머니가 대부분이었지만, 술집에 나가는 것으로 보이는 젊은 여자도 있었다. 그때마다 가슴의 두근거림이 빨라졌다. 그 다음에는 글래머 스타일의 외국인 여자가 나왔다. 금발이었다. 대담하게도 노브라에 탱크톱 차림이었다.

저 여자의 벌거벗은 몸을 본 것일까? 지로의 흥분은 정점에 달했다. 준도 린조도 얼굴이 붉어져 있었다.

오기를 잘했다고 진심으로 생각했다. 바지춤이 점점 더 후끈거렸다. 이대로 학교로 뛰어가 속이 시원하도록 철봉에 기어 올라가고 싶은 심정이었다.

린조의 손목을 잡아 손목시계의 문자판을 확인했다. 밤 8시 반을 지난 시각이라서 이제 그만 슬슬 집에 돌아가기로 했다.

"이봐 준, 행여 학교 가서 떠벌리지 마라."

지로가 못을 박았다.

"내가 왜 말을 해?"

준이 콧잔등에 주름을 잡아가며 대꾸했다.

사실은 떠들고 다녔으면 했다. 여자애들한테까지 알려지는 건 좀 그렇지만, 남자애들에게라면 크게 자랑을 치고 싶었다.

자전거에 올라타 천천히 페달을 밟기 시작했다. 지로는 맨 뒤에서 달렸다.

눈앞의 사거리를 남녀 커플이 지나갔다.

가슴이 철렁했다. 누나의 옆얼굴이었다.

가로등 불빛을 받은 누나의 옆모습이 그곳에 있었다.

누나! 저도 모르게 소리를 칠 뻔했다.

심장이 빠른 종을 내리쳤다. 순간적으로 남자 쪽을 눈으로 확인했다.

중년 남자였다. 아버지만큼은 아니지만, 아무튼 스물한 살의 누나와 어울릴 만한 젊은 남자는 아니었다.

잘못 보았을까?

누나가 이런 러브호텔 거리를 돌아다닐 리가 없다.

사거리쯤에서 자전거를 세웠다. 다시 한 번 뒷모습을 확인했다. 옷차림이 오늘 아침에 본 누나와 똑같았다. 두 사람은 팔짱까지 끼고 있었다.

누나가 남자를 올려다보며 미소를 지었다. 하얀 이가 내보였다. 집에서는 한 번도 보여준 적이 없는 싱싱한 웃음이었다.

"지로, 왜 그래?" 무카이가 십여 미터 앞에 멈춰있었다.

지로는 당황하여 그 자리를 떴다.

"아무 것도 아냐." 말을 하면서 얼굴에서 핏기가 빠져나갔다.

조금 전까지의 흥분이 단숨에 식어버렸다. 그 대신 가슴속에 음울한 마음이 쑥쑥 커나갔다. 허리를 치켜들고 지로는 자전거를 저었다. 심장의 고동이 가라앉지 않았다.

5

일요일, 오래간만에 가족이 모두 모여 점심을 먹었다. 아가르타는 일요일이 정기휴일이라서 어머니가 야키소바를 만들어주었던 것이다. 우에하라 집안의 야키소바에는 반드시 반숙 달걀 프라이가 얹어서 나왔다. 남들도 다 그러는 줄만 알았기 때문에, 급식에 처음으로 야키소바가 나왔을 때 "달걀 프라이는?" 하고 물었다가 친구들의 웃음을 산 적이 있었다.

더군다나 우에하라 집안에서는 야키소바에 밥을 먹었다. 야키소바를 반찬 삼아 밥을 먹는 것이다. 지로는 다 만들어진 야키소바에 소스까지 치는 게 습관이었다. 그렇게 하면 밥이 더 술술 잘 들어갔다.

가족이 모두 모인 것은, 웬일로 누나가 집에 있었기 때문이었다. 보통 때라면 집에는 잠을 자러 올 뿐, 쉬는 날에도 어딘가로 나가버렸다. 어머니도 "요코는 잠만 자고 떠나는 하숙생 같구나"라고 어이없어 했다.

그런 누나가 테이블 맞은편에 앉아있었다. 머리를 뒤로 묶고 화장기 없는 얼굴로 묵묵히 밥을 떠 넣고 있었다.

그날 밤에 지로는 도무지 잠이 오지 않았었다. 누나가 낯선 남자와 팔짱을 끼고 걸어갔다. 남자를 향해 달콤한 웃음을 보였다. 그 광경이 눈꺼풀에 찍혀 어두운 마음이 점점 더 깊어갔다. 게다가 그 남자는 나이 든 아저씨였다. 아마 서른다섯 살은 될 것이다. 문구점 아저씨가 서른다섯 살이라서 그 비슷한 또래라고 짐작할 수 있었다.

연인 사이라고 하기에는 너무나 어울리지 않았다. 단지 그 이외의 관계라면, 지로로서는 짐작도 가지 않았다. 아니, 상상도 하고 싶지 않았다.

이불만 둘둘 휘감고 있자 오후 11시가 지나서야 누나가 돌아왔다. 계단 아래에서 어머니에게 "다녀왔습니다"라는 인사만 하고 퉁탕퉁탕 계단을 올라왔다. 지로는 저도 모르게 몸이 딱딱하게 굳었다.

지로는 뭔가를 지그시 견뎌내고 있었다. 이 세상은 내가 생각하는 대로 풀려나가는 건 아니다. 한 가족이라 해도 저마다 따로따로 살아가는 것이다…….

"요코, 한가하면 내 소설 좀 읽어볼래?" 아버지가 입에 밥을 가득 넣은 채 말했다.

"싫어." 누나가 퉁명스럽게 쏘아붙였다.

"'문학사(文學舍)'의 편집자가 읽어보고 아주 호평을 하던데? 찍어준단다."

"찍다니?" 모모코가 물었다.

"교정지를 내준다는 거야. 아버지 소설이 드디어 책이 되는 거지."

지로는 놀라서 어머니를 쳐다보았다. 어머니는 눈을 내리깔고 미소를 짓고 있었다.

"정말이야?" 지로는 어머니에게 물었다.

"정말인가 봐." 어머니가 입을 열었다. 어딘지 쑥스러운 듯한 말투였다. "편집하는 사람이 소설이 마음에 들어서 책으로 만들려고 한대."

'문학사'라면 지로도 잘 아는 일류 출판사였다. 참고서나 만화책도 많이 냈다.

"아버지, 굉장하다."

"뭐, 그쯤이야." 아버지가 컵의 보리차를 비웠다. "눈이 제대로 박힌 사람이 드디어 나타난 거야. 나는 지금까지도 수많은 걸작을 써냈어. 한마디로 눈 밝은 편집자를 만나지 못했던 것뿐이야."

"그럼 이제 작가네?"

"음. 책이 출판되면 여기저기서 집필 의뢰가 들어올 테니까, 그렇게 되면 남쪽 섬으로 이사할 거야."

"남쪽 섬?"

"그런 데가 있어. 오키나와(沖繩)의 하테루마 섬(波照間島)보다 더 먼 곳에 지도에도 실리지 않은 비밀의 섬이."

아버지가 목소리를 낮췄다. 어머니가 쓴웃음을 짓는지라 그저 농담인가 보다고 생각했다.

"작가가 꼭 도쿄에서 살 필요는 없거든. 요즘에는 팩스니 뭐니 다 있으니까 말이야. 좀 더 공기 좋은 곳으로 가서 사는 게 좋겠지?"

"난 싫으니까, 그런 줄 아세요." 누나가 끼어들었다. 뾰족한 목소리였다. "다들 가서 잘 사시죠. 난 아파트라도 빌려서 혼자 살 거니까."

"안 돼, 우리 가족 모두 함께 가야지." 아버지가 부엌이 우르릉

거리도록 큰소리로 말했다. "밭농사를 하려면 한 사람이라도 더 일손이 필요하다고. 요코, 남의 회사 돈 계산 같은 거 아무리 해봤자 재미도 없잖아?"

"이제는 경리 아니에요. 그래픽 디자이너라구요."

누나가 턱을 치켜들었다.

"어찌됐건 자본가의 수족인 건 똑같아. 고객 관리니 뭐니 말만 그럴싸하지 그저 위에서 시키는 대로 뺑뺑 돌아다니는 일 아니냐?"

"아버지는 어떤데?" 누나가 눈을 치켜떴다. "프리라이터라고 이름만 그럴싸하지, 출판사가 시키는 대로 써내는 거잖아?"

"그건 위장 포즈고, 이제부터는 어엿한 작가야. 지금까지 온갖 거만을 떨었던 편집자 놈들을 납작하게 해줄 거야."

"정말 그러실지. 겨우 조판에 들어간 정도면서, 뭘."

"조판에 들어갔다는 건 책으로 출간한다는 뜻이야."

"그래도 팔리지 않으면 아무 의미도 없어."

"바보. 틀림없는 베스트셀러야. 문학상도 죄다 거머쥘 거고."

"잘 먹었습니다."

누나가 아버지의 말을 무시하고 자리에서 일어섰다. 싱크대에서 자기가 먹은 그릇을 씻어놓고는 냉큼 2층으로 올라가버렸다.

"야, 지로. 너는 이사 가는 거, 찬성이지? 아주 좋아, 남쪽 섬에서 살면."

눈으로 어머니에게 도움을 청했다. "대충 흘려들어." 어머니는 어깨를 으쓱 들어 올렸다.

"무슨 소리. 나는 진심이야. 당신과 결혼할 때도 말했었지? 내 이상향은 자급자족의 생활이야. 어느 누구에게도 착취당하지 않고 우리 가족의 힘만으로 살아가는 거야."

"전학 가는 거, 싫어." 모모코가 말했다.

"나도"라는 지로.

"너희는 학교가 그렇게 재미있냐?"

"응." 둘이서 동시에 대답했다.

"어허, 저런. 나처럼 걸출한 인물의 자식이란 것들이 국가 따위에 만만하게 길이 들어서는. 학교에서 너희 머릿속에 주입하는 건 체제에 적당히 써먹을 인간을 양성하기 위한 최면술 같은 것이야. 어떤 시대에나 학교는 일종의 교정 시설이었어. 예전에는 나라를 위해 죽어서 돌아오라고 가르쳤지. 요즘은 일을 많이 해서 세금을 많이 내라고 가르쳐."

"여보, 아이들한테 그런 말 해봤자 못 알아들어요." 어머니가 나무랐다.

"그래도 가르쳐야지. 알겠냐, 지로, 모모코?" 침이 튀었다. 아버지의 목소리가 한층 커졌다. "국민의 3대 의무라는 거, 새빨간 거짓말이야. 잘 들어둬. 교육, 근로, 납세의 의무. 그런 건 본래 개인의 자유에 맡기는 게 옳아. 학교에 다니지 않는다, 일하지 않는다, 세금은 내지 않는다. 인류는 역사의 대부분을 그렇게 보내왔어. 전혀 불편할 것도 없었고 전혀 잘못될 것도 없었어."

"지로, 오늘은 놀러 안 가니?" 어머니가 말했다.

"밥 먹고 준하고 놀 거야."

"당신, 내가 지금 중요한 이야기를 하는데······." 아버지의 창끝이 어머니에게로 향했다.

모모코와 눈짓을 나누고는 서둘러 그릇을 씻었다. 덕분에 하마터면 밥을 네 그릇까지 못 채울 뻔했다.

"인류의 불행은, 충분히 가졌음에도 더 많은 것을 원하는 데서부터 시작되었어."

"네, 네." 어머니는 적당히 흘려듣고 있었다.

그 말을 들으며 지로의 머릿속에는 모모코와 똑같은 질문이 끓어올랐다. 어머니는 어째서 아버지와 결혼했을까. 젊은 시절부터 아버지는 분명 괴짜였을 텐데.

다 큰 어른이 테이블에 엎어지다시피 붙어 앉아서 입에 침을 튀기며 연설을 하고 있었다. 어머니는 별로 동요하는 기색도 없이 조용히 차를 끓이고 있었다.

"우리 아버지, 드디어 작가가 된대."

그날 오후, 입이 근질거려서 준에게 말해버렸다. 단, 별일 아닌 척 말했다. 나카노 브로드웨이를 둘이 나란히 걸어올 때, 문득 생각났다는 듯 툭 내뱉었던 것이다.

"와, 굉장하다." 준은 놀라는 척을 해주었다. "너희 집, 부자 되겠네?"

"그렇게 금세 부자가 되겠냐?"

지로는 그렇게 대꾸했지만, 내심 기대가 없는 건 아니었다. 아기 때부터 내내 지금 사는 전셋집에서 살았다. 전차가 지나가면 우르릉 울리는 낡은 집이다. 단 한 번이라도 좋으니 삿사네처럼 조용한 주택가의 새집에 살아보고 싶었다.

아니, 어쩌면 훌륭한 저택이 꿈만은 아닐지도 모른다. 어떻든 아버지는 이제 작가가 되는 것이다. 그렇게 된다면 내 방을 갖고 싶다. 폭신한 침대도 있었으면.

"갑자기 사립중학교에 간다느니, 그런 소리는 안 하겠지?"

준은 저만 홀로 남겨질까 봐 걱정하는 것 같았다.

"안 가, 사립중학교는 무슨?"

대꾸를 하면서, 갑자기 자신에게 그럴 가능성이 생겨난 것이 놀랍고 적잖이 가슴이 부풀었다. 아버지가 작가라면 부잣집 아이들 속에 끼어도 뒤통수가 켕기거나 하지는 않을 것이다.

오랜만에 아버지를 새삼 다시 보았다. 남쪽 섬으로 이사한다는 이야기만 빼면.

준이 경기용 사이즈의 농구공을 산다고 해서 함께 가주었다. 준은 중학교에 올라가면 농구부에 들어가기로 마음을 정했다. "키도 더 커야 하니까"라고 전부터 별렀었다.

스포츠 용품점에서 준이 산 것은 고무공이었다. 가죽 공은 눈이 튀어나올 만큼 값이 비쌌다.

"지로 너는 중학교 가면 클럽활동은 뭘로 할래?"

"아직 못 정했어."

축구와 야구는 일단 제외했다. 축구교실에 다니는 애들과 애초부터 차이가 나는 게 신경질 나기 때문이다. 지로는 육상부가 그나마 괜찮겠다고 마음속으로 생각하고 있었다. 육상부라면 별다른 용품이 필요하지 않아서 돈도 들지 않는다.

공을 산 김에 가까운 구청 앞에서 드리블 연습을 하기로 했다. 휴일의 구청 주변은 인적이 없었다.

볼을 바운드시키는 소리가 빌딩에 메아리쳤다. 준은 생각했던 것보다 훨씬 능숙했다. 주차장의 구획선을 이용해 잽싸게 지그재그로 드리블을 했다.

"조금만 더 팔이 길면 좋았을 텐데."

"금세 자랄 거야."

드리블 뒤에는 슛 연습을 하기로 했다. 뒤편 주차장에 창문 없는 벽이 있어서 그쪽으로 자리를 옮겼다.

그러다 정차해둔 마이크로버스 그늘에 중학생들이 쭈그리고 앉아 담배 피우는 장면을 맞닥뜨렸다.

되도록 눈을 맞추지 않으려고 애를 썼다. 그렇다고 급하게 돌아가는 것도 별로 좋지 않을 것 같아 유연한 커브를 그리며 그 자리를 뜨려고 했다.

"어이!" 하지만 등 뒤에서 부르는 소리가 들렸다. 바지춤의 급소가 불끈 솟구쳤다.

고개를 돌려보니 어디선가 본 얼굴이었다. 샷사의 생일 날, 공원에서 보았던 중학생들이었다. 전부 네 명이었다.

"오늘은 구로키하고 함께 안 왔냐?" 노랑머리 하나가 낮은 소리로 을러댔다.

그건 이쪽에서 할 말이라고 생각했다. 구로키 따위, 우리와는 친구가 아니다.

"휴대전화 빌려줄 테니까 지금 구로키 좀 불러라."

담배를 아스팔트에 짓이기며 노랑머리가 일어섰다. 눈썹을 날카로운 예각으로 밀어서 얼굴 전체가 으스스하게 보였다.

"번호를 몰라." 그러면서 걸음을 옮겼다.

"토끼지 마!" 다시 위협을 한다. "뭐, 토낄 일도 없지만."

"어이, 가쓰. 초등학생 상대하지 마."

다른 중학생이 끼어들었다.

"내년에는 후배야. 지금부터 교육을 잘 시켜둬야지."

가쓰라는 중학생이 껌을 질경질경 씹으며 느릿느릿 다가왔다. 170센티미터는 될 것 같았다. 헐렁한 바지 끝이 바닥에 질질 끌렸다.

"뭐, 그렇게 무서워할 거 없어. 우린 착한 형님들이야." 지로의 어깨를 툭툭 쳤다. 입 끝으로만 웃고 있었다.

"아, 그렇지. 너희한테 주스 사줄게. 선플라자 로비에 자판기가 있으니까 거기 가서."

다른 중학생들이 몰려왔다. 준은 안색이 하얗게 질려있었다.

가쓰가 바지 뒷주머니를 더듬었다.

"아, 이런. 지갑을 잃어버렸네?" 중학생들의 웃음소리가 터졌다. "야, 사정이 이러니 어쩔 수가 없다. 너희가 먼저 좀 써주라. 우리 쪽 네 개, 너희 두 개, 합쳐서 여섯 개 사 와."

"그럴 돈 없어." 준이 입을 열었다. 얼굴이 굳어있었다.

"얘들아, 돈이란 건 대충 만들면 되는 거야. 중학교에 올라오면 돈이 없다는 말은 통하지 않아."

"그러면 자기들끼리 돈을 대충 만들어서 쓰면 되잖아?"

준이 대꾸했다. 가쓰의 안색이 일순 변했다. 하지만 일부러 그러는 듯 곧바로 눈초리를 내렸다.

"어, 그 농구공 아주 좋은데? 새로 샀냐?" 환한 목소리로 준의 농구공에 손을 내밀었다. "어디 한번 보자."

준이 공을 끌어안았다. 몸을 틀어 뒤에 감추려고 한다.

"야, 쩨쩨하게 굴지 마. 내년에는 선후배 사이야."

"싫어." 준이 뾰족한 소리를 질렀다.

다음 순간, 가쓰의 오른쪽 다리가 움직였다. 준의 허벅지에 발차기를 날린 것이다.

"이게 사람을 뭘로 보는 거야, 이 꼬맹이가."

이어서 가쓰의 주먹이 준의 뱃구레를 파고들었다.

지로가 태어나서 처음으로 목격한 본격적인 펀치였다. 초등학생 싸움에서는 구경도 못했던, 그야말로 영화의 한 장면 같은 일격이었다.

준이 아스팔트에 쭈그리고 앉았다. 공이 굴러 떨어졌고 가쓰는 그것을 집어 들었다.

지로는 멍청히 서있었다. 맞대응을 할 생각은 눈곱만큼도 나지 않았다. 그러기는커녕 저절로 오금이 저려왔다. 자신도 당할 것이라는 생각에 손끝이 파르르 떨렸다.

"이 농구공, 잠시 빌릴게." 가쓰가 준을 내려다보며 말했다.

"알겠지? 어디까지나 빌리는 거야. 뺏으려는 게 아니라구. 오해는 하지 마라."

이어서 지로를 돌아보았다.

"네가 증인이야. 이건 빌리는 거다?"

지로는 반사적으로 고개를 끄덕였다.

"빌리는 기간은 구로키가 돈을 돌려줄 때까지. 너희, 구로키의 조무래기들이지? 그렇다면 연대 책임을 져야지. 구로키가 우리한테 천 엔 빚진 게 있거든. 그걸 갚아주면 이 공도 돌려주지. 하긴 너희가 대신 갚는 방법도 있긴 하지만."

가쓰가 코웃음을 쳤다. 겨우 한 살 차이일 뿐인데 한참 어른으로 보였다.

"구로키한테 그렇게 전해줘."

느릿느릿 뒷걸음질을 치더니 이윽고 발길을 돌렸다.

중학생들은 안짱다리 걸음으로 서로 어깨를 맞부딪치며 사라져 갔다.

지로가 준에게로 달려갔다. 준은 눈이 빨개져 있었다. 입술은 새파랬다.

"말도 안 돼." 내뱉듯이 말했다.

기가 센 준도 어떻게 손써볼 도리가 없었다. 상대가 너무 악질 적이었던 것이다.

"믿을 수가 없어." 배를 누르며 얼굴을 찡그리고 있었다.

지로는 뭐라고 해야 할지, 할 말을 찾을 수가 없었다. 동시에 스스로 한심하다는 생각이 치밀었다. 친구를 도와주지 못했다. 준이 당하는 것을 그저 말없이 지켜보기만 했던 것이다.

가슴속에서 잿빛 기분이 소용돌이쳤다. 내년에 중학교에 들어가면 저 가쓰라는 놈하고 함께 다녀야 하는가. 그 생각을 하니 견딜 수 없이 우울해졌다.

다음 날, 준과 함께 구로키가 있는 4반으로 갔다. 복도로 불러내서 어제 일을 이야기했다.

구로키는 얼굴이 벌게지더니 "난 돈 같은 거 빌린 적 없어"라고 몹시 기분 나쁘다는 듯 말했다. "정말 그 형은 참! 만날 나를 미끼로 써먹는다니까." 복도인데 침을 뱉었다.

"그럼 어떻게 된 거야?"라는 지로.

"가쓰가 늘 써먹는 수법이야. 돈을 긁어낼 때, 너희 학교 누구누구한테 빌려준 게 있다, 그러면서 대신 자전거나 야구 글러브 같은 걸 뺏어가. 그것도 대놓고 빼앗지도 않아. 빌려가는 거라고 해서 학교 쪽에 들켰을 때를 대비하는 거야."

"그럼 어떻게 해야지?"

"그걸 내가 어떻게 알아? 공 같은 거, 그냥 포기해."

"웃기지 마. 그날 새로 산 거란 말야."

준이 구로키를 노려보았다.

"뭐야, 너!"

대번에 구로키의 안색이 바뀌었다. 준의 멱살을 움켜잡는다.

"잠깐!" 지로가 둘 사이에 끼어들어 우선 손부터 놓게 했다.

"구로키, 네가 부탁 좀 해봐. 공 돌려달라고."

"바보. 그런 말을 해봐라. 그러면 나한테 돈을 내라고 하지."

"너는 거절 못해?"

"거절하고 싶지 않아." 구로키는 즉각 고개를 저었다. "가쓰 형은 성질이 더러워서 화가 나면 무슨 짓을 할지 모르는 사람이야. 전혀 중학교 1학년생 같지 않아. 게다가 3학년에 친형이 있는데 그 형이 전교를 다 휘어잡아서 가쓰 형도 학교에서는 무서운 게 없어. 2학년들까지 슬슬 피해 다니는 판이야."

"2천 엔이나 주고 샀어. 몇 달째 용돈을 모아서 샀단 말이야."

준이 새된 소리를 질렀다.

"그럼 천 엔 내고 다시 찾아 와. 그냥 3천 엔에 샀다고 생각해."

"어떻게 그렇게 생각해?"

"조용히 돈 내는 게 좋을 거야." 구로키가 피식 웃으며 말했다.

"가쓰 형도 그까짓 공이 탐났던 건 아닐 거고. 너희들, 괜히 어물거리다가 또 다른 트집을 잡힐 거다." 늘 그렇듯이 연신 눈을 깜빡거렸다. 무카이가 말했던 틱이라는 그 증세였다. "뭐, 마음이 바뀌면 나한테 천 엔 가지고 와. 내가 찾아다 줄게."

구로키가 저희 교실로 돌아갔다.

"선생님한테 이야기할까?" 지로가 말했다.

"응?" 준은 잠시 입을 다물고 생각해보더니 한숨을 크게 내쉬고는 "그건 안 돼"라고 메마른 어조로 말했다.

선생님에게 고자질을 하면 일이 훨씬 더 귀찮아진다. 두 사람 모두 그건 충분히 짐작이 갔다.

지금껏 겪어본 적이 없는 시련이었다. 5학년 때까지는 이 세상에 외부의 적이 있다는 건 생각도 하지 못했었다.

지로도 한숨을 내쉬었다. 나한테도 아버지만 한 싸움 실력이 있으면 얼마나 좋을까. 뜬금없이 아버지를 머릿속에 떠올렸다.

6

준의 농구공은 여전히 돌아오지 않았다. 천 엔이라는 큰돈을 쉽게 마련할 수도 없었고, 만만히 건네주면 그대로 돈만 따먹힐 것 같기도 했다.

준은 어머니에게, 사려던 공이 가게에 없었다고 거짓말을 했다. 지로 자신이라도 분명 그렇게 했을 거라고 생각했다.

지로는 그 자리에 함께 있었던 처지에 나 몰라라 할 수는 없었다. 불량한 인간과는 어떤 식으로건 관계를 맺고 싶지 않은 마음이야 굴뚝같았지만, 친구를 혼자 내팽개쳐 두는 건 할 짓이 아니었다. 준이 얻어맞는 것을 말없이 바라보기만 했던 데 대한 마음의 빚도 있었다. 지로는 자신의 일처럼 우울했다.

그날 방과 후, 홈룸이 끝나자 미나미 선생님이 교무실로 오라고 부르셨다.

"우에하라 군, 잠깐만."

뭔가 걱정스러운 미소를 머금고 손짓을 하고 있었다.

무슨 일인가 싶어 따라갔다. 오늘의 미나미 선생님은 하얀 바지에 엷은 핑크색 셔츠를 입고 있었다. 평소에는 화장을 하지 않기 때문에 대학생 같았다.

교무실에 들어가자 어른 냄새와 담배 냄새가 났다. 미나미 선생님이 의자를 내주셨다. 책상에는 원고를 복사한 종이 더미가 있었다. 그 각진 글씨를 보고 뭔가 안 좋은 예감이 들었다.

"실은 말이지, 어제 방과 후에 우에하라 군의 아버지께서 학교에 오셨어……."

뭐, 뭣이? 마음속으로 부르짖었다.

"소설이 곧 출판될 테니까 책이 되기 전에 미리 읽어보고 감상을 들려달라고 하시더구나."

너무 창피해서 얼굴이 빨개졌다. 그런 소리, 아버지는 한마디도 하지 않았다. 집에 돌아가면 강력하게 항의해야지. 어째서 나한테는 한마디 말도 없이 아버지 멋대로 이런 짓을…….

"그래서 말이지, 어젯밤에 이불 속에서 읽어봤는데, 선생님은 솔직히 말해서 잘 모르겠어."

눈을 마주 바라볼 수가 없었다. 머리털 속에서 일시에 땀이 솟구쳤다.

"선생님은 추리 소설이라면 그래도 꽤 많이 읽은 편인데, 순수 문학 쪽은 별로 익숙하지 않아서 변변한 독후감을 말씀드릴 수 없을 것 같아."

"네." 꺼질 듯한 자신의 목소리였다.

"하지만 일단 감상문을 쓰기는 썼어. 자, 여기." 선생님이 봉투를 건네주셨다. "아버지, 다시 오신다고 하셨는데, 그럴 필요는 없으시다고 전해줄래?"

봉투에는 여성스러운 글씨로 '우에하라 이치로 님께'라고 적혀있었다.

"그리고 아버지께 학교에 오실 때는 사전에 전화로 연락을 해주십사고 전해줘. 있지, 선생님이 혹시 자리에 없으면 헛걸음을 하시게 되잖아?"

말없이 고개를 끄덕였다. 아버지의 모습이 눈앞에 떠올랐다. 분명 느닷없이 교무실 문을 드르륵 열고 큰소리로 미나미 선생님을 찾았을 것이다.

"하지만 참 대단하시다, 우에하라 군의 아버지. 소설가로 데뷔를 하시다니." 선생님이 다정하게 웃고 있었다. "그것도 '문학사'를 통해서 데뷔하시다니, 거긴 일류 출판사잖아. 선생님에게는 너무 어려웠지만, 소설을 잘 아는 편집자가 출판하기로 결정했으니까 틀림없이 문학적 가치가 있는 소설일 거라고 생각해. 어쩌면 굉장히 유명한 분이 될지도 모르겠다, 그치?"

"네……." 정말 그런 걸까?

"자, 이제 그만 가봐도 돼."

원고 복사본도 종이봉투에 넣어 건네주셨다. 인사를 하고 교무실을 나섰다. 어휴, 정말 아들을 창피하게 하는 것도 분수가 있지. 뱃속에서 욕이 터져나왔다. 아마 어머니도 모르는 일일 것이다. 알았다면 분명 뜯어말렸을 테니.

"지로, 무슨 사고 쳤지?" 교실에 돌아오자, 공깃돌 놀이를 하던 삿사와 핫세가 놀려댔다.

"사고는 무슨 사고를 쳐?"

"근데 왜 교무실에 불려가?"

"너희가 무슨 상관이야?" 원고가 들어있는 종이봉투를 가방에 처넣었다. 하지만 잠시 자랑을 하고 싶은 마음이 들었다.

"이봐, 삿사, 지난번에 우리 아버지가 소설을 낸다고 했었지? 그거, 드디어 정해졌어."

"정말?"

삿사가 눈이 휘둥그레졌다. 핫세도 고개를 빼고 쳐다본다.

"문학사에서 나온대."

"와, 굉장하다."

예상했던 것보다 더 감격하는 모습을 보여주어서 은근히 기분이 좋았다.

아가르타에는 들르지 않고 집으로 직행했다. 당장 아버지에게 따졌다.

"아버지, 어제 학교에 왔었다면서?"

"오오, 미나미 선생이 뭐라고 하시더냐?" 아버지는 부엌 테이블에서 코털을 뽑고 있었다. 하얀 티셔츠에 닳도록 입어온 바지, 맨발, 늘 보던 그 모양새였다.

"연락도 없이 학교에 오지 말래!"

"그래? 그럼 핸드폰 번호를 알려달라고 해라."

"그런 얘기가 아니잖아." 한숨이 터져 나왔다. 말없이 봉투를 쑥 내밀었다.

아버지는 편지를 뜯더니 의자 등받이에 몸을 내맡기고 얼굴을 북북 긁어가며 읽고 있었다.

"이거 뭐야, 문학을 도통 모르는군." 아버지가 얼굴을 찌푸렸다. "조금은 말이 통하는 여자인 줄 알았더니만."

"선생님은 추리소설을 좋아하신대."

지로는 냉장고를 열고 우유를 꺼내 마셨다.

"쯧쯧, 허접하긴. 은행강도니 방화사건이니, 그런 잘아빠진 범죄소설을 읽어서 뭐하려고? 그딴 걸로 사회를 계몽할 수는 없어."

"나한테 그런 소리 해봤자, 난 하나도 몰라."

"한번 찬찬히 토론해볼 필요가 있겠어."

"안 된다니까! 선생님은 바쁘시단 말이야."

그 참에 원너 소시지 하나를 입에 넣었다.

"근데 구로키라는 애, 네 친구냐?"

깜짝 놀라 아버지를 쳐다보았다. 발톱을 깎고 있었다.

"······그냥 좀 아는 사이인데?"

"아까 전화가 왔었다. 아직 학교에서 안 왔다고 했더니, 그럼 됐다더라."

"응······."

마음에 걸렸다. 구로키가 집에 전화를 걸어온 건 처음이었다.

"구로키라는 애, 부모는 있냐?"

"왜 그런 소리를 해?"

"초등학생 말투가 아니었거든. 혼자 사는 애 같은 느낌이 들더라."

언뜻 대꾸할 말이 생각나지 않았다. 목소리로 그런 것까지 아는 걸까.

"그런 친구는 특별히 소중하게 여겨라."

"······." 대꾸도 하지 않았다.

가방을 내려놓고 아가르타로 나갔다. 카운터 끝자리에서 모모코가 숙제를 펼쳐놓고 있었다. 안에서는 어머니가 설거지를 하고 있었다.

"다녀왔습니다." 인사부터 했다. 아버지가 학교에 찾아왔던 일은 어머니에게는 말하지 않기로 했다. 어머니에게 말할 정도의 일도 아니다. 그렇게 생각하기로 했다.

"어서 오너라. 20분쯤 전에 준이 왔었어, 지로 있느냐고."

어머니가 돌아보며 말했다. 무슨 일일까, 구로키도 그렇고 준도 그렇고. 가슴이 문득 두근거렸다.

준의 집은 바로 옆이라서 당장 가보기로 했다.

골목길을 자전거로 빠져나갔다. '구스다 크리닝' 앞에 가자 창문 너머로 러닝셔츠 차림의 아저씨가 다리미질을 하고 있는 게 보였다.

"아저씨, 준 있어요?" 큰 소리로 외쳤다. 창문이 열리고 아저씨가 "친구한테 전화가 와서 나갔다" 하고 알려주었다.

"혹시 구로키라는 애예요?"

"글쎄, 모르겠네. 조금 나지막한 목소리였는데?"

틀림없는 구로키였다. 인사를 하고 다시 자전거를 달렸지만, 딱히 찾아볼 데가 있는 것도 아니었다. 우선 나카노 브로드웨이의 게임 센터부터 들여다보았다. 없었다. 혹시나 하고 구청 주차장에도 가보았다. 거기에도 없었다.

구로키에게 불려나갔다면 좋은 일일 리가 없었다. 그 가쓰라는 불량한 중학생도 같이 있는 게 아닐까. 암울한 기분이 목구멍까지 차올랐다.

갈 곳이 없어져서 무카이의 도장 가게로 찾아갔다. 무카이는 가게를 지키며 의자에 들어앉아 만화책을 읽고 있었다.

"어, 지로? 도장 파려고?" 태평한 소리를 한다.

"그게 아냐. 준을 찾고 있어." 무카이에게 사정을 설명했다. 일요일에 있었던 중학생들과의 일도, 구로키에게 불려나갔다는 것도.

"이거, 안 되겠고만. 그 가쓰라는 중학생, 건축업을 하는 집안이라 가족이 죄다 거칠다고."

"어째서 그런 것까지 알아?"

"우리 가게 단골손님이거든. 값비싼 도장을 많이 파갔어. 고객 명부를 보면 주소는 알 수 있을 텐데." 무카이가 선반에서 파일을 꺼냈다. 페이지를 한 장 한 장 넘긴다. "여기 있다. 중앙동 6번지. 슈퍼마켓 뒤쪽이로군."

"어떻게 해야 하지?" 한심한 질문을 하고 있었다.

"하긴 가봤자 어차피 거기에는 준도 구로키도 없을 것이고……." 무카이가 팔짱을 끼고 고개를 갸웃거렸다. "음, 준이 돌아오기를 기다리는 수밖에 없겠네."

왈칵 피곤이 몰려왔다. 가게 의자에 털썩 주저앉았다.

"야, 무카이."

"왜?"

"우린 아무 나쁜 짓도 안했는데, 무턱대고 공격하는 놈이 있어. 이게 대체 무슨 일이야?"

"그야 이 세상에 착한 사람만 사는 건 아니라는 얘기지."

"정말 이해를 못하겠다." 손바닥으로 얼굴을 비벼댔다.

"그러니 경찰이나 재판소가 있는 거야. 사회 시간에 배웠지,

일본은 법치국가라고?"

"그렇다면 국가는 필요한 거야?"

"으음, 그렇다고 할 수 있지. 국가가 없으면 곧바로 약육강식의 세계로 떨어질 게야." 무카이가 씁쓸하게 웃었다. "왜 그러냐, 이상한 걸 물어본다?"

"아무것도 아냐." 한숨을 내쉬었다.

아버지가 했던 말은 틀렸다. 국가 따위 필요가 없다니, 말도 안 되는 소리였다.

"선생님한테 말하는 게 좋겠다. 중학생한테 협박을 당하고 있다고."

"하지만 그런다고 가쓰라는 사람이 마음을 고쳐먹을까? 괜히 보복만 당할 게 뻔해."

"그렇게 되면 그 다음에는 경찰이지."

"경찰도 그래. 중학생을 마구잡이로 감옥에 처넣을 수는 없잖아. 그러면 또 다시 더 큰 보복을 당할 거야."

"괜히 겁먹지 말고 경찰한테 말해. 깡으로 한번 버텨보는 거야."

"그러다 우리를 죽이면 어쩌라고?"

"그건……." 무카이가 말이 막혔다.

"법치국가도 믿을 게 못 되네, 뭐."

역시 알 수가 없었다.

저녁 무렵이 되어서야 집에 돌아왔다. 조개 된장국을 끓여서 햄버거를 반찬으로 밥을 세 그릇 먹었다. 네 그릇에서 세 그릇으로 줄인 것은 준의 일이 마음에 걸렸기 때문이다.

"지로, 엄마한테 들었는데, 너희 수학여행 납부금이 턱없이 비싸다면서?" 아버지가 테이블에서 맥주를 마시며 말했다.

"난 몰라, 그런 거."

"1박 2일로 후지 하코네 여행을 하는 데 한 사람당 3만 5천 엔이라던데? 요즘에 그만한 돈이면 괌에도 갈 수 있는 거 아니냐?"

"그런 거 말해봤자 난 모른다니까."

"흠, 학교와 여행사의 유착인가? 이건 조사해볼 필요가 있겠군." 아버지가 미간에 주름을 잡고 있었다.

"제발 부탁이니까 이상한 소리 좀 하지 마." 잔뜩 흘겨보며 견제했다. 더 이상 학교에는 발걸음을 하지 못하게 해야 한다.

그때 현관 벨이 울렸다. 구식인 데다 음량 조절도 안 되기 때문에 목조 이층건물의 구석구석에까지 소리가 울려 퍼졌다. 혹시나 하는 생각에 지로는 현관으로 달려갔다.

준이었다. 컴컴한 표정으로 집 앞에 우두커니 서있었다.

"구로키냐? 아니면 그 가쓰라는 중학생?"

"양쪽 다야." 준은 내뱉듯이 말했다. 턱짓을 한다. "잠깐 나가서 얘기하자."

둘이서 가까운 절로 나갔다. 하늘은 아직 엷은 노을빛이었지만, 나무가 무성해서 그곳만 완연한 밤처럼 어두웠다. 준이 보시

함에 걸터앉았다.

"2주일 이내에 만 엔을 맞춰서 내놓으래." 불쑥 입을 연다.

"무슨 소리야, 그게?" 지로는 깜짝 놀랐다. "어째서 만 엔이야?"

"내가 아냐? 아무튼 중앙초등학교에서 만 엔을 만들어내래. 나하고 너하고 같이 모아 오래."

"나도?"

"응. 네 눈초리가 영 마음에 안 든대, 가쓰라는 사람 말로는."

"말도 안 돼."

"처음부터 끝까지 전부 다 말도 안 되지, 그 자식들 하는 짓은." 준이 바지 호주머니에서 카드 다발을 꺼냈다. "이걸 주더라. 모두 백 장이야. 한 장에 백 엔씩 팔아서 만 엔을 만들어내라는 거야."

지로가 받아 들었다. 애니메이션 카드였다. 하지만 유행이 한참 지난 것이라서 누구도 관심을 가지지 않을 물건이었다. 게다가 귀퉁이가 너덜너덜하고 여기저기 때가 탄 게 눈에 띄었다. 분명 어디서 주웠거나 헌책방에서 공짜나 마찬가지로 사들인 것일 터였다.

"그래서, 이제 어떻게 하지?"

"하라는 대로 할 수밖에."

준의 얼굴이 붉으락푸르락했다. 분노가 담긴 목소리였다.

"이거, 나쁜 짓 아니냐?"

"그럼 어떻게 해?"

"선생님한테 말하자."

"일렀다가는 다 죽인대." 준이 지로에게서 카드를 거둬 갔다.

"어른한테 이르면 내 여동생하고 네 동생 모모코까지 괴롭힐 거래."

말이 턱 막혔다. 모모코의 얼굴이 떠올랐다. 등줄기가 서늘해졌다.

"형제들까지 다 조사했더라니까. 그게 중학교 1학년이 할 짓이냐? 그 새끼는 악마야."

"구로키는 뭐래?"

"옆에서 빙글빙글 웃고만 있었어. 나, 구로키만은 절대로 용서 못해. 이번 일만 끝나면 반드시 결투를 할 거야."

준이 그 자리에 쭈그리고 앉아 카드를 헤아리기 시작했다.

"하나, 둘, 셋……."

"뭐하는 거야?"

준은 대답하지 않았다. "스물셋, 스물넷……." 그저 열심히 매수만 세고 있었다.

"……마흔아홉, 쉰!" 준이 마침내 허리를 쳐들었다. "자, 반절이야." 그러면서 오십 장 카드 다발을 지로에게 내밀었다.

"서, 설마?" 믿을 수가 없었다. 준은 억지로 지로의 손에 밀어 붙였다.

"나는 브로드웨이에 돌아다니는 5학년 애들한테 팔 거야. 너는 무카이나 린조에게 사달라고 해."

"난 그런 짓 못해."

"그럼 네가 직접 가쓰한테 가서 못한다고 말해."

"싫어."

"애기처럼 떼쓰지 마. 나는 공도 뺏기고 매도 맞고 위협도 당하고, 정말 당할 대로 다 당했어. 거기다 카드 백 장을 전부 내가 팔아야겠냐?"

"그, 그건 아니지만."

"그럼 뭐야?"

"다른 방법을 찾아보자."

"없어. 무슨 방법이 있겠냐? 5천 엔이나 되는 거금은 땅을 파도 안 나와."

준이 거친 숨을 몰아쉬고 있었다. 이런 준을 본 것은 처음이었다. 5학년에게 이런 카드를 팔겠다니, 준이 그런 짓을 할 수 있는 친구였는가.

"그럼, 간다."

준이 돌계단을 뛰어 내려갔다. 한 번도 뒤돌아보지 않고 마구 달려서 절을 빠져나갔다.

지로는 손에 남겨진 카드를 바라보았다. 목구멍 안쪽에서 무언가가 꿈틀거리고 아까 먹은 햄버거가 튀어나올 것만 같았다.

우울한 마음이 온몸을 지배했다. 오늘은 더 이상 아무 것도 할 마음이 나지 않았다. 빨리 이불을 뒤집어쓰고 자고만 싶었다.

7

 준에게서 받은 애니메이션 카드는 보면 볼수록 허섭스레기 같은 물건이었다. 귀퉁이는 닳아빠지고 색깔도 바랬다. 무엇보다 유행이 지나도 한참 지난 캐릭터였다. 길가에 떨어져 있어도 아무도 주워 가지 않을 물건이었다.

 다음 날 아침, 평소에 하던 대로 준을 부르러 갔다. 혼자 등교할 생각도 했지만, 어차피 교실에서 얼굴을 마주칠 터였다. 감정을 억누르고 "준!"이라고 현관에서 이름을 불렀다.

 집 앞에 나온 준은 평소의 명랑함은 없었지만, 태연한 얼굴로 어젯밤에 본 텔레비전 이야기 같은 걸 늘어놓았다.

 '좀 더 어색한 표정이어야 하잖아!'라고 지로는 마음속으로 불만을 느꼈다. 준이 나쁘지 않다는 건 잘 알지만, 지금 자신에게 떨어진 급박한 상황은 도저히 이해할 수가 없었다.

 카드를 팔아서 오천 엔을 만들어낸다는 것은 지로가 선택한 일이 아니었다. 무카이나 린조 같은 친구들에게 울며 매달린다고 해도 기껏해야 천 엔일 것이다. 그 다음에는 친구가 아닌 아이들을 찾아다니며 팔아야 하고, 당연히 다들 싫다고 할 터였다.

 준은 하급생들에게 팔겠다고 했다. 그건 거의 공갈이나 마찬가지였다. 준을 유치원 때부터 알고 지냈지만, 처음으로 드러난 면모였다.

 "준, 내가 어제저녁에 곰곰이 생각해봤는데……." 지로가 먼저 이야기를 꺼냈다. "둘이서 만 엔은 도저히 안 된다고 가쓰에게 말해보자."

"네가 말할래?"

"둘이서 함께 말하는 거지."

"난 싫어." 준이 전봇대를 발로 걷어찼다. "너는 실제로 협박을 당해보지 않았으니까 그런 소리를 하는 거야."

준은 그대로 입을 꾹 다물어버렸다. 학교에 도착할 때까지 한마디도 하지 않았다.

아침 홈룸 시간에 미나미 선생님은 최근의 국제 테러 사건을 예로 들면서 "폭력으로는 아무 것도 해결되지 않아요"라고 말했다.

어떤 일이든 말로 해결할 수 있다는 건 정말일까. 꼭 그랬으면 좋겠다고 지로는 마음속으로 빌었다.

무카이에게는 쉬는 시간에 털어놓았다, 라기보다 이제 의지할 데라고는 무카이밖에 없었다.

"흐음……." 무카이는 난해한 표정으로 신음을 흘리더니 한참이나 허공을 바라보고 있었다.

척척박사 무카이도 해결 못할 일인가. 한숨을 내쉬었다. 린조가 바로 곁에 다가와 귀를 쫑긋 세우고 있었다.

"우선 어떤 방법이 있는지 생각해보자." 무카이가 마침내 입을 열더니, 종이와 연필을 준비했다. "첫째, 5천 엔을 만들어서 가쓰에게 준다."

"그 돈을 어떻게 만드느냐고." 지로가 입을 툭 내밀었다.

"그런 문제점도 다 포함해서 생각해보자는 거야." 무카이가 손을 저으며 가로막는지라 떨떠름하게 입을 다물었다.

"둘째, 선생님한테 말한다. 보복을 당하는 것에 대해서는 다시 따로 생각해본다. 세 번째, 거부한다. 그쪽에서 폭력을 쓰더라도 계속해서 거부한다."

하고 싶은 말은 잔뜩 있었지만 지로는 꾹 참고 듣고 있었다.

"네 번째, 가출을 한다. 이번 일이 잠잠해질 때쯤에 돌아온다. 다섯 번째, 경호원을 쓴다······." 지로가 얼굴을 불끈 쳐들었다. 무카이는 코를 훌쩍 들이키더니 다시 이야기를 계속했다. "지난번에 할머니를 모시고 구로자와 감독의 〈7인의 사무라이〉를 비디오로 봤는데 말이야, 산적의 손에서 마을을 지키기 위해서 농민들이 7인의 사무라이를 고용한다는 이야기였어. 아, 참말로 좋은 영화더만."

"나도 본 적 있어. 그래서 우리도 경호원을 7명이나 쓰겠단 거야?"

"우리야 한 명이면 충분하지. 가쓰보다 싸움 잘하는 중학생을 경호원으로 쓰면 돼."

"누구, 그럴 만한 사람이 있어?"

"없지."

지로는 책상에 얼굴을 박았다.

"아, 핫세네 오빠가 제5중학교 유도부 부장이야." 린조가 옆에서 참견을 하고 나섰다. "집이 가까워서 한 번 본 적이 있어. 완전

직사각형."

"무슨 소리야?"라는 지로.

"처음 딱 본 느낌. 얼굴이 옆으로 쭉 퍼진 게 완전히 직사각형으로 보이더라고."

무카이가 교실 안에 있는 핫세를 향해 물었다. "핫세, 너희 오빠가 유도부 부장이냐?"

핫세가 돌아보며 "그런데, 왜?"라고 되물었다.

"좀 빌릴 수 있을까?"

지우개 좀 빌려줄래? 그런 말투였다.

"무슨 소리야, 그게?"

"한번 만나봤으면 좋겠는데. 이래저래 일이 있어서 말이야."

"이래저래 라니, 뭔데?"

"아무튼 당장 소개 좀 해줄래? 제발, 지로를 살리는 셈치고. 너희 오빠한테는 남자친구를 소개하겠다고 하든지, 뭐 대충 둘러대고."

"우엑, 내 남자친구가 지로?" 핫세가 얼굴을 찌푸렸다. 곁에 있던 삿사가 어색한 웃음을 지었다.

지로도 "제발!"이라고 손을 맞비볐다. 여학생들에게 자세한 사정을 설명할 수도 없어서 중학교 클럽활동에 대해 물어볼 거라고 거짓말을 했다. 주말에 만나기로 억지 약속을 받아냈다. 어떻게 될지는 모르지만 우선은 지푸라기에라도 매달리고 싶은 심정이었다.

"구로키는 우리 편으로 만들 수 없을까?"

무카이가 불쑥 말했다.

"그게 되겠냐? 가쓰 부하인데?"

"적의 결속을 무너뜨리는 건 아주 효과적인 방법인데 말이야."

"구로키 같은 녀석은 우리 편으로 만들고 싶지도 않아."

"아냐, 구로키 그 녀석, 본바탕은 착한 놈이야."

"착한 놈이 어째서 그런 짓을 해?"

무카이는 아랫입술을 내밀고 턱을 긁고 있었다.

점심시간에는 구로키를 만났다. 무카이의 말은 어찌됐건, 지로도 나름대로 꼭 한마디 해주고 싶었기 때문이다.

4반 1층 복도에 불러내자 늘 그렇듯이 눈을 깜빡거리며 턱을 치켜들고 "왜 그래!"라며 딱딱거렸다.

"한 가지 물어보겠는데, 어째서 가쓰라는 사람이 나한테까지 돈을 모아 오라는 거냐?"

"내가 어떻게 알아?" 구로키가 날카롭게 대꾸했다. "잠깐 눈만 마주쳐도 다른 학교 중학생들을 깔아뭉개는 형이야. 무슨 이유 같은 게 있겠냐? 그냥 네가 마음에 안 드는 모양이지. 눈도 코도 입도."

"너는 마음에 든대?"

"뭐, 대충."

"부하냐?"

"야, 나를 뭘로 보고." 구로키의 안색이 변했다. "나는 누구의 부하도 아냐."

"그럼 행여 가쓰라는 사람한테 보복해달라고 부탁하지는 마라."

"무슨 소리야?"

"이 일 끝나면 나와 준이 너한테 결투를 신청할 거야."

구로키가 당장 얼굴을 붉혔다. "지금 당장 해도 좋아."

"끝나고 나서."

"둘이 한꺼번에 덤벼."

"원한다면 그렇게 해주지."

"이 놈이!" 구로키가 한 걸음 앞으로 내 밀었다.

"어, 지로 아니냐?" 그때 복도 바깥쪽에서 귀에 익은 목소리가 날아왔다. 지로는 심장이 터질 것만 같았다. "싸우는 거냐? 지로, 지지는 마라."

굵은 눈썹에 붉은 머리. 전체가 거무스레한 거구의 남자가 복도 창문으로 고개를 쑥 들이밀었다.

"아버지!" 그 다음 말이 나오지 않았다.

"초등학교는 아직도 애기들 냄새가 나는군. 성장 호르몬이 한창 전개되는 그런 냄새야. 땀 냄새도 전혀 싫지가 않아. 아버지는 진짜 마음에 쏙 들었다."

아버지는 눈을 가느스름하게 뜨고 깊은 숨을 들이쉬었다.

"안 된다니까, 맘대로 들어오면!"

가까스로 입을 열었다. 손을 마구 내저었다. 주위를 둘러보니 아버지를 알아본 학생들이 점심시간의 난입자를 의아한 눈빛으로 바라보고 있었다.

"왜 안 돼? 여기는 공립학교야. 사립여고도 아닌데, 뭘."

"아무튼 집에 가!" 소리를 낮추어 애원했다. 커튼을 당겨 아버지를 감추려고 했다.

"왜 이래? 너, 아버지를 장애물 취급하는 거야?" 손으로 커튼을 확 젖혀버린다.

구로키는 조금 떨어진 곳에서, 짖어댈 상대를 잃어버린 개처럼 멀거니 서있었다.

"우리 선생님 만나러 가면 절대로 안 될 줄 알아."

지로는 한층 목소리를 낮추었다.

"걱정 마. 아버지가 만날 사람은 교장 아니면 교감이야. 전에 말했던 수학여행 납부금, 아무래도 이해할 수가 없어서 말이지."

지로는 당장 암담한 기분이 되었다.

"거기, 소년!" 아버지가 구로키에게 말을 걸었다. "싸울 거면 마음껏 싸워라. 살살 봐줄 거 없다. 혹시 우리 지로가 피투성이가 되더라도 나는 절대로 상관하지 않을 거야."

"아, 아니에요." 구로키가 당황하고 있었다.

"엇, 어제 전화했던 게 너로구나. 목소리로 척 알아봤다. 부모가 없어도 아이는 큰다더니만. 그래, 기죽지 말고 쑥쑥 반듯하게 커다오."

"아, 예." 자기도 모르게, 라는 느낌으로 구로키가 꾸벅 인사를 했다.

"자, 그럼 난 이만."

한 손을 번쩍 쳐들더니 아버지가 발길을 돌렸다. 맨발에 샌들만 꿴 차림으로 도랑을 건너 큰 걸음으로 성큼성큼 교사 뒤편으로 사라졌다.

"아버지, 제발 부탁이니 집에 가."

기도하는 마음으로 그 등 뒤에 대고 말했다. 구로키는 사태를 이해할 수 없다는 듯한 표정으로 입을 꾹 다물고 있었다.

"구로키, 결투에 대해서는 다음에 다시 얘기하자"라는 지로.

"응." 구로키가 나직하게 대답했다.

3층 교실에 돌아와 의자 깊숙이 몸을 맡겼다. 평소 같으면 교정에서 터치 볼을 하며 놀았을 시간이었지만, 오늘은 그럴 마음도 나지 않았다.

준은 교실에 없었다. 다른 아이들과 놀고 있는 걸까. 만일 그렇다면 정말 무신경한 친구다. "지로." 삿사가 말을 걸어왔다. 반에서 학급통신을 만들고 있었던 모양이다.

"핫세네 오빠한테 무슨 볼일이야?" 제 단짝들 틈에서 빠져나와 삿사가 지로 곁으로 다가왔다. "중학교에 올라가면 유도부에 가입할 거야?"

"아니, 그건 아니고."

"그럼 뭔데?"

"별로. 뭐건 상관없잖아."

잠시 삿사가 머쓱하게 입을 다물었다. "그야, 별 상관은 없지만." 표정이 약간 딱딱해지더니 입술을 뾰로통하게 내밀었다. "핫세의 남자친구라고 소개한다면서?"

"그건 무카이가 농담으로 한 소리지. 내가 핫세 남자친구일 리가 있냐?"

"하지만 사실은 마음이 있는 거지?"

"전혀 없어."

코에 주름을 잔뜩 잡고서 대꾸했다. 삿사는 "그래?" 하고 중얼거리더니 고개를 떨구었다. 아래를 쳐다본 채 뺨을 붉히며 말했다. "나도 가도 될까?"

"어딜?"

"핫세네 집에 갈 거잖아, 다음 토요일에."

"그야 괜찮지만, 우리는 핫세네 오빠한테 볼일이 있어서 가는 거니까 너희하고 함께 놀 수도 없을 텐데?"

"응, 그건 괜찮아." 삿사가 손끝으로 책상을 훑고 있었다.

"그럼 와."

"응, 갈게."

삿사는 그렇게 대답하더니 머리채를 한 번 쓸어내리고는 반 친구들이 있는 곳으로 돌아갔다.

'뭐야, 이상한 여자애네.' 지로는 머리털을 쥐어뜯으며 큰 한숨을 내쉬었다. 책상에 발을 올려놓고 눈을 질끈 감았다.

앞일을 생각하면 역시 우울했다. 태평하게 놀던 어제까지의 나날이 유난히 소중하게 다가왔다. 이런 식의 수난은 처음이었다. 이제까지는 울면 그냥 용서해주었다. 주위 어른들이 어떻게든 해결해주었다.

코밑을 손으로 비볐다. 엷게 수염이 나있었다. 요즘 들어 솜털에 부쩍 거무스레한 빛깔이 올랐다.

교정에서 아이들이 웅성거리는 소리가 들렸다. 그러더니 어느새 학생들의 날카로운 비명이 한 순간에 멈추고 묘한 정적이 주위를 뒤덮었다. 모두가 무언가를 지켜보고 있는 듯한 느낌이었다.

삿사와 그 친구들이 엉덩이를 쳐든 채, 무슨 일인가 하고 바깥을 살피고 있었다.

지로도 그렇게 했다. 뭔가 안 좋은 예감이 들었다.

활짝 열린 창문에서 교정을 내려다보니, 직원실 앞 화단 근처에서 몇몇 어른들이 티격태격 다투는 광경이 눈에 들어왔다.

그 중심에 있는 것은……, 아버지였다!

우앗. 지로는 저도 모르게 제 머리통을 끌어안았다. 제발 집에 가라고 그렇게 당부를 했건만.

도망치는 토끼처럼 교실을 뛰쳐나와 계단을 네 칸씩 건너뛰어 내려갔다. 한동안 자취를 감춰버릴까 하는 생각도 했다. 터덜터덜 나가봤자 전교생 앞에서 창피한 꼬락서니를 고스란히 내보이는 일이 기다릴 뿐이다.

하지만 어차피 다 알려질 일이었다. 적어도 우리 반 애들은 다 알게 된다.

'아버지, 정말!' 지로는 뱃속 깊은 곳에서 고함을 내질렀다.

1층에서 모모코를 덜컥 만났다. "오빠……." 금세 울음이 터질 것 같은 얼굴로 지로에게 매달렸다.

"너는 교실에 가 있어. 나오지 않아도 괜찮아."

모모코를 다시 제 교실에 밀어 넣고, 지로는 교정으로 나섰다. 사람들 틈새를 비집고 앞으로 나아갔다.

아버지는 남자 선생님들에게 붙들려 있었다. 아버지 키가 가장 크기 때문에 머리 하나가 쑥 튀어나온 꼴이었다. 날뛰는 말을 붙잡으려고 하급 사무라이들이 열심히 이리 뛰고 저리 뛰는 듯한 광경이었다.

"그러니까 교장을 만나게 해달라잖아!" 아버지의 고함 소리가 쩌렁쩌렁 울렸다. "세금을 받아먹으면서 공립학교 교장이 시민의 면회 요청에도 응하지 않겠다는 거야?"

"얌전히 있어요. 지금 경찰을 불렀으니까." 6학년 주임 선생님이 외쳤다.

경찰? 지로는 눈앞이 핑잉 돌았다. 말을 붙여볼 용기가 나지 않았다. 아버지, 라고 부르자마자 전교생의 시선이 자신에게 쏟아질 터였다.

"지로 아버님!"

그때 한 목소리가 들렸다. 미나미 선생님이었다. 양호실 여선생님과 나란히, 놀란 표정으로 서있었다.

"아버님이라고?" 학생주임의 목소리가 갈라져 나왔다. "하, 학부형이십니까……?"

침묵이 흘렀다. 미나미 선생님이 곁에 있던 지로를 발견하고 설명을 바라는 눈길로 바라보았다. 그 시선을 따라 그곳에 있던 모든 사람들이 지로 쪽을 바라보았다.

"오, 지로. 이 인간들에게 한마디 해줘라"라는 아버지.

"빨리 집에 가랬잖아."

얼굴을 찡그리며 낮은 소리로 항의했다.

"교무실 문을 열고 교장 있느냐고 한마디 했더니만 이 난리다."

"학부형이시면 처음부터 그렇다고 말씀해주셨으면 될 텐데요."

학생 주임이 눈썹을 여덟팔자로 하고서 말했다. 선생님들이 그제야 아버지를 놓아주었다. 아버지는 어깨를 빙글빙글 돌려보더니 "당신이 이름을 대지 않으니까 그렇지"라며 학생주임을 쏘아보았다. "'당신 누구쇼?'라고 거만하게 물어봤지? 그래서 '남에게 이름을 물으려면 먼저 자기 이름부터 대야지'라고 했더니, 느닷없이 사람들을 불러다 나를 끌어내? 이거, 큰 실례 아니오?"

"아뇨, 그게, 아버님. 요즘 세상이 웬만큼 무서워야죠. 낯선 사람이 교내를 어슬렁거리면 일단 경계를 하는 게 당연합니다."

"그것과 당신이 이름을 안 댄 것과 무슨 관계가 있어?"

당신이라니, 학교 선생님한테! 애초에 아버지의 인상이나 풍채를 보면 누구라도 경계를 하는 게 당연하다.

"아버지!" 지로는 아버지에게 다가가 팔을 잡아당겨 밖으로 끌어내려고 했다.

"그래, 지로. 너도 무례한 교사들에게 따끔하게 한마디 해줘라."

무례한 건 아버지 쪽이었다. 이러다 모모코가 등교 거부라도 하면 대체 어쩔 건가.

창피함과 분노로 지로의 얼굴이 새빨개졌다.

"왜 그래, 화났냐? 네가 화를 낼 상대는 아버지가 아냐. 잘 들어봐, 학교는 여행사와 결탁해서 학부모에게 고액의 여행비를 거둬들였어. 당연히 그만한 보수가 있기 때문에 그런 거라고."

"그런 얘기, 여기서 하지 말라니까."

뒤로 돌아가서 아버지의 엉덩이를 밀었다.

"면회 요청에 응하지 않는 교장 선생이 잘못이란 말이야"라는 아버지.

"시끄러워!" 결국 지로의 목소리가 커졌다. 선생님들은 난처하다는 표정으로, 참으로 시끄럽고 성가신 아버지와 아들을 지켜보고 있었다. 학생들은 여기저기서 수군덕거렸다. 삿사와 친구들의 모습도 보였다.

엄마. 엄마가 와서 도와줬으면. 정말 어째서 아버지 같은 사람하고 결혼한 거야.

미나미 선생님은 걱정스러운 눈빛으로 아버지가 아니라 지로를 바라보고 있었다. 동정하는 것이다. "빨리 나가!" 지로가 이를 악물고 낮게 으르렁거렸다. 점점 더 화가 났다. 그리고 슬퍼졌다.

아버지는 정말 싫다. 확실하게 그렇게 생각했다.

보통 아버지가 좋다. 회사에 다니는 아버지가 좋다.

눈에 어룽거리는 눈물을 보이지 않으려고 지로는 아버지의 등에 얼굴을 들이박았다.

8

아버지는 경찰서에 연행되었다.

소란을 피워서 죄송합니다. 달려온 경찰관에게 그렇게 한마디 하고 머리를 숙였더라면 분명 그대로 돌아올 수 있는 일이었다. 초등학생인 지로라도 그런 정도의 예상은 할 수 있었다.

하지만 아버지는 기다렸다는 듯이 경찰관들을 매도했다.

"국가의 개들, 거기서 세 번 빙빙 돌고 왕왕 짖어봐라!"

눈이 벌게져서 마구 소리를 질러댔다. 침을 튀기며 경찰관들에게 대들었다.

국민연금 독촉 담당자와 말을 주고받을 때와는 태도가 영 딴판이었다.

구청 사람들에게는 장난삼아 대거리를 하는 부분도 있었다. 상대의 반응을 관찰하고 느긋하게 즐기는 듯한 구석이 있었다.

하지만 경찰을 마주하자 아버지에게서는 마음의 여유가 느껴지지 않았다. 진짜로 사납게 날뛰는 것이었다.

경찰관들은 당연히 태도가 딱딱해졌다. 살살 달래는 역할을 하던 나이든 경찰까지 결국에는 눈을 모로 치뜨고 "웬만큼 하고 끝내야지, 안 그러면 체포할 거야!" 하고 고함을 쳤다.

"체포할 수 있으면 해보시지!" 아버지가 지지 않고 짖어댔다.

그나마 그 자리에서 체포되지 않았던 것은 미나미 선생님이 나서주었기 때문이다.

"아이들 앞에서 수갑 같은 건 내놓지 마세요." 그 한마디에 경찰관은 가까스로 마음을 가라앉히는 모습이었다.

장소를 응접실로 옮겨 다시 이야기를 해보기로 했다. 그 다음 일은 지로는 알지 못했다. 경찰서에 연행된 것을 보면 그 뒤에도 상당히 거칠게 날뛴 모양이었다.

지로는 속이 안 좋아서 오후 수업 시간에는 양호실 침대에 누워있었다.

아버지의 '광기(狂氣)'를 본 것만 같았다. 자식조차도 감당할 수 없는 그런 광기.

"우에하라 군, 기운을 내. 오빠잖니?"

미나미 선생님이 찾아와 위로해주셨다. 그 말을 듣고서야 동생이 생각났지만, 모모코는 평상시처럼 수업을 받았노라고 했다.

"난 괜찮아. 애들이 다들 다정하게 대해줬거든." 집에 돌아온 뒤에 물어봤더니 그렇게 대답했다. 모모코는 저희 반에서 그나마 미움은 받지 않는 모양이었다.

어머니에게는 강력하게 항의했다. "아버지한테 두 번 다시 학교에 오지 말라고 단단히 말해줘야 해"라고. "알았어." 어머니는 그렇게 중얼거리며 표정이 흐려졌다. "미안해"라고도 했다.

아버지는 그날 밤 어딘가로 나가버렸다. 영화라도 보러 간 것이리라. 없어서 속이 시원했다. 지로는 아버지의 귀가가 늦은 샐러리맨 집안이 부러워서 견딜 수가 없었다.

준은 정말로 5학년 애들에게 카드를 팔고 있었다.

학교가 끝난 뒤에, 나카노 브로드웨이의 계단참에서 소심해 보이는 5학년에게 돈을 뜯는 장면을 딱 마주친 것이다.

"진짜 하는 거야?"

맞대고 나쁜 소리를 할 수도 없어서, 우선 걱정스럽게 물어보았다.

"2주일에 5천 엔이야. 하루에 세 명에게 팔아서 3백 엔을 만든다고 해도 4천2백 엔이 되려면 14일이 걸려. 계산상으로는 하루에 3.5명이 책임량이야."

준은 영락없이 세일즈맨 같은 소리를 했다.

"그래서 좀 팔렸냐?"

"오늘은 세 명. 앞으로 한 명만 더 팔면 끝이야." 준이 손끝으로 머리카락을 거꾸로 세웠다. 젤을 발랐다는 게 한눈에도 보였다. 박력 있게 보이려는 것이다.

"너는 좀 팔았냐?"

"아니, 안 팔았는데?"

"야, 어쩔 건데? 가쓰에게 맞서겠다는 거야?"

"그런 것까지는 생각을 못했어."

"핫세네 오빠라는 사람, 믿을 만해?"

"모르지, 아직 만나보지 않았으니까."

"나도 실은 은근히 기대는 하고 있어."

"응, 정말." 지로는 한숨을 섞어 대답했다.

준의 모습을 지켜보고 있으려니 미운 마음은 사라졌다. 오히려 현실에 당당히 맞서는 그 행동력에 지로는 내심 감탄했다. 자신은 힘든 일을 자꾸 미루기만 하고 있었다.

"근데, 어떻게 하면 사주냐?" 지로가 물었다.

"나는 '안 사면 별로 안 좋을 거다'라고 솔직하게 말했어."

과연 내가 그런 말을 할 수 있을까?

"엄청 고생했어. 나는 몸이 작아서 척 보면 전혀 무섭지 않잖아. 그래서 젤로 머리를 바짝 세우고 아래에서 위로 쩨려보는 것처럼 이렇게……." 준이 실연을 해보였다. "내일은 눈썹이라도 밀어볼까 싶은데, 그 꼴로 학교에 가면 미나미 선생님이 뭐라고 하실 것 같아서. 아무래도 그건 안 되겠지?"

준을 비난할 마음은 없었다. 일의 옳고 그름이야 어찌되었건 준은 진지했다. 그리고 씩씩했다.

"학교에는 들키지 않게 해."

"응, 나도 알아. 그 가쓰라는 놈, 못된 머리가 정말 잘 돌아가는 녀석이야. 5, 6학년 중에 겨우 백 엔 정도 뜯겼다고 고자질할 애는 없다는 거, 미리 다 알고 시킨 일이야."

"그래서 우리에게 5천 엔을?"

"사람을 보고서 덤볐겠지. 우리라면 부모한테나 학교에나 불어댈 리가 없다고 판단한 거야."

"그럼 어디 한번 다 불어볼까?"

"5천 엔 모으는 것보다 더 귀찮아질걸?"

"그렇겠지……."

힘없는 대답을 하면서 지로는 준이 문득 어른으로 보였다.

"자, 그럼 앞으로 한 사람 더, 봉을 찾아볼까?"라면서 준은 계단을 내려갔다.

분명 초등학생들 사이에서 백 엔 정도가 오고간 것은 사소한 일일 것이다. 정의니 양심이니 내세울 얘깃거리도 안 되고, 대충 너그럽게 봐줄 범위인 것이다. 그래서 준은 망설임 없이 행동에 나섰다. 이게 만일 명백한 공갈이나 도둑질에 해당하는 일이었다면 준도 절대로 실행에 나서지 않았을 것이다.

나도 해볼까, 하고 한 순간 생각했다.

아니, 아무리 그래도 공갈은 공갈이다.

지로의 마음속은 줄곧 잿빛이었다. 불량한 중학생과 지뢰와도 같은 아버지. 둘 중 하나로만 해달라고 하느님께 빌고 싶은 심정이었다.

핫세의 오빠는 토요일 저녁에 만났다. 무카이가 함께 가주었다. 삿사도 핫세도 곁에 있었다.

핫세네 집 곁의 공원에서 마주하고 보니, 린조의 말대로 직사각형이었다. 목이 어디 붙었는지 찾느라고 한참 고생했다. 이름은 '마사미(雅美)'라고 했다. 아마 그 집 부모들은 아들이 이런 얼굴로 자랄 줄은 예상을 못했던 것이리라.

"우리 오빠, 별명이 상자였어"라는 핫세. 과연 누가 보더라도 상자였다.

"남자들끼리 할 얘기가 좀 있어"라며 삿사와 핫세는 그녀가 있는 한구석으로 쫓아 보냈다.

"특별활동에 대해 물어보고 싶다고?" 벤치에 깊숙이 들어앉아 상자가 입을 열었다. 가까이에서 보니 얼굴이 온통 여드름투성이였다.

"죄송합니다. 그거, 거짓말이에요." 무카이가 시원하게 털어놓았다. "싸움 잘하는 분을 만나고 싶었어요." 둘이서 정면으로 마주 섰다.

"뭐?" 상자가 의아한 눈빛으로 바라보았다.

"우리를 살려줄 사람을 찾고 있어요."

무카이가 막힘없는 달변을 토했다. 어차피 경호원에게 줄 돈이 있을 리 없으니, 오로지 정에 호소하는 게 좋다는 것이 무카이의 의견이었다. 지로도 물론 이의가 없었다.

"제5중학교 1학년 중에 가쓰라는 사람이 있는 거, 아세요?"

"가쓰? 아, 후루타(古田)의 동생 말이군. 좀 건방진 놈이지?"

"그럼 그 후루타라는 형도 아세요?"

"알지."

"서로 사이가 좋은가요?"

"아니, 같은 학교라서 얼굴을 아는 정도야. 그 형제가 무슨 일 냈냐?"

"실은 얘가요." 무카이가 지로를 손으로 가리켰다. "가쓰라는 사람에게 협박을 받았어요. 헌 카드를 주고서 한 장에 백 엔씩 팔아서 5천 엔을 모아 오라는 거예요."

"뭐? 그놈이 미쳤나?" 상자가 갑자기 험악한 눈을 했다.

"사실은 또 한 친구, 준이라는 애도 가쓰의 협박을 받았거든요. 둘이 합쳐서 만 엔이에요."

"초등학생을 상대로 그런 짓을 하다니."

상자의 얼굴이 벌겋게 상기되었다. 지로는 가슴이 뛰놀았다. 상자는 분노하고 있었다. 한편이 되어줄지도 몰랐다.

"그리고요, 부모나 선생님한테 이르면 다 죽일 거고 여동생들까지 괴롭힐 거래요. 그래서 얘가 정말 어떻게 해야 할지 모르는 상황이에요."

무카이가 모두 다 말해주었기 때문에 지로는 그 곁에서 고개를 숙이고 있기만 하면 되었다.

"좋아, 내가 한마디 해주지."

상자가 콧구멍을 벌름거렸다. 지로는 저도 모르게 무카이와 눈을 마주쳤다. 어쩌면 이렇게 정의감 넘치는 멋진 형이 있는가. 지로는 날아오를 것 같은 기분이었다.

"그 가쓰라는 녀석, 전부터 마음에 안 들었어. 제 형이 3학년이라고 녀석까지 아주 으스대고 다니더라니까." 손가락뼈를 두두두둑 꺾는다. "그 형이라는 녀석도 그래, 영 태도가 안 좋아. 그 녀석들은 약한 애들을 괴롭히는 게 전문이야."

이 세상이 아주 몹쓸 곳은 아니라는 생각이 들었다. 정의는 어딘가에 반드시 존재하는 것이다.

"다음 월요일에 동생 쪽부터 손을 좀 봐야겠군. 그래서 다시는 못된 짓을 못하게 해야지."

"저, 정말 고맙습니다!" 너무나 기뻐서 지로의 목소리가 떨렸다. 깊이깊이 머리를 숙였다.

"아아, 뭘." 상자가 부끄러워했다.

"역시 무도를 닦으시는 분은 다르군요. 인간적으로 따스하다고 할까, 후덕하다고 할까." 무카이가 어른스러운 말투로 추켜올렸다. "우리는 당장 '형님'으로 모시고 싶은 심정입니다."

"응, 그렇게 불러도 좋지." 상자가 수줍은 얼굴로 대답했다. 의외로 단순한 성격인 것 같았다. 아하하, 하고 소리 내어 웃어젖혔다.

상자가 돌아간 뒤에 핫세에게도 고맙다고 인사를 했다.

"얘, 지로. 뭘 부탁했는데?"

"관절 꺾는 기술을 알려달라고 했어."

"그게 뭐야?"

"너희 오빠, 최고더라." 그렇게 말하자 핫세는 제 오빠와 똑같은 표정으로 수줍어하며 "암튼 바보 같이 힘만 세지"라고 영문을 알 수 없는 대답을 했다.

무카이에게도 감사했다. "다 네 덕분이다."

"그럼 도장 하나 파라." 무카이는 하얀 이를 내보였다.

그날 밤 준에게 전화로 이 이야기를 전했더니 수화기 너머에서 팔짝팔짝 뛰었다.

"핫세네 오빠가 그렇게 괜찮은 사람이었어?"

"응, 직사각형이고."

준은 벌써 1천2백 엔 정도를 모은 모양이었다. "앞으로 학교에서 돌아오는 길에 그 돈으로 내가 크로켓 사줄게"라고 미안한 듯이 말했다.

지로도 그 돈을 되돌려주라는 말은 하지 않았다. 아마 그런 정도는 충분히 용서될 터였다.

그날 밤은 오랜만에 밥을 네 그릇 먹었다.

네 그릇째는 수북하게 담아서 날달걀과 후리카케를 뿌려 입속에 몰아넣었다.

한밤중에 아버지와 누나가 계단 밑에서 말다툼을 했다. 아버지의 고함 소리와 누나의 날카로운 소리가 2층까지 들렸다.

이미 잠이 든 뒤라서 확실하게 들은 건 아니었다.

꿈이 아닌 건 분명했다. 이따금 지로의 귀가 선명하게 두 사람의 소리를 잡아냈기 때문이다.

"진짜 말도 안 돼, 회사에서 돌아오는 사람을 미행하다니."

"너를 걱정해서 한 일이야."

"아무리 가족이라도, 해서는 안 될 일이 있어."

"그 남자는 안 돼."

"어떻게 그런 말을 할 수 있어?"

"그냥 둘 수는 없어."

"관둬요."

그런 대화였던 것 같다.

어머니, 좀 말려줘. 또 이웃집에 폐를 끼치잖아. 안개가 낀 듯한 의식 속에서 지로는 그런 생각을 했다.

하지만 아침이 되고 보니 그게 정말 있었던 일인지, 아무래도 자신이 없었다.

누나는 그새 집에 없고, 아버지는 여느 때와 다름없이 기분 좋은 얼굴로 신문을 펼쳐놓고 있었다.

어머니에게 "누나는?"이라고 물었더니 "친구네 집에서 자고 오는 모양이지?"라는 대답이 돌아왔다.

그렇다면 간밤의 아버지와의 말다툼은 꿈을 꾼 것이라는 이야기였다.

모모코에게 물어봤더니 "몰라" 하고 고개를 흔들었다.

아침밥을 세 그릇 먹고 났더니, 그런 꿈 같은 건 다 잊어버렸다.

월요일, 수업이 끝난 뒤에 미나미 선생님이 지로를 불렀다.

"우에하라 군과 구스다 군, 잠깐 교무실로 와줄래?"

준과 둘이서 무슨 일일까 하고 얼굴을 마주보며 선생님 뒤를 따라갔다.

교무실에는 낯선 어른이 와있었다.

"우에하라 군, 그리고 구스다 군이지?" 다정한 목소리로 물었다. "미안하구나. 우리 학교 학생이 너희를 괴롭혔다니."

우리 학교 학생? 지로의 가슴속에서 잿빛 연기가 모락모락 피어올랐다.

"이 분은 제5중학교 생활지도부장 다카하시 선생님이셔." 미나미 선생님이 소개했다. "너희 둘 다, 왜 선생님에게 말해주지 않았어?" 미나미 선생님의 표정이 흐려져 있었다.

설마 그 일이. 하지만 어떻게?

"3학년 하세가와 마사미 군이 알려줬어"라는 다카하시 선생님. "내가 유도부 지도도 맡고 있거든."

우앗, 상자다! 지로는 눈앞이 캄캄해졌다.

"후루타 가쓰에 대해서는 앞으로 직원회의에서 처리를 결정하겠지만, 적어도 며칠 동안 등교 정지 처분이 떨어질 것이고 차후로 절대 이런 일이 없도록 학교 측에서 강하게 주의를 줄 거야."

다카하시 선생님의 말이었다. 준은 얼굴이 새파랗게 질려있었다. 지로도 마찬가지였다.

기껏 주의를 하는 정도로 그 불량한 가쓰가 얌전해질 리 없었다. 오히려 고자질에 대한 지독한 앙갚음이 돌아올 게 틀림없었다. 어른들은 어떻게 그런 것도 모르는 걸까.

"우에하라 군, 구스다 군. 방과 후에 나카노 브로드웨이 게임 센터 같은 데 드나들어서는 안 돼. 거기는 나쁜 애들이 모이는 곳이야."

미나미 선생님의 말이 이어졌지만 한마디도 귀에 들어오지 않았다. 결국 일이 커져버렸다. 가쓰는 지금쯤 이를 갈고 있을 것이다.

구청 주차장에서 펀치 한 방으로 준을 아스팔트에 주저앉혔던 가쓰의 험악한 모습이 뇌리에 되살아났다. 다시 똑같은 꼴을 당할 것이다. 이번에는 지로 자신까지.

그나저나 상자도 참 문제다. 손을 봐주겠다, 나쁜 짓을 못하게 해주겠다고 그렇게 장담하더니 이게 뭔가. 직사각형 주제에 선생에게 데구르르 달려가 조잘거린 것밖에는 아무 것도 해준 게 없었다.

"혹시 보복을 당하는 게 아닐까 걱정스럽겠지만, 그런 짓은 우리 선생님들이 절대로 못하게 할 거야. 보호자를 학교에 불러서 엄중히 주의를 주고……."

어른들은 자신들이 어렸을 때의 일을 얼마나 기억하고 있을까. 이런 식으로 일이 해결될 것이라고 진심으로 믿는다면 그때는 어지간히 태평한 시대였거나 아니면 착하고 순수한 청소년들의 낙원이었던 게 분명하다.

준도 똑같은 생각을 하는지 입술을 깨물며 딱딱한 표정으로 가만히 고개를 숙이고 있었다.

이번에는 꼼짝없이 지로가 비난을 받을 차례였다. 준은 돈을 모아서 어서 빨리 결말을 지을 작정이었다. 그런 판에 공연한 트집거리를 만들고 만 것은 자신이었다.

제5중학교의 다카하시 선생님에게 그 뒤에 취조 비슷한 것을 받았다. 어쩔 수가 없어서, 준이 공을 빼앗긴 발단에서부터 사건의 모든 것을 이야기했다.

"앞으로는 무슨 일이든 선생님하고 상의해줘."

미나미 선생님은 자기 반 학생이 자신에게 사건을 감췄다는 것에 큰 충격을 받은 모양이었다. 몇 번이고 "선생님이 미덥지 않았어?"라며 서글픈 표정을 보였다.

말없이 고개를 저었다. 미나미 선생님의 문제가 아니었다. 어린이의 세계에서 어른들은 하나같이 무력한 것이다. 필시 우리 아버지도.

돌아오는 길에 준에게 사과했다.

"됐어." 준은 힘없이 대꾸했다. 절친한 친구에게 큰 빚을 진 듯한 마음이 들었다.

아무래도 분을 삭일 수가 없어서, 저녁 무렵에 핫세네 집 근처에서 상자를 기다렸다.

"혹시 가쓰에게는 일러바치지 않았나요?" 서슴없이 항의했다.

"말했지, 유도장으로 불러내서. 그랬더니 그 새끼가 뭐라고 씨

부렁거렸는지 알아?" 상자가 눈 주위를 붉혔다. "선배님이 나를 만만하게 보셨고만요, 그러더라고. 화딱지가 나서 패대기를 쳐주려고 했더니, 나하고 붙는 건 우리 형하고도 붙는다는 뜻인 줄은 아시죠? 그러더라니까. 그래서 내가 완전히 폭발해버린 거야."

상자는 제 손바닥에 주먹을 퍽퍽 쳐댔다. 지로는 다음 말을 기다렸다.

"우연찮게 유도부 담당 교사가 생활지도부도 맡고 있고, 우리하고는 사이가 좋았거든. 이번 일은 그 선생에게 확 불어버리는 게 그런 새끼한테는 훨씬 더 효과가 있어."

온몸의 힘이 스르르 빠졌다. 부탁한 우리가 바보였다. 상자는 뇌까지 직사각형인지도 모른다.

가쓰의 잔인한 웃음이 눈앞에 떠올랐다.

다시 저녁밥이 세 그릇으로 줄어들 것 같았다.

9

가쓰의 행동은 재빨랐다. 바로 그 다음 날에 반응이 왔다.

불량배들 사이에서 첫 손가락에 꼽히는 데는 분명 얼마나 재빠르게 보복하느냐가 열쇠일 터였다. '나중에'라느니 어쩌느니 하며 미루는 놈은 바보가 되는 것이다.

하지만 가쓰가 직접 온 게 아니고 부하 녀석이 왔다. 구로키였다. 점심시간에 비상계단 아래로 준과 둘이 불려 나갔다.

"너희, 일냈구나, 일냈어."

구로키는 껌을 질경질경 씹으며 남의 불행이 좋아서 못 견디겠다는 듯한 모습으로 어깨를 툭툭 부딪쳐왔다.

"가쓰 형, 무지하게 화났어. 초등학생에게 이렇게 바보 취급을 당하다니, 나도 참 볼 장 다 봤다고, 산속에 들어가서 수행을 새로 해야겠다고 씩씩거리더라."

'그래, 제발 먼 산속으로 수행하러 들어가라고 해.' 지로는 자기도 모르게 그런 통사정을 하며 매달릴 뻔했다.

"머리를 박박 밀었으니, 뭐, 화가 날 만도 하지." 구로키가 두 손으로 머리털을 당기며 말했다. "등교 정지 처분을 받으면 머리를 박박 밀어야 하거든. 어제 이발소에서 울며불며 싹싹 밀었대. 가쓰 형, 머리 긴 거 되게 좋아했는데. 아마 그것 때문에 더 성질이 났을 거야."

구로키는 입속에서 껌을 동그랗게 말더니 화단을 향해 침과 함께 날려 보냈다.

"그게 나 때문이냐?" 준이 나지막하게 말했다.

나 때문, 이라는 말이 지로의 가슴에 아프게 찔렸다. 준은 전혀 관계가 없는 일이었다. 일을 복잡하게 꼬아놓은 건 자신인 것이다.

"연대 책임이라는 거지. 선생님이 항상 그러잖아. 나만 착하다고 다 해결되는 게 아니라고 말이지." 얼굴이 벌게져서 을러댄다. 요즘 들어 구로키는 점점 더 불량해지는 듯한 느낌이 들었다.

"앞으로는 괜히 쓸데없는 생각 하지 마. 유도부 검은 띠가 오건 다른 학교의 학생주임이 오건 가쓰 형한테는 안 통해. 선생들도 마찬가지야. 가쓰 형은 선생 따위는 무서워하지도 않으니까."

"앞으로는 안 할 거야"라는 지로. 코에서 콧물이 주르르 흘러내렸다.

"당연하지, 잘 생각했다. 그보다, 각오해라. 이제 한 사람에 5천 엔으로 끝날 얘기가 아니야."

"무슨 말이야?"

"이자가 붙은 거지, 엉뚱한 짓을 했으니까." 구로키가 턱을 치켜들었다. "우선 머리부터 밀어. 오늘 내일 사이에 이발소에 가서 빡빡 밀고 와."

"야, 좀 봐줘라." 준의 얼굴이 일그러졌다.

"안 돼. 머리 빡빡 밀고 가쓰 형네 집에 사과하러 오래. 돈 얘기는 그 다음에 결정하겠대."

"야, 이쯤에서 그만두자." 이번에는 지로가 나섰다. "나하고 준이 머리를 밀면 선생님들이 당장 의심할 거라고. 제5중학교에 문의가 들어가고, 그럼 일이 또 복잡해질 거란 말야."

"내가 그걸 어찌 알겠냐? 빡빡머리에 대한 변명 같은 건 너희가 생각해내야지."

"너는 왜 그렇게 가쓰 편만 들어?"

"그래, 구로키. 너는 상관도 없잖아!" 준도 거칠게 대들었다.

"가쓰 형이 항상 주스도 사주고 다코야키도 사줘."

"거짓말. 너도 돈을 뜯기면서. 샷사 생일 때, 천 엔 빼앗겼잖아?"

"사실은 부하 주제에, 뭘?"

둘이서 번갈아 대들자 구로키는 한층 더 얼굴을 붉히며 준의 멱살을 움켜쥐었다. "야, 다시 한 번 말해봐."

준이 그대로 맞붙을 태세여서 지로가 재빨리 둘 사이에 끼어들었다.

"아무튼." 구로키의 손을 떼어냈다. "한 사람에 5천 엔씩은 어떻게든 마련해볼 테니까, 더 이상은 요구하지 말아줘."

"나한테 말해봤자 소용없어. 아무튼 너희는 머리부터 밀어야 돼. 지금 가쓰 형이 전하라는 말은 그것뿐이야."

구로키는 그렇게 내뱉더니 실내화를 철떡철떡 끌며 멀어져 갔다. 준과 둘이서 한숨을 내쉬었다. 바로 곁에서는 저학년 아이들이 줄넘기를 하며 웃고 떠들었다. 하나 두울 세엣…… 태평성대에 사는 하급생들이 부러웠다.

"지로, 너희 집에 바리캉 있냐?" 준이 불쑥 물었다.

지로는 저도 모르게 준을 돌아보았다. "설마, 너. 말도 안 돼."

"그럼 어떻게 하란 말이야?"

지로가 대답이 막혔다. 뾰족한 수가 있을 리 없었다.

"나는 밀 거야." 준이 힘없이 말했다. "이발비 아끼려고 너하고 나하고 서로 깎아주다가 실패했다고 얘기하면 될 거야, 선생님한테는."

준은 진심으로 가쓰를 두려워하는 기색이었다.

"……미안하다." 지로는 그 말밖에는 할 말이 없었다.

"그러니까 지로, 너도 밀어."

"응……." 어깨가 툭 떨어졌다. 머리 스타일에는 남몰래 신경 깨나 써왔었는데.

"솔직히 이발비도 아까우니까 바리캉이나 찾아보자. 리틀리그 애들 중에 머리 민 애들 있지? 걔네들한테 물어보자."

각자 헤어져서 바리캉을 찾아보기로 했다.

머리는 민다고 쳐도, 그 다음에는 또 어떤 요구를 들고 나올까. 엄청난 억지소리를 들이밀 게 틀림없었다. 지긋지긋했다. 전학이라도 하고 싶은 심정이었다.

무카이에게는 또 다시 털어놓았다.

"지로, 이런 건 선생님에게 말하는 게 좋지 않을까? 너무 질이 안 좋아."

"안 돼. 가쓰는 몇 번이라도 보복할 거야."

무카이는 정말 난감하다는 얼굴로 팔짱을 끼고는 잠시 꿍얼꿍얼하더니 "선생님에게 말하지 않겠다면 더 이상 방법은 없어"라고 중얼거리듯 말했다. "하지만 하나에서 열까지 그쪽에서 하라는 대로 하지는 마. 봉으로 생각하고 앞으로도 자꾸 돈을 뜯어갈 가능성이 있어. 5천 엔은 해주겠지만 빡빡머리는 싫다든가, 머리는 빡빡 밀 테니까 돈은 반으로 깎아달라든가, 아무튼 할 말은 해봐."

그런 말을 술술 할 수 있으면 무슨 걱정이겠는가. 난폭한 가쓰에게 거래가 통하기나 할까.

3층 창문에서 바깥을 내다보았다. 교정의 은행나무 잎이 5월의 태양에 반짝반짝 빛났다. 그 너머는 원망스럽기만 한 푸른 하늘이었다.

집에 돌아오자 아버지가 부엌에서 테이블을 마주하고 있었다.

"어, 아들. 자네 아버님의 소설이 마침내 인쇄가 되었네."

그 말에 들여다보니, 아버지의 손 맡에 활자만 잔뜩 인쇄된 두툼한 종이 더미가 있었다.

"이제 남쪽 섬에 갈 수 있겠어. 처음에는 이리오모테 섬(西表島)쯤이 어떻겠냐?"

남쪽 섬이라. 이번 일이 잠잠해질 때까지 제발 멀리 떠날 수 있었으면.

"틀림없이 문단에서 평이 좋게 나올 거다. 우에하라 이치로는 일약 이 시대의 인물이 되는 거야." 아버지가 먼눈을 하고 있었다. 유난히 기분이 좋아 보였다. "하긴 그 전에, 우익에서 떠들고 나설 테니 그 대책부터 세워둬야겠지?" 정색을 하고 다시 교정지를 들여다본다.

잘 알 수 없는 소리인지라 지로는 애매하게 고개를 끄덕여두었다. 냉장고에서 우유를 꺼내 컵에 따라 마셨다. 손으로 입을 닦으니 입술이 부르텄는지 껍질이 손등에 붙어있었다.

"아, 참. 너, 불량한 중학생에게 협박을 당했다면서?" 아버지가 지로를 돌아보지도 않고 말했다. "네 엄마한테 들었다. 미나미 선생이 가게로 찾아와 보고를 해주셨다더만."

대답을 하지 않았다. 그 일은 과거형이 아니라 현재진행형인 것이다.

"그런 일은 앞으로는 엄마가 아니라 아버지에게 보고해달라고, 미나미 선생에게 말 좀 전해."

한숨이 터졌다. 아들의 위기에는 관심도 없는 걸까.

"싸울지 도망칠지, 네 뱃심을 딱 정해"라는 아버지. 지로는 저도 모르게 고개를 번쩍 쳐들었다. "이대로 끝날 리가 없잖아? 우에하라 지로, 인생의 중대한 기로에 섰구나."

"중대한 기로?"

"스스로를 시험하는 무대라는 얘기야."

아버지는 교정지에 눈을 떨군 채였다.

"응……."

"머리는 하지 마라."

"……머리?"

"쇠 파이프로 느닷없이 뒤통수를 내려치는 거. 머리는 만일의 때를 위해 아껴둬. 나라면 무릎 뒤쪽을 노릴 거다. 그곳은 단련할 도리가 없으니까 실로 허약하지. 잘 하면 건이 끊어져서 넉넉히 3개월은 지팡이 신세야. 옛날에 민청 내부 분쟁에 끼어들었을 때, 개혁파 리더를 그 방법으로 보기 좋게 은퇴시킨 적이 있어. 이쪽에서 먼저 공격을 감행하는 건 충격이 엄청난 데다, 치명상은 일부러 피해준다는 게 그쪽에는 일종의 경고로 받아들여져서 아주 효과가 뛰어나지."

아버지가 혼자서 지껄이고 있었다.

"일을 해치운 뒤에는 한마디도 안 하는 게 좋아. 인간이란 침묵이 가장 무서운 법이야. 저 혼자 온갖 상상을 하게 되거든."

지로는 찬장에서 전병 과자를 발견하고 팔을 뻗었다.

"한 방에 숨통을 끊어놓고 말없이 내려다보는 거야. 그러면 상대의 공포는 갑절이 되지."

한입 먹어봤더니 눅눅해져 있었다. 그래도 먹었다.

"아니면 함정을 파놓는 것도 좋아. 무슨 만화 같은 소리냐고 사람들은 함정을 우습게 알지만, 거기 떨어졌을 때의 충격은 엄청나. 내가 이제 새삼 뭘 감추겠냐, 학생시절에 스루가다이의 아지트 앞에서 내가 파놓은 함정에 내가 빠진 적이 있었어. 허를 찔린다는 게 바로 그런 거야. 무슨 일이 벌어진 건지, 한참이나 정신을 못 차리겠더라. 게다가 그 안이 똥통이었어. 한 달 동안 바깥출입을 못했다."

아버지는 참말로 드라마틱한 청춘을 보낸 모양이다.

2층 방에 올라가 책가방을 방바닥에 내려놓았다. 모모코의 책상에 조그만 손거울이 있어서 집어 들고 얼굴을 들여다보았다. 손으로 옆머리를 쓸어내렸다.

지금쯤 준은 바리캉을 찾고 다닐 터였다. 묘한 대목에서 거침없는 행동력을 발휘하는 녀석이었다. 분명 최신식 바리캉을 찾아냈을 것이다.

문득, 복도를 건너 누나의 방으로 눈길이 갔다. 요즘 도통 얼굴을 본 적이 없다. 밤에 지로가 깨어있는 동안에는 집에 돌아오지 않았고, 아침에는 늦게까지 잠을 잤다.

슬그머니 누나 방의 문을 열었다. 아래층에 울리지 않도록 살금살금 안으로 들어섰다.

특별한 목적은 없었다. 이따금 누나 방에 무단으로 들어와, 남의 비밀을 들춰보거나 여자의 냄새를 맡곤 했다.

누나는 다다미방을 서양식으로 꾸며서 썼다. 하긴 벽에 인도산 천 조각 하나가 걸려있는 것뿐이고, 사실은 정확히 서양식인지 뭔지 지로는 알지 못했다. 어디선가 향냄새도 났다.

침대에 앉아 무심코 책상 서랍을 보았다. 자물쇠가 채워져 있었다. 이제껏 없던 자물쇠였다. 테이블의 장식 상자에도 열쇠가 잠겨있었다.

자신이 가끔씩 슬그머니 기어든다는 것을 누나가 알아챈 것일까. 아니, 증거 따위는 전혀 남기지 않았었다. 게다가 남이 봐서 곤란할 것 따위는 누나 방에 전혀 없었다. 첫째로, 컴퓨터를 구입한 뒤부터는 편지나 메모 쪽지 한 장도 없었다.

뭐, 됐어. 생각해봤자 내가 뭘 알겠냐.

누나에게는 가족이 방해물일 것이다. 아버지도 엄마도 동생들까지도.

그보다 자신의 일이 더 문제였다. 쇠 파이프라고? 함정이라고? 코를 훌쩍 들이켰다. 내가 그런 일을 어떻게 하냐고요.

침대에 벌렁 드러누워 천장을 보았다. 옛날 세계지도가 붙어 있었다. 일본은 실리지도 않았고, 대륙은 세 개밖에 없었다.

10

"야, 왜 머리 안 밀어?"

쉬는 시간에 구로키가 일부러 지로네 교실까지 찾아왔다. 요란한 무늬의 셔츠에 헐렁한 바지 차림이었다. 삿사와 핫세는 나란히 붙어 서서 험상궂은 얼굴의 난입자를 멀찍이 에워싸듯이 바라보고 있었다.

준과 둘이 복도로 나가 이야기를 했다.

"바리캉 가진 애를 찾고 있어. 조금만 기다려"라는 지로.

"이발소에 가, 이발소에." 구로키가 답답하다는 듯 을러댔다.

"이발소에 갈 돈이 어딨냐?" 준은 늘 하던 대로 당장이라도 싸울 태세였다.

"한심한 놈들이네. 외상 긁을 이발소도 없어?"

"초등학생한테 그런 데가 어딨어? 바보."

"뭐? 바보?"

당장 구로키의 얼굴이 딱딱해졌다. 요즘 며칠 새, 매번 이런 식의 대화였다.

"야, 구로키. 가쓰에게 말 좀 해줄래?" 지로는 무카이의 조언을 생각해냈다. "돈은 만들어낼 테니까, 머리 미는 건 좀 봐달라고 해줘."

"장난 하냐? 너희는 오늘 안에 머리를 밀어야 해."

"그럼, 머리는 밀 테니까 돈은 반으로 깎아달래."

"야, 무슨 롯데리아냐, 깎아주고 말고 하게? 그런 꼼수가 통할 거 같아? 그리고 나한테 그런 말 해봤자 소용없어. 가쓰 형한테 말해, 가쓰 형한테."

구로키가 눈을 치떴다. 이 녀석은 날이 갈수록 인상이 험악해진다.

"네가 심부름하는 역할 아니냐."

"안 되는 건 안 돼. 바리캉, 나도 애들한테 물어볼 테니까 오늘 중으로 머리 밀어."

웬일인지 협력적인 태도로 나온다.

"왜 오늘 중이야?"

"하루라도 빨리하는 게 좋을 텐데?"

문득 구로키의 손을 보았다. 카메라 달린 휴대전화를 쥐고 있었다.

"혹시 우리 빡빡머리를 그걸로 찍어서 가쓰에게 보내려는 거야?"

"그래. 가쓰 형이 집에서 기다린대. 오늘 중으로 사진 보내기로 약속했어."

"그래서 그렇게 재촉을 했구나?"

"흥, 약속이 아니라 명령이겠지." 준이 끼어들었다. "진짜로 부하네, 뭐."

"뭐야?"

"대충 짐작이 간다. 오늘 중으로 빡빡머리 못 만들면 그 대신 네가 빡빡머리다. 가쓰가 너한테 그랬지?"

구로키의 안색이 바뀌었다. 뺨이 약간 딱딱해져 있었다.

"흥, 딱 맞았고만." 준이 눈을 부릅뜨고서 말했다.

다음 순간, 구로키의 펀치가 준의 뺨에 명중했다. 준이 구로키에게 덤벼들었다.

"잠깐!" 지로가 둘 사이를 가르고 들어섰다. 누군가의 팔꿈치가 지로의 얼굴을 쳤다. 눈앞에 은빛 가루가 오락가락했다.

"아아, 진정해, 진정하라고." 어느새 무카이가 와있었다. 구로키를 붙잡고 있었다.

"이 새끼, 죽여버린다." 구로키가 부르르 떠는 소리로 외쳤다.

"죽여봐." 준이 외쳤다.

모두들 둥그렇게 에워싼 채 바라보고 있었다. 여학생들은 겁에 질린 모습으로 한곳에 우르르 뭉쳐있었다. 교정에 차임벨이 울려 퍼졌다. 복도에 있던 아이들이 일제히 교실로 들어갔다.

"구로키, 나랑 잠깐 이야기 좀 하자"라는 무카이.

"이야기할 것도 없어." 구로키는 무카이에게는 목소리가 고분고분했다. 호흡을 가다듬더니 그대로 발길을 돌렸다. "학교 끝나고 바리캉 찾아서 다시 올 테니까 그런 줄 알아. 너희들, 도망치지 마." 그렇게 내뱉고는 성큼성큼 가버렸다.

"흥, 구로키 저 녀석부터 머리를 빡빡 밀어놓을 거야." 준이 거친 숨을 몰아쉬며 말했다. 입술에 피가 맺혀있었다. "내가 이런 꼴을 당하고도 가만있을 줄 알아?"

준의 예언은 아마 맞는 말일 것이다. 가쓰는 이쪽뿐만 아니라 구로키에게도 용서가 없었다. 남을 고통스럽게 해놓고 희희낙락하는 잔인한 놈인 것이다.

학교가 끝나자 준은 냉큼 집에 돌아가버렸다.

"가쓰는 무섭지만, 구로키가 먼저 빡빡머리 될 때까지는 참을 거야."

마치 오줌을 싸지 않고 참겠다는 투로 내뱉더니 교실에서 뛰어나갔다.

지로는 남았다. 토끼 사육장의 청소 당번이라서 담당 선생님의 도장을 받아야 했기 때문이었다. 아아, 초등학생은 도대체 왜 이렇게 묶여 살아야 하는 걸까.

"뭐, 좋아. 너만이라도 가자." 구로키는 다시 나타나자마자 미간을 잔뜩 찌푸리고 지로의 팔을 붙잡았다. "건어물 가게 하는 친구 집에 바리캉이 있대. 청소 끝나면 같이 가는 거야."

"도망 안 쳐." 구로키의 팔을 뿌리쳤다. "하지만 돈은 반절로 해줘. 5천 엔은 죽었다 깨나도 못 만들어."

"그런 얘기, 나한테 하지 말라니까? 내가 결정할 일이 아냐."

"한마디 물어봐도 되겠냐?"

"뭐야?"

"너, 이런 일, 하고 싶어서 하냐?"

구로키가 말이 막혔다. 조용히 지로의 가슴팍만 노려보고 있었다.

"옛날 같은 반 친구한테 이런 짓을 하고도 넌 아무렇지도 않아?"

"시끄러." 낮은 소리로 말한다.

"나라고 하고 싶을 리가 있냐?"

"그럼 가쓰 같은 사람하고 어울리지 마."

"상관 마."

"우리 쪽으로 돌아와."

"시끄럽다니까?"

"네가 가쓰하고 인연을 끊는다면, 내가 머리 빡빡 밀어줄 거야."

"이야기가 왜 이상한 쪽으로 새냐?" 구로키가 입을 툭 내밀었다. 하지만 화가 난 기색은 아니었다.

"네가 걱정이 돼서 그래." 무의식중에 나온 말이었다. 말을 뱉은 지로 스스로도 내심 놀랐다. "이대로 가면 도둑질을 도와주거나 여자들을 폭행할 때 다리 잡아주는 역할을 하거나, 아무튼 가쓰 때문에 너는 나쁜 짓을 엄청 많이 하게 될 거야. 소년원에 들어갈 거라고."

"나는 안 해, 그런 짓."

"지금도 가쓰가 하라는 대로 하고 있잖아."

"내가 언제 하라는 대로 했어?"

"하라는 대로 하는 거지. 나하고 준의 빡빡머리 사진을 안 보내면 네가 빡빡머리가 되는 거잖아."

구로키의 뺨이 파르르 떨렸다. 일순 눈 안쪽에서 광기가 얼굴을 내밀었다.

"야, 사람을 뭘로 보는 거야? 나는 그렇게 쉽게 남이 하라는 대로 할 사람이 아냐. 상대가 중학생이라도 덤빌 때는 덤벼."

"그럼 지금 보여줘 봐. 가쓰에게 함께 가자."

"그건 이야기가 다르지."

"다르지 않아. 좋아, 거기 가서 우리 둘이 함께 머리를 밀자."

"내가 왜?"

"나 역시 머리를 밀 이유는 하나도 없어. 우리 둘 다 가쓰의 변덕에 놀아나는 것뿐이라고." 정면으로 똑바로 마주 보며 말했다. 구로키가 눈을 깜빡거리고 있었다. "가쓰 앞에서, 지금 둘이서 머리를 빡빡 밀 테니까 더 이상 우리를 건드리지 말아 달라, 인연을 끊어 달라, 그렇게 말하자."

"나는 머리 밀 생각 없어."

"그렇다면 나도 그럴 생각 없어."

"웃기지 마. 너는 밀어야 돼."

"싫어. 너하고 둘이 같이 민다면 괜찮지만, 나 혼자는 싫어."

구로키가 깊은 한숨을 내쉬었다. 두 손으로 머리를 쓸어 올리며 불안하게 주위를 서성였다.

"구로키, 지금이 기회야. 가쓰하고의 인연을 끊어. 옛날처럼 우리하고 함께 놀자."

혼자서 거스를 용기는 없지만 구로키와 둘이라면 할 수 있을 듯한 마음이 들었다.

"무카이가 그러더라. 구로키 너, 사실은 착한 애라고. 나도 그렇게 생각해."

연극적인 대사가 술술 나왔다.

"머리카락쯤이야 금세 또 자라."

구로키가 지로를 바라보았다. 무언가 할 말을 찾는 모습이었다. "가쓰 형, 화나면 무슨 짓을 할지 몰라." 호소하는 듯한 눈빛으로 말했다.

"설마 죽이기야 하겠냐?"

"아니, 죽일지도 몰라. 그 인간, 욱하면 눈에 뵈는 게 없어."

"그럼, 강아지라도 한 마리 데리고 갈까? 보기만 하면 웃음이 절로 나는 귀여운 놈으로."

"참내, 너는 대체 어디서 그런 생각이 나냐?"

구로키가 다시 침묵했다. 이번에는 손톱을 뜯기 시작했다. 이

마에는 땀이 배어나왔다.

"내가 장담하는데, 우리 둘 다 진탕 맞을 거야." 턱을 치켜들고 말했다. "가쓰 방이 딴채라서 친구들이 노상 모여드는 소굴이야. 오늘도 몇 명 와있을 걸?"

"그럼 그냥 내버려두자. 난 집에 갈 거야. 너도 집에 가."

"그렇게는 안 되지. 나는 빡빡머리 사진을 보내야 한단 말야."

"정말 귀찮은 녀석이네."

"무슨 소리야? 참내, 귀찮은 건 나라고." 구로키가 얼굴을 잔뜩 찌푸렸다.

지로는 가방을 등에 없고 교문을 향해 걷기 시작했다.

"우선 바리캉부터 빌려 오자. 가쓰에게 첫 말을 어떻게 뗄 지는, 가는 길에 생각하면 되니까."

구로키는 툴툴거리며 뒤를 따라왔다. "야, 이야기가 왜 이렇게 되느냐고!"라고 날카로운 소리를 올리며 고개를 갸웃거렸다.

가쓰가 무섭기는 했지만, 죽건 살건 한번 부딪쳐보자는 묘한 배짱도 있었다. 이런 우울한 나날은 어서 빨리 끝장을 내고 싶었다. 상쾌한 기분으로 날마다 밥을 몇 그릇이고 실컷 먹고 싶었다.

가쓰네 집은 와세다 거리를 마주 보는 작은 빌딩의 바로 뒤편에 있었다. 바깥벽이 더럽혀질 대로 더럽혀진 그 건물은 가쓰의 아버지가 경영하는 토목회사라고 했다. 테니스 코트만 한 크기의 뒷마당에는 건축자재가 산더미처럼 쌓여있었다. 구석에 창고라고 해도 좋을 만큼 낡아빠진 조립식 집이 있었는데, 그곳이 가쓰가 쓰는 방이라는 건 창문에 붙은 해골 스티커를 보고 금세 알 수 있었다.

곁에서 구로키의 목젖이 꿀꺽 울렸다. 지로도 생침을 삼키고 있었다.

"잠깐 기다려." 구로키가 팔을 내밀어 지로를 제지하더니 그 방으로 다가갔다. 창문을 톡톡 두들기고는 "가쓰 형, 나예요"라고 낮게 속삭였다.

창문이 열렸다. 빡빡머리의 가쓰가 얼굴을 내밀었고, 즉각 지로에게 시선을 던졌다.

급소가 불끈 솟구쳤다. 오랜만에 본 가쓰는 지금까지보다 훨씬 더 박력이 있었다. 머리를 밀면 귀여워지는 타입과 오히려 인상이 고약해지는 타입으로 갈라진다. 가쓰는 완전히 후자였다. 게다가 눈썹까지 밀어버렸다. 이 집의 아버지 어머니는 왜 혼을 내지 않는 걸까.

가쓰의 턱짓에 지로는 걸음을 뗐다. 험악한 표정으로 노려본다. 심장이 두근거리고 무릎이 부르르 떨렸다.

"뭐야, 아직도 머리가 시꺼멓네. 빨랑 안 깎으면 내가 안전 면도날로 밀어버린다?"

창문턱에 발을 얹더니 슬리퍼를 신은 채로 바깥으로 훌쩍 넘어왔다. 방 안에는 중학생 친구 한 명이 더 있었다. 가느다란 눈을 한 그 중학생도 창문을 넘어 가쓰의 뒤를 따랐다.

"머리만 밀면 전부 없었던 일로 해줄 거예요?" 몸이 빳빳하게 굳은 채 지로가 물었다. 목소리가 갈라져 나왔다.

"뭐? 너, 잠꼬대 하냐? 머리를 미는 건 스타트야. 거기서부터 얘기가 시작되는 거라고." 구로키보다 몇 배나 날카로운 목소리였다. 칼처럼 공기를 가르고 지로의 귀에 꽂혔다.

"나하고 구로키가 함께 머리를 밀면 앞으로 우리를 건드리지 않는다고 약속할 수 있어요?"

"너하고 구로키?"

"구로키를 그쪽에서 빼달라고요. 앞으로는 자꾸 불러내지 말아주세요." 목이 바짝 탔다. 입을 뻐끔뻐끔하고 있었다.

가쓰가 구로키를 쳐다보았다.

"아, 아뇨." 구로키가 눈을 휘둥그렇게 떴다. "아니에요, 가쓰형." 얼굴 앞에서 팔을 젓는다.

"뭐야, 이 새끼, 그렇게 귀여워해 줬더니."

가쓰가 구로키에게 다가갔다.

"그게 아니라니까. 야, 지로! 괜히 나까지 끌고 들어가려는 거지?"

"구로키, 결단을 내려. 가쓰의 부하 노릇은 싫다고 했잖아."

다음 순간, 가쓰의 오른팔이 움직였다. 구로키가 허리를 푹 꺾었다. 배에 펀치가 날아든 것이다.

"좋아. 구로키, 너도 머리 밀어." 이어서 허벅지를 발로 후려찼다. "내 기분이 지금 완전히 개떡이야. 머리 긴 놈만 보면 죄다 죽이고 싶단 말야." 손바닥이 구로키의 뺨으로 올라갔다. 마른 소리가 날카롭게 울려 퍼졌다.

구로키의 얼굴이 표변했다. 얼굴이 벌게져서 험악한 눈초리로 가쓰를 똑바로 쏘아보았다.

"뭐야, 그 눈. 무슨 불만 있어?" 연속으로 무릎차기를 먹였다. 구로키가 허리를 앞으로 꺾은 채 뒤로 주춤 물러섰다. "이 새끼, 얼마든지 들어주지."

지로는 멍하니 서있었다. 준이 맞았을 때와 마찬가지였다. 온몸의 핏기가 스르르 가시면서 발바닥이 땅바닥에 들러붙은 것처럼 움직이지 않았다.

구로키는 만판 당하고 있었다. 하지만 눈초리에는 저항의 기색이 완연했고, 가쓰는 그게 마음에 들지 않는 모양이었다. "이 새끼, 눈이 왜 이래?"라는 말을 연발하며 무차별 공격을 가하고 있었다.

담벼락까지 몰려갔을 때, 구로키는 무릎을 꿇었다. 명치 언저리를 손으로 누르고 있었다.

"아우, 미치겠네. 꼬맹이들을 상대로 내가 이렇게 힘을 써야 돼?" 가쓰가 콧물을 들이켰다. "나도 참, 볼 장 다 봤네." 피곤하다는 듯 툭 내뱉더니 지로 쪽으로 다가왔다.

느린 걸음이었다. 지로는 이를 악물었다. 눈앞에 쓰윽 다가오는가 싶더니, 불현듯 가쓰의 돌려차기가 허리를 강타했다.

"한 사람당 만 엔씩으로 해주려고 했는데, 이거 생각이 싹 바뛰는데?"

어퍼컷이 지로의 배에 명중했다. 지독한 아픔에 얼굴이 저절로 뒤틀렸다.

"이제 너희는 절대로 용서 못해. 몸뚱이로 돈벌이를 시켜주지." 머리털을 붙잡혔다. 산처럼 쌓인 폐건축자재 더미까지 떠밀려 갔다.

"오쿠보에 나가면 변태 아저씨들이 우글우글하거든. 아직 털도 안 난 잠지를 갖고 놀게 해주면 한 사람당 5천 엔씩 준다더라. 그런 아저씨가 열 명은 되니까 너하고 구로키하고 구스다하고 나란히 찾아가서 놀아주고 와. 한 사람당 5만 엔은 벌 거다."

가쓰가 잔혹하게 웃었다. 이놈은 절대로 중학생이 아니라고 생각했다. 태어나기를 악당으로 태어난 놈의 중학교 1학년 때의 모습인 것이다.

명치에 무릎차기가 들어와서 지로는 그 자리에 웅크리고 주저앉아 버렸다. 시큼한 액체가 목구멍까지 치밀었다.

"근데 우에하라, 너희 집 저기 철로 옆 찻집이지?" 가쓰의 말이 머리 위에서 쏟아졌다. "그럼 너희 외할머니는 요츠야(四谷)에 살지? 나도 다 알아, 우리 할머니가 요츠야 아라키(荒木) 쪽에 살거든. 너희 엄마가 유명한 전통의상 전문점 딸이라면서?"

지로는 모르는 이야기였다. 어머니가 누구네 집 딸이라는 이야기는 들어본 적도 없었다. 어렸을 때부터 외할아버지도 외할머니도 안 계시다는 이야기만 들었을 뿐이다.

"내가 다 알아. 너희 엄마, 옛날에 형무소에도 갔었다면서?"

고개를 번쩍 들고 가쓰를 쳐다보았다. 눈을 치켜뜨고 웃고 있었다.

"거짓말쟁이!" 지로가 외쳤다. 자신의 목소리 같지 않았다.

"뭐? 너희 엄마한테 물어봐. 젊었을 때, 사람을 칼로 찔렀다던데?"

"거짓말!" 부르짖으며 벌떡 일어섰다. 그대로 가쓰에게 뛰어들었다.

"이 새끼, 어딜 덤비려고." 가쓰의 목소리가 거칠어졌.

"거짓말! 거짓말!" 지로의 마음속에서 무서운 격정이 솟구쳤다. 태어나서 처음 느껴보는 흥분이었다. 가쓰의 덜미를 쥐어 잡고 혼신의 힘을 다해 밀었다. 순식간에 담벼락까지 밀어붙였다.

"이 새끼, 힘은 되게 세네. 야, 겐지, 이 녀석 좀 떼어내."

그때까지 구경만 하고 있던 가느다란 눈의 중학생이 달려왔다. 뒤에서 지로의 양팔을 등 뒤로 잡아 젖혔다. 하지만 그건 몇 초에 불과했다. 구로키가 끼어든 것이다.

"가쓰 형, 아무래도 나는 이 팀에서 빠져야겠어요!" 고민한 흔적이 역력한 표정으로 구로키가 외쳤다.

"무슨 소리야, 이 새끼? 이렇게 바쁜 판에."

"머리를 밀어도 좋으니까 나하고 인연을 끊어줘요."

"야, 구로키, 이 새끼부터 때려눕혀. 그러면 너, 간부로 올려줄게."

"앞으로는 전화하지 마세요. 돈 걷어 오는 거, 껌 쌔벼 오는 거, 그런 건……."

"이 새끼들이 진짜, 나를 정말 화나게 할래?"

가쓰는 지로의 팔을 뿌리치더니 잽싸게 옆으로 달려가 건축 폐자재 속에서 철근을 쓰윽 뽑아 들었다.

"이 초등학생 꼬맹이들이!"

철근이 구로키의 옆머리에 명중했다. 귀 뒤로 빨간 피가 뚝뚝 떨어졌다. 구로키는 믿을 수 없다는 듯, 상처를 손으로 덮은 채 그 자리에 우뚝 서있었다.

"다음은 너야."

휘익 하고 공기를 가르는 소리가 나더니 다음 순간, 지로의 왼손에 충격이 내달렸다. 머리를 맞지 않으려고 반사적으로 내민 손에 철근이 떨어진 것이다. 그다지 아픔은 없었다. 온몸이 감각을 잃고 있었다.

"가쓰, 아까 한 말, 당장 취소해!" 지로가 소리를 내질렀다.

"뭐, 가쓰? 이 새끼, 죽여버릴 거야."

가쓰가 철근을 휘둘렀다. 지로는 도망치지 않고 정면을 뚫고 들어갔다. 팔을 쳐든 가쓰를 온몸으로 뛰어들어 뒤쪽으로 넘어뜨렸다. 쿵, 하는 소리가 났다. 가쓰가 땅바닥에 뒤통수를 들이박은 것이다. 다음 순간, 옆에서 달려온 것에 지로는 떠밀렸다. 구로키였다. 구로키가 가쓰 위에 올라탔다.

얼굴에 벌건 피 칠을 하고 마구 주먹을 먹이고 있었다. "이 새끼! 이 새끼!" 목소리가 떨렸다. 귀를 타고 흐른 피가 가쓰의 얼굴에 떨어졌다.

가쓰는 변변한 저항도 하지 못했다. 양손으로 머리를 부둥켜안고 낮은 신음을 올리고 있었다.

다른 중학생은 퍼렇게 질린 얼굴로 엉거주춤 서있을 뿐이었다. 아마 잔심부름이나 하는 녀석일 것이다.

"야, 구로키!" 가까스로 정신을 차리고 지로는 구로키에게 달려들었다. 등을 껴안아 가쓰에게서 떼어냈다. 구로키의 거친 숨결이 얼굴에 훅 끼쳤다.

내려다보니 가쓰가 쓰러진 그대로 꿈쩍도 하지 않았다.

머리 밑의 자갈이 피로 물들어있었다. 피라는 게 이렇게도 붉었던가. 지로는 그 자리에 어울리지 않는, 몹시도 엉뚱한 생각을 하고 있었다. 하늘에서 까마귀가 까악까악 울었다. 와세다 큰길의 자동차 소리가 서서히 크게 들려왔다.

구로키가 어깨 숨을 몰아쉬며 걸음을 뗐다. 지로도 말없이 그 뒤를 따랐다.

가쓰네 집 밖으로 나섰다. 둘 중 누구랄 것도 없이 보폭이 자꾸만 빨라졌다.

구로키가 달리기 시작했다.

어쩌면 지로가 먼저 달리기 시작했는지도 모른다.

순식간에 전속력이 되었다. 지나가는 사람들을 비집고 둘이서 와세다 거리를 마구 내달렸다.

심장의 고동이 고막 안쪽에서 쿵쾅쿵쾅 울렸다.

적당한 감정이 떠오르지 않았다.

11

문득 정신을 차리고 보니 어딘가의 공원이었다. 절 바로 옆인지 나무들 틈새로 낡은 기둥 문이 보였다. 터치 볼도 제대로 못할 만큼 자그마한 공원이었다. 노는 아이들이 하나도 없는 건 진즉에 오후 5시를 지났기 때문이었다. 처음 가본 곳이었지만 위치가 대충 어디쯤인지는 알 것 같았다. 구로키네 집 근처였다. 그렇다면 구로키의 뒤를 쫓아 달려온 것일까.

돌아보니 구로키가 공원 수돗가에 허리를 굽히고 서있었다. 기운차게 솟아오른 물이 구로키의 발치에서 산산이 튀었다. 마시는 건지 뒤집어쓰는 건지, 얼굴이며 머리가 온통 흠뻑 젖었다.

지로는 비틀비틀 다가가서 몸으로 구로키를 밀쳐냈다. 구로키가 다리로 버티며 수도꼭지를 내놓지 않았다. 말없이 다시 한 번 밀쳐내서 이번에는 자리를 빼앗았다.

두 손으로 수도꼭지를 잡고 솟아오르는 물에 입을 댔다. 몇 번이고 들이켰다. 이대로 영원히 물을 마셔야 할 것 같은 착각에 빠졌다. 남쪽에서 바람이 불어와 나무 잎사귀들이 차례차례 사각거리며 울었다. 고개를 돌려보니 구로키가 벤치 깊숙이 등을 기대고 앉아 거친 숨을 토해내고 있었다.

지로는 수도를 잠그고 땅바닥에 엉덩방아를 찧으며 주저앉았다. 손을 등 뒤로 짚고 다리를 내던졌다. 둘 다 침묵만 지켰다. 시선이 허공을 마구 떠돌고 도무지 한곳에 고정되지 않았다. 땅바닥이 출렁 흔들리는 것 같기도 했다.

해가 저물고 있었다. 동쪽 하늘에는 벌써 별이 반짝였다.

구로키와 잠시 눈이 마주쳤지만 금세 고개를 돌렸다. 평소보다 더 심하게 눈을 깜빡거리고 있었다. 지로는 할 말을 찾았다. 뭐든 좋으니 입을 열어 소리를 내고 싶었다. 하지만 아무 말도 떠오르지 않았다. 아직도 머리가 제대로 돌아가지 않았다.

한참 뒤에 구로키가 먼저 일어섰다. 굳은 표정으로 공원을 빠져나간다. 지로도 당황하여 그 뒤를 따라갔다.

구로키는 잰걸음으로 길거리를 걸어 나갔다. 경보대회 선수 같았다. 상점가에 접어든 뒤에도 속도를 늦추지 않고 쇼핑 나온 아줌마들을 요리조리 피하며 걸었다. 지로는 아무 생각도 없이 그 뒤만 쫓았다.

골목길을 오른쪽 왼쪽으로 굽어들어 한 동(棟)뿐인 시멘트벽의 연립주택에 닿았다. '야요이(彌生) 연립'이라는 간판을 올려다보고서야 거기가 구로키네 집이라는 게 생각났다.

구로키가 돌아보며 "뭐야?"라고 소리쳤다. 어쨌건 사람 목소리가 반가웠다.

"집에 가려고?" 지로는 고작 그런 말밖에 나오지 않았다.

"바보. 도망쳐야지." 구로키는 거친 숨을 몰아쉬며 말했다.

"이제 곧 여름이니까 노숙을 해도 얼어 죽진 않아."

"어쩔 건데?"

"도망친다니까!"

답답하다는 듯 구로키의 목소리가 거칠어졌다.

"어디로?"

"내가 어떻게 알아? 너도 괜히 이 동네에서 어정거리다가는 경찰한테 붙잡혀."

경찰이라는 말을 듣자마자 가슴을 쿡 찔린 듯한 아픔이 내달렸다. 온몸에서 핏기가 스르르 빠져나갔다.

"언젠가 나 혼자서 기차를 타고 기후(岐阜)의 오가키(大垣) 시까지 갔었어. 잠자는 어른 옆에 앉아서 똑같이 자는 척하면 차장도 별 의심 없이 그냥 지나가."

"학교는 어쩌고?"

"멍청이. 경찰에 잡혀가게 생겼는데 학교가 문제냐?"

"나는 어쩌지?"

연립주택 바깥계단을 올라가려는 구로키에게 물었다.

구로키가 돌아보았다. "너도 나랑 같이 갈래?" 진지한 얼굴이었다. 그 말을 듣자마자 가장 먼저 어머니의 얼굴이 떠올랐다. 이어서 모모코와 누나 그리고 아버지.

"너희 엄마, 괜찮겠어?"

"어차피 나 같은 건 방해물이야. 없어지면 도리어 좋아할 걸?"

"그럴까?"

"너는 일일이 뭔 잔소리가 그렇게 많아? 난 돈 좀 챙겨올 테니까 그 동안에 어떻게 할 건지 결정해."

"야, 구로키."

"왜?"

"……죽었을까?"

구로키는 대답하지 않았다. 충혈된 눈으로 지로를 쏘아보더니 불쑥 발길을 돌려 탕탕 소리 나게 계단을 뛰어올랐다. 그 순간 불안감이 몰려왔다. 단 1분도 혼자 있고 싶지 않았다.

나는 어떻게 해야 하는가. 다시 가족들의 얼굴이 차례차례 떠올랐다. 떨쳐버리려고 고개를 흔들었다. 목구멍 속이 뭔가 답답해서 마구 소리를 내지르고 싶었다. 구로키는 금세 다시 나왔다. 용 자수(龍刺繡) 점퍼(일본 요코스카 지역에서 만들기 시작한 점퍼. 미군 기지에서 흘러나온 광택 있는 낙하산 천에 용무늬 자수를 넣은 화려한 디자인으로 유명하다 — 역주)를 걸치고 있었다. 상처 입은 귀에는 반창고를 붙였다. 다른 점퍼 하나는 손에 들고 있다가 "이거 입어"라며 지로에게 던져주었다.

"너, 가출해본 적 있냐?"

"아니." 지로는 고개를 저었다.

"나는 세 번이나 갔었어. 나만 믿어."

"어떻게 먹고살 건데? 우린 아직 일도 못하잖아."

"노숙자 아저씨들하고 친해지면 이래저래 잘 돌봐줘."

구로키가 갑자기 두세 살 위로 보였다. 성질 사나운 것도 믿음직스러웠다.

"가자." 구로키가 먼저 걸음을 뗐다. 이제 와서 안 가겠다고 할 수는 없었다. 아니, 그보다 아직도 제대로 된 판단력이 없었다. 발이 땅바닥을 벗어나 허공에 붕 떠있는 듯한 느낌이었다. 귀에 들리는 소리까지 시원찮게 잡혔다.

구로키의 뒤를 쫓아가며 호주머니를 뒤적였다. 동전이 몇 개 있을 뿐이었다.

"구로키, 나 5백 엔밖에 없단 말이야."

"그럼 내가 빌려줄게. 2만 엔이나 있어. 엄마 돈을 쌔벼 왔어."

"혼 안 나?"

"너, 바보냐? 지금 가출하는 거야. 엄마 볼 일도 없다고."

대꾸할 말이 없어서 지로는 그대로 입을 다물었다.

길거리에서 편의점 안의 시계가 보였다. 오후 6시 반을 지나고 있었다.

모모코가 혼자 된장국을 끓일 수 있을까. 아버지가 해주면 좋으련만.

바로 앞에 나카노 선플라자가 우뚝 서있었다. 창문의 차가운 불빛을 보고 있으려니 한층 더 불안이 몰려왔다.

도쿄 역은 귀가를 서두르는 샐러리맨과 직장 여성들로 넘쳐났다. 어린애라고는 눈에 띄지 않았다. 사람들은 똑바로 앞만 보며 저마다 걸음을 재촉하고 있었다.

"지로, 두리번거리지 마!" 구로키가 귓전에서 재빨리 속닥거리는 바람에 얼른 등을 꼿꼿이 세웠다. 지로와 구로키는 사람들 속에서 명백히 튀었다. 그걸 의식하자 역 직원이 옆을 스치기만 해도 바짝 긴장이 되었다. 대충 적당한 어른을 찾아내 졸졸 따라붙으면서 아들인 척 행동했다.

"이쪽이야." 구로키에게 이끌려 플랫폼에 섰다.

"구로키, 우리 기본구간 차표밖에 안 샀잖아."

"기차 타는 데 피 같은 돈을 허비할 수 있냐? 그냥 무임승차하는 거야. 차장이 오면 숨을 거니까 그런 줄 알아."

"어디로?"

"화장실이나 아니면 위에 짐칸이나."

"짐칸?" 지로가 눈을 둥그렇게 떴다.

"조용히 해. 이를테면 그렇다는 얘기지." 구로키는 쓰레기통에서 소년 잡지를 주워 들더니 옆구리에 끼웠다. "학원에 다녀오는 척해. 불안해서 자꾸 두리번거리면 의심받기 딱 좋다고."

조폭처럼 용 자수 점퍼를 입고서 학원에 다녀오는 척을 해? 뭔가 억지스런 구석이 있었지만 하라는 대로 했다. 지로도 만화책을 찾아다 옆구리에 끼고, 둘이서 나란히 오다와라(小田原)행 열차에 올라탔다. 오가키 쪽으로 가는 기차는 야간에만 운행하는 모양이었다. 그 시간까지 기다릴 수도 없어서 구로키의 제안대로 우선은 도쿄를 벗어나기로 했다.

도쿄를 벗어난단 말인가. 돌연 거대한 감정이 몰려왔다. 머릿속에서 누군가 팀파니를 마구 두들기는 듯한.

하지만 구체적인 감상은 떠오르지 않았다. 뇌가 무언가를 거부했다. 앞으로의 일은 한사코 생각하지 않으려 했다. 요란한 전자음이 울리고 기차가 움직이기 시작했다. 지로는 저도 모르게 침을 꿀꺽 삼켰다.

4인용 의자가 나란히 이어진 기차 안은 어른들뿐이었다. 담뱃진 냄새가 꽉 차있었다. 대화를 나누는 사람은 없고, 모두가 뚱한 얼굴로 눈길을 마주치지 않으려고 서로를 외면하고 있었다.

구로키는 통로에 설 자리를 확보하더니 의자에 기대어 태연한 얼굴로 만화를 읽기 시작했다. 지로가 어쩔 줄 몰라 허둥거리자 구로키가 "집에 가는 표정을 지으라니까. 넌 지금 어딘가 멀리 떠나가는 표정이야"라고 얼굴을 가까이 대고 낮게 말했다. 가출 경험자는 분명 그런 식으로 수많은 난관을 뛰어넘었으리라.

지로도 구로키와 나란히 만화책을 펼쳤다. 물론 내용은 하나도 머릿속에 들어오지 않았다. 콧날에서 땀방울이 떨어져 책장에 스몄다. 셔츠 소매로 닦아냈다. 차창 밖으로 눈을 던졌다. 보이는 건 빌딩의 불빛뿐이었다. 유리창에는 자신의 얼굴이 떠있었다. 형광등 불빛 탓인지 죽은 사람처럼 창백하게 보였다.

어른들은 누구도 지로와 구로키에게 관심을 보이지 않았다. 아직 그리 밤늦은 시각이 아니어서 그나마 다행이었다. 만일 9시나 10시였다면 분명 누군가 초등학생들이 왜 밤늦게 돌아다니느냐고 의심스럽게 물어왔을 것이다.

정말 초등학생은 왜 이렇게 불편한 거야. 하느님에게 항의하고 싶은 심정이었다.

기차는 시나가와(品川)를 지나고 선로 옆으로는 집들이 차츰 불어났다. 차창의 환한 불빛이 주위의 어둠을 한층 두드러지게 했다. 문득 저녁밥을 먹지 않았다는 생각이 났다. 손목시계가 없어서 앞자리 어른의 팔목으로 눈길을 보냈다. 양복 소매 사이로 문자판이 보였다. 밤 8시 가까운 시각이었다.

"구로키." 작은 소리로 말했다. "배 안 고파?"

구로키가 고개를 들었다. 잠시 생각해보더니 말없이 고개를 저었다.

지로도 그다지 배고프다는 느낌은 없었다. 보통 때는 저녁을 먹지 않은 채 7시를 넘겼다면 눈이 핑핑 돌았을 텐데.

"다음은 가와사키(川崎), 가와사키 역입니다"라는 안내방송이 흘러나왔다. 마침내 도쿄를 벗어났는가. 애들끼리 가나가와(神奈川) 지역까지 오다니, 정말 처음 해보는 짓이었다.

가와사키 역에서는 많은 승객들이 내렸다. 빈자리가 생겨서 구로키와 나란히 앉았다. 어른들과 눈을 마주치지 않으려고 계속 만화책에 고개를 처박고 있었다.

요코하마(横浜) 역에서 진짜로 학원에서 돌아오는 듯한 초등학생 몇 명이 올라탔다. 모두 최신 유행하는 운동화를 신었다. 큰 소리로 시험 이야기를 떠들어댔지만, 구로키가 날카로운 일별을 던지자 금세 입을 다물었다.

"쟤들 들고 있는 가방, 내놓으라고 할까?" 구로키가 불쑥 말했다. "학원 이름이 찍혀 있잖아. 저거 들고 다니면 아무도 의심하지 않을 거야."

"구로키, 그런 짓은 하지 말자. 쟤네들이 차장에게 일러바치면 당장 우리를 찾아 나설 거라고."

"하긴 그렇다."

지로는 그제야 자신이 맨손이라는 것을 깨달았다. 동시에 지금껏 맨손이라는 걸 깨닫지 못했다는 것에 깜짝 놀랐다. 학교에서 나올 때는 분명히 책가방을 메고 있었다. 그렇다면 중간에 어디선가 잃어버린 것이다.

가장 가능성이 높은 곳은 가쓰네 집 마당이었다.

가쓰라는 이름이 떠오르자 즉시 속이 메슥거렸다. 가쓰가 쓰러져 있던 모습이 뇌리에 그대로 그려졌다. 뒤로 벌렁 누워 꿈쩍도 하지 않았었다.

"야, 왜 그래?" 구로키가 옆구리를 쿡 찔렀다.

"얼굴색이 안 좋아."

대답을 하지 못하고 입술을 깨물었다.

"멀미 하냐? 야, 토하지 마, 이런 데서."

"일단 내렸으면 좋겠는데." 지로가 말했다.

"속이 울렁거려?"

"그런 건 아니고."

"그럼 뭐야?"

"너무 좁아, 여기. 좀 더 넓은 데로 가자."

아무래도 마음이 안정되지 않았다.

"이상한 투정 부리지 마."

"바깥 공기도 쐬고 싶어."

엉덩이를 쳐들었다. 구로키가 팔을 붙잡았다.

"잠깐만. 후지사와(藤沢)에 도착하면 내리자. 좋은 생각이 났어." 구로키가 지로의 귀에 얼굴을 가까이 댔다. "바닷가에 요트 묶어놓은 거 알아? 오늘은 거기서 자자."

지로가 고개를 끄덕였다. 자신은 이렇다 할 아이디어도 없으니 따를 수밖에 없었다.

"야간열차 타기로 한 건 취소야. 나 혼자라면 괜찮지만 둘이 다니면 더 눈에 띄고, 결국 잡히기가 쉬워."

구로키가 점점 더 어른으로 보였다. 지로 혼자였다면 진즉에 징징 우는 소리를 냈을 것이다.

기차가 후지사와 역에 도착했다. 여기서 대부분의 승객들이 내렸다. 어른들 틈에 섞여 홈을 걸었다. 시계를 보니 오후 8시 반을 넘어서고 있었다. 어머니가 가게 문을 닫고 집에 돌아올 시간이었다. 아버지는 어떨지 모르지만 어머니는 분명 걱정할 것이다. 연락도 없이 8시 넘도록 집에 돌아가지 않은 적은 한 번도 없었다.

불안이 몰려왔다. 앞으로 나는 어떻게 되는 거지?

통로를 지나 개찰구로 향했다. 차표는 150엔짜리 기본구간 한 장뿐이었다.

"지로, 누군가 적당한 아저씨를 찾아서 그 뒤에 딱 붙어." 구로키가 말했다.

그런 식으로 과연 자동개찰기를 무사히 지나갈 수 있을까. 지로가 미간을 잔뜩 찌푸리고 있으려니, 구로키는 줄을 선 사람들 틈에 끼어들어 "죄송합니다" 하고는 뚱뚱한 아저씨의 등 뒤에 붙어서 눈 깜짝할 사이에 개찰구를 빠져나갔다. 지로는 멀거니 그것을 바라보고 있었다.

구로키가 개찰구 너머에서 목을 길게 뽑았다. '얼른 와!' 라고 턱으로 신호를 보내왔다. 지로의 목젖이 꾸르륵 울렸다. 발을 앞으로 내밀었다. 누군가의 시선이 느껴졌다. 개찰구 옆의 역원과 일순 눈이 마주쳤다.

아차, 라고 생각하면서도 계속 걸음을 옮겼다. 갑자기 돌아서면 더 의심을 살 것이다. 개찰구 바로 앞에서 젊은 샐러리맨 뒤에 바짝 붙었다. 발이 접질린 척하며 슬쩍 기댔다. 앞의 샐러리맨이 돌아보았다. "죄송합니다"라고 작은 소리로 말했다. "어라라?" 하고 사내가 입을 동그랗게 벌렸다. 함께 통과할 수 있었다. 눈으로 구로키를 찾았다. 구로키는 고개를 돌려 다른 쪽을 보고 있었다. 그 시선을 따라가 보니 조금 전에 눈이 마주쳤던 역원이었다. 문을 열고 이쪽으로 달려오고 있었다.

"어이, 학생!" 하고 불렀다.

구로키가 냅다 뛰었다. 지로도 주저 없이 따라 뛰었다.

등 뒤에서 구둣발이 저벅거리는 소리가 났다. 쫓아오는 것이었다.

"거기 서!" 역원의 고함 소리가 구내에 울려 퍼졌다. 귀갓길을 서두르던 사람들이 무슨 일인가 하고 걸음을 멈췄다. 주변 상황을 제대로 판단할 수가 없었다. 계단을 한꺼번에 서너 칸씩 건너 무조건 내달렸다.

12

역사를 빠져나온 뒤에도 계속 달렸다. 역원이 아직도 쫓아오는 것일까. 뒤를 돌아볼 여유가 없었다. 구로키가 버스터미널을 가로질렀다. 지로도 그 뒤를 따랐다.

택시가 경적을 빠앙 울렸다. "야, 뭐야!" 하고 고함을 쳤다.

저 앞 인도에서 구로키가 자전거를 끌고 나왔다. 지저분한 꼴로 보아 누군가 오래도록 방치해둔 자전거였다. 구로키가 지로를 쳐다보며 다시 턱으로 신호를 보내왔다. 벌써 페달을 밟기 시작한 구로키를 헐떡헐떡 쫓아가 짐칸에 풀쩍 올라탔다.

"바다는 어느 쪽이지?"

"나도 몰라."

"아직도 쫓아 오냐?"

지로가 허리를 쳐들고 뒤쪽을 확인했다. 아무도 쫓아오지 않았다.

"이제 됐어."

"후우, 죽을 뻔했다."

"응."

"큰 역이라 어쩔 수가 없어. 작은 역이면 철길로 내려가서 가까운 건널목까지 걸어가면 아무 문제없는데." 앞쪽으로 편의점 불빛이 보이자 구로키가 자전거의 속도를 늦췄다. "목마르다. 주스라도 마시자."

둘이서 편의점에 들어가 페트병 주스를 각각 두 병씩 샀다. "뭐 좀 먹어둬야지?"라는 구로키의 말에 삼각 김밥도 샀다. 돈은 구로키가 냈다.

가게 앞에서 주스를 마시며 삼각 김밥을 먹었다.

다시 둘이서 자전거를 타고 해안가로 향했다.

"배고프다." 지로가 말했다.

"나도." 구로키가 고개를 끄덕였다.

어설피 삼각 김밥 한 개를 먹었더니 식욕에 불이 붙은 것이다.

다행히 얼마 뒤에 또 다른 편의점이 나타났다. 이번에는 제대로 된 도시락을 골랐다. 지로는 돈가스와 카레라이스 도시락을 집어 들었다. "데워줄까요?" 아르바이트 대학생이 물어봐서 조그맣게 "예" 하고 대답했다.

밖으로 나오자 파도 소리가 들려왔다. 그러고 보니 바닷물 냄새도 났다. 도시락을 자전거 바구니에 넣고 소리가 나는 쪽으로 달렸다. 구름이 나오면서 별은 숨어버렸다.

잠시 뒤에 바닷가에 도착했다. 제방에 올라섰다. 바다는 새까맸다. 압도적인 양의 큰물이 눈앞에 가로누워 있었다. 정면에서 강풍이 불어와 지로의 머리를 헝클었다.

"지로, 이쪽으로 와." 구로키의 말에 방풍림 속으로 이동했다. 나무 둥치에 자리를 잡고 도시락을 펼쳤다. 가까운 곳에 가로등이 없어서 그야말로 어둠 속의 식사였다. 돈가스의 기름 냄새가 코를 간질였다. 정신없이 먹었다. 평소에는 남기던 두부까지 깨끗이 먹어치웠다.

"이제부터는 누구 눈에 띄기만 해도 수상하게 생각할 시간이니까 조심해." 구로키는 불고기와 밥을 입 안에 잔뜩 떠 넣었다. "목적지가 정해지면 곧장 가는 거야."

지로는 말없이 고개를 끄덕였다. 카레라이스는 삼십 초 만에 다 먹었다. 함께 사온 우롱차도 단숨에 비우고 점퍼 소매로 입가를 훔쳤다.

"진짜 귀찮다, 초딩이는." 구로키가 불쑥 말했다. "밤에는 맘대로 돌아다니지도 못하고, 이게 뭐야?"

"대낮에도 학교 가있을 시간에는 못 돌아다녀."

"그래. 대체 누가 정한 거야, 아이들은 꼭 학교에 다녀야 한다고?"

구로키가 그렇게 내뱉었다. 지로도 똑같은 생각을 했다. 어린이로 사는 건 정말 이만저만 손해가 아니다.

상공은 바람이 센지 구름이 강물처럼 흘러갔다. 깜깜한 어둠에도 대충 눈이 익었다. 떠돌이 고양이가 제방 위에서 이쪽을 살피고 있었다.

"배 타고 브라질에나 가고 싶다."

구로키가 한숨을 섞어 말했다.

"웬 브라질?" 지로가 묻는다.

"텔레비전에서 봤는데 거기는 '스트리트 칠드런'이라는 게 있어서 학교도 안 다니고 구두닦이 같은 걸 하면서 길거리에서 산대."

"너, 구두닦이 같은 거 하고 싶어?"

"그게 아니고, 대낮에 길에서 빈둥거려도 아무도 잔소리를 안 한다는 얘기야."

"그건 좋다."

"그렇지? 선생님은 일본이 평화롭고 풍요로운 나라라고 하는데, 도대체가 의무 사항이 너무 많아. 그놈의 의무교육 때문에 나는 진짜 괴롭다고."

아버지하고 비슷한 소리를 했다. 구로키와 아버지가 부자지간이라면 서로 잘 지낼지도 모른다.

"당장 내일부터도 그래. 우리 마음대로 돌아다닐 수 있는 건 오후 3시부터 7시까지뿐이야." 구로키가 모래를 움켜쥐더니 바닥에 내던졌다. "어디를 가건 수상한 눈으로 쳐다본다니까."

"야, 근데……." 지로가 입을 열었다.

"응?" 하고 구로키가 고개를 들었다.

"가쓰……, 죽었을까?" 말을 뱉고 보니 새삼 불두덩 언저리가 찌르르 저려왔다.

"그 얘기는 하지 마."

"하지만 그것 때문에 우리가 도망쳤잖아."

"당근 죽었어. 꿈쩍도 안 했다고."

"지금쯤 난리가 났겠다."

"시끄러." 구로키가 약간 긴장했다. "애초에 네가 갑자기 욱하고 덤비는 통에……."

지로의 머릿속에 또 다른 기억이 되살아났다. 가쓰가 어머니에 대한 이야기를 했었다. 가쓰는 다 안다고 했다. 엄마가 옛날에 형무소에 갔었다고 했다……. 아니, 그런 말도 안 되는 소리는 절대로 안 믿는다.

"지로. 너 왜 그렇게 가쓰한테 덤볐어?"

구로키의 말이 한 귀로 들어왔다가 다른 귀로 흘러가 버렸다.

사람을 칼로 찔렀다고 가쓰는 말했었다. 그런 일은 있을 리가 없다. 지로도 모모코도 어머니에게 엉덩이 한 번 맞은 적이 없었다.

생각해보니 친할아버지 쪽에 대해서도 아는 게 없었다. 어렸을 때, 다른 집보다 세뱃돈 받을 데가 적은 게 이상해서 한 번 물어본 적이 있었다. "없어"라는 퉁명스러운 대답이 돌아와서, 그 이상은 캐묻지 않았었다.

"하아 참, 싸움을 안 해본 녀석은 갑자기 폭발하는 통에 문제라니까."

어쨌거나 이제는 진상을 확인해볼 길이 없었다. 더 이상 집에 돌아갈 수 없으니.

"에노시마(江ノ島) 쪽으로 가볼까?" 구로키가 일어섰다. 바지에 묻은 모래를 털어낸다. "옛날에 모자 가정 소풍 때 가봤어. 분명 안쪽에 요트 하버(yacht harbor)가 있었어."

"요트 속에 숨어서 자려고?"

"그럼 모래밭이나 바위틈에서 잘래?" 구로키가 걸음을 뗐다.

"자전거는?"

"저런 길을 둘이서 함께 타고 가는 건 우리 좀 잡아가세요, 하는 거나 마찬가지야."

구로키가 해안가를 따라 이어진 길을 가리켰다. 일직선으로 뻗어있어서 숨을 곳이 없었다. 자전거를 버리고 모래사장을 걷는 수밖에 없을 것 같았다.

바닷가 바로 옆을 걸었다. 이미 시간도 가늠할 수 없었다. 9시는 진즉에 지났을 터였다. 어쩌면 10시가 넘었는지도 모른다. 이웃한 국도를 폭주족 자동차가 요란한 클랙슨을 울리며 스쳐갔다.

등줄기에 땀이 흘렀다. 겨드랑이 밑은 흠씬 젖었다. 운동화 속에서 양말은 어지간히 지독한 냄새를 풍기리라.

마음은 조금 가라앉았다. 머리가 제대로 돌아가지 않는 탓이었다. 이 상황을 받아들이고 싶지 않아 감정들이 문을 꼭꼭 닫고 있었다.

도쿄 쪽을 바라보는 건 무의식중에 피했다. 그쪽 하늘 아래 가족과 친구들이 있다는 건 아예 생각도 하고 싶지 않았다.

"내일, 오토바이 훔칠까?" 어둠 속에서 구로키의 눈과 이가 하얗게 떠 보였다. "나, 운전할 줄 알아. 전에 타본 적이 있거든. 50cc짜리 말고 클러치 달린 거. 풀 페이스 헬멧을 쓰면 몇 학년인지 분간도 못할 거야. 나도 그렇고 너도 그렇고 160센티미터는 되니까 아무도 초딩으로는 안 볼 거라고."

"나, 아직 160 안 됐어." 구로키의 머리꼭지를 바라보았다. 자신과 비슷한 정도였다.

"누가 그걸 일부러 재보겠냐? 굽이 두툼한 엔지니어 부츠를 쎄비면 돼. 전부터 한번 신어보고 싶었어. 그리고 선글라스하고 야구모자 같은 것도 필요하겠다."

지로는 어처구니가 없었다. 이런 판국에 이놈은 어떻게 태연히 계획 따위를 세울 수 있는가.

"할인점 같은 데 가면 전부 다 있을 걸? 오토바이는 말이지, 정비소에 맡긴 걸 노리면 돼. 전에 가쓰에게 들은 얘기가 있어. 키는 꽂아놓은 그대로고 기름도 잔뜩 들어있으니까 뭐, 누워서 떡 먹기래."

구로키의 목소리는 적잖이 들떠 있었다.

"둘이서 끝까지 도망치자."

지로는 대답이 막혔다. 구로키는 미리감치 마음을 정한 모양이었다.

다리를 건너는 대신 모래톱을 따라 에노시마로 들어갔다. 썰물 때여서 섬이 육지와 이어져 있었던 것이다.

도중에 운동화를 벗고 맨발로 걸었다. 바닷물이 발바닥에 스몄다.

"가쓰, 죽었을까?" 지로가 다시 물었다. 저절로 입 밖으로 튀어나온 것이다.

"나도 몰라. 암튼 일찌감치 포기하는 게 좋을 거다." 타이르는 듯한 말투였다. 구로키는 정말 포기한 것일까. "그보다, 자리가 잡히면 머리 염색부터 하자. 잘하면 열다섯 살쯤으로 보일 거야. 나는 노랑머리가 좋아." 왠지 자꾸만 이야기를 다른 데로 돌리려고 했다.

그때 구로키의 바지 뒷주머니에서 휴대전화가 울렸다. "으앗!" 깜짝 놀라 둘이 동시에 비명을 질렀다. 지로는 2미터쯤 뒤로 내뺐다.

구로키는 마치 호주머니에 기어든 도마뱀이라도 털어내듯 휴대전화를 공중에 내던져 버렸다. 화면이 환하게 켜진 휴대전화가 반쯤 모래에 파묻혔다. 푸르스름한 빛이 전자음에 맞추어 주위를 비추었다.

구로키가 멈칫멈칫 다가가 들여다보았다. "우리 엄마한테서

온 거야." 그러면서 집어 들더니 냉큼 전원을 껐다.

"안 받아도 괜찮아?" 지로가 말을 붙였다.

"오늘 집에서 목욕할 거니까 불 꺼뜨리지 말라거나, 뭐, 대충 그런 전화야. 받을 필요도 없어."

"구로키, 그걸로 가쓰 핸드폰에 연락해보자."

문득 그런 말이 튀어나온 순간, 심장이 두근두근 뛰었다.

"받을 리가 있냐, 그 꼴이 되었는데?"

구로키가 목소리를 낮추었다.

"그래도 한번 걸어봐."

"이런 바보. 그러다 가쓰네 부모나 경찰이 받으면 어쩌려고? 게다가 착신 기록이 남는단 말이야."

"그래도 걸어보자. 혹시라도……."

"달콤한 기대는 하지 마. 눈을 허옇게 뒤집어 깠다고. 틀림없이 죽었어." 구로키가 답답하다는 듯 모래를 발로 걷어찼다. "도망치는 수밖에 없어. 이번 일이 잠잠해질 때까지 우린 계속 도망다녀야 해."

"언제쯤 잠잠해지는데?"

"3년쯤이면 잊어버리겠지."

"3년 지나면 우린 중3이야."

"학교는 안 다닐 거야."

"구로키, 그냥 한번 걸어보기라도 하자." 지로는 구로키의 팔을 흔들었다. "만의 하나라는 게 있잖아. 전화해봐서 아니면 그

때는 나도 포기할게."

"너도 참 미련퉁이다. 어른들한테 기대하지 말라고." 구로키가 손을 뿌리쳤다.

"무슨 얘기야?"

"한마디로, 너는 아버지 어머니에게 돌아가겠다는 거잖아?"

"그런 거 아냐. 그저 사실을 알고 싶어. 무조건 겁이 나서 지금까지 냉정하게 생각을 못했는데, 사람이 그만한 정도에 정말로 죽을까? 그리고 어차피 내일이면 신문이나 텔레비전으로 다 알게 될 거야."

"당분간 안 볼 거야, 신문도 텔레비전도."

"어째서? 사실을 아는 게 두렵냐?"

"난 나카노에는 돌아가지 않기로 결심했어. 그러니까 가쓰가 죽었건 살았건 아무 상관도 없다고."

구로키가 내뱉듯이 말했다.

"나는 상관이 있어. 준이랑 무카이하고 다시 놀고 싶고 학교에도 다니고 싶다고."

"학교 같은 델 왜 다니고 싶냐?"

"지금 그런 이야기가 아니잖아. 가쓰가 죽었는지 아닌지 알아보자는 거지."

"소용없어."

"나한테는 소용없지 않아. 구로키, 부탁이다. 확인해보자."

지로가 애원했다. 구로키는 엄지손톱을 물어뜯으며 불안하게 눈을 깜빡거렸다.

"어차피 전원도 꺼놨을 거야. 죽었으니까."

"꺼져 있다면 그걸로 좋아."

잠시 침묵이 흘렀다. 구로키가 한숨을 내쉬었다. 먼 바다에서 기적소리가 울렸다. 육지 쪽에서는 대형 트럭이 쏜살같이 달려갔다.

"브라질이 육지로 이어졌다면 몇 달이 걸리건 내가 걸어갈 텐데." 콧물을 훅 들이키더니 구로키가 불쑥 말했다. "나는 혼자서 얼마든지 살 수 있어. 그러니까 나 좀 그냥 놔둬."

"하지만……."

"가출이 누구한테 피해 입히는 일이냐?"

"피해 입히는 건 없지."

어느새 바닷물이 발을 적실 만큼 들어와 있었다. 슬슬 바닷물이 밀려올 시간인 모양이었다.

구로키가 휴대전화를 집어다 왼손 엄지로 버튼을 꾹꾹 눌렀다. "안 받으면 죽은 걸로 칠 테니까 그런 줄 알아." 지로를 바라보며 제 뺨에 꾹 힘을 주었다.

"알았어"라는 지로. 오한이 온몸을 훑어서 양팔로 가슴을 감쌌다.

구로키가 긴장된 얼굴로 휴대전화를 귀에 댔다.

지로는 생침을 꿀꺽 삼켰다. 한기가 드는데도 머릿속은 뜨겁게 느껴졌다.

정적 속에서 희미한 호출음이 울렸다. 무릎이 부르르 떨리며 갑자기 공포가 몰려왔다. 지금까지 어떻게 태연하게 시간을 보낼 수 있었지? 밥까지 배부르게 먹었다는 게 도저히 믿어지지 않았다.

그때 구로키가 튕기듯 벌떡 일어섰다. 손가락이 저도 모르게 움직인 듯한 느낌으로 급히 전원을 껐다. 지로는 누군가 전화를 받았다는 것을 깨달았다.

구로키가 미간을 찌푸리고 있었다.

"왜, 왜 그래?" 지로가 물었다. 구로키는 대답하지 않았다.

"말해봐. 누가 받았어?"

구로키가 몸을 돌려 지로를 마주 보았다. "가쓰"라고 입 끝만 슬쩍 움직여 말했다.

"정말이야?" 지로는 고함을 지르고 있었다. "정말 가쓰가 받았어?"

구로키가 초점 없는 눈빛으로 우두커니 서있었다.

"틀림없지? 혹시 가쓰네 형 목소리를 잘못 들은 거면, 나 화낸다?"

"틀림없어. 가쓰네 형은 목소리가 더 쨍쨍해."

지로가 구로키에게 달려갔다. 벌써 바닷물은 발등을 적실 만큼 차올랐다.

"정말로 정말이지? 가쓰가 전화를 받은 거지?"

"가쓰야. 기운은 없었지만."

허리 힘이 쑥 빠졌다. 물에 젖는 것도 아랑곳하지 않고 엉덩방아를 찧으며 주저앉았다.

"진짜 사람 놀라게 한다, 그 새끼." 목소리가 갈라져서 나왔다. "야, 우리 살인자 아니야, 이제." 구로키의 바지춤을 홱 잡아당겼다.

구로키도 엉덩방아를 찧었다. "응, 그렇다." 창백한 얼굴로 고개를 끄덕이고 있었다.

"뭐야, 그 새끼, 눈을 허옇게 까뒤집더니."

온몸이 부르르 떨렸다. 지금껏 한 번도 경험한 적이 없는 감정이 몸속 깊은 곳에서 넘치도록 튀어나왔다.

구로키의 가슴팍에 뛰어들었다. 목을 붙잡고 힘껏 흔들었다.

"맞아, 사람이 그렇게 간단히 죽을 리가 있냐!"

그러고도 가만히 있을 수가 없어 벌떡 일어섰다. 거친 숨을 몰아쉬며 바닷물을 걷어차고 또 걷어찼다.

"야, 이제 집에 가자!" 밤의 바닷가를 향해 고함을 내질렀다.

"지금 몇 시지? 핸드폰 보면 알 수 있잖아, 아직 돌아갈 수 있겠지?"

구로키는 침묵한 채였다. 입술을 깨물고 바다만 바라보고 있었다.

"왜 그래, 기운이 쫙 빠졌냐?"

"나카노에는 안 간다고 했지?" 구로키가 노기를 품은 목소리로 말했다. "나는 이대로 서쪽으로 갈 거야. 돌아가고 싶으면 너

혼자 가."

"무슨 소리야? 가쓰는 안 죽었어. 뭐야, 보복할까 봐서? 흥, 가쓰 같은 놈은 이제 하나도 안 무서워. 우리 둘이서 때려눕혔잖아."

"그런 게 아냐." 문득 메마른 말투로 내뱉더니 구로키는 천천히 몸을 일으켰다. 에노시마 방향으로 내처 걸음을 옮긴다.

"네가 학교를 싫어하는 줄은 알지만, 초등학생이 가출해봤자 오래갈 리가 없어." 지로가 그 뒤를 쫓아갔다. 바닷물은 발목까지 와있었다.

"나는 어딘가 항구로 가서 배를 타고 브라질로 밀항할 거야."

"그게 뭐야? 무슨 만화냐?"

"만화 아냐."

구로키가 달리기 시작했고 지로도 그 뒤를 따랐다. 바닷물은 밀려드는 게 빠른 모양이었다. 순식간에 종아리까지 올라왔다. 이야기고 뭐고, 두 사람은 온 힘을 다해 섬을 향해 달렸다.

무릎이 완전히 잠겼을 무렵에 가까스로 제방을 뛰어넘을 수 있었다. 바로 앞에 요트 하버의 불빛이 보였다.

구로키가 멈추지 않아서 지로도 그 불빛을 향해 뛰었다. 시계탑이 있었다. 올려다보니 오후 10시를 가리키고 있었다. 오늘 돌아가기는 아무래도 틀린 것 같았다.

철책을 뛰어넘어 허리를 낮추고 전진했다. 갑판을 비닐 시트로 덮어놓은 중간 크기의 요트가 있어서 지로와 구로키는 소리

나지 않게 살금살금 기어올랐다.

"야, 안쪽은 방 같다." 구로키가 창문으로 안을 들여다보며 말했다. 가까이 가보니 침대며 테이블까지 있었다. 하지만 문이 잠겨있었다. 창문은 두툼해서 도저히 깰 수 없을 것 같았다.

"괜찮아. 밤이슬만 피하면 됐지, 뭐. 비닐 시트 안으로 들어가서 자자"라는 구로키.

"구로키." 지로가 손을 내밀었다. "핸드폰 좀 빌려줘라. 집에 전화해야겠어. 엄마가 무지 걱정할 거야."

구로키는 "장소는 말하지 마"라고 흘겨보더니, 휴대전화를 획 던져주었다.

뭐라고 말할까. 가슴이 조금 두근거렸다. 아버지가 받았다.

"저어, 나 지금 구로키네 집에 있는데……." 목소리가 붕 떴다. "너무 늦어서 오늘 밤에 여기서 자려고."

"그래? 알았어."

"엄마한테 말해줘. 내일 아침에 여기서 곧장 학교 갈 거라고."

"그래." 아버지가 짧게 허락해주었다. 너무 간단하게 허락해주어서 지로가 도리어 당황했다. "와앗!" 다음 순간, 아버지의 고함 소리가 지로의 고막을 뒤흔들었다.

"왜 그래? 무슨 일이야?"

"네가 쓸데없는 전화를 해서 그래!" 뭔가 화가 나있었다. "모모코하고 플레이 스테이션 하던 참이라고!"

"……엄마는?"

"목욕. 목욕탕에 들어가면 도무지 나올 줄을 모른다니까."

뚝 끊겼다. 무슨 아버지가 이렇담. 하지만 얼마나 다행인가. 지로는 크게 숨을 내쉬고 가슴을 쓸어내렸다.

"구로키, 너는 엄마한테 전화 안 해도 돼?"

"아직 가게에 있어. 그리고 가출하면서 가출한다고 보고하는 바보가 어딨냐?"

"너희 엄마, 걱정하실 거야."

"걱정 안 해, 우리 엄마는."

구로키가 갑판에 벌렁 누웠다. 지로도 따라했다. 구름 틈새로 레몬 빛깔의 달이 슬며시 얼굴을 내밀었다.

"지난번 봄방학에 가출했을 때는 내가 교토에서 일부러 전화까지 했는데 경찰에 가출 신고도 안 했어. 나중에는 경찰이 어이없어 하더라. 너희 어머니, 제정신이냐고."

지로는 말없이 듣고 있었다. 하늘에서는 구름이 갈라지면서 드디어 보름달이 전모를 드러냈다.

"중학교 졸업하면 혼자 나가서 살라는 게 우리 엄마 입버릇이야. 고등학교 가고 싶으면 아르바이트해서 야학에 다니래." 구로키는 담담하게 말했다. 집안 이야기를 듣는 건 이게 처음이었다. "나, 엄마가 열일곱 살 때 낳은 아이라서, 아직 서른도 안 됐어, 우리 엄마. 가게에서는 스물다섯 살이라고 거짓말을 해."

나이에 대해서는 얼른 감이 잡히지 않았다. 스무 살 이상은 전부 똑같아 보였다.

"항상 그래, 자기는 아직 남자들이 데이트하자고 불러내는 나이래."

하품이 나왔다. 어떻게든 씹어 삼키려고 했더니 갑자기 눈꺼풀이 묵직하게 내려앉았다.

"방해물이야, 나는. 없는 게 나아."

"그런 소리 하지 마……." 말꼬리가 자꾸 흐려졌다.

"이런 나라, 얼른 탈출할 거야."

구로키가 뭔가 이야기를 하고 있었다. 하지만 이미 귀에 들어오지 않았다. 지로는 잠의 나락으로 뚝뚝 떨어져 들어갔다.

얼마나 긴 하루였던가. 학교 교실에 앉아있었던 게 몇 주일 전의 일만 같았다.

13

지로는 자신의 재채기 소리에 번쩍 잠이 깼다. 비닐 시트를 둘둘 감고 새우처럼 몸을 말고 있었다. 한참이나 어리둥절해서 상황 판단을 하지 못했다. 발끝으로 다리를 긁으려고 했더니 운동화가 정강이에 닿았고, 몸을 움직이는 참에 배가 꼬르륵 울었다. 마비된 감각이 머릿속에서 서서히 걷혀갔다.

목이 말랐다. 낮은 신음을 올렸다. 방광이 풍선처럼 빵빵해져 있었다. 몸을 뒤집었다. 구로키는 옆에 없었다.

자리에서 일어나 새삼 주위를 둘러보았다. 먼 바다 쪽에서 어선의 엔진 소리가 들려왔다. 하늘에서는 바닷새가 울었다. 요트 가장자리에 서서 바다를 향해 폭포처럼 오줌을 쌌다.

몸을 한바탕 부르르 떨었다. 구로키는 어디로 갔을까. 바로 앞에 시계탑이 있어서 눈을 비벼가며 들여다보니 오전 6시였다.

구로키를 부르려다 그만두었다. 그러다 누군가에게 들키면 재미없을 터였다.

무심코 바지 호주머니에 손을 넣었더니 천 엔짜리 지폐가 들어있었다. 정확하게 착착 접혀있었다. 잠시 돈을 쳐다보고 있었다. 아직도 머리가 제대로 돌아가지 않았다.

그 자리에 있어봤자 별 수도 없을 것 같아 부두로 내려섰다. 발치의 땅바닥에 돌멩이가 가지런히 놓여있었다. 자세히 바라보니 '잘 가' 라는 글씨였다.

돌멩이가 모자랐던지 '가' 라는 글자는 한쪽 귀퉁이가 빠져있었다.

만 엔을 모아오라는 이야기는 흐지부지되었다. 준이 얻어온 정보에 따르면, 가쓰는 그날 일을 아무에게도 발설하지 않은 것 같았다. 함께 있었던 제 친구에게도 단단히 입단속을 한 모양이었다.

"초딩한테 당했다는 소문이 퍼지면 그놈도 끝장일 테니까."

준은 카드 판매를 그만두었다. 모아들인 돈은 돌려주지 않은 모양이었다.

책가방은 멈칫멈칫 찾으러 갔다. 건축자재 쌓인 곳에 그날 그대로 내던져져 있어서 놀랐다. 가정환경이 어떤지 알 만했다.

"이걸로 끝나지는 않을 거다, 분명." 무카이의 충고였다. "당분간 브로드웨이 쪽에는 얼씬도 하지 않는 게 좋아."

지로도 그러는 게 좋겠다고 생각했다. 막상 마주치면 가쓰로서도 물러서려야 물러설 수 없을 것이다.

구로키는 나고야(名古屋) 역에서 어이없이 잡혀 왔다. 초등학생이 가방도 없이 역 구내를 어슬렁거리면 지나가던 개라도 의심을 하게 마련이다.

학교에는 나오지 않았다. 아동상담소에 다니게 되었기 때문이다. "1학기에는 학교에 더 이상 안 나올 모양이던데?"라고 4반 애가 말했다.

그래서 천 엔은 아직 돌려주지 못했다. 집으로 갖다줘도 되지만, 구로키가 지금은 아무도 만나고 싶어 하지 않을 것 같았다.

아버지는 그 다음 날 지로를 보자마자 "어때, 이겼냐?"라고 물어왔다. "무슨 소리래?" 하고 시치미를 뚝 뗐지만, 잠시 등판이 서늘했다. 어머니는 역시 크게 걱정을 했던지 "7시 넘으면 꼭꼭 연락을 해야지" 하고 화를 냈다.

문제는 바로 그 어머니에 관한 일이었다. 가쓰는 어머니가 젊은 시절에 사람을 칼로 찌르고 형무소에 들어갔었다고 했다. 그런 말을 믿을 마음은 눈곱만큼도 없었지만, 그렇다고 그냥 가만 있을 수도 없었다.

아가르타에서 커피를 준비하는 어머니를 카운터 너머로 훔쳐보았다. 큰소리 한 번 내는 법이 없는 착한 어머니였다. 소풍을 갈 때는 누구보다 맛있는 도시락을 만들어주었다.

"엄마."

"응?"

"엄마, 형무소에 들어간 적 있어?"

"없어. 무슨 엉뚱한 소리니?"

그런 대화를 상상해보았다. 그렇게 스스럼없이 물을 수 있다면 얼마나 마음이 편안할까.

지로는 도저히 물어볼 용기가 나지 않았다. 분명 거짓말일 거라고 자신에게 뇌까리며 하루하루를 보내는 수밖에 없는 걸까.

하지만 결혼 전의 성씨 정도는 물어봐도 괜찮을 것 같았다.

"엄마, 아버지와 결혼하기 전에 성씨가 뭐였어?"

"왜? 왜 그런 걸 물어봐?"

어머니의 얼굴이 약간 흐려졌다. 생각만 굴린 게 아니라 정말 입 밖에 내어 물어본 것이다.

"학교에서 구성(舊姓)이라는 단어를 배웠어. 여자들은 결혼하면 성씨가 바뀌는 거지?"

지로는 허둥지둥 둘러댔다. 어머니는 그 말에는 대답하지 않고 잔에 커피를 따랐다. 접시에 올려 카운터 밖으로 나와 손님 테이블로 내갔다. 다시 돌아오더니 설거지를 하기 시작했다.

"결혼 전에는 호리우치(堀內) 씨였어." 어머니가 불쑥 말했다.

"근데 너무 옛날이라서 이제 나하고는 아무 상관도 없는 성씨 같아."

미소를 짓고 있었지만, 지로와 눈을 똑바로 맞추지 않았다. 어머니가 수도꼭지를 크게 틀었다. 수돗물 쏟아지는 소리 때문에 지로는 입을 다물 수밖에 없었다.

요츠야의 유명한 전통의상 전문점의 딸. 단서는 그것뿐이었다. 혹시 지금도 거기에 외할아버지와 외할머니가 사시는 건 아닐까.

지로는 서점에 들러 도쿄 지도를 들여다보았다. 요츠야라는 곳도 퍽 넓은 지역이었다. 게다가 요츠야 역 주변에는 전혀 다른 이름의 동네도 있었다.

전화번호 안내에 '신주쿠 호리우치 전통의상 전문점'을 문의해봤더니 그런 가게는 없다고 했다. 없다는 말에 그나마 조금 안심이 되었다. 있다면 확인하러 가야만 한다.

그래도 다음 일요일에는 자전거로 요츠야를 한 바퀴 둘러보기로 했다. 낯선 곳을 탐험해보는 것도 재미있잖아, 그런 변명을 스스로에게 해보았다.

일요일, 준이 함께 놀자는 것도 거절하고 지로는 혼자서 동쪽으로 자전거 페달을 밟았다. 요츠야는 완전히 낯선 동네였다. 애초에 나카노에서 동쪽으로는 도통 인연이 없었다. 어렸을 때, 어머니 손을 잡고 백화점에 몇 번 갔었지만 왠지 신주쿠 쪽이 아니라 주로 기치죠지(吉祥寺) 쪽이었다. 이상하다는 생각은 해보지도 않았다. 우에하라 가의 야키소바에 달걀 프라이가 얹혀 나오는 것과 마찬가지로.

아케보노바시(曙橋) 앞에서 우회전하여 언덕길을 올랐다. 길은 간밤에 도쿄 지도를 들여다보며 미리 알아뒀다. 엉덩이를 쳐들고 페달을 밟았다. 금세 땀이 나서 등판을 타고 흘러내렸다.

신호등 앞에서 티셔츠 끝을 바지 밖으로 꺼냈다. 키가 조금 더 큰 것 같았다. 항상 앉던 안장 높이에서 발바닥이 땅바닥에 닿는 것이다. 그리고 보니 신발도 답답하게 느껴졌다. 다음에 양호실에 가서 재봐야지. 올해 안에 160센티미터까지 컸으면 좋겠다.

요츠야 3가의 네거리로 나섰다. 일요일이기도 해서 길거리에 사람들은 그리 많지 않았다. 역을 향해 신주쿠 거리의 인도를 천천히 지나갔다. 나카노와는 분위기가 전혀 딴판인 거리였다. 깨끗하고 넓고, 불량해 보이는 사람들도 없었다. 구로키가 만약 이 동네에서 태어났다면 어디서 놀아야 할지, 퍽 곤란했을 것이다. 그리고 가쿠슈인(學習院. 황족 및 귀족의 자녀들을 교육하기 위해 1877년에 도쿄에 설립한 학교. 1947년에 사립학교로 전환하였다. 유치원부터 대학까지 일관교육을 행한다 - 역주)에 다니는 애들 때문에 진짜 신경질 났을 것이다.

거리에는 수많은 가게가 처마를 맞대고 이어졌지만, 지금까지 둘러본 바로는 전통의상 전문점은 없었다. 멋들어진 빌딩의 1층을 사용해서 어떤 가게나 기품이 돋보였다.

골목길 쪽도 들여다보았다. 상점들이 너무 많아서 모두 다 살펴보기는 어려웠다. 그래도 괜찮았다. 알아봤는데 그런 가게는 없었다는 사실을 원하는 것이다.

역까지 갔다가 유턴했다. 이번에는 반대편 인도를 달렸다. 중간에 맥도날드에서 빅맥을 사서 20초 만에 먹어버렸다. 식욕은 평소대로 돌아왔다. 급식은 친구들이 남긴 것까지 먹어치웠다.

콜라를 마시며 자전거를 달렸다. 트림을 했다. 방귀도 뀌었다.

그때 지로의 시야에 전통 기모노로 꾸며놓은 쇼윈도가 들어왔다. 당황하여 급히 브레이크를 밟았다. 전륜구동인지라 제동 효과가 뛰어나서 몸이 앞으로 휙 쏠리고 콜라가 손등에 쏟아졌다.

조금 떨어진 곳에서 돌아보았다. 쇼윈도는 가게의 일부분일 뿐이라서 안의 상황을 살펴볼 수는 없었다. 출입문이 미닫이 식이고 노렝(暖簾. 상호와 상표 등을 찍어 상점 입구에 내거는 천으로, 그 가게의 전통을 상징한다 - 역주)도 내걸지 않았다. 일부러 눈에 띄지 않게 하려고 애쓴 것 같은 가게였다.

위를 올려다보니 '다이코쿠야(大黑屋)'라는 나무 간판이 걸려 있었다. 어지간히 오래된 간판이었다. 나무판이 칙칙해져서 글씨를 알아보기도 힘들었다. 가게 문 앞에는 물이 뿌려져 있었다. 양옆에는 소금이 수북이 담겨있었다(일본의 풍습 중 하나로, 부정을 없애준다고 하여 전통 있는 가게나 음식점 등의 출입문 옆에 소금을 담아두는 것 – 역주).

 심장이 두근거리기 시작했다. 가쓰는 유명한 전통의상 전문점이라고 했었다. 아직 세상 물정에 밝은 것은 아니지만 만일 전통이라는 게 있다면 지금 눈앞에 있는 가게가 바로 그런 곳일 것이다. 함부로 선뜻 들어갈 수 없는 가게라는 것을 어린 지로도 한눈에 알아보았다.

 자전거 안장에 걸터앉은 채 한참이나 그 자리에 서있었다. 땀이 일시에 걷히고 오소소 한기가 들었다.

 어떻게 해야 하나. 차마 들어갈 수는 없다. 어린애가 무슨 볼일이냐고 이상하게 생각할 것이다.

 페달을 한 차례 밟았다. 조금 거리를 두고 싶었다. 20미터쯤 떨어져서 다시 살펴보았다. 사람들이 드나드는 일은 없었다. 가게 안은 소리 하나 없이 조용했다.

 지로는 다시 방향을 바꾸어 자전거를 달렸다. 콜라 컵은 편의점 앞의 쓰레기통에 버렸다. 방금 마셨는데 금세 또 목이 말랐다. 가슴의 두근거림이 가라앉지 않았다.

 50미터쯤 달려가다가 유턴했다. 아니라는 것을 확인하고 싶었다. 가쓰가 했던 말은 그냥 나오는 대로 지껄여본 소리다. 어머니는 이 동네와는 아무 관계도 없다. 관계가 있을 리 없다…….

 세우려고 했는데 그만 가게 앞을 지나쳐버렸다. 달리면서 가게를 다시 한 번 쳐다보았다. 쇼윈도 너머의 가게 안에는 인적이 없었다. 어떤 전통의상인지 짐작도 가지 않았다. 어떻든 나카노

상점가의 허름한 가게들과 완전히 수준이 다르다는 것만은 분명했다.

다시 유턴. 또 한 번 지나갔다. 스스로도 자신이 지금 뭘 하고 있는 건지 설명이 되지 않았다. 그 짓을 다섯 번쯤이나 되풀이했다. 그러다 문득 시선을 옮겼을 때, 가게가 있는 빌딩의 위층으로 올라가는 입구에 붙은 자그마한 간판이 눈에 들어왔다.

'호리우치(堀內) 빌딩'이라고 씌어있었다.

저도 모르게 헉, 하고 숨을 멈췄다. 단숨에 맥박이 빨라졌다.

지로는 자전거를 세워놓고 빌딩 입구로 다가갔다.

여기가 어머니가 어렸을 때 살던 집일까. 요츠야의 유명한 전통의상 전문점. 어머니의 결혼 전 성씨는 호리우치……

가슴속에서 불안이 한 순간에 부풀어 올랐다.

그때 가게 문이 열렸다. 육십 대쯤으로 보이는 기모노 차림의 할머니가 나왔다. 눈이 마주쳤다. 너무 놀라서 발이 움직이지 않았다.

그 할머니는 전체적으로 어머니를 꼭 닮았던 것이다.

그쪽에서도 발을 멈추었다. 일순 안색이 변하면서 그 자리에 우뚝 섰다.

서로 아무 말도 없이 한참이나 마주보았다.

지로가 먼저 움직였다. 자전거를 향해 마구 뛰었다.

"애!" 등 뒤에서 부르는 소리에 또 한 번 가슴이 철렁했다.

어머니와 똑같은 목소리였다.

펄쩍 뛰어 자전거에 올라탔다. 뒤도 돌아보지 않고 번개처럼 그 자리를 떴다. 온힘을 다해 페달을 저었다. 오는 게 아니었다고 생각했다. 가쓰의 말 중에서 요츠야의 전통의상 전문점 딸이라는 것만은 어떻든 사실인 것이다.

그날 밤, 어머니의 얼굴을 제대로 쳐다볼 수가 없었다. 우리 어머니에게는 대체 어떤 과거가 있는 걸까.

언젠가 누나가 아버지와 말다툼을 하다가 "친아버지도 아닌 주제에……"라고 저도 모르게 입 밖에 내버린 적이 있었다. 누나는 분명 어머니의 딸이다. 붕어빵처럼 닮았으니까 틀림없다. 그런 누나가 지로에게 열두 살이 되면 가르쳐줄 게 있다고 했다. 집안 내력에 대해서, 라는 뜻이다.

다음 달에 그 열두 살이 된다. 대체 우리 집안에는 어떤 비밀이 있는 걸까.

왠지 순정 만화 같다. 여자애들이라면 이런 때 어떻게 할까.

지로는 한숨을 내쉬며 저녁밥으로 네 그릇을 먹었다.

14

집에 손님이 찾아왔다. 지로는 한 번도 본 적이 없는 낯선 아저씨들이었다.

네다섯 명은 되는 것 같았는데 자세히 헤아려볼 틈도 없이 모모코와 함께 2층으로 쫓겨났다. 아버지를 "어이, 우에하라!"라고 경칭도 없이 마구 불렀다.

"오늘 저녁에는 목욕은 하지 말자"라고 어머니가 말했다. 입가에 웃음을 띠기는 했지만, 그리 달갑지 않은 표정이었다.

아버지 손님인 줄 알았더니 어머니도 함께 섞여 이야기를 나눴다. 화장실에 가는데 어머니 말소리가 들렸다. "우리도 사정이 별로 좋지 않아요. 게다가 비좁기도 하고." 어딘지 딱딱한 말투였다.

"당신은 조용히 해"라는 아버지. "옛 친구이기도 한데, 할 수만 있다면 도움이 되어드려야지."

아버지의 공손한 말투를 지로는 처음으로 들어봤다.

2층에서 방바닥에 누워 만화책을 보고 있으려니 모모코가 다가왔다.

"있잖아, 언니가 혼자 나가서 살 거래. 그러면 지금 언니 방은 내가 써도 된대."

지로가 몸을 일으켰다. "누가 그런 소리를 해?"

"언니가. 요요기(代々木) 쪽에 아파트를 찾고 있나 봐."

"응……." 적당한 대답이 생각나지 않았다. 그러고 보니 요즘 들어 누나 얼굴을 제대로 본 적이 없었다. 집에 돌아오는 건 한밤중이고 아침에는 늦게까지 잠을 잤다. 쉬는 날이면 어디론가 훌쩍 사라져버렸다.

"아버지하고 완전 틀어졌어." 모모코가 입술을 동그랗게 내밀었다.

"그거야 전부터 그랬잖아."

"고등학교 다닐 때는 사이가 좋았는데."

"그건 고릿적 얘기지. 그나저나 너 같은 꼬맹이가 걱정해봤자 아무 소용없네." 다시 드러누워 만화책을 펼쳤다.

"언니랑 아버지, 친아빠하고 친딸 아니야?" 모모코가 불안한 듯한 목소리를 냈다.

지로는 만화 보기를 포기하고 양반다리를 하고 앉았다.

"왜 갑자기 그런 소리를 해?"

"언니가 옛날에 그랬어. 언니하고 나는 피가 반밖에 안 섞였다고."

"옛날이라니, 언제?"

"내가 초등학교 들어갔을 때."

내심 놀랐다. 모모코는 전혀 모를 거라고 혼자 떡하니 믿고 있었다. 그런데 자신이 오히려 직접적으로는 아무 말도 듣지 못했던 것이다.

"그러면 누나 아버지는 누구래?"

"거기까지는 나도 모르지."

모모코는 모모코대로 제 가슴속에 담아두고 있었던 모양이다. 이런 얘기는 말해서는 안 된다고, 초등학교 1학년짜리가 그렇게 판단했던 것이다.

"모모코, 우리는 외할아버지도 외할머니도 안 계시지? 그거, 좀 이상하지 않냐?"

"이상하지. 우리는 왜 안 계셔?"

"나도 몰라. 근데……." 목소리를 낮추었다. "아무래도 요츠야에 외할머니는 계시는 거 같아."

지로는 지난 일요일의 일을 모모코에게 이야기해주었다. 어머니의 결혼 전 성씨가 호리우치라는 것, 그 이름이 붙은 빌딩의 1층에 전통의상 전문점이 있고, 그 가게 안에서 어머니를 꼭 닮은 할머니가 나왔다는 것. 어머니가 형무소에 들어갔었다는 이야기는 생략했다. 그것만은 절대로 입에 담고 싶지 않았다.

"증거 있어?" 모모코는 인정하고 싶지 않은 눈치였다.

"증거는 무슨 증거가 있겠냐? 하지만 그 할머니도 나를 보더니 얼굴색이 홱 변했어. 딸하고 꼭 닮은 아이라서 그런 거 아닐까? 내가 엄마하고 많이 닮았잖아."

모모코는 어떻게 생각해야 할지 모르겠다는 눈치였다. 입을 꾹 다문 채 방바닥 무늬를 손끝으로 훑고 있었다.

"만나고 싶어?"

"고민중."

"하긴 만나봤자 별 볼일도 없지만."

"내년부터 세뱃돈이 더 들어올지도 몰라."

"그건 그렇다."

모모코가 바닥에 엎드렸다. 크게 한숨을 내쉰다. 한참이나 손톱으로 방바닥을 긁적거리고 있었다.

손님들은 밤늦게까지 돌아가지 않았다. "새 집행부에 한번 따끔한 충고를 할 필요가 있어." "이제는 투쟁만 남았어." 그런 말소리가 이따금 2층까지 들려왔다.

그나저나 아버지와 어머니가 아는 사람들이 집에 찾아오다니, 지로가 기억하는 한 처음 있는 일이었다.

아버지와 어머니에게는 어떤 친구들이 있는 걸까. 아니면, 어른이 되면 친구는 없어지는 것일까.

지로는 숙제도 하지 않고 내내 데굴데굴 누워있었다.

학교에서는 수업이 끝난 뒤에 미나미 선생님의 호출을 받았다.

"잠깐, 얘기나 할까 하고……." 뭔가 애매하게 첫 말을 떼면서 교무실이 아니라 운동장 앞의 화단 벤치로 데려갔다.

"우에하라 군, 어머니가 가게를 하신다고 했지?"

미나미 선생님이 화단의 삼색제비꽃을 바라보며 말했다. 나비들이 그 주위를 팔랑팔랑 날고 있었다.

"아버지는 프리라이터. 그리고 이제 곧 작가가 되시지?"

지로는 두 가지 다 "네"라고만 대답했다.

"집에서는 어떤 이야기들을 하시니?"

너무 막연해서 대답하기가 곤란한 질문이었다.

"……그냥 보통 얘기인데요?"

"하긴 그렇지. 미안." 뺨이 살짝 떨렸다. "선생님 질문이 좀 이상했다, 그렇지?"

선생님이 잠시 뭔가 생각에 잠겨있었다. 침묵이 흘렀다.

"음, 그래, 사람에게는 저마다 다양한 의견이 있고 그건 존중해줘야 해. 하지만 우에하라 군은 아직 초등학교 6학년이고, 어떤 한 가지 색깔에만 물들어서는 안 된다고 생각해."

갑작스런 말이었다.

"사람은 혼자서는 살아갈 수 없기 때문에 사회를 이루어서 사는 것이고, 그러다 보면 관습이라는 것도 생기게 마련인데……."

무슨 이야기인지 지로는 도통 알 수 없었다.

"아, 미안. 얘기가 좀 어려웠지?" 미나미 선생님이 두 손으로 머리채를 쓸어 모았다. "우에하라 군의 아버지는, 그러니까 수학여행 비용의 명세서를 모든 학부모에게 명백히 밝히라고 하시는데, 그런 건 지금까지 어떤 학부모도 요구했던 적이 없었고, 그 여행사하고 우리 학교는 오랫동안 거래해온 관계이기도 하고 또 비용이 저렴하다고 무조건 좋다고 할 성질의 것도 아니거든. 특히 수학여행은 학생에 대한 안전 관리도 있고, 그래서 일반 패키지여행하고 똑같은 비용이 적용될 수는 없는 거야."

점점 더 말이 빨라졌다. 지로는 당황해서 미나미 선생의 옆얼굴을 멀거니 바라보고 있었다.

"리베이트를 받은 게 아니냐는 말씀을 하시는데, 그런 일은 없었어. 지난번에도 학교에 오셔서, 이런 가격이면 우리 아들은 수학여행을 보낼 수 없다고 하셨지만……."

아버지가 또 학교에 왔었다고? 지로는 머리가 핑 돌았다. 게다가 수학여행을 보낼 수 없다고? 말도 안 돼.

"그런 말씀은 아무래도 보호자로서 좀 문제가 있는 게 아닌가 싶어. 수학여행은 아이들이 나름대로 큰 기대를 품고 있는 행사인데, 그런 것에서 아버지의 권리를 주장하시겠다는 건 좀……."

미나미 선생님의 말투가 강경해졌다. 앞만 바라본 채 이야기하고 있었다.

"우에하라 군의 아버지가 어떤 사상을 가진 분이건 물론 선생님이 관여할 일은 아니지만, 아이의 학교를 상대로 그런 걸 강요하시는 건 좀 곤란하지 않은가 싶기도 하고. 학교에 날마다 팩스나 편지를 보내시는데 그것도 좀 난처한 일이고……."

그러다가 문득, 아차 하는 표정을 지었다. 지로가 미나미 선생님을 쳐다보았다. 선생님은 지로와 눈을 맞추려고 하지 않았다. 얼굴이 딱딱하게 굳은 채 이야기만 계속했다.

"선생님이 우에하라 군의 어머니에게 편지를 보냈었어. 어머니께서 좀 말려주셨으면 좋겠다고. 근데 전혀 그만두실 기미가 없고, 뭔가 선생님이 요즘 노이로제에 걸릴 것 같아……. 선생이 나서서 투쟁해보시오, 라니…… 그건 요즘 같은 시대에 아무래도 좀 이상한 일이라고 생각해. 선생님은 공산주의자도 아니고 무정부주의자도 아니고, 그냥 평범한 교육대학을 졸업한 것뿐인데…… 뭔가 더 이상 견딜 수가 없다고 할까……."

여느 때의 미나미 선생님이 아니었다. 살아있는 여자, 라는 느낌이었다. 스물세 살의 여자가 어떤 것인지 지로로서는 짐작도 가지 않았지만, 적어도 교단에 서계시던 그 온화한 얼굴은 아니었다. 지로의 뱃속이 납이라도 삼킨 것처럼 무거워졌다.

대체 아버지는 미나미 선생님에게 무슨 짓을 하고 있는 것인가. 자신이 알지 못하는 곳에서 대체 무슨 일이 일어나고 있는 것인가.

"어머니가 편지를 못 받으신 것 같아. 낮에는 가게에 나가 계시지? 아마 아버지가 집에 있다가 선생님 편지를 그냥 없애버리셨을 거야. 그러니 선생님으로서는 어떻게 해볼 도리가 없다고 할까……. 교감 선생님은 자꾸 어떻게 좀 해보라고 하시는데, 그때마다 선생님은 어떻게 해야 좋을지도 모르겠고……."

미나미 선생님의 입술이 파르르 떨렸다. 지로는 긴장으로 몸이 굳어버렸다. 혹시 선생님이 울음을 터뜨리는 게 아닐까 싶어서 갑자기 무서워졌다.

"정말 너무해, 학년주임 선생님은 우선은 스스로 해결책을 찾아보라고만 하시고, 결국은 우에하라 군의 아버지를 무조건 피하려고만 해."

혼잣말처럼 중얼거리다 다시 침묵이 시작되었다. 미나미 선생님은 코끝으로 커다란 한숨을 토해내고 손으로 얼굴을 감쌌다. 지로는 대답할 말이 전혀 생각나지 않았다.

"우에하라 군은 그런 데 물들면 안 돼, 알겠지? 다양한 책을 읽고 다양한 사람들을 만나고, 그래서 균형 잡힌 사람이 되어야 해."

미나미 선생님이 스스로 마음을 진정시키려는 듯 천천히 말을 이었다. 지로는 말없이 고개를 끄덕였다. 분명 자신의 얼굴은 새파랗게 질려있으리라.

"그럼, 이제 그만 집에 가도 돼." 미나미 선생님은 일어서더니, 지로를 쳐다보지도 않고 교무실 쪽으로 걸어갔다.

지로는 무거운 발걸음으로 벤치를 뒤로 했다. 운동장에서는 집에 갔다가 다시 놀러 나온 하급생들이 신나게 터치 볼을 하고 있었다. 그 웃고 떠드는 소리를 멍하니 듣고 있었다. 혼자서 교문을 빠져나왔다.

머릿속이 혼란스러웠다. 무엇부터 생각해야 좋을지, 실마리도 잡히지 않았다.

지로에게는 큰 충격이었다. 미나미 선생님의 감정적인 모습을 보고 말았다. 선생님과 학생이라는 관계를 넘어선 것이다. 선생님은 한 사람의 젊은 여자로서 어쩔 줄 모르며 분개하고, 그것을 그대로 지로에게 내밀었다. 나를 미워하시는 걸까. 목 안쪽에서 답답함이 치밀었다.

아무래도 아버지가 미나미 선생님을 괴롭히는 모양이었다. 선생님은 노이로제에 걸릴 것 같다고 했다.

팩스, 편지. 아버지가 그런 걸 마구 보내고 있는 것일까. 아버지는 대체 미나미 선생님을 어떻게 할 작정인가.

"우에하라 군!" 등 뒤에서 부르는 소리가 들렸다. 돌아보았다.

미나미 선생님이 달려오고 있었다.

지로에게 다가와 어깨를 잡으셨다. 앞으로 돌아와 서셨다. "정말 미안해." 눈물이 글썽글썽했다.

"아까 선생님이 한 말, 다 잊어버려. 우에하라 군에게 할 얘기가 아니었어." 빠르게 마구 얘기하신다. "선생님이 정신이 좀 어떻게 됐었나 봐. 잘못했어."

지로는 멀거니 서있었다. 미나미 선생님은 애써 웃는 얼굴을 지었다.

"아버지 어머니에게는 아무 말 안 해도 돼. 이번 일, 아마 그렇게 대단한 일은 아닐 거야. 이런 일은 그냥 작은 오해나 착각 같은 것 때문에 일어나니까. 선생님도 잘못이 있었어. 우에하라 군이 집에서 평소에 어떤 교육을 받는지, 괜히 마음에 걸려서 따지고 드는 식으로 말했었으니까. 그래서 아버지는 젊은 교사가 좀 건방지다고 생각하셨는지도 모르겠다. 아무튼 잊어버려. 그냥 없었던 일로 하자."

아까보다 더 빠른 말투였다. 속눈썹에 어린 눈물이 당장이라도 떨어질 것 같았다.

지로는 내내 입이 열리지 않아 그저 서있기만 했다. 어른이 어른의 얼굴을 내보이면 초등학생은 아무 말도 할 수 없었다.

"참, 토끼 사육장 당번, 참 잘했더라. 2반 야마다 선생님이 얼마나 칭찬을 하시는지." 미나미 선생은 일부러 그러는 듯 화제를 바꾸었다. "그리고 지난주에 낸 학급 신문, 너무 멋있었어. 여학생들한테 인기 짱이었다니까." 한참이나 관계없는 이야기를 했다. 그러고는 조금 마음이 가라앉았는지, 그제야 뺨의 긴장이 풀려있었다.

"자, 그럼 곧장 집에 가야 해." 미나미 선생님은 그렇게 말하고 발길을 돌려 운동장 너머로 사라져 갔다.

조금쯤 구원을 받은 듯한 느낌이었다. 선생님이 나를 싫어하시는 건 아니다.

하지만 마음은 가라앉지 않았다. 분노와 슬픔이 가슴속에서 소용돌이쳤다. 아버지는 대체 어쩔 작정인가. 아들의 학교생활을 도와주지는 못할망정 훼방을 놓다니.

지로는 뛰었다. 느긋하게 걸어갈 수가 없었다. 거의 전속력으로 골목길을 내달렸다. 아가르타의 문을 힘껏 열어젖혔다.

"잘 다녀왔니?" 어머니는 카운터 안에서 커피를 끓이고 있었다. "지로, 문을 여닫을 때는 좀 얌전히 해야지."

"엄마, 미나미 선생님이 보낸 편지, 읽었어?"

"편지? 무슨 편지?"

어머니가 의아한 듯 고개를 들었다. 이것으로 분명해졌다. 아버지가 멋대로 없애버린 것이다.

"아냐, 됐어."

"학교에서 무슨 연락이 있었어?"

어머니의 질문에는 대답하지 않고 가게를 나섰다. 더욱 속도를 올려 집으로 뛰어들었다.

"아버지!" 큰소리를 내질렀다. "아버지, 어딨어!"

"뭐야, 시끄럽게?" 아버지는 거실에서 등을 돌리고 누워있었다. "화통을 삶아먹었나, 목소리 한번 크네, 그 녀석."

아버지 목소리가 화통이지. 책가방을 방바닥에 팽개치고 아버지 앞으로 돌아갔다.

"미나미 선생님한테 계속 이상한 편지 보냈어?"

목구멍이 바작바작 타서 쉰 목소리가 나왔다.

"오, 미나미 선생? 이상한 편지라니, 무슨 실례되는 소리를. 너무나 체제에 순종적이라서 잠깐 오거나이즈 차원에서 서신을 보냈지. 나한테서 편지를 받은 이상, 공안(公安)에는 특히 주의하라고 슬쩍 협박을 좀 해뒀다. 왜, 미나미 선생한테 무슨 일 있었냐?" 아버지가 코털을 뽑으며 말했다.

"뭐야, 오거나이즈라는 게?"

"사전 찾아봐."

"공안은?"

"것도 사전 찾아봐."

"그보다 미나미 선생님, 화나셨어. 울려고 했단 말이야. 노이로제 걸리기 직전이래."

"뭐야, 의외로 물렁한 처자네. 제법 당찬 여성인 줄 알았더니만." 흘끗 지로를 노려본다.

"학교에 팩스도 보냈다면서?"

"그건 수학여행 비용이 암만해도 이상하니까 정식 문서로 회답하라고 요구한 거야."

"그딴 거, 미나미 선생님만이 아니라 나한테도 큰 피해야. 아들이 다니는 학교에 찾아가서 심통을 부리고, 진짜 무슨 짓이야!"

"심통이라고?" 아버지가 몸을 일으켰다. "그건 아니지. 너희 학교 교사들은 수학여행 건으로 학부모들에게 비싼 비용을 부담시키고, 그 답례로 자신들의 여행은 공짜나 마찬가지로 여행사에서 편의를 제공받았어. 아버지가 그 증거를 분명하게 잡았다고. 알겠냐? 교사라는 건 원래가 속물들이야. 민중이 잠시만 눈을 떼면 금세 부정을 저지르거든. 더구나 아이들을 인질로 잡고 있으니 부모들은 끽 소리도 못할 것이다, 하고는 아주 거만을 떨어요. 아버지는 그런 비열한 공무원은 절대로 용서할 수 없어."

"그런 소리를 초등학생한테 해봤자 하나도 몰라!"

"뭐, 됐어. 이 문제는 너와는 전혀 상관없어. 그나저나 지로, 요즘 많이 컸는데? 키가 몇 센티냐?" 쭈우욱 팔이 뻗어 나와 순식간에 목덜미를 붙잡혔다.

"말하기 싫어. 놔!"

"어디, 어디, 어디 보자." 발을 잡아당긴다. 방바닥에 엉덩방아를 찧었다. "오랜만에 프로레슬링 한 판 해볼까?" 팔을 목에 감고, 뒤로 드러누운 자세에서 헤드록을 먹이고 들어왔다. 아버지에게는 따귀 한번 맞은 적이 없지만 이따금 걸어오는 프로레슬링 기술은 도저히 농담이라고 할 수 없을 만큼 위력이 있었다.

"하지 마!" 큰소리로 대들었다.

"아니, 좀 해야겠다." 185센티미터의 거구가 덮쳐들었다.

"아파! 아프다니까!" 필사적으로 몸을 버둥거렸다.

"약 오르면 어서 커라. 아버지를 뛰어넘어 봐."

"지금 그런 얘기가 아니잖아!"

"아니, 그런 얘다."

아슬아슬할 만큼 조이고 들어왔다. 지로는 이를 악물고 버텼다. 제기랄, 다른 아버지들처럼 밖에 나가서 일해. 집에서 데굴데굴 놀기만 하지 말고!

"어디, 풀어봐라." 점점 더 힘을 넣는다.

"엉엉 울면 풀어주지."

누가 운대? 그보다 앞으로 미나미 선생님을 괴롭히면 가만 안 둘 거야!

지로는 자신의 무력함을 원망했다. 반드시 아버지보다 더 커버릴 것이다. 훌쩍 커서 헤드록을 되갚아 주리라.

어금니를 악무는 소리가 고막 안쪽을 부르르 떨리게 했다.

15

미나미 선생님은 여느 때와 똑같이 다정하게 웃는 얼굴로 교단에 서있었다. 지로에게도 예전과 똑같이 대해주었다. 수업 시간에 손을 들었더니 이름을 불러주셔서 마음속으로 후유, 하고 안심했다. 점심시간에는 여학생들과 줄넘기를 하며 꺄꺄 떠들고 있었다.

하지만 방심할 수는 없었다. 상대는 아버지인 것이다. 뒤에서 무슨 짓을 할지 알 수 없었다.

그나저나 아버지는 도대체 어떤 사람인가. 줄곧 함께 살아왔기 때문에 그리 깊게 생각해보지 않았지만, 역시 보통 아버지들과는 크게 달랐다. 어른으로서 상식과는 한참 동떨어진 인물이었다.

지로는 학교 도서실에 가서 책장의 사전을 꺼내 왔다. 최근에 들었던 말들을 찾아보았다.

공산주의. '모든 생산수단을 사회 전체가 공유하여 착취나 계급투쟁이 없는 사회를 실현하고자 하는 사상'이라고 나와 있었다.

무정부주의. '개인의 완전한 자유를 주장하며 정부 및 그 밖의 모든 권력을 부정하는 주의'란다.

무슨 소린지 하나도 모르겠다.

오거나이즈. '공장이나 농촌 등 조직화되지 않은 대중 속에 들어가 조합이나 정당의 조직 확충 및 강화를 꾀하는 선전 및 홍보 활동.'

공안(公安). '공중의 안전 및 사회의 치안.'

초등학생으로서는 도저히 이해할 수 없는 말들이 줄줄이 이어졌다. 한숨을 내쉬었다. 교실로 돌아와, 혹시나 싶어서 무카이에게 물어보았다.

"오거나이즈라는 건, 한마디로 어떤 사상을 다른 사람들에게 마구 떠들고 다니는 거야." 무카이가 그쯤이야 하는 얼굴로 대답했다. '사부님!' 이라고 부르고 싶었다. "응, 책에서 봤어. 학생운동에서 자주 사용되던 말이지."

"학생운동?"

"지금부터 약 30년쯤 전에 대학생들이 여기저기서 들고 일어났던 사건이야. 정치가 맘에 안 든다, 세상이 뭔가 잘못되었다, 뭐, 그런 이유로."

30년 전? 아버지는 아직 마흔네 살이니까 그 무렵에는 중학생이었을 것이다.

"그게 공산주의라는 거냐?" 지로가 물었다.

"호오, 잘 아는데?"

무카이는 정말 선생님 같은 말을 내뱉었다. "진즉에 무너져버린 사회적 구조이기는 하지만서도. 거 있잖아, 소련이 붕괴되고 동서 독일이 통일되고 그랬지? 그때 무너졌어."

무카이 이 녀석, 대체 몇 살인가. 매번 그렇지만, 새삼 얼굴을 찬찬히 뜯어보고 말았다.

"학생운동이란 건 이제는 없어?"

"아냐. 와세다대학교 같은 데 가보면 대학 입구에 입간판이 잔뜩 서있지? '수업료 인상 반대'니 뭐니 하는 거. 그런 것도 말하자면 학생운동이야. 요즘에는 별로 관심을 못 끌고 시들해져 버렸지만, 학생운동이란 어떤 시대에나 있는 거 아니겠냐?"

그러면 아버지는 이미 시들해진 뒤에야 학생운동에 뛰어든 사람일까.

"그럼 공안은?"

"공안? 그건 처음 듣는데? 조사해보고 이담에 알려줄게."

무카이도 모르는 게 있다는 사실에 오히려 안심이 되었다.

아버지는 공산주의니 무정부주의니 하는 사상의 소유자이고, 그 사상을 주위에 퍼뜨리려고 한다. 그리고 공안이라고 하는 사람들을 경계하고 있다…….

진짜 우리 아버지, 못 말리는 말썽꾸러기다. 가족회의라도 열어서 모든 것을 낱낱이 설명해줬으면 좋겠다.

학교 끝나고 집에 가는 길에 준이 불안한 표정으로 말했다. 가쓰가 복수할 기회를 엿보고 있는 것 같다는 얘기였다.

"지난번에 게임 센터에서 가쓰 친구가 나한테 말을 걸더라고. 네가 말했던, 그날 그 자리에 함께 있었다는 친구인 거 같아. 너, 지로 친구지? 지로네 집이 어딘지 알려줘. 그러더라니까."

다시 기분이 캄캄해졌다. 마음속 어딘가에서 이대로 일이 끝나주었으면 하는 달콤한 기대를 품고 있었던 것이다.

"물론 모른다고 잡아떼기는 했지." 준은 코를 한 번 훌쩍이고는 손등으로 닦았다. "구로키를 먼저 손볼 거래. 구로키는 집도 다 알고 원래 가쓰 부하였고, 뭐, 피할 도리가 없을 거야."

"피할 수 없긴 뭘?"

"나는 구로키 녀석 편은 절대로 들지 않을 거야. 카드를 나한테 밀어붙일 때, 구로키는 곁에서 킬킬 웃고 있었다고. 그 원한은 평생 잊지 못해."

준은 한참이나 구로키의 욕을 해댔다. 그런 준의 분노는 너무나 당연했다.

"우리 사촌 형이 그러는데, 싸움이란 건 한번 시작하면 져줄 때까지는 빠져나올 수가 없다더라."

준이 불쑥 말했다. 지로는 그 말을 이해할 수 있을 것 같았다.

내년에는 중학교에 올라간다. 거기에는 가쓰가 있다. 1학년 신입생 중에 가쓰를 때려눕힌 학생이 있다는 말이 떠돌면 가쓰로서는 도저히 그대로 넘어갈 수 없을 터였다.

지로의 어깨가 축 처졌다. 지난번 같은 파워는 아마 두 번 다시 낼 수 없을 것이다.

가라테라도 배울까. 여름 바람이 골목길을 훑고 지나가면서 지로의 앞머리를 펄렁 들어올렸다.

집에 돌아오자 부엌에 낯선 아저씨가 서있었다.

"오, 어서 오너라. 네가 지로구나." 돌아보며 하얀 이를 내보인다. 테이블에서는 모모코가 과자 빵 같은 것을 볼이 불룩하도록 먹고 있었다.

"지로도 해줄 테니까, 거기 앉아." 아저씨는 냄비에서 뭔가를 튀기고 있었다.

뭐라고 대답해야 좋을지 알 수 없었다. 아버지는 밖에 나갔을까. 집 안에 인기척이 없었다. 모모코를 보니 낯선 사람을 경계하는 기색도 없이 의자에 앉아 다리를 덜렁거리고 있었다.

"사타안다기(오키나와 지방의 특산 과자로 사타는 설탕, 안다기는 튀김이라는 뜻 – 역주)라는 거야." 아저씨는 튀긴 과자를 접시에 담아주었다. "오키나와의 간식이야. 도넛하고 비슷하다고 할까?"

"아저씨는 누구세요?" 지로가 불쑥 물었다.

"아, 미안. 모모코에게는 벌써 말했는데, 나는 나카무라 아키라(仲村あきら), 아버지하고 아는 사람이야. 대학 후배인 셈인데, 뭐, 나이 차가 한참 나니까 함께 다닌 적은 없고. 아무튼, 그냥 아키라 아저씨라고 불러줘."

착해 보이는 얼굴이었다. 어른들의 나이는 짐작도 못하겠지만 아버지보다는 훨씬 젊고 누나보다는 훨씬 늙은 것 같았다.

"오키나와에서 태어나셨대." 모모코가 말했다. 모모코는 그새 마음을 활짝 열어버린 눈치였다. "무슨 무슨 섬이라는 데서 중학교까지 다녔대."

"무슨 무슨 섬이 아니라 이리오모테 섬. 이리오모테 고양이가 사는 곳이란다"라는 아키라 아저씨.

그거라면 과학 시간에 배운 적이 있었다. 머나먼 남쪽의, 정글이 있는 섬이다.

"아까 숙제도 같이 해주셨어." 모모코가 눈을 반달처럼 가느스름하게 뜨며 웃었다. "분수는 3초 만에 다 풀더라니까."

그래서 홀딱 넘어갔구나? 얍삽한 누이 같으니.

지로도 사타안다기라는 간식을 먹어보았다. 너무 맛있어서 깜짝 놀랐다.

"이거, 엄마 가게에 내놓아도 잘 팔리겠지?" 모모코가 말했다.

"아, 그거 좋은 생각이다. 누구나 쉽게 만들 수 있으니까, 이담에 모모코가 어머니께 알려드려라."

아키라 아저씨는 흐뭇한 듯 지로와 모모코가 먹는 것을 바라보고 있었다.

그때 현관문 열리는 소리가 났다. 쿵쾅거리는 발소리만 들어봐도 뻔히 아버지였다.

"우와, 맛있겠는데?" 부엌에 얼굴을 내밀고, 아키라 아저씨가 만들어놓은 간식을 손으로 덥석 집었다. "아, 그립네. 옛날에 어머니가 만들어주시던 거야."

그 말에 지로는 아버지를 보았다. 오키나와의 간식이 그립다고? 아버지는 도쿄에서 태어난 게 아니었나? 게다가 아버지 입에서 '어머니'라는 말이 나온 건 처음이었다. 나한테는 할머니인 셈인데…….

"아버지가 왜 오키나와 과자를 좋아해?" 안색을 찬찬히 살피며 물어보았다.

"우리 조상은 오키나와의 이시가키 섬(石垣島)에 사셨어. 우에하라라는 성씨는 오키나와에 많아." 무뚝뚝하게 대답한다. "음,

하나 더 먹자." 두 개째를 입에 쏙 넣었다.

"아버지의 어머니라면······."

"모모코, 오늘부터 요코 방에서 함께 자라." 남의 말을 중간에서 뚝 잘라먹는다. "지로는 아키라 아저씨랑 자고."

무슨 말인지 얼른 알아듣지 못했다. 아키라 아저씨가 "미안하다, 잠시 신세를 지게 됐다"라며 지로를 향해 미소를 지었다.

"아키라 아저씨는 우리 집에서 지내시기로 했어. 옛날 말로 식객이라고 할까? 아무튼 가족이 불어나서 좋지? 와하하."

아버지는 높직하게 웃더니 손에 든 종이가방을 테이블에 턱 내려놓았다.

"갈아입을 옷을 좀 사왔어. 내 옷은 너무 커서 못 입을 것이고. 죄다 싸구려지만 대충 입어. 대형 할인매장보다 싸게 판다는 게 나카노 상점가의 장점이거든."

"죄송합니다. 그럼, 감사히 입겠습니다."

아키라 아저씨가 짧게 인사를 건네고 종이가방을 집어 들었다. 아버지와는 대조적으로 손가락이 여자처럼 희고 가늘었다.

저녁밥은 누나를 제외하고 다섯이서 먹었다. 어머니도 아키라 아저씨를 전부터 알고 있었던 것 같은데 그다지 친하게 이야기를 나누지는 않았다.

"근데 와세다 본부에 있던 오노는 어떻게 지내지?"

"그 사람, 전향했어요. 고향에서 학원을 경영한대요."

"엉터리 허풍선이로군. 전에는 나가타(永田. 도쿄 치요다 구의 지명으로 국회의사당, 수상 관저 등이 자리 잡고 있어서 일본 국정의 중심지로 통한다 — 역주)를 불바다로 만들겠다느니 뭐니 설치고 다니더니."

"그리고 교토대학에서 깃발을 휘두르던 야마모토 씨도 시마네(島根) 고향 집으로 돌아갔어요. 마찬가지로 학원이죠."

"그 학원이라는 게 영 마음에 안 들어. 입시 산업의 선봉을 떠맡고 나서다니 말이야."

"어쩔 도리가 없었을 거예요. 그것 말고는 일자리가 없으니."

아버지와 아키라 아저씨는 식사 중에 그런 대화를 나누었다.

아키라 아저씨는 별로 어려워하는 기색도 없이 돈가스를 반찬 삼아 밥을 세 그릇이나 먹었다. 양배추도 깨끗이 싹싹 먹어치웠다. 다 먹고는 양손을 맞대고 "잘 먹었습니다"라며 예의 바르게 머리를 숙였다.

16

아키라 아저씨는 별반 일다운 일은 하는 것 같지 않았다. 늘 2층의 아이들 방에서 지독히 어려워 보이는 책을 읽었다. 때로는 지로의 만화책을 갖다 읽기도 했다.

하지만 밤에는 외출이 잦았다. 저녁밥을 먹은 뒤에 휘익 나가는 것이다. 귀가는 한밤중이었다. 때로는 날이 부옇게 밝을 무렵에야 살금살금 뒤꿈치를 쳐들고 계단을 올라오는 일도 있었다.

무슨 일을 하고 다니는지는 물어보지 않았다. 어른들에게는 어른들만의 세계가 있을 것이고, 물어보기가 어쩐지 두려운 생각도 들었다. 지로는 요즘 들어 타인의 세계에는 되도록 관여하지 않는 버릇이 몸에 배었다.

모모코와는 완전히 친해졌다. 아키라 아저씨가 이야기를 재미있게 하기 때문이었다.

"얘, 모모코, 아무로 나미에(安室奈美惠)의 할아버지는 이름이 뭔지 알아?"

"몰라."

"아무로 나미헤이~."

곁에서 듣던 지로까지 저절로 웃음이 터졌다.

누나는 부루퉁한 것을 넘어서서 냉철한 태도를 취했다. 이미 특별한 볼일이 없는 한, 가족과는 말도 하지 않았다. 아키라 아저씨에 대해서는 무시하는 태도로 일관했다. "잘 다녀왔어?"라는 인사에 눈조차 맞추지 않았다.

날마다 사타안다기를 해주시는 것만은 지로도 대환영이었다. 오키나와의 도넛 같은 과자는 지로가 가장 좋아하는 간식이 되었다.

"이건 미국이 점령하기 전부터 오키나와에 있던 과자야. 절대로 미국의 도넛을 흉내 낸 게 아니라우" 라는 아키라 아저씨. 지로나 모모코와 이야기할 때는 늘 노래하는 것처럼 말끝을 쭈욱 늘였다.

미국이 점령을 해? 지로가 미간을 좁혔다.

"지로는 오키나와가 전후에 한동안 미국 땅이었다는 거, 알고 있지?"

모르는 얘기였다. 학교의 사회 수업은 아직 가마쿠라(鎌倉) 시대였다.

"아저씨가 태어나기 조금 전에 일본에 반환되었다우. 하긴 이리오모테 섬에는 미군이 없었으니까 뭐, 특별히 달라질 것도 없었지만."

"오키나와는 어떤 곳인데?" 지로가 물었다.

"아주 좋은 곳이라우. 일 년 내내 따뜻하고 바다는 새파랗고." 아키라 아저씨가 그렇게 말하며 먼눈을 했다. "특히 이리오모테 섬은 아열대 정글이 있는 섬이야. 일본에서 유일하게 고릴라가 산다니까."

"정말?"

"거짓말이지롱."

이야기를 하다 보면 어느새 아키라 아저씨의 페이스에 말려들고 만다.

"아키라 아저씨는 몇 살이야?" 이건 모모코가 물었다.

"서른 살."

서른 살이라……, 전혀 감이 잡히지 않았다. 그저, 이제 더 이상 젊다고는 할 수 없겠구나, 하고 생각했다. 나이 서른에 결혼도 안 했고 아이도 없다는 건, 대체 무엇인가. 지로로서는 상상도 가지 않았다.

아키라 아저씨는 거리를 돌아다닐 때면 자꾸 뒤를 돌아보았다. 언젠가 근처의 헌책방을 알려준 적이 있었는데, 모퉁이를 돌아갈 때마다 뒤에 신경을 쓰는 것이었다. 누가 뒤를 밟기라도 하나.

"왜 그래요?"라고 물어도 애매한 대답밖에 돌아오지 않았다. 이따금 날카로운 눈초리로 주위에 시선을 돌렸다. 그런 때의 아키라 아저씨는 빈틈없는 어른의 얼굴이었다.

그렇지만 아버지도 참 그렇다. 후배인지 뭔지 그건 잘 모르겠지만 넓지도 않은 집 안에 식객까지 들이다니. 그러고도 어머니에게 미안해 하는 기색도 없다. 아무래도 생활비가 더 많이 들 텐데.

아버지도 변변히 일을 하는 기미가 없었다. "이제 곧 인세로 충분히 살 수 있어"라느니 어쩌느니 해가며 여전히 집 안에서 데굴데굴 놀고 있었다. 우리 식구들은 제대로 밥이나 먹고살 수 있을까. 지로는 점점 걱정 많은 성격이 되어갔다.

"지로, 부탁이 좀 있는데……." 어느 날 학교에서 돌아오자 아키라 아저씨가 말했다. "조금 있다가 나랑 잠깐 어디 좀 가줄래?" 느릿느릿한 말투였다.

"어디 가는데?"

"응, 아는 사람 집에 갈 건데, 지로가 좀 해줄 일이 있어서."

"뭔데?"

"응, 그런 게 있어."

그런 게 있다고만 해서는 뭐가 있다는 건지 알 수 없다.

"아버지한테는 허락을 받았어." 아키라 아저씨가 아래층을 가리키며 말했다. "아저씨랑 함께 가주면 돌아오는 길에 초밥 사줄게. 회전식 초밥집이긴 하지만."

뭔지 모르지만 해주기로 했다. 지로는 초밥이라면 눈에 뵈는 게 없었다. 초등학교 4학년 때까지 초밥이라고는 유부 초밥에 김 초밥밖에는 먹어본 적이 없었다. 남들보다 늦어도 한참 늦은 고급 초밥에의 경험을 어서 되돌리고 싶었다. 제대로 된 초밥이라면 50개까지도 너끈히 먹을 수 있을 것이다.

일이 그렇게 되어서, 저녁밥은 대폭 줄였다.

"오빠, 밥 더 안 먹어?"

의아해 하는 모모코를 무시하고 한 그릇만 먹어뒀다. 어머니는 아직 돌아오지 않았고 아버지는 거실에서 콧구멍을 후비고 있었다.

아키라 아저씨는 바지에 티셔츠, 늘 입던 차림새로 집을 나섰다. 등에는 작은 배낭, 손에는 종이가방이 들려있었다. 지로도 점퍼는 벗어놓고 가기로 했다. 벌써 밤이 되어도 전혀 춥지 않았다. 여름이 성큼성큼 다가오고 있었다. 나카노 브로드웨이는 그새 에어컨까지 틀었다.

"지로는 장래 희망이 뭐야?"

역을 향해 걸으며 아키라 아저씨가 말했다.

"아직 못 정했어."

"하긴 아직 초등학교 6학년인데, 뭐. 그치?" 별 뜬 하늘을 올려다보며 깊은 숨을 들이쉰다. "대학 같은 데 가지 말고 세계를 두루두루 여행하는 게 좋을 거야. 일본은 도무지 엉망진창인 나라니까 자기만의 낙원을 찾는 게 좋지."

지로는 대답하지 않았다. 어떻게 대답해야 좋을지 알 수 없었기 때문이다.

나카노 역에서 아저씨가 차표를 사줘서 전차에 올라탔다. 기치죠지 방면 하행 전차였다. 기본구간 차표여서 어디서 내리려고 그러나 했더니, 두 역 지난 아사가야(阿佐ヶ谷) 역에서 내렸다.

귀가를 서두르는 회사원이며 학생들 틈에 섞여 나카스기(中杉) 거리를 북쪽으로 걸어갔다. 아키라 아저씨는 이번에도 자꾸만 뒤를 돌아보았다. 아버지도 이상하지만 아키라 아저씨도 정말 이상하다.

주택가에 들어서자 인적이 뜸했다. 나카노 역 주변과는 달리 부유한 동네라는 느낌이 곳곳에서 묻어났다. 대문 너머로 큼직한 개와 눈이 마주치기도 했다. 짖지 않는 걸 보면 훈련을 많이 시킨 모양이었다.

벽돌 건물의 고급 맨션 앞에서 아키라 아저씨가 발을 멈추었다. 주위에 사람이 없는지 확인해본 뒤에야 입을 열었다.

"지로, 이 맨션에 들어가서 301호실 벨을 누르고 이것 좀 팔아올래?"

작은 소리로 그렇게 말하더니 종이가방에서 조그만 곰 인형을 꺼냈다.

무슨 일인지 알 수 없어서 지로는 그저 입을 꾹 다물고 있었다.

"먼저 이 광고지를 보여주면서, '아프간 난민을 위한 모금을 하고 있습니다. 저희가 만든 인형을 5백 엔 이상으로 사주시겠습니까?' 하고 말하는 거야."

아저씨가 건네준 종이에는 어린애가 쓴 듯한 글씨로 '아프가니스탄의 친구들에게 모포와 교과서를!' 이라고 적혀있었다. 문장의 맨 밑에는 '나카스기 제2초등학교 6학년 1반' 이라고 씌어 있었다. 물론 지로가 다니는 학교가 아니었다.

"아마 아주머니가 나올 거야. 착한 사람이니까 틀림없이 사줄 거다. 그래서 받은 500엔은 지로 용돈으로 써도 돼."

인형을 쥐어주었다. 그야말로 아이 손으로 만든 것처럼 조잡한 인형이었다. 단지 표정만은 꽤 귀여웠다. 아키라 아저씨가 만든 것일까.

"맨션 현관은 자동문이니까 누군가 안에서 나올 때 들어가. 지로는 아직 어리니까 아무도 수상하게 보지 않을 거야."

"하지만……."

지로가 말을 어물거렸다. 별로 내키지 않았다. 이건 명백히 나쁜 짓이었다. 아키라 아저씨는 지금 뭔가 나쁜 짓을 시키려고 한다. 대체 이 아저씨는 뭐하는 사람인가.

"왜 아저씨가 안 하고 나를 시켜?"

"그게, 아저씨는 어른이잖아. 인형을 팔러 다니는 건 좀 이상하지."

"이 인형은 뭐야?"

이건 절대로 보통 인형이 아니라고 지로는 확신할 수 있었다.

"아무 것도 아니라니까. 지로 눈에 보이는 그대로, 그냥 곰 인형이라우."

아키라 아저씨가 알랑거리는 소리를 냈다. 몸을 숙이고 웃는 눈빛으로 지로를 들여다본다.

"설명을 안 해주면, 싫어."

지로는 거절했다. 초밥이 날아가는 건 아쉬웠지만, 아쉬움보다 안 좋은 예감이 더 컸다.

"무서워할 일이 아니라니까 그러네. 그냥 이 인형을 팔아 오면 되는 건데, 뭐. 무슨 시한폭탄이 든 것도 아니고. 자, 흔들어봐. 그냥 솜만 채워 넣었지?"

지로는 흔들어보았다. 아닌 게 아니라 가벼워서 특별한 이물감은 없었다. 다만 폭탄이라는 으스스한 말을 듣고 보니 더욱 더 망설여졌다.

"그래도 설명을 안 해주면……."

"이유가 있어서 설명은 해줄 수 없어. 아이, 괜찮다니까. 아저씨가 너한테 이상한 일을 부탁할 리가 있어? 아버지 허락까지 받았는데."

아버지가 허락을 했다지만, 그 아버지가 가장 위험한 인물이었다.

"역시, 싫어."

"허, 참." 아키라 아저씨가 팔짱을 꼈다. 잠시 침묵한 뒤에 "그럼 어쩔 수 없다. 모모코에게 부탁해야겠네"라고 말했다.

"안 돼, 그건!" 저도 모르게 지로의 말투가 거칠어졌다. "모모코는 아무 상관도 없잖아." 물론 지로 역시 아무 상관도 없는 일이었다.

"어린애가 아니면 안 되는 일이라서 그래."

"그건 아저씨 사정이지."

"제발 부탁이다, 응? 아저씨 부탁 좀 들어주." 이번에는 손을 맞비빈다. "이거만 해주면 지로가 부탁하는 건 뭐든 다 해줄게."

"안 해줘도 괜찮아."

"그럼 모모코네, 뭐."

"왜?"

"그럼 지로가 할래?"

"안 된다니까."

"그럼 모모코."

그렇게 결론이 나지 않는 대화를 몇 차례 되풀이했다. 아키라 아저씨는 끈질겼다. 동정을 사려고 하기도 하고 삐지기도 하고, 마치 또래 친구처럼 천연덕스럽게 울며불며 매달렸다. 팔뚝을 잡고 앙앙거리며 흔들어대기까지 했다.

그리고 마지막에는 지로가 졌다. 아키라 아저씨가 이담에 불고기도 사주겠다고 한 것이다. 지로는 쇠고기라면 정말 눈에 뵈는 게 없었다. 우에하라 집안에서는 아직도 전골 요리에 닭고기를 썼다. 한이 맺힐 대로 맺힌 쇠고기였다.

"이거, 정말로 나쁜 일 아니지?" 지로가 다짐을 했다.

"물론이지." 아키라 아저씨가 가슴을 치며 장담했다.

그 말을 다 믿은 건 아니지만, 어떻든 핑계가 필요했다. 자신은 어른이 하라는 대로 한 것뿐이다.

아키라 아저씨가 다시 한 번 어떻게 해야 하는지 자세히 이야기해주었다. 그 말을 들으며 지로는, 거짓말도 참 잘 지어낸다고 감탄했다.

심호흡을 한 번 하고 맨션 입구로 갔다. 아키라 아저씨는 화단 뒤로 숨었다. 자동문으로 된 현관은 한 번도 지나가본 경험이 없었다. 나카노에 그런 세련된 맨션에 사는 친구는 없었다.

5분쯤 사람을 기다리는 척하고 있으려니 안에서 입주민인 듯한 아줌마가 쓰레기봉투를 들고 나왔다. 자동문이 스르륵 열렸다. 시선을 맞추지 않고 건물 안으로 얼른 뛰어 들어갔다.

엘리베이터는 관두고 계단으로 올라갔다. 3층 복도를 지나 가장 안쪽의 301호에 도착했다. 심장이 두근거렸다. 아키라 아저씨가 말했던 대사를 마음속으로 되뇌었다.

침을 꿀꺽 삼키고 인터폰을 눌렀다. 벨 소리가 집 안에 울려 퍼졌다.

"누구세요?" 스피커에서 남자 목소리가 들려왔다.

이건 얘기가 다르다. 아주머니라고 했는데.

"아, 저……." 조금 어물거렸다. "저는 나카스기 제2초등학교 학생입니다. 기부를 부탁하러 왔습니다."

상대가 침묵했다. 누군가에게 말을 전하는 것 같았다.

"잠깐 기다려라." 이쪽이 아이인 줄 알아보고 그러는지, 목소리가 한결 친절해졌다.

안에서 발소리가 들려왔다. 체인이 벗겨지고 "네" 하는 소리와 함께 여자가 나타났다. 면바지에 딱 붙는 셔츠를 입고 있었다. 아주머니라기보다 누나 같은 느낌이었다.

"얘, 무슨 일이니? 어떤 기부?"

"저어, 아프가니스탄의 아이들을 구하고자 학급회의에서 상의를 했거든요. 모두 함께 곰 인형을 만들어 그것을 판매한 수익금으로……."

목소리가 붕 떴다. 현관 안쪽을 바라보았다. 구두가 대여섯 켤레 있었다. 외워둔 대사를 가까스로 다 말했다.

"아, 그래? 대단하구나."

건네준 광고지를 읽어보고 여자가 하얀 이를 내보였다. 종이 가방에서 곰 인형을 꺼내자 한층 더 크게 웃으며 "어머, 귀여워라. 얼마니?"라고 물었다.

"5백 엔이에요. 아니, 그게 아니고, 5백 엔 이상입니다."

복도 안쪽으로 눈길이 갔다. 문이 열려있어서 들여다보였다.

사람이 잔뜩 모여 있었다. 사무용 책상도 보였다. 일반 가정집이 아니라 무슨 회사 같았다.

"그럼, 천 엔에 사줄게." 지갑에서 천 엔짜리 지폐를 꺼냈다.

"감사합니다." 지로가 받아들고 머리를 숙였다.

"몇 개나 팔았니?"

"이 맨션에서 두 개요." 거짓말이 술술 나왔다.

"그래, 열심히 해라." 어깨를 툭툭 쳐준다.

지로는 다시 한 번 인사를 하고 발을 돌려 복도를 내달렸다. 계단을 서너 칸씩 건너뛰어 맨션 바깥으로 나왔다.

"지로, 정말 고맙다. 아주 잘 하던데?"

길 앞에서 아키라 아저씨가 기다리다가 악수를 청해왔다.

"자, 그럼 회전 초밥이나 먹으러 가자. 역 앞에 있거든."

둘이서 잰걸음으로 그 자리를 떴다.

"천 엔은 지로 용돈으로 쓰세용. 5분에 천 엔을 벌었으니, 꽤 괜찮은 아르바이트였다, 그치?"

"뭐, 대충."

무뚝뚝하게 대답했다. 기분 좋을 것도 하나 없었고, 아직도 긴장이 덜 풀렸던 것이다.

고요히 가라앉은 주택가를 걸으며 지로는 문득 생각했다. 천 엔이라고? 어떻게 액수까지 알고 있지? 밖에서 만나자마자 "아주 잘하던데?"라고 하기도 했다. 어디선가 지켜보고 있었던 걸까?

아니, 아키라 아저씨는 맨션 바깥에서 기다리고 있었다.

기묘한 경험을 한 탓인지 아무래도 현실감이 들지 않았다. 잠시 여우에라도 홀린 듯한 기분이었다.

"마음껏 먹어도 좋아용."

물론 실컷 먹을 생각이긴 했지만……. 지로는 혼자서 미간에 주름을 잡았다.

회전 초밥 집에서 도로(다랑어살의 지방이 많은 부분 - 역주)는 10개나 먹었다. 새우와 오징어는 각각 4개씩, 우니(섬게 알 - 역주)는 태어나서 처음 먹어봤다. 달걀은 패스. 그런 걸로 배를 채우고 싶지는 않았다.

아키라 아저씨는 한두 개 먹었을 뿐, 그 다음에는 차만 마셨다.

내일은 불고기다. 갈비를 배가 터질 만큼 먹어주겠어.

지로는 이마의 땀을 닦으며 접시를 차곡차곡 쌓아나갔다.

집에 돌아오니 아버지가 거실에서 신문을 펼쳐놓고 발톱을 깎고 있었다. 어머니는 욕실에 들어간 모양이었다.

아키라 아저씨는 아버지 곁에 다가가 "무리한 부탁을 드려서 죄송합니다"라고 작은 소리로 말했다.

"아냐, 괜찮아."

"절대로 폐 끼치는 일은 없을 겁니다."

"아, 괜찮다니까." 아버지는 발톱을 다 깎더니 그대로 신문을 접었다. "근데 전지는 그때까지 별 탈 없겠어?"

"네, 수은전지를 여섯 개 넣었으니까 4백 시간은 갈 거예요."

"흠, 우리 때와는 시대가 다르군." 아버지가 방바닥에 드러누웠다.

듣고 있던 지로는 무슨 얘기인지 도통 알 수 없었다.

이 집안에는 수수께끼가 너무 많아서, 이제는 뭐, 캐고들 마음도 나지 않았다.

17

아키라 아저씨의 이상한 행동은 그 뒤로도 계속되었다. 무슨 바람이 불었는지 조깅을 시작한 것이다.

"사람이란 건강이 첫째거든"이라고 시치미를 뚝 떼며 변명을 했다. 목욕을 하고 난 뒤에는 팔굽혀펴기도 했다. 웃통을 벗은 아키라 아저씨는 옷을 입었을 때는 상상도 못할 만큼 탄탄한 근육질이었다.

저도 모르게 자극을 받아서 지로도 아저씨가 팔굽혀펴기를 할 때는 함께 했다.

"지로, 같은 반에 좋아하는 여자애 있어?"

느닷없이 그런 질문을 던지는 바람에 얼굴이 달아올랐다. "없어"라고 퉁명스럽게 대답했다.

일순 삿사의 얼굴이 떠오르긴 했지만, 깜짝 놀라서 얼른 머릿속에서 지워버렸다.

"여자애들한테 꽤 인기 있을 거 같은데?" 곁에서 아키라 아저씨가 웃어댔다.

"시끄러!" 숨이 찼다. 팔굽혀펴기는 스무 번이 한계였다.

아키라 아저씨는 아이들과 어울려 놀 줄 아는 어른이었다. 모모코뿐만 아니라 준이나 무카이와도 금세 친해졌다. 장난치는 걸 무지 좋아하기 때문이다.

구청 앞의 동상에 러닝셔츠 입히는 장난 같은 걸 시시덕거리며 해댔다. 준은 "나도 함께 했어"라며 무슨 대단한 공이라도 세운 것처럼 교실에서 떠들고 다녔다.

하지만 바깥에 나갈 때마다 노상 데리고 가려고 하는 통에 정말 어이가 없었다. 무슨 물건 하나 사러 나갈 때도 "지로, 모모코, 함께 가자, 응? 응?"이라고 졸라대는 것이다. 물론 나갈 때마다 크로켓을 사주니까 그건 좋았지만, 진짜 이상한 어른이라는 생각이 들었다.

그러던 어느 날, 학교에서 돌아오니 집 앞 길가에 낯선 아저씨가 서있었다. 아무래도 지로의 집 안 동정을 살피는 것 같았다. 누굴까. 또 국민연금 재촉하러 나온 사람일까.

의아해 하면서 그 곁을 지나 집에 들어가려는 순간이었다.

"너, 이 집에 사는 애냐?"

그 아저씨 쪽에서 먼저 말을 붙여왔다. 온화한 말투였다.

지로가 멈춰 섰다. "그런데요?" 상대를 똑바로 바라보며 대답했다. 안경을 쓴 평범한 중년 아저씨였다. 나이는 쉰 살쯤 되었을까, 듬성듬성 흰머리가 섞여있었다. 손에는 검은 007가방을 들고 있었다.

"그럼 너희 어머니가 우에하라 사쿠라 씨?" 어머니의 이름을 댄다. 지로는 말없이 고개를 끄덕였다.

"아버지는 우에하라 이치로 씨?"

"네." 조그만 소리로 대답했다.

"아버지는 무슨 일을 하시지?"

경계심이 커져갔다. 아무래도 구청에서 나온 사람이 아니었다. 수없이 찾아왔었으니 그런 것쯤은 이미 다 알고 있을 터였다.

지로는 현관의 미닫이문을 열고 안쪽을 향해 "아버지!" 하고 소리쳤다. 하지만 응답이 없었다.

"안 계신 거 같더라. 아저씨도 아까 벨을 눌러봤는데."

아키라 아저씨도 외출한 것일까. 열쇠도 채우지 않고?

"얘, 아버지는 무슨 일을 하시지?"

사내가 또 끈덕지게 물어왔다.

어쩌지? 대답을 하지 않는 게 나을 것 같았다. 요 앞 찻집에 어머니가 계시니까 거기 가서 물어보라고 할까. 아니, 그것도 안 좋을 거 같고……. 맥박이 빨라졌다.

"아저씨는 누구세요?"

"응, 그냥 앙케트 조사야."

믿을 수 없었다. "우리 아버지 오시면 하세요." 지로는 그렇게 말하고 집 안으로 도망쳐 안에서 열쇠를 잠갔다. 계단을 퉁탕퉁탕 뛰어 올라갔다. 그러다 2층 입구에서 인기척이 나는 바람에 흠칫 놀랐다.

"으윽!" 저도 모르게 입 밖으로 비명이 튀어나왔다.

아키라 아저씨였다. "쉿!"이라며 입에 손가락을 대고 있었다.

"깜짝 놀랐잖아!" 지로는 계단 중간에 그대로 흐물흐물 주저앉았다. "집에 있으면 있다고 해야지." 심장이 빠른 종을 쳤다.

"어떤 놈이었어?"라는 아키라 아저씨. 긴장된 표정이었다. 입술마저 핏기를 잃었다.

"나도 몰라. 그냥 보통 아저씨야."

"그리고 또 다른 사람도 있었어?" 속삭이는 목소리였다.

"아니, 혼자였어."

"전봇대 그늘에 한두 명 더 숨어있지 않았어?"

"무슨 소리야? 그런 사람 없었어. 그보다, 아버지는?"

"영화 보러 가셨어."

지로가 한숨을 내쉬었다. 에그, 만날 놀러만 다니고, 진짜 못 말려.

"정말 한 명밖에 없었어?"

"그렇다니까."

"좋아."

아키라 아저씨는 주먹을 움켜쥐더니 계단을 내려갔다. 온몸에 긴박감이 넘쳤다. 현관 자물쇠를 열고 밖으로 나갔다. "어이!"라는 날카로운 소리를 지른다.

생각치도 않던 사태에 지로도 뛰어 내려갔다. 현관에서 고개를 내밀고 바라보니 아키라 아저씨가 집 앞에서 사내의 옷소매를 붙잡고 있었다. 가슴이 덜컹했다. 싸움이라도 하려는 걸까?

"어디야, 사동협(社同協)이오? 아니면 아사가야에서 나왔소?" 사람이 홱 변해서 나지막하게 을러댄다.

"왜, 왜 이래?" 사내의 얼굴이 일그러졌다. "누구야, 당신?"

"괜히 시치미 떼지 마쇼. 어떻게 여기를 알았죠?"

"대체 무슨 소리야?"

사내가 몸을 돌려 도망치려고 했다. 하지만 아키라 아저씨는 놓칠 수 없다는 듯 옷자락을 잡고 버텼다.

"어떻게 알았느냐고 묻잖아요?"

"나는 그저 앙케트 조사를 하려고……."

"이런 거짓말쟁이. 아까 집 사진까지 찍었잖아요? 2층에서 다 봤어요."

"아니, 그건……."

"그건 뭐요?"

골목길에 말다툼하는 소리가 퍼졌다. 무슨 일인가 하고 이웃집 아주머니가 얼굴을 내밀었다.

"지로, 무슨 일이니?"

지로가 대답을 못하고 있으려니 아키라 아저씨가 "아무 것도 아니에요. 세일즈맨이 하도 끈질기게 굴어서"라고 억지로 웃는 얼굴을 짓고는 사내를 집 안으로 끌어들였다. 사내는 힘이 달리는지 그대로 끌려왔다.

"이봐요, 가방 속에 뭐가 있는지 꺼내봐요."

"그것 참, 좀 봐줘. 아무 짓도 안 했다니까."

"아무튼 꺼내봐요."

아키라 아저씨가 검은 007가방을 들어올렸다. 저항하는 사내의 손을 뿌리치고 자물쇠를 열었다. 뚜껑이 열리며 안에 있던 디지털 카메라와 녹음기가 현관에 어지럽게 흩어졌.

"이건 뭐죠? 말해봐요." 목소리가 거칠었다. 평소의 다정한 얼굴은 거짓말처럼 사라졌다.

"아니, 그러니까 그건……." 사내의 얼굴이 일그러졌다.

아키라 아저씨는 사내의 양복 안주머니에 손을 찔러 넣더니 지갑을 꺼냈다.

"아, 그, 그건."

"조용히 해요!" 일갈을 던지며 지갑을 펼쳤다. 명함을 뽑아낸다. "흥신소?" 목소리가 뒤집혀서 나왔다.

"하, 참, 이러면 안 되는데……." 남자가 혼잣말처럼 중얼거렸다. "이거 회사에 들키면 난 당장 모가지라고."

"아저씨, 탐정?" 아키라 아저씨의 태도가 돌변했다.

"아니, 아냐. 당신이 누군지는 모르겠는데, 나는 이 댁 부인이 어떻게 살고 있는지, 그걸 조사해달라는 의뢰를 받은 사람이라고." 사내는 눈썹을 여덟팔자로 내리뜨고 있었다.

"누가 의뢰를 했는데요?"

"거기까지는 절대로 말 못해. 이보쇼, 내가 이런 거 시작한 지 얼마 안 되다보니까 일이 영 서툴러서 이렇게 붙잡혔으니, 뭐, 한마디로 아둔한 탐정이기는 하지만, 아무리 그래도 고객의 이름까지 밝힐 수는 없다고."

"그렇다면 회사에 전화해서 물어봐야겠네."

"아니, 아니, 그건 안 돼." 사내가 한심한 소리를 하며 손을 맞비볐다. "슈퍼마켓이 망해서 가까스로 얻은 직장이야. 좀 봐줘."

"아저씨 사정은 내 알 바 아니고요. 정 뭐하면, 이 집 주인을 불러 올까요? 아주 무서운 사람인데. 아마 무사히는 못 돌아갈 걸요?"

사내가 입을 다물었다. 손수건을 꺼내 이마의 땀을 닦고 있었다. 자세히 보니, 시원찮은 아저씨였다.

"……회사에는 말하지 않는다고 약속해."

"예, 약속하지요."

사내가 한숨을 내쉬었다.

"무슨 바람피우는 걸 조사해달라는 것도 아니고 돈 문제가 얽힌 것도 아니고, 그러니까 그리 대단한 일은 아닌 거 같은데……." 거기까지 말하고 지로를 쳐다보았다.

"아, 지로. 2층에 좀 가 있을래?" 아키라 아저씨가 말했다.

거스르기도 귀찮아서 고분고분 말을 들었다. 하지만 방으로 들어가지 않고 계단 위에서 귀를 쫑긋 세웠다.

"요츠야에 다이코쿠야라는 전통의상 전문점이 있는데……."

사내의 말에 지로는 헉, 숨을 삼켰다.

"거기 여사장님이 부탁을 하시더라고. 20년 가까이 소식이 끊긴 따님이 어떻게 사는지, 좀 조사해달라는 거야."

불두덩 언저리가 찌르르했다. 역시 그때 보았던 할머니는 외할머니였다. 그리고 그 가게는 어머니가 자란 외갓집인 것이다.

머리가 핑그르르 돌았다. 어머니는 집을 뛰쳐나와 아버지와 결혼한 것일까. 야반도주라는 그거?

"내 생각에는 그래도 부모 자식 간인데 서로 연락은 하면서 사는 게 좋을 거 같아서……."

"그런 말 해봤자 나는 그냥 식객이라 이쪽 집안 사정은 잘 모르고요……."

예기치 않은 전개에 아키라 아저씨도 당황한 것 같았다. 갑자기 목소리가 낮아져서 "내가 어떻게 그런 얘기를 해요? 남의 집안일에"라며 황황히 거절하고 있었다.

탐정 아저씨는 5분 남짓 현관 앞에서 아키라 아저씨와 이야기를 하다가 돌아갔다.

아키라 아저씨는 2층에 올라오지 않고 곧장 부엌으로 들어가 쌀을 씻기 시작했다. 식객답게 착실히 집안일을 거들어주는 것이다.

지로는 2층 방에서 혼자 누워있었다. 마음의 동요가 가라앉지 않아 천장을 쳐다보았다.

자기 때문이었다. 그날 요츠야에서 외할머니에게 들키는 바람에 일이 이렇게 되고 만 것이다.

앞으로 어떻게 되는 걸까. 엄마한테 힘든 일은 생기지 않았으면 좋겠는데…….

이제 와서 새삼스럽게 친척 같은 건 필요 없었다. 그저 집안에 별다른 풍파 없이 조용히 사는 게 더 나았다. 하지만 어린애가 할 수 있는 일이라고는 아무 것도 없었다.

돌아누웠다. 배가 꼬로록 하고 울었다.

그날 밤 아키라 아저씨는 지로가 아는 한, 아버지나 어머니에게 그 일에 대해 아무 말도 하지 않았다. 그저 태연한 얼굴로 식탁에 함께 앉았고, 다 먹은 뒤에는 다른 때처럼 밖에 나갔다.

남의 집안일에는 관여하고 싶지 않았던 것일까? 하긴 생각해봤자 그 속을 알 도리도 없지만.

그리고 그 주 일요일에 우에하라 집안에 뜻밖의 손님이 찾아왔다. 모두 둘러앉아 막 점심을 먹고 난 참이었다.

벨이 울리고 현관 미닫이문이 열리는 소리가 들렸다.

"실례합니다." 여자의 목소리가 부엌까지 들려왔다.

그 목소리를 듣자마자 싱크대에 서있던 어머니의 얼굴이 새파래졌다.

요츠야의 외할머니다! 지로는 금세 알았다.

18

"실례합니다." 다시 한 번 현관에서 소리가 들렸다. 온화함과 강인함이 섞인 목소리였다.

어머니의 안색이 바뀐 것을 가장 먼저 알아차린 건 아키라 아저씨였다. 바로 곁에서 설거지를 하고 있었기 때문이다.

"내가 나가볼게요." 그렇게 말하며 바지에 손을 닦았다.

"아니, 됐어. 내가 나갈게." 어머니가 그 자리에서 아저씨를 제지했다. 목소리가 붕 떠있었다.

아버지는 테이블에서 코털을 뽑고 있었다. 미간에 깊은 주름이 패어있었다. 콧구멍이 아파서 그러는가 했더니만 아버지의 손은 멈춘 채였다.

심상치 않은 분위기를 느꼈는지 모모코가 지로를 쳐다보았다. 어떤 표정을 지어야 할지 몰라서 눈을 돌려버렸다. 돌린 그 끝에 누나의 눈이 있었다. 오랜만에 집에 있었던 것이다. '누구야?' 하고 입술만으로 물어왔다. 어물거렸다. 알고 있다는 것을 눈치챈 누나가 날카로운 눈빛으로 지로를 쏘아보았.

어머니가 복도를 달려갔다. 퉁탕거리는 슬리퍼 소리가 부엌에까지 울렸다.

"지로, 모모코, 밖에 나가서 놀까?"

느닷없이 아키라 아저씨가 말했다.

무슨 소리람. 나도 이제 초등학교 6학년인데.

"응, 그게 좋겠다. 구청 앞의 동상에 이번에는 팬티를 입혀줘라."

아버지가 나지막하게 말했다. 아버지도 찾아온 사람이 누구인지 알고 있다고 지로는 짐작했다. 모모코가 컵을 넘어뜨렸다. 우유가 주르르 흘렀다. 급히 행주를 집으려던 아키라 아저씨가 의자에 걸려 넘어졌다. 벽시계가 댕댕 울었다. 집 안 전체가 당황하고 있는 듯한 느낌이었다.

"웬일이세요, 갑자기? 흥신소에 부탁을 다 하시고?"

어머니의 목소리가 조그맣게, 하지만 또렷하게 들려왔다. 모두 귀를 바짝 세우고 있었던 것이다.

"사쿠라. 이십 년 만에 만났는데 그런 말은 좀……."

"에헤헤헴!" 아버지가 어색한 헛기침을 했다. "그나저나 오늘은 왜 이렇게 덥냐? 완전히 여름이네. 저 길모퉁이 중국집은 벌써 냉채요리를 시작했나 보더라." 아무 상관도 없는 이야기를 늘어놓는다.

"누가 온 거야?" 누나가 비난하는 눈초리로 물었다. 자기만 모르고 다들 아는 일이라고 생각한 모양이었다.

"또 국민연금 내라고 찾아온 모양이지"라는 아버지.

"근데, 왜 구청 사람이 엄마를 '사쿠라'라고 불러?"

"그 사람들은 원래 보기만 하면 친한 척을 해."

그때 현관 미닫이문이 닫히는 소리가 났다. 어머니는 외할머니를 일단 바깥으로 데리고 나간 모양이었다.

누나가 일어나서 현관으로 향했다. "아, 요코. 어깨 좀 두드려 줄래?"라는 아버지. 누나는 상대도 하지 않았다.

지로도 일어섰다. 하지만 현관이 아니라 2층으로 뛰어갔다. 안 좋은 일이 일어날 것 같아 그 자리에 함께하고 싶지 않았던 것이다.

2층 방에 들어가자마자 서둘러 창문 옆으로 다가가 슬며시 길거리를 살폈다.

어머니가 보였다. 또 한 사람, 머리가 희끗희끗한 기모노 차림의 할머니 쪽으로 눈길이 간다. 위에서 내려다보는 것이었지만, 분명하게 알 수 있었다. 요츠야의 전통의상 전문점에서 마주쳤던 그 할머니, 즉 외할머니였다.

"오빠, 누구야?" 모모코가 뒤따라 2층으로 올라왔다.

"쉿!" 입에 둘째손가락을 세우고 창문을 3센티미터만 열었다. 방바닥에 털퍼덕 앉아 몸을 감추고 아래를 내려다보았다. 모모코가 지로의 등에 올라타서 토템 폴(totem pole)처럼 두 개의 얼굴이 위아래 2층이 되었다. 귀를 쫑긋 기울였다.

"나도 큰맘 먹고 와봤어"라는 외할머니.

"그러셨겠죠"라는 어머니.

아까 20년 만이라고 했었다. 그런데도 텔레비전에서 보던 그런 감동적인 재회의 드라마는 없었다. 분명 현실이란 이런 것이리라. 인간이란 처음에는 누구나 당황하는 법이다.

"아버지가 지난 일은 다 잊어버리시겠대."

"무슨 그런, 자기 멋대로." 어머니가 코를 흥하고 울렸다. "나는 못 잊어요."

어머니는 마치 아이 같은 말투였다. 지로가 처음으로 목격한, 어머니가 아닌 얼굴이었다.

"혹시 저 사람이 지난번에 오빠가 말했던 그 외할머니?"

머리 위에서 모모코가 속닥거렸다.

"음, 그래." 지로가 대답했다.

"그래……." 입술을 뾰족이 내밀고 모모코는 침묵했다.

그때 현관문 열리는 소리가 났다. 누나가 집 앞으로 나간 것이다. 현관 안쪽에서 귀를 세우고 듣고 있었던 모양이다.

"손님 오셨어? 안으로 들어오시라고 하지, 왜……?" 어머니에게 누나가 은근히 말을 건넸다. 하지만 화가 난 듯 부루퉁한 목소리였다.

"네가 요코니?"라는 외할머니. "많이 컸구나." 금세 표정이 부드럽게 누그러든다.

어머니는 누나에게 집 안으로 들어가라고 일렀다. 누나는 듣지 않았다. 어떻든 그 자리에서 분명한 설명을 들어야겠다는 태도였다. 누나 역시 눈치를 채고 있었다. 그곳에 있는 세 여인의 얼굴이 꼭 닮은 것이다.

계단이 쿵쾅쿵쾅 울리더니 아키라 아저씨가 방으로 들어왔다. 모모코 위로 얼굴을 내밀어 토템 폴은 3층이 되었다.

"아이 참, 무거워." 지로가 항의했다.

"아휴, 누가 내려가서 요코 좀 말려." 아키라 아저씨가 걱정스럽게 속삭였다.

다시 계단이 쿵쾅거리는 소리. 이번에는 아버지였다.

"어, 뭣들 하는 거야?" 원래 목소리가 우렁우렁한 아버지가 그 본래의 목소리를 죽이고 있었다.

"그러는 아버지는?"

"시끄러. 좀 비켜라." 아키라 아저씨를 밀쳐내고 아버지가 모모코 위를 덮친다.

"아빠, 저 사람이 우리 외할머니야?" 모모코가 물었다.

"응, 그래." 깨끗이 인정한다. "나도 한두 번밖에는 본 적이 없다만."

"어쩌다 이렇게 헤어져서 살게 됐어?"

모모코는 눈치코치도 없이 마구 물어본다.

"네 엄마랑 내가 야반도주를 했거든."

이번에는 모모코도 더 이상 묻지 않았다. 초등학교 4학년이라도 그런 말쯤은 다 아는 것이다.

"히야, 사쿠라하고 아주 붕어빵이네. 사쿠라도 25년 뒤에는 저렇게 되려나?" 아버지가 혼자 중얼거렸다.

이윽고 어머니와 외할머니는 집 안으로 들어왔다. 이웃의 시선이 아무래도 마음에 걸린 모양이었다.

"엣, 들어오는 거야?" 아버지가 콧잔등에 잔뜩 주름을 잡았다.

지로와 모모코, 아버지, 아키라 아저씨가 일제히 창문에서 계단 쪽으로 이동했다. 계단 아래를 내려다보며 상황을 살폈다. 그나저나 아버지는 인사하러 내려가지 않아도 괜찮은 걸까.

"아키라, 요코를 2층으로 데려와. 녀석은 기가 세서 무슨 소리를 할지 몰라"라는 아버지.

"엣, 제가요?"

"지로나 모모코가 내려가면 제 외할머니한테 붙들릴 거라고."

아키라 아저씨가 투덜거리며 계단을 내려갔다. 누나에게 다가가 뭔가 속닥속닥 귀엣말을 한다. 하지만 누나가 "나카무라 씨는 상관없잖아요"라고 야무지게 쏘아붙이자 하릴없이 터덜터덜 올라왔다.

"도무지 도움이 안 된다니까." 아버지가 불안한 얼굴로 무릎을 비벼댔다. "그나저나 왜 이제 새삼스럽게 딸을 찾으시지? 아버님이라도 위독하신가?"

지로는 얼굴이 후끈했다. 원인은 자신이었다. 요츠야에서 자신과 마주치는 바람에 외할머니는 딸을 찾을 마음이 난 것이다.

"행복하게 사는 것 같아서 다행이다."

외할머니의 목소리가 아래에서 들려왔다.

"그럼 불행하게 살 거라고 생각했어요?"

어머니는 여전히 냉랭했다.

"요코는 정말 예쁘게 자랐구나. 아장아장 걸음마 할 때 보고는 처음이니······."

누나의 목소리는 들리지 않았다. 대화에 끼지 않고 가만히 앉아만 있는 모양이었다. 여자들이란 참 강하기도 하다. 지로는 그런 생각을 했다. 자신은 어쩔 줄 모르고 내빼버렸는데 말이다.

"이제 와서 딱히 어떻게 하자는 건 아니야. 너한테는 너의 인생이 있을 테고, 이제 더 이상 간섭할 마음은 없어. 하지만 그래도 부모 자식 간인데 평생 만나지도 않는다는 건 너무 섭섭한 일이고……."

외할머니는 다정한 목소리였다. 앉음새까지 눈앞에 선하게 떠올랐다. 기품이 있다는 건 분명 이런 것일 게다.

"게다가 아버지가 돌아가시면 재산 분배 문제도 있고……."

"필요 없어요." 어머니가 즉석에서 대꾸했다.

"그런 말 하면 못써. 돈이 있어서 나쁠 건 없잖니? 유이치(雄一)도 누님이 받아가셨으면 좋겠다고 하더라. 유이치, 기억하고 있니?"

"기억하지요, 동생인데."

"이제 완전히 아저씨가 다 됐다. 길에서 만나도 알아보지 못할 거야. 아이가 셋이다. 큰애는 올해 중학생, 그 아래로 초등학교 3학년하고 2학년. 네 조카와 조카딸이야."

모모코가 벌떡 일어섰다. 바라보니 뺨을 붉게 물들이고 콧숨을 씩씩 내쉬고 있었다. 다음 순간, 퉁탕퉁탕 계단을 내려갔다. 말을 붙일 틈도 없었다. 급히 팔을 뻗어보기는 했지만 허공만 내저었을 뿐이다.

"아, 네가 모모코구나!" 외할머니의 흥분한 목소리가 들려왔다. "안녕? 내가 외할미란다."

 모모코는 조용해서, 어떤 반응을 보였는지는 알 수 없었다. 지로는 모모코의 용기에 감탄했다. 여자 넷이 아래층에 모였고 남자 셋은 2층에 남겨진 꼴이었다.

 아버지가 코를 훌쩍 들이켰다. 갑자기 계단에서 물러나 방 가운데 큰대자로 벌렁 누웠다. 하지만 태평하게 낮잠을 자려는 건 아닌 듯했다. 방바닥에 깔린 이불을 머리까지 뒤집어써 버렸다.

 아키라 아저씨와 마주 바라보았다. 자신들이 왠지 한심하다는 생각이 들었다.

 "오빠는? 2층에 있니?"

 불두덩 언저리가 찌르르했다. 지로도 이불을 뒤집어쓰고 싶었다. 모모코가 계단을 뛰어올라와 지로를 불렀다. "외할머니가 오빠 보고 싶으시대."

 아버지는 이불을 뒤집어쓴 그대로였다. 크게 심호흡을 하고 지로는 계단을 내려갔다. 모두 거실에 모여 있었다. 어머니와 누나는 복잡한 표정이었다. 외할머니는 입가에 웃음이 감돌았다. 모모코는 적잖이 흥분한 기색이었다. 뺨이 핑크빛으로 물들었다.

 "지로는 6학년이지? 키가 커서 중학생인 줄 알았다." 외할머니가 만면에 웃음을 담고 물었다. 지로는 얌전히 인사를 드렸다.

 새삼 마주하고 보니 외할머니는 어머니와 정말 붕어빵이었다. 누나와도 마찬가지였다. 모모코는 좀 덜했지만, 그래도 네 사람 모두 첫눈에도 한 핏줄이라는 게 드러났다. 아마 자신도 그럴 것이다. 외할머니는 딱 마주치자마자 손자라는 것을 알아보았던 것이다.

"미안하구나, 이렇게 크도록 용돈 한번 못 주고."

외할머니 혼자만 말을 하고 있었다. 온화한 말투였지만 어딘가 흥분한 기색이기도 했다. 차를 몇 번이나 마셨고 그때마다 어머니가 다시 따라드렸다.

누나와 모모코에게 기모노를 지어줄 테니 가게로 오라고 했다. 지로에게는 중학교에 올라가면 컴퓨터를 사주마고 하얀 이를 내보였다.

어머니는 시종 고개를 숙이고 있었다. 지로와는 눈을 마주치지 않았다. 이 자리에 있는 것이 나쁜 짓인 듯한 느낌이 들었다. 사정은 잘 모르지만 어머니는 자신의 부모를 싫어하는 것이다.

"우선 이걸로 갖고 싶은 것이라도 사렴." 외할머니는 지갑을 꺼내더니 세 손자에게 만 엔씩 쥐어주었다. 어머니는 아무 말도 하지 않았다.

"미안하다, 쉬는 날 갑자기 찾아와서. 하지만 그렇게라도 하지 않으면 손자 얼굴을 볼 수 없을 테고, 게다가 나도 어떻게 해야 좋을지 알 수가 없어서……."

"됐어요, 그건"이라고 중얼거리듯이 말하는 어머니.

"이 집 주변을 세 번이나 빙빙 돌았어."

어머니가 조그맣게 쓴웃음을 지었다.

"그런데, 오기를 잘했다. 이제 당장 내일 죽어도 한이 없어."

"무슨 그런 말씀을 하세요?"

"아니야, 진즉에 환갑도 지났고, 마음의 준비를 해둬야 할 나이야. 자, 그럼 나는 이제 그만……."

외할머니가 자리에서 일어섰다. 모모코의 뺨에 손을 내밀어 다정하게 쓰다듬었다. 그리고 양손으로 지로의 뺨을 감싸주셨다. 누나의 어깨도 쓰다듬으셨다.

손으로 직접 만져서 현실이라는 것을 확인하려는 듯한 몸짓이었다.

어머니가 현관까지 배웅했다.

"지난 20년 동안 하루도 너를 잊은 적이 없어."

외할머니는 마지막으로 그렇게 말하고 돌아가셨다.

거실에 침묵이 흘렀다.

누나는 아무 말도 없이 외출해버렸다. 평상복 차림인 걸 보면 바로 근처에 나가는 모양이었다.

아키라 아저씨가 계단을 내려와 "나는 잠깐 도서관에……"라며 현관으로 향했다. "나도 갈래"라는 모모코. "나도"라고 지로도 그 뒤에 따라붙었다.

어머니는 혼자가 되고 싶어한다. 모두가 그렇게 생각했던 것이다.

집을 나와 잠시 걷다가 도서관 대출 카드를 깜빡 잊고 온 것을 깨달았다. 빌리고 싶은 만화책이 있을지도 몰라서 다시 달음박질을 해서 집으로 돌아갔다. 집 바로 앞에 이르렀을 때였다. 목욕탕에서 누군가 우는 소리가 들려왔다. 물론 어머니라는 걸 금세 알았다. 커다란 울음소리였다. 꾸지람을 들은 어린아이가 엉엉 우는 것 같은.

심장이 빠른 종을 치면서 무릎이 떨렸다. 어머니가 울고 있다! 지로는 충격을 받았다.

"어이, 사쿠라. 일단 나와보라니까." 아버지의 목소리가 들렸다. 욕실 문을 사이에 두고 어머니를 달래는 것 같았다.

지로는 대출 카드를 포기했다. 발소리가 나지 않도록 조심조심 그 자리를 떴다. 길모퉁이를 돌아선 뒤에는 전속력으로 달렸다.

어머니는 어쩌다 자신을 낳아준 부모님과 관계를 끊어버린 것일까. 여전히 우에하라 집안에는 알 수 없는 일들이 너무 많았다.

곧바로 아키라 아저씨와 모모코를 따라잡았지만, 지로는 달리기를 멈추지 않았다. 그대로 도서관까지 혼자서 뛰어갔다.

19

외할머니가 다녀간 뒤로 모모코의 상태가 영 이상해졌다. 왠지 신바람이 난 것처럼 보였다.

"오빠, 오빠, 우리가 놀러 가면 유카타를 만들어주실까?"

외할머니가 일일이 한 사람 한 사람에게 보내주신 엽서를 들여다보며 몇 번이나 그런 소리를 했다.

할머니가 보내준 엽서에는 '꼭 놀러 오너라'라고 적혀있었다. 자상하게 지도까지 그려놓으셨다.

"이번 토요일에 가볼까나? 오빠, 같이 안 갈래?"

방바닥에 드러누워 다리를 덜렁거리고 있다.

학교에서 들려오는 소문에 의하면 모모코는 저희 반 친구들에게 자랑을 하고 다니는 모양이었다. 자신이 사실은 엄청난 부잣집의 손녀였다, 요츠야의 오래된 전통의상 전문점의 후계자였다, 라는 그럴싸한 스토리였다. 게다가 신주쿠 중심가 대로변에 우뚝 선 '호리우치 빌딩'을 마치 제 것인 양 자랑했단다. 순정 만화의 주인공이라도 된 줄 아는 모양이다.

이상해지기로 치자면 누나도 그에 못지않았다. 묘하게 기분이 좋아 보였다. 요즘은 아버지나 어머니에게 화를 내지도 않았다. 지로나 모모코에게도 다정했다.

"친척이 있다는 거, 그리 나쁘진 않네." 엽서를 찬찬히 들여다보며 불쑥 그런 말을 하기도 했다.

누나의 경우에는 자신의 피가 어딘가와 이어져 있다는 안도감 때문인 것 같았다. 그리도 싫어하던 아버지의 피가 외할머니의 등장에 의해 훨씬 묽어졌다. 누나의 내면에서 새로운 문이 활짝 열린 것이다.

"기모노 디자이너가 되려면 어떻게 해야 하는 거지?"

그런 걸 지로에게 물어봤자 알 리도 없건만, 뜬금없이 그런 것까지 물었다.

누나는 성인식 때, 남들 다 입는 전통의상을 입지 않았다. 지로가 알기로는 아버지나 어머니에게 사달라고 조른 일도 없었다. 처음부터 아예 포기했던 것이다.

어린애들은 어딘가 부모를 보고 미리 포기하는 구석이 있다. 지로 역시 사립중학교는 절대로 못 간다든가, 내 방이 없는 건 어쩔 수 없다든가, 스스로 미리감치 틀을 만들곤 했다.

외할머니의 등장과 함께 그런 틀이 없어질지도 모른다는 기대감이 생겼다. 왠지 뒤가 든든하게 느껴지는 것이다.

지로도 약간 자랑을 쳤다. 준이나 무카이에게 "우리 외갓집이 옛날부터 아주 큰 부자라서 말이지……"라고. 친척을 자랑할 수 있다니, 지로에게는 태어나서 처음 있는 일이었다.

그 다음 토요일, 지로는 모모코와 요츠야의 외할머니네 가게 앞에 가보기로 했다. 모모코가 꼭 한 번 가보겠다고 졸라대는지라 지로가 함께 가주기로 약속했던 것이다.

미리 전화는 드리지 않았다. 처음에는 모모코와 지로, 둘 중 누가 전화를 할 것이냐를 놓고 티격태격했는데 "우선 가서 상황을 보자"는 것으로 결론이 났다. 외할머니네 가게 안까지 들어가 볼 용기는 없었다. 그야 가게 앞에서 어정거리면 알아봐 줄지도 모른다는 기대감은 있었지만. 물론 어머니에게는 비밀로 했다. 우선 가족 모두가 어머니 앞에서는 외할머니 이야기를 피하고 있었다.

용돈도 받았겠다, 편안하게 지하철을 타고 갔다. 요츠야 3가

역에서 내려 신주쿠 큰길 쪽 출구로 나갔다. 직접 가게 앞으로 가는 대신 맞은편 길에서 바라보았다.

"와, 굉장하다. 8층이야!" 모모코가 손끝으로 세어보더니 말했다. "맨 위층에서 살까?"

"몰라."

그렇게 대꾸하며 곁에서 지로도 올려다보았다. 옥상에 난간이 있는 걸 보면 모모코의 말대로 그곳이 살림집인지도 모른다. 주변의 다른 빌딩과 비교해도 한층 청결하고 당당한 건물이었다. 안을 구경하고 싶은 마음이 들었다.

"울 엄마, 부잣집에서 귀하게 자란 딸이었네." 모모코가 한숨을 내쉬었다.

"그런가 보다."

"야반도주만 하지 않았으면 나도 저 집 아이가 됐을 텐데."

"바보. 엄마가 아버지하고 도망치지 않았으면 너는 태어나지도 않았어."

초등학교 4학년은 아직 아기가 태어나는 과정을 알지 못하는 모양이다.

"가게 앞으로 가볼래?"

"응."

둘이서 나란히 길을 건넜다. 햇살이 강렬해서 가로수 잎이 반짝반짝 빛났다.

토요일이라서 지나다니는 사람은 별로 없었다. 지난번에 왔을 때도 그랬지만 일반 상점과는 전혀 다른 분위기여서 윈도 너머로 안을 구경할 수도 없었다.

"오빠가 가서 말해." 모모코가 팔을 당겼다. "외할머니한테, 우리 놀러 왔다고."

"무슨 소리야? 보고 싶으면 네가 가." 지로가 눈을 부라렸. "나는 그냥 어딘지 알려주러 온 것뿐이야."

"오빠, 겁쟁이."

"그러는 넌?"

"그럼 전화하자. 공중전화 좀 찾아봐."

모모코가 주위를 둘러보았다. 조금 떨어진 편의점 앞에 공중전화 박스가 있었다. 둘이서 뛰었다. 모모코는 동전을 넣더니 외할머니의 엽서를 꺼내 번호를 눌렀다. 그러더니 "자!" 하고 수화기를 지로에게 쑥 내밀었다.

"야, 모모코!" 지로는 당황했다. "뭐야, 비겁하게시리!" 다시 돌려주려고 했지만 모모코는 손을 뒤로 감춰버렸다. 제기랄, 이래서 여자는 믿을 수가 없다니까.

"여보세요." 수화기에서 소리가 났다. 어쩔 수 없이 지로가 응답했다.

"저어, 우에하라 지로인데요." 풀 네임을 밝혔다.

"네." 외할머니 목소리가 아니었다. "누구를 찾으시는지요?"

전화를 받은 사람은 이쪽을 그 집 아이들의 친구라고 생각하는 모양이었다.

"외할머니를……"이라고 했더니 "아, 사장님요? 가게 쪽으로 전화 돌려드릴게요"라는 대답이 돌아오고, 이어서 대기 멜로디가 흘러나왔다. 지로의 목구멍에서 꿀꺽 소리가 났다.

"지로냐?" 외할머니의 밝은 목소리가 귀에 날아들었다.

"아, 네, 그렇습니다." 공손하게 대답했다.

"나도, 나도!" 모모코가 곁에서 수화기를 빼앗아갔다. "외할머니? 저, 모모코예요."

"아유, 모모코도 있구나!" 멀리서도 반색을 하는 게 느껴졌다.

무슨 이야기인지 모모코와 잠시 전화 통화를 했다. "지금요? 가게 바로 옆 전화박스예요." 모모코는 그새 퍽 친해진 듯한 말투였다.

수화기를 내려놓는다. 지로는 쳐다보지도 않고 전화박스에서 뛰쳐나갔다. "뭐야, 왜 그래?" 지로가 그 뒤를 쫓았다. 그러자 '다이코쿠야'의 자동문이 스르르 열리면서 안에서 외할머니가 뛰어나왔다. 만면에 웃음을 띠고 있었다.

"모모코, 지로! 어서 오너라, 어서 와." 양팔을 활짝 펼쳐 모모코를 끌어안았다.

보면 볼수록 어머니와 꼭 닮았다. 아버지 말대로 25년 뒤에는 어머니도 틀림없이 이런 모습이 될 것이다.

지로와 모모코는 대환영을 받으며 가게 안으로 안내되었다. 외할머니는 몇 번이나 "참 잘 왔다"라며 어깨를 두드리고 잠시도 곁에서 떨어지지 않았다. 여기저기에 한 바탕 전화를 걸더니, 가게 안쪽의 엘리베이터로 7층에 데리고 갔다. 빌딩의 7층과 8층이 외할머니네가 사는 살림집인 모양이었다.

집 안에 놓인 나선 계단을 지로는 처음 보았다. 거실에 그랜드 피아노가 있는 것도. 카펫과 소파는 정말로 푹신했다. 가정부가 홍차와 쿠키를 내왔다. 티백이 아니고 포트에 든 홍차였다.

모모코는 눈을 반짝이며 방 안을 둘러보았다. 분명 학교에 가면 또 요란하게 자랑을 할 것이다. 한창 공주 기분을 만끽하고 있었다.

백발의 할아버지가 들어오셨다. "잘 왔다!"라면서 얼굴이 쭈글쭈글하게 웃었다. 꼭 끌어안기도 했다.

외할아버지인 모양이었다. 곁에 서있던 비서인 듯한 사람이 '사장님'이라고 불렀다.

이어서 위층에서 여자애가 내려왔다. 가쿠슈인 초등학교 3학년, 이름은 가나(加奈)라고 자기소개를 했다.

어머니에게는 두 살 차이의 남동생이 있다고 했다. 그러니까 지로에게는 외삼촌이다. 그 외삼촌에게는 세 명의 아이가 있었다. 그중 막내가 가나. 사촌 여동생과 처음 대면한 것이다. 나머지 둘은 학원에 가서 지금 집에 없다고 했다.

"어서 와요"라며 이번에는 외숙모가 나타났다.

모모코는 갑자기 긴장해서 입을 다물어버렸다. 가나라는 여자애가 레이스에 꽃무늬가 가득한 그야말로 공주 같은 옷을 입고 있었기 때문이다. 모모코는 티셔츠에 바지 차림이었다.

이어서 외삼촌이 들어왔다. 긴자(銀座) 지점에서 한달음에 달려왔노라고 했다.

"야아, 누님을 꼭 닮았네." 싱글벙글하는 얼굴로 머리를 쓰다듬어주었다. "반갑다, 정말. 누님의 아이들이라는 것만으로도 왠지 정이 가는구나."

모두 소파에 자리를 잡고 앉았다. 일곱 명이 앉았는데도 여전히 빈자리가 남았다. 한 번에 열두 명은 앉을 수 있는 거대한 소파였다.

완전히 텔레비전에서 보던 상류층 집안 그 자체였다. 지로는 자꾸 목이 말라서 외숙모가 따라주는 대로 연거푸 홍차를 마셨다.

예상했던 것과는 일이 영 다른 방향으로 흘러갔다. 가게 안으로 안내되어 할머니께 용돈을 좀 받는 정도로만 생각했었다. 뭐랄까, 미처 마음의 준비도 하지 못한 채 무대에 올라서 버린 듯한 기분이었다.

배는 고프지 않으냐, 와카바 고급 과자는 어떠냐, 시원한 음료수를 내오라고 할까……

외할아버지는 적잖이 흥분해서 이런저런 신경을 써주셨다. "여보, 좀 진정하세요"라고 외할머니에게 면박을 받으면서도 맞대꾸를 했다.

"명절이 돌아와도 아이들 장난감 하나를 못 사줬어. 앞으로는 사쿠라가 뭐라고 하건 상관 안 할 거야."

"어머니에게는 말하고 왔니?"라는 외할머니.

"아뇨" 하고 둘이서 고개를 저었다.

"그래도 괜찮다. 앞으로도 비밀로 하고 자주 오너라."

"학교는 어쩌지? 가쿠슈인에 편입시킬까? 이사장에게 부탁하면 두 명 정도야……."

"아휴, 당신은 좀 조용히 하시라니까."

가쿠슈인이라는 이름이 나오는 바람에 지로는 내심 놀랐다. 일류 사립학교 같은 데는 자신과는 애초부터 인연이 없는 세계라고만 생각했었다. 하지만 세상이 약간만 달랐어도 나 역시 그쪽 학생이 될 수 있었던 것인가.

가나는 모모코를 데리고 2층으로 올라갔다. 어려워하는 모모코를 위해 외숙모가 "여자애들끼리 놀아라" 하고 마음을 써주셨던 것이다.

가게에서 일하는 사람을 불러다 몸의 치수도 쟀다. 모모코는 위층 가나 방에서 재는 모양이었다.

"지로는 햇볕에 그을려서 가무잡잡하니까 밝은 회색이 좋겠다."

외할머니가 옷감을 골랐다. 지로에게도 기모노를 만들어줄 모양이었다.

알지 못하는 사이에 초밥이 배달되어 있었다. 외할아버지가 주문한 것이었다.

"한참 클 때니까 얼마든지 먹을 수 있지?"

그 말씀대로 지로는 3인분을 먹었다. 그렇게 부드러운 도로를 먹어본 건 태어나서 처음이었다. 아나고 역시 혀에서 스르르 녹아버렸다.

"저런, 저런, 천천히."

외할머니는 새로 만난 손자를 돌봐주는 게 좋아서 어쩔 줄 모르는 기색이었다.

모두들 반달 같은 눈으로 기분 좋게 웃었다. 어른들의 따스한 시선을 한 몸에 받고 있었다.

이런 세계도 있구나, 하고 지로의 마음속에 감개가 솟구쳤다. 게다가 그리 머나먼 세계가 아니었다. 누가 뭐래도 한 핏줄인 것이다.

또 찾아뵙자고 생각했다. 자신은 이 집과 한 가족인 것이다.

20

모모코의 변화에는 가속도가 붙었다. 방바닥에 털퍼덕 주저앉지 않았다. 입을 크게 벌리고 "와하하!" 하고 웃지도 않았다. 머리에는 리본을 달았다. 몹시 정숙한 소녀가 된 것이다.

그리고 뭔가 깊은 생각에 잠기는 일이 많았다. 순정 만화잡지 중에서도 꽃무늬와 프릴이 요란한 패션 페이지를 들여다보며 혼자 한숨을 내쉬곤 했다.

자신만의 세계에 푹 빠져있는 것 같았다. "오빠, 귀찮게 하지 말고 저리 가." 지로가 제 시야에 들어서기만 해도 파리 쫓듯 손끝을 털어댔다.

아버지도 멀리했다. 거실에 누워있는 아버지를 마치 더러운 것이라도 보듯 힐끔 쳐다보고 새침하게 2층으로 올라갔다. 예전에는 아버지가 자꾸 집적거리는 걸 그렇게도 좋아했으면서.

모모코에게는 나름대로 계획이 있는 모양이었다. 누나가 아파트를 얻어 나가면 그 방을 자기가 차지해서 침대를 들여놓겠다는 것이다.

"언니, 언제 나갈 거야?"

그런 말을 별 미안한 기색도 없이 물어보았다.

"보너스 나오면"이라는 누나.

"보너스가 언제 나오는데?"

"다음 달에."

그래서 모모코는 기분이 아주 좋아졌다. 노트에 방을 그려놓고 여기저기에 가구를 배치해가며 혼자 희희낙락이었다.

"이건 뭐냐?" 지로가 곁에서 들여다보며 물었다.

"드레서(dresser)."

무슨 소린지 몰라서 되물었더니 "화장대!"라고 쏘아붙였다.

"우리 집에 그런 게 어딨냐? 침대도 없으면서."

모모코가 당장 볼이 부었다. 꿈이 박살났다는 듯 지로를 무섭게 노려보았다.

"사달라고 할 거야."

"그럴 돈이 어딨어?"

모모코는 입을 꾹 다물더니 노트를 덮었다. 무슨 속셈인지 뻔히 보이는지라 지로가 앞질러서 말했다.

"행여 외할머니한테 사달라고 하지 마라."

"오빠가 무슨 상관이야?" 모모코의 얼굴색이 변했다. "저리 가라니까!" 손으로 지로를 밀쳐냈다.

"가나 방하고 똑같이 하려고 해봤자, 우리 집은 다다미방이라 안 돼."

저도 모르게 그만 심술궂은 소리를 해버렸다. 모모코의 변화는 새로 생긴 사촌 여동생의 영향 때문이라는 건 충분히 짐작이 갔다.

그러자 모모코가 눈물을 뚝뚝 떨어뜨리기 시작했다. 아차 싶었지만 이미 때는 늦었다.

"오빠는 바보, 멍청이! 죽어버려!"

지로를 힘껏 떠밀더니 누나 방으로 뛰어 들어가 흑흑 흐느껴 울었다.

정말 가슴이 아팠다. 하지만 미안하다는 소리는 안 했다. 오빠와 여동생 사이는 항상 저절로 회복되는 법이다.

지로는 자신은 변하지 않았다고 생각했다. 나카노 일대의 자전거포를 돌며 마운틴 바이크의 카탈로그를 수집한 정도였다.

이런 걸로 샀으면 좋겠다고 공상의 세계에 빠져들긴 했지만 정말로 외할머니에게 사달라고 조를 생각은 없었다. 첫째로 아버지나 어머니가 그런 걸 순순히 허락해줄 것 같지 않았다.

요츠야 외갓집에서 치수를 쟀던 유카타는 일주일 만에 완성되었다. "다음 일요일에 오면 입어볼 수 있을 거 같다"라고 외할머니에게서 전화가 온 것이다.

그 전화를 받은 건 대낮부터 집에서 데굴데굴 누워있던 아버지였다.

"너, 요츠야에 갔었냐?"

학교에서 돌아온 지로에게 아버지는 유난히 나지막한 목소리로 물어왔다.

"응, 갔었는데?"

그게 뭐 어쨌다고? 지로는 반항하는 마음으로 대꾸했다. 자신이 어디를 갔건 아버지가 잔소리를 달 이유는 없다.

"부르주아 계급의 생활 모습이 어떻디?"

"부르주아?"

"유산계급이라는 말이야."

"몰라, 그런 어려운 소리 해봤자."

"너는 프롤레타리아 집안 자식이야. 그걸 자랑스럽게 생각해라."

"글쎄, 무슨 말인지 모른다니까?"

"그들이 노력과 재능을 바탕으로 그만한 생활을 누리고 사는 게 아니야. 어쩌다 부잣집에서 태어났다는 이유만으로 부유한 생활을 향유한다면, 그건 다시 말해 사회 시스템에 결함이 있다는 뜻이지."

"그런가? 그 선조는 열심히 일해서 부자가 됐을 거잖아? 그럼 별로 나쁠 것도 없네, 뭐."

"호오, 우리 지로도 제법 말을 잘하는데?" 아버지가 눈을 가느스름하게 떴다. 잠시 틈을 두었다가, 벌겋게 상기된 얼굴로 말했다. "잘 들어, 그 자들의 번영은 민중을 착취해서 이루어진 거야. 자본주의란 다시 말해 강자의 논리이고……."

아버지가 또 다시 주절주절 설을 풀었다. 지로는 상대도 하기 싫어서 부엌에서 우유를 마셨다. 아무튼 외할머니네 집에 갈 일이 생겼다. 이번에도 초밥을 배달시켜주실지 모른다. 몸속 깊은 곳에서 달콤함이 솟구쳤다. 지로는 유카타보다 초밥이 더 중요했다. 지난번에 먹었던 도로와 아나고는 인생 최고의 성찬이었다.

"야, 지로. 잠깐 이리 와." 아버지가 거실에서 큰소리를 냈다. 에이, 귀찮아, 라고 생각했다. 그래도 얼굴을 내밀었다. 아버지가 바닥에 드러누워 손짓을 한다. 안 좋은 예감이 들었다.

"왜?"

"요기, 요기로 와봐."

"여기서도 다 들리는데?"

"어쨌든 이리 와봐."

어쩔 수 없이 잔뜩 경계를 하며 다가갔다. 카멜레온의 혀처럼 쭉 뻗어 나온 아버지의 팔에 목덜미를 붙잡혔다. 엉덩방아를 찧었다.

"오랜만에 프로레슬링이나 해볼까?"

아버지가 느물느물 웃었다.

"안 해! 오랜만은 무슨 오랜만!"

지로가 기를 쓰고 빠져나오려고 한다. 하지만 너무도 간단히 헤드록에 걸려들어 아버지 밑에 깔렸다.

"뭐야, 입만 잘 놀리지 몸뚱이는 아직도 어린애잖아?"

당연하지. 나는 초딩이란 말이야. 필사적으로 버르적거렸다. 숨이 제대로 쉬어지지 않았다.

"이번만은 봐줄 거야. 하지만 앞으로 요츠야에서는 아무 것도 받아오면 안 돼."

아버지는 어떤 표정으로 외할머니의 전화를 받았을까. 늘 내지르던 큰 목소리가 아니라면, 대체 어떤 식으로 대답을 했을까. 이를 악물고 견디며 문득 그런 생각을 했다.

날씨도 쾌청한 일요일, 지로는 모모코와 둘이서 외갓집에 갔다. 어머니에게는 분명하게 말을 했다. 점심은 필요 없다고 말한 이상, 괜히 어중간한 거짓말을 해봤자 통하지도 않을 것 같았다. 어머니는 고개를 돌린 채 그저 "너무 늦지는 마라"라고만 말했다.

모모코는 스커트를 입었다. 발목에는 한 켤레뿐인 긴 양말을 신었다. 게다가 어깨에는 가방을 늘어뜨리고 있었다.

"뭐가 들어있냐?" 지로가 물었다.

"손수건하고 수첩 같은 거."

"무슨, 메모할 일 있냐?"

"내 맘이지!"

다시 울음보가 터지면 곤란할 것 같아서 그 이상은 건드리지 않기로 했다.

외할머니는 전화로 "밥 먹지 말고 오너라"라고 하셨다. 그 말만 듣고서도 지로의 목구멍은 꿀꺽 소리를 냈다. 초밥이라면 5인분, 피자라면 세 판은 너끈히 해치울 만큼 배를 비워두었다.

외갓집에 도착했다. 두 번째였지만 인터폰을 누르는 데는 또다시 용기가 필요했다. 모모코가 얼른 누르고 도망치는 바람에 지로가 인터폰에 대고 말을 해야 했다.

외할머니가 웃는 얼굴로 뛰어나와 7층 거실로 데려갔다. 지난번에는 경황이 없어서 알아차리지 못했는데 마음을 가라앉히고 새삼 바라보니 그 거실 하나만으로도 나카노 집 전체 면적과 맞먹을 것 같았다.

가족이 모두 다 모여 있었다. 외할아버지, 외삼촌, 외숙모, 세 명의 사촌들. 가나 외에 다른 사촌들과는 처음 만나는 자리였다.

"가쿠슈인 중등부 1학년 다카시(隆志). 네 형이다."

외할머니가 한 살 많은 사촌 형을 소개해주었다. 키는 지로와 비슷하고 곱슬머리에 단정한 생김새였다. "안녕?"이라며 고개를 좌우로 갸우뚱한다.

"아, 응." 지로는 입속으로만 중얼거리고 가볍게 인사를 건넸다. 모모코는 핸섬한 사촌 오빠를 보고 크게 긴장한 눈치였다.

"가쿠슈인 초등부 2학년 아츠시(篤志)."

까딱 하고 고개를 숙인 것은 인형처럼 귀여운 남자애였다. 모모코의 자랑거리가 또 하나 늘어나겠구나 생각했다. 외할머니는 일일이 '가쿠슈인'이라고 서두를 달았다.

지로와 모모코는 다른 방에 안내되어 유카타를 입어보았다. 처음 입어보는 것이었지만 옷감이 무지하게 고급이라는 게 피부로 느껴졌다. 새것인데도 부드럽게 몸에 감기고 전혀 들뜨는 느낌이 없었다. 모모코는 얼굴이 발갛게 상기되어 있었다.

거실에서 기념 촬영을 했다. 구경도 못해본 큼직한 카메라를 외삼촌이 삼각대 위에 얹었고, 모두 함께 스트로보 불빛 세례를 받았다. 웃으라고 했지만 웃는 얼굴을 제대로 만들지는 못했다.

다시 옷을 갈아입고 점심식사에 들어갔다. 유감스럽게도 초밥이 아니라 외숙모가 손수 만든 요리였다. 하지만 이게 또 굉장한 성찬이었다. 샐러드와 샌드위치, 뼈 달린 쇠고기가 줄줄이 나왔다. 그 고기 요리는 스페어리브라고 했다. 기막히게 맛있는 냄새를 풍겼다.

가장 먼저 고기 쪽으로 손이 나갔다. 깜짝 놀랄 만큼 맛있었다. 굳이 턱을 쓸 필요가 없을 만큼 부드럽고 소스 맛이 골고루 배어 있었다.

"오빠." 모모코가 옷소매를 잡아당겼다.

흠칫 놀라 고개를 들어보니 모두들 잔을 쳐든 채 지로를 바라보고 있었다. 얼굴이 후끈 달아올랐다. 건배하자는 말도 알아듣지 못한 채 고기만 뜯고 있었던 것이다.

"괜찮다, 지로." 외삼촌이 다정하게 웃었다. "이건 뜨거울 때 먹어야 맛있지."

"그럼, 그럼, 고기요리는 막 구워냈을 때 먹는 게 예의다."

곁에서 외할아버지가 얼른 맞장구를 쳐주셔서 건배는 생략하기로 했다. 모모코가 경멸의 눈초리로 바라보았다. 그 대신 아즈시가 다정한 시선을 보내왔다.

지로는 고기를 씹으며 스페어리브가 몇 개인지 세어보았다. 모두 합해 열두 개였다. 사람은 아홉 명인데 고기가 열두 개면, 어떻게 계산해야 하는 걸까. 한 사람이 한 개씩 먹는다면 세 개가 남는다. 내가 두 개를 먹어도 괜찮을까.

"다카시, 네가 큰형이니까 뭔가 이야기 좀 해봐"라는 외숙모.

"응?" 샌드위치를 먹던 다카시 형이 별로 내키지 않는 듯 마지못해 입을 열었다. "지로는 어떤 스포츠를 좋아하지?"

"야구나 축구."

다카시 형은 아직 스페어리브에 손을 대지 않았다. 고기는 별로 좋아하지 않는 걸까? 만일 그렇다면 오늘은 정말 행운의 날이다.

"클럽 팀에 가입했어?"

"아니." 고개를 저었다.

외할아버지도 외할머니도 스페어리브에는 전혀 관심이 없었다. 노인들은 고기를 먹지 않는다는 이야기를 들은 적이 있다. 이가 약해서 그렇단다. 하지만 이 고기요리는 스르르 녹을 만큼 부드럽다. 그렇다면 어떻게 판단해야 하나.

"나는 클럽에서 테니스를 하는데."

"으응." 억지 대답을 했다.

그럭저럭하다 보니 한 개를 다 먹어버렸다. 그것도 뼈가 허옇게 드러날 만큼 깨끗이.

우선은 샌드위치로 어물어물 다음 차례를 때웠다. 달걀과 햄이 듬뿍 들어있었다.

"모모코는 피아노 칠 줄 아니?"라는 외할머니.

"못 쳐요." 스페어리브를 뜯으며 모모코가 대답했다.

"가나는 다섯 살 때부터 레슨을 받아서 콩쿠르에서 입상한 적도 있단다."

"와, 굉장하다!"

가나를 존경의 눈으로 쳐다본다. 처음에는 서로 서먹하더니, 지금은 바로 옆자리에 찰싹 붙어있었다.

그 가나가 스페어리브를 집었다. 냅킨으로 끝을 감싸들고 우아하게 먹는다. 그렇구나, 저렇게 먹어야 하는 거였구나.

외삼촌도 집어 들었다. 어른들도 먹는 모양이다. 하긴 그렇겠지. 이렇게 맛있는데.

지로는 먹는 속도가 빨라서 스페어리브에 이어 샌드위치까지 해치우고도 다시 손이 비어버렸다. 주스를 마셔가며 열심히 상황을 살폈다.

뭔가 이야기가 오고갔지만 거의 귀에 들어오지 않았다. 우에하라 집안에서는 어쩌다 쇠고기가 나오면 누나까지 나서서 인정사정없이 쟁탈전에 들어가는데 이 집은 다들 얌전하기 그지없었다. 심심한데 한 개쯤 먹어줄까, 하는 분위기인 것이다.

더 이상 참을 수가 없어서 두 개째에 손을 내밀었다. 아무도 주의를 기울이지 않아 후유 하고 안도의 한숨을 내쉬었다. 아, 맛있다. 저절로 볼이 헤실헤실 풀렸다.

눈 깜짝할 사이에 다 먹어치우고 접시를 보았다. 아직도 다섯 개가 남아있었다.

"지로는 앞으로 어떤 사람이 되고 싶지?"라는 외삼촌.

"아직 모르겠어요." 지로가 대답했다.

"하긴 그렇지, 아직 초등학생이니까."

"다카시는 변호사가 될 거란다"라는 외할머니. "이 가게는 물려받지 않겠대."

"그게 뭐 어때서요? 사람에게는 직업 선택의 자유가 있다구요." 다카시 형이 약간 삐딱하게 나왔다.

사람들의 시선이 그쪽으로 쏠린 겨를에 지로는 세 개째의 스페어리브를 집어 들었다. 멋대로 손이 나가버려서 이미 통제 불능이었다.

그나저나 이 집 사람들은 이렇게 맛있는 스페어리브를 앞에 놓고 어쩌면 저렇게 태연할 수 있을까. 마치 낯선 혹성에 온 듯한 기분이었다. 모두들 가나의 피아노 솜씨에 대한 이야기로 신이 나 있었다.

뭔지 모를 욕심스런 기분에 휩싸여 네 개째를 가져왔다. 순간 모모코와 눈이 마주쳤다. 비난하는 눈빛이 느껴졌다. 날더러 어쩌란 말이야. 너무 맛있는 게 탈이지. 마음속으로 변명을 했다.

그리고 마침내 스페어리브는 마지막 하나만 남았다. 세상 풍습이 그렇듯 마지막 하나는 아무도 손을 대지 않는다.

이러다 남기느니 차라리 내가. 그런 생각으로 지로는 마지막 하나를 집어다 물어뜯었다.

"엇, 설마! 스페어리브, 다 떨어졌어?" 문득 다카시 형의 높은 목소리가 튀어나왔다.

고기를 입에 문 채 지로의 얼굴이 후끈 달아올랐다. 아차, 큰일 났다. 아무리 그래도 그렇지, 내가 너무 심했나?

"난 한 개밖에 안 먹었다구."

"다카시, 손님 앞에서 무슨 실례야?" 외숙모가 나무랐다. "지로와 모모코에게 대접하려고 만든 요리야."

"지로, 그거 몇 개째야?" 다카시 형이 물었다.

"……아, 그게, 그러니까 몇 개째였더라?" 진땀이 났다.

"다섯 개야." 옆에서 아츠시가 말했다. "빨리 먹는 게 신기해서 내가 세어봤거든." 눈동자를 핑그르르 돌리며 장난스럽게 웃는다.

"다섯 개? 욱, 대단하다, 대단해." 다카시 형이 비아냥거림을 담아 입 끝을 치켜올렸다.

모모코는 얼굴이 빨개져 있었다. 아마 자신도 그럴 것이다. 먹던 스페어리브를 자기도 모르게 접시에 다시 내려놓았다.

"그러면 못써. 엄마, 화낸다?" 외숙모가 아이들을 나무랐다. 그러고는 곧바로 지로를 바라보며 "외숙모는 너무 기쁘다, 지로가 많이 먹어줘서. 솜씨가 괜찮았지?"라며 웃음을 던져주었다.

"아, 예." 고개를 숙인 채 대답했다. 땀이 줄줄 흘렀다.

"괜찮아, 어서 먹어." 외숙모가 접시를 지로 앞으로 당겨주었다. "미안하다, 다카시가 이상한 소릴 해서. 중학교에 올라가더니 반항기인가 봐."

하지만 차마 손을 내밀 수가 없었다. 자리에는 어색한 공기가 흘렀다.

외할아버지와 외할머니가 분위기를 다시 살려보려고 "원래 남자란 먹성이 좋아야 큰일을 하는 거야" "그럼, 그렇고 말고" 하며 맞장구를 쳐주었다.

이제 자신이 먹어치우는 수밖에 없는데 도저히 그럴 수가 없었다. 이빨로 뜯은 자국이 선명한 스페어리브 한 개가 덜렁 접시에 올라앉아 있었다.

식사가 끝난 뒤에는 사촌들의 연주회가 열렸다. 가나는 피아노, 다카시 형과 아츠시는 바이올린이었다. 다카시 형은 "에이, 귀찮게……"라고 투덜거렸지만, 외삼촌이 쏘아보자 떨떠름하게 악기를 집어 들었다.

솔직히 지로에게는 지독히 따분한 자리였다. 식사 때의 일 때문에 완전히 기가 죽어서 어서 빨리 집에 돌아가고 싶었다. 게다가 클래식 같은 거, 지로는 따분하기만 했다.

들어본 적은 있지만 제목은 알지 못하는 곡을 연주했다. 아마 추어의 안목으로도 꽤 높은 수준이라는 게 느껴졌다. 그때서야 깨달은 것이지만 다카시 형과 아츠시는 양복바지를 입고 있었다. 줄 세운 바지라니, 지로는 단 한 벌도 없었다.

정말 노는 세계가 다르구나. 메마른 기분으로 그런 생각을 했다. 외할머니는 보고 싶지만, 가족 전부와 만나는 건 이제 싫었다. 애초에 자신과는 맞을 리 없는 사람들이었다.

연주가 끝나자 박수가 나왔다.

"이제 됐어?"라고 불퉁거리는 다카시 형. 아무래도 이 사촌 형은 자신들을 그리 달가워하지 않는 것 같았다.

"너는 뭔가 없어?" 턱을 치켜들며 지로에게 묻는다.

"응, 음악에는 별로 소질이 없어서."

급히 손을 저으며 대답했다.

"그럼 뭘 잘하는데?"

"체육은 좀 하는데……."

"백 텀블링도 할 줄 알아?" 곁에서 아츠시가 물었다.

"응, 할 줄 알아."

"그럼 해봐, 해봐."

모두가 권하는 바람에 앞에 나서서 하게 되었다. 넓은 거실의 반대편 귀퉁이에서 뒤로 굴러 일회전을 했다.

"엇, 굉장하다, 굉장해!" 어른들이 경탄의 소리를 올렸다. 다카시 형은 콧등을 한 번 움찔했을 뿐이지만, 아즈시는 폴짝폴짝 뛰며 좋아했다.

그나마 약간 마음이 풀렸다. 뭔가 보답을 한 듯한 심정이었다.

다음 순간, 구토가 치밀었다. 아앗, 안 돼, 하고 생각할 틈도 없이 지로는 위 속의 것을 토해내고 있었다. 카펫에 토사물이 튀었다.

핏기가 싹 가셨다. 계속해서 쏟아지는 것을 막아보려고 떨리는 손으로 필사적으로 입을 틀어막았다. 하지만 손가락 틈새로 주르르 흘러나왔다. 외숙모는 얼굴색이 변해서 지로를 급히 화장실로 데려갔다.

울고 싶었다. 이게 무슨 추태인가. 이런 망신은 태어나서 처음이었다. 시야 끝에 모모코가 보였다. 양 손바닥으로 얼굴을 가리고 있었다.

화장실에 들어가 토했다. 양동이를 뒤엎은 것처럼 먹은 것이 모조리 목구멍을 통해 쏟아져 나왔다. 너무 괴로워서 눈물까지 질금거렸다.

외할머니가 뒤따라와 등을 쓸어주었다.

"미안하구나. 억지로 공중제비를 시켜서."

"너무 속상해 할 거 없어."

외할머니와 외숙모가 번갈아가며 위로해주었다. 하지만 전혀 위로가 되지 않았다. 앞으로 어떻게 고개를 들고 다닌단 말인가. 창피해서 죽을 것만 같았다. 이대로 도망쳐버리고 싶었다.

다 토해내고 거실로 돌아오니 다카시 형은 자기 방으로 사라지고 없었다. 아츠시는 "지로 형, 미안해"라는 한마디를 하고서 계단을 올라갔다. 외삼촌의 명령으로 사과를 한 모양이었다. 가나는 모모코의 어깨를 안고 머리를 쓸어주고 있었다. 모모코의 얼굴은 하얗게 질려있었다.

집에 돌아가겠다고 했지만 곧바로 놓아주지 않아서 한 시간쯤 다시 어색한 대화를 나누었다. 외할아버지가 전쟁이 한창이던 무렵의 요츠야 동네 이야기를 해주어서 힘없이 귀를 기울이고 있었다.

배웅을 받으며 엘리베이터에 탔을 때는 진심으로 안도의 한숨이 터졌다. 돌아오는 길에는 고개를 푹 숙이고 걸었다. 모모코는 한마디도 건네주지 않았다.

21

외갓집에서의 사건은 지로의 마음에 큰 상처가 된 것 같았다. 그 생각이 날 때마다 온몸의 피가 스르륵 빠지는 것만 같았고 우와악 소리를 지르고 싶었다.

그 사촌들과는 절대로 친해질 수 없다. 다카시 형의 냉담한 태도를 통해 지로는 그런 생각이 들었다. 갑자기 나타난 사촌 형제들에 대해 외할머니와 외숙모는 어떤 설명을 해주었을까. 지로와 모모코가 누구인지 설명하려면 우선 어머니 이야기를 해야 할 것이다. 한 번도 만난 적이 없는 고모에 대해 다카시는 어떤 이야기를 들었을까. 어쩌면 지로가 알지 못하는 일까지 알고 있는지도 모른다.

모모코는 가나와 편지를 주고받는 모양이었다. 예쁜 봉투와 편지지 등속을 사들이고 있었다. 모모코는 지로만큼 실의에 빠지지는 않았는지, 여전히 꿈꾸는 소녀였다. 침대를 들여놓겠다는 계획도 포기하지 않았다. 남자와 여자는 상류층 생활에 대한 동경의 정도가 전혀 다른 모양이었다.

한 번인가 '우엑 오빠'라고 놀리는지라 엉덩이를 발로 차주었다. 훌쩍훌쩍 울면서 어머니에게 일러바쳤다.

흥, 뭐가 가쿠슈인인가? 나는 공립학교로도 충분하다. 준도 있고 무카이도 있다. 삿사도 있고 핫세도 있고, 미나미 선생님도 있다.

그러던 어느 날, 아버지가 나카노 브로드웨이에서 일대 난투극을 벌였다.

낮에 아키라 아저씨하고 길을 걷다가 느닷없이 누군가와 싸움판을 벌였다는 것이다. 상대는 대여섯 명이나 되어서 나카노 일대가 한바탕 발칵 뒤집힌 모양이었다.

경찰의 연락을 받고 어머니가 황급히 가게 문을 닫고 아버지를 데리러 갔다. 여기저기서 트러블을 일으키는 아버지였지만 폭력사건까지 일으키다니, 정말 드문 일이었다. 185센티미터의 거대한 몸집을 가진 아버지에게 시비를 거는 용감한 사람이 그리 많지 않았고, 아버지도 '내가 먼저 주먹을 쓰지는 않는다'는 주의를 가진 사람이었다.

길에서 불량배들과 어깨라도 부딪친 걸까. 그렇다면 그 사람들도 참 딱하게 됐다.

날이 저물 무렵에 아키라 아저씨 혼자서만 경찰서에서 돌아왔다.

"어머니는 아직 볼일이 좀 남아서 못 오셨어. 저녁밥은 내가 해줄게."

그러면서 부엌에 들어가 냉장고에 있던 돼지고기를 볶기 시작했다. 지로는 그 곁에서 양배추를 채썰었다. 모모코는 식탁에 접시를 놓았다.

"아버지, 누구하고 싸웠어?" 지로가 물었다.

"응?" 아키라 아저씨가 대답할 말을 찾고 있었다.

"내 뒤를 미행하던 놈들이 있었는데, 또 그 뒤를 미행하던 놈들이 있어서 이놈 저놈이 죄다 딱 마주쳐버렸어. 그래서 아버지가 화가 나셨지."

무슨 소린지 전혀 알아먹을 수 없었다. 아버지가 존재하는 세계는 온통 수수께끼투성이다.

"공안에서 나온 사람들이지?" 모모코가 끼어들었다.

깜짝 놀라 모모코를 돌아보았다. 아키라 아저씨도 돌아본다.

"어떻게 알았어?"

"가게에 찾아온 경찰 아저씨들한테 엄마가 화를 냈었어. '우리 애 아빠는 이제 공안에 미행당할 이유가 없어요' 하고."

"흐응." 지로는 채썬 양배추를 접시에 담았다. '공안'이라는 말은 사전에서 찾아본 적이 있었다. 그래도 무슨 뜻인지 알 수 없어서 무카이에게 물어봤지만 척척박사 무카이도 알지 못하는 말이었다.

"저기, 공안이란 게 뭐야?"

이때다 싶어서 아키라 아저씨에게 슬쩍 물어보았다.

"초등학생은 몰라도 되는 말."

그러면서 볶은 고기에 참깨를 뿌렸다.

"또, 또!" 지로가 얼굴을 찌푸렸다. "좀 곤란한 질문이 나오면 어른들은 항상 그 소리만 하더라."

"설명하기가 너무 복잡해서 그래."

"그럼 스무고개식으로 해. 그 사람들은 정의의 사자들입니까?"

"아, 글쎄……." 아키라 아저씨가 미간에 주름을 잡고 끄응 신음을 올렸다. "아니, 그건 아니다. 응, 그래. 정의의 사자가 아닙니다." 스스로 납득하려는 듯 고개를 끄덕였다.

"그럼 나쁜 사람들입니까?"

"맞아. 나쁜 사람들이야. 세상을 좀 더 좋게 만들겠다는 생각을 가진 사람들을 자꾸 방해하는 악당들이지."

"그럼 그 악당들을 혼내주려고 한 아버지는 왜 경찰서에 끌려갔지요?"

"후우, 글쎄……." 한층 더 곤란하다는 표정이다. 아키라 아저씨는 팔짱을 끼고 입을 꾹 다물어버렸다.

"자, 자, 빨리 먹기나 해."

모모코가 식탁에서 말했다. 고기는 벌써 각자의 앞 접시에 나눠져 있었다.

"야, 네 고기가 더 많잖아?"

지로가 접시를 검사해보고 항의를 날렸다. 모모코의 접시에서 두 젓가락을 덜어내다가 결국 싸움이 났지만, 아키라 아저씨가 자기 고기를 나눠주기로 해서 그럭저럭 마무리가 되었다.

"아버지는 말이지……." 셋이서 식탁을 마주하자 아키라 아저씨가 불쑥 말했다. "나를 감싸다 잡혀가셨어. 내가 먼저 돌아올 수 있었던 건 아버지가 '아키라, 너는 끼어들지 마라' 하고 대신 나서서 싸워준 덕분이야."

뭐라고 대답해야 좋을지 알 수 없어서 모모코와 둘이서 조용히 듣고만 있었다.

"그놈들도 참 멍청하긴. 공안이 따라붙은 줄도 모르고 내 뒤를 미행하다니. 그 바람에 나는 이 집에 박혀있다는 걸 들켜버렸어."

혼잣말처럼 흘리고는 한숨을 내쉬었다.

다시 수수께끼가 불어났다. 아키라 아저씨는 대체 어떤 사람인가.

모모코가 뽀독뽀독 단무지를 씹었다. 고요히 가라앉은 부엌에 그 소리만 울려 퍼졌다.

22

아버지는 다음 날 저녁나절에 돌아왔다. 기분이 영 좋지 않은 얼굴로 부엌에 쓱 나타나더니 냉장고에서 차가운 보리차를 꺼내 컵에 따라서 단숨에 마셨다. 지로와 모모코와 아키라 아저씨, 셋이서 저녁 식사 준비를 하고 있던 참이었다.

"정말 서글프다, 서글퍼. 시대에 한참 뒤떨어진 인간들."

식탁에 자리를 잡더니 누구에게랄 것도 없이 말을 꺼냈다.

"한마디로, 진정 싸워야 할 상대가 누구인지, 그 자들은 감도 못 잡고 있는 거야. 짙은 안개 속에서 계곡을 향해 돌을 던지는 식이야. 그러니 반응이 전혀 없지. 아무도 상대를 안 해줘. 그러니 제 영역을 지키는 데만 혈안이 되는 거야."

크게 기지개를 켜더니 목을 좌우로 두두둑 꺾었다.

"정말 한심한 자들이야. 이상을 실현하는 것보다 조직을 유지하는 데 급급하고 있으니. 세상과 점점 더 괴리된다는 것도 모르고 그저 운동을 위한 운동에만 매달린다니까."

"아버지." 지로가 불렀다.

"뭐야?"

"돈가스 말인데, 엄마 오면 같이 먹을 거야?"

"……아니, 아버지 것도 튀겨. 배가 고파서 못 기다리겠다."

"저어……." 아키라 아저씨가 정색을 하고 아버지를 똑바로 바라보았다. "정말 죄송합니다. 미행에는 항상 조심을 했는데 그만." 깊숙이 머리를 숙인다.

"아, 그건 됐고. 자네는 절대로 이상을 잃어서는 안 돼. 지금의 투쟁은 참된 투쟁이 아니야. 집행부의 권력 다툼 따위는 단순한 내홍(內訌)에 불과해. 그런 쪽 놈들은 깨끗이 배제하고 조직을 새로 정비하는 편이 나아."

"네." 아키라 아저씨가 진지한 표정으로 고개를 끄덕였다.

"저기, 아버지."

"뭐어?" 귀찮다는 듯 대꾸한다.

"아버지는 소스에 케첩 섞을 거야?"

"안 섞어. 케첩과 미 제국주의는 우리의 적이야."

"무슨 소리래?"

"시끄러! 이야기하는 데 방해되잖아. 그보다 아키라, 지난번 그 장치는 아직 살아있나?"

"예, 문제없어요. 어젯밤에 확인해봤는데, 그치들은 아직 모르고 있어요. 모두 지로 덕분입니다."

"내 덕분?"

"너는 조용히 하라니까."

아버지가 눈을 부라렸다. 별수 없이 지로는 싱크대에 붙어 서서 돼지고기에 빵가루를 입혔다.

"그나저나 참." 아버지가 한숨을 내쉬고 툭 내뱉었다. "우리의 혁공동(革共同)이 이제 완전히 값이 떨어졌더만. 예전에는 공안 중에서도 일급짜리들로만 따라붙었는데, 어제 그 수사관들은 그게 뭐야. 퇴직이 내일모레인 영감들뿐이잖아. 싸움 하나 제대로 못 말리고 그저 어물거리더라니까."

혁공동? 하지만 이번에는 물어보지 않고 그냥 지나갔다.

"누가 아니랍니까?" 아키라 아저씨가 눈을 떨구며 작게 웃었다. "하지만 여기 있는 걸 들킨 이상, 오래는 못 있겠어요."

"상관없어. 당당하게 나가."

"아까 앞을 내다보니까 당장 개가 두 마리나……."

"그래 봤자 낼모레면 죽을 영감들일 텐데 뭐. 냅다 뛰어서 따돌리면 돼."

"일이 이렇게 된 이상, 바짝 서둘러서 일찌감치 끝내야겠어요."

"응, 그래." 아버지의 메마른 목소리였다. "내가 좌절한 몫만큼 자네가 애 좀 써줘."

"좌절이라뇨. 우에하라 선배님은 스스로 물러나신 것뿐인데요, 뭐."

"아냐, 혼자가 되고 싶다는 것 자체가 좌절이나 마찬가지야. 계급적 시점이 없어졌다는 얘기지."

"돈가스, 다 튀겼는데." 지로가 말했다.

"응, 그래, 맛있겠다. 나는 폰즈(신맛이 나는 일본 소스 ― 역주)를 뿌려서 먹을 거야"라는 아버지.

"돈가스에 폰즈를?"

"그래. 무 좀 꺼내 와."

아버지는 자리에서 일어서더니 직접 무즙을 갈아서 돈가스에 얹고 그 위에 폰즈를 끼얹어 먹기 시작했다.

맛있게 보여서 지로도 그대로 따라했다. 그리 나쁘지 않았다.

"지로, 양배추가 너무 굵어."

"그럼 아버지가 썰어봐." 입을 뾰로통하게 내밀었다.

아버지는 여느 때와 다름없는 모습으로 저녁밥을 입 안에 몰아넣었다. 그 손등에 몇 개의 찢어진 상처가 있었다.

밤에 전깃불을 끄고 나서 이불 속에서 아키라 아저씨에게 물었다.

"혁공동이란 게 뭐야?"

아버지한테는 물어보기가 어려웠지만, 아키라 아저씨라면 물어봐도 괜찮을 것 같았다. 아버지는 '우리의 혁공동'이라고 했었다.

"응?" 잠시 뜸을 들인다. "음, 그런 이름을 가진 그룹이야. '아시아 혁명 공산주의자 동맹'을 줄여서 부르는 거지." 아키라 아저씨는 옆자리 이불 속에서 천장을 바라보며 말했다.

"응."

대답을 하면서도 '혁명'이라는 단어에 가슴이 철렁했다.

"아저씨는 그 그룹 회원이야." 조용한 어조였다. "학생 시절에 공산당에 입당했었는데, 금세 실망해서 관뒀어. 공산당은 진즉에 보수정당으로 변질되어버렸어. 미일(美日) 안보조약 파기라는 노선을 포기하다니 말도 안 돼. 어느 쪽으로 붙어야 유리할지 슬슬 눈치만 살피는 꼴이라니. '규칙이 있는 자본주의'니 뭐니 내세우는데, 한마디로 이상을 포기한 것뿐이야."

지로의 귀에는 아저씨가 혼자 횡설수설하는 소리로만 들렸다. 가만히 깊은 한숨을 내쉰다.

"그러던 차에 우리 대학 혁공동에서 가입 요청이 들어왔고, 똑같은 사상을 가진 동지들이 그쪽에 있어서 나로서도 흔쾌히 가입했지."

"그 사상이라는 게 뭔데?"

"이상적인 사회를 추구하는 것. 모두가 평등하고 풍요로운 사회, 전쟁이 없는 사회를 실현하려는 거야. 지로는 그러는 게 좋다고 생각하지 않니?"

"좋다고 생각해."

"그렇지? 그러기 위해서는 프롤레타리아 혁명을 일으키는 수밖에 없는 거야."

"프롤레타리아 혁명?"

"모든 노동자가 들고일어나서 부르주아를 섬멸하는 거."

"흐응." 아버지도 자주 했던 말이다. 프롤레타리아와 부르주아. "저기, 아저씨. 우리 아버지도 같은 그룹이야?"

"옛날에는 그랬지. 내가 입당했을 무렵에는 벌써 떠나신 뒤였지만 대학에서는 전설의 투사로 그 이름이 쟁쟁했어. 우익 학생들까지 길을 비켜주었다고 할 만큼 신화적인 인물이었지. 우선 류큐 가라테(琉球空手) 선수였으니까."

처음 듣는 얘기였다. 조깅 한 번 하는 꼴을 못 본 아버지가 가라테 선수라고?

"어머니는?"

"지로 어머니도 예전에는 투사였어. 20년 전에는 '오차노미즈 여대의 잔 다르크'라는 별명으로 통했어. 굉장한 미인이기도 했고……."

"흐응……."

잔 다르크라고? 일일이 다 질문할 마음은 나지 않았다. 자신에게는 모든 것이 지나치게 어렵기만 했다. 게다가 눈꺼풀이 자꾸 무겁게 내려앉았다.

"요즘 세상, 얼핏 보기에는 아주 평화로운 것 같지만 그건 매스컴이 사실을 사실대로 전하지 않아서 그래. 지금도 세상 여기저기서 분쟁이 일어나고 있고, 그 대부분은 미국의 패권주의 때문이야."

지로의 눈이 스르르 감겼다. 머리가 베개 속으로 서서히 가라앉았다.

"게다가 일본이 하는 짓이라고는 완전히 미국의 앞잡이야. 그저 시키는 대로 돈을 갖다 바치고 있어. 한마디로 좋은 돈줄인 셈이지. 정부가 정말 얼이 빠졌어. 국민은 평화라는 치매에 빠져서 정부가 정당한 권리를 쓱싹 속여 넘기는 데도 아무 소리가 없고."

아키라 아저씨는 혼자 중얼거리고 있었다. 그 소리가 차츰차츰 멀어졌다.

다음 날 방과 후, 지로는 무카이네 집으로 갔다. 어젯밤 아키라 아저씨에게 들은 이야기에 대해 척척박사 무카이라면 잘 알고 있을 것 같아서였다.

"혁공동? 어디선가 들은 적이 있는데……. 음, 뉴스에서 들었던가?" 무카이는 손으로 턱을 쓰다듬고 있었다. "한자로는 어떻게 쓰더냐?"

"몰라. 정식 명칭은 아시아 무슨 무슨 동맹이라고 하던데?"

"무슨 무슨 이라고 해서야 어떻게 알겠냐?" 걸걸한 목소리로 꾸지람을 날린다.

"혁명이라는 말이 들어 있었던 건 기억나."

무카이는 노트를 펼치더니 '혁(革)'이라는 글자를 썼다. 그리고 한 글자 떼어놓고 '동(同)'이라고도 썼다. 흐음. 꽤 괜찮은 추리였다.

"이제 남은 건 '공'이 무슨 뜻이냐 하는 거야."

"'공부하다'의 공(工)인가?"

"아닐 거야. 혁명 얘기를 하는데. 공부라는 뜻을 갖다 붙이는 건 너무 얌전하지."

"그럼 공포의 공(恐)?"

"그것도 아닌 거 같고. 공범의 공(共)이나, 대충 그런 쪽이 맞지 않을까?"

"공범?" 지로는 약간 불끈했다. 그래서야 영락없이 범죄 집단 같지 않은가.

"아니, 뉴스에 등장한 것을 보면 뭔가 사건을 일으켰기 때문이 아니겠느냐는 뜻이야."

무카이가 노트에 '革共同'이라고 썼다. "좋아, 인터넷으로 조사해보자." 둘이서 학교 컴퓨터실에 가보기로 했다.

6학년이 된 뒤부터 일주일에 두 번씩 컴퓨터 수업을 받았는데 지로는 별로 잘하지 못했다. 영문자 입력이 아직도 서툴렀다.

1층 컴퓨터실에는 몇몇 학생들이 있었다. 이용자 기록장에 이름을 써 넣고 일단 교무실에 가서 선생님에게 도장을 받아 왔다. 교실 한쪽 구석의 컴퓨터를 확보하여 스위치를 켰다.

무카이가 '혁공동'이라고 키보드를 쳤다. 마우스로 검색을 클릭했다. 그러자 몇 개나 되는 항목이 화면에 떠올랐다. 히트 수가 2천 건이 넘었다.

"어, 굉장히 유명한 그룹이네!"라는 무카이. 지로도 놀랐다.

"맞아, 공범의 공이야."

"응……."

지로가 억지 대답을 했다. 그보다 맨 위의 제목을 보자마자 가슴을 바늘에 찔린 듯한 아픔이 내달렸다. 맨 위에 '과격파 집단 혁공동 ― 그 정체가 드러나다'라는 제목이 있었던 것이다. 과격파 집단이라고? 그럼 나쁜 그룹인 걸까?

"자, 그럼 첫 번째부터 한번 살펴볼까?" 무카이가 그 행을 클릭했다.

화면이 일시에 바뀌면서 어딘가의 홈페이지로 이어졌다. 맨 위에 '혁공동이란?'이라는 문장이 나와 있었다. 무카이가 소리 내어 읽기 시작했다.

"혁공동의 정식 명칭은 '아시아 혁명 공산주의자 동맹'이며……."

"야, 무카이, 뭐가 공범의 공이야?" 지로가 따졌다.

"아, 공산주의의 공이었구나. 미안, 미안." 무카이는 다시 소리 내어 읽었다. "……1967년에 일혁파(日革派)에서 분리되어 새롭게 조직을 정비했다. 사상적으로는 마르크스, 레닌, 트로츠키의 혁명 이론을 기초로 '제국주의와 스탈린주의의 타도'를 주창하며, 동서 냉전 종식 후에도 프롤레타리아 세계 혁명 및 그 일환으로서 아시아 혁명을 지향하는 단체이다……."

너무 어려워서 도통 이해가 되지 않았다. 하지만 몹시 시끄럽고 위험한 그룹이라는 건 충분히 짐작할 수 있었다. 마음에 컴컴한 그늘이 드리워졌다.

"혁공동은 1985년경까지 음습한 게릴라 사건을 차례차례 일으켰으나, 최근 들어 표면적으로는 폭력성을 감추고 조직 확대에 중점을 두면서 각계각층에의 침투를 꾀하는 전술을 취하고 있다. 그러나 기관지를 통해서는 여전히 '부르주아 국가의 전복을 목표로 하는 혁명당'임을 거듭 주장하며 조직 내의 결속을 다지고 있다."

가슴속에 회색빛 공기가 가득 찼다. 게릴라 사건이라면 폭탄이니 총기 난사니 하는 흉악한 말들만 머릿속에 떠올랐다.

"야, 지로. 이거 대체 무슨 사이트냐?"

"나한테 물어보면 어떻게 해?"

"잠깐 좀 더 살펴볼까?"

무카이가 그렇게 중얼거리며 '홈으로 돌아가기'를 클릭했다. 그러자 '경찰청 홈페이지에 어서 오십시오'라는 큼직한 제목이 나타났다.

"경찰 사이트였구나." 무카이가 목소리를 낮췄다. "경비국 공안과래."

화면에는 자신들이 보았던 페이지가 표시되어 있었다.

아, 그렇구나, 이게 공안이구나. 지로의 목구멍이 꿀꺽 울렸다. 아키라 아저씨가 가입했고 아버지와 어머니도 과거에는 그 일원이었던 그룹이 경찰의 공안이라는 곳에서 집중 마크를 당하는 모임인 것이다.

다시 해당 페이지로 돌아갔다. 이번에는 '거듭되는 내홍'이라는 제목이었다. 무카이가 읽어 내려갔다.

"혁명세력의 각 파는 공통적으로 자파(自派)의 혁명 이론 및 전술 방침만이 유일하고 정당하며 타파(他派)는 혁명을 방해하고 혼란에 빠뜨리는 유해한 세력으로 간주한다는 주의를 갖고 있다. 내홍은 이러한 주의에 뿌리를 둔 당파 분쟁이 폭력 항쟁의 형태를 취한 것이라고 할 수 있다. 혁공동에서도 1960년대 후반부터 파벌 간에 내홍이 거듭되었으며, 특히 구리야마(栗山) 의장의 오른팔 격이었던 행동대장 우에하라 이치로가 탈퇴하여 아나키스트로 전향한 뒤부터는……."

무카이가 고개를 돌려 지로를 보았다. "야, 이거 너희 아버지 얘기 아니냐?" 눈을 휘둥그레 뜨고 있었다.

"이제 됐어." 지로는 저도 모르게 그렇게 말했다. "그만 닫자. 이제 대충 알았으니까." 얼굴에 땀이 주르르 흘렀다. 컴퓨터로 손을 뻗었다.

"야, 잠깐." 무카이가 지로의 팔을 뿌리쳤다. "……구리야마 파와 부의장 오카다(岡田) 파로 나뉘어 20년에 걸친 내부 항쟁을 아직도 되풀이하고 있다……."

"이제 됐다니까!" 무카이의 등을 잡아당겼다.

"아나키스트라는 게 뭐지? 이것도 조사해볼까?"

"조사 안 해봐도 돼. 너하고는 아무 상관도 없는 일이야."

"뭐야, 네가 먼저 물어보러 왔잖아."

"이제 그만 끝내자니까."

무카이를 일으켜 세웠다. 마우스를 빼앗아 컴퓨터를 종료시켰다. 아무리 친한 친구라지만 더 이상 집안일을 들키고 싶지 않았다. 심장이 두근거렸다. 가슴이 옥죄어 왔다.

무카이가 입을 한일자로 다물고, 지로를 정면으로 바라보았다.

"행여 떠들고 다니고 그러진 않아, 나는." 다정한 목소리였다.

"음, 됐어."

"그리고 과격파에 가입했었다고 해도 벌써 20년이 지난 옛날 일이야. 우리가 태어나기 훨씬 전의 이야기라고."

"됐다니까. 아무 말도 하지 마."

뾰족한 소리를 내질렀다. 대충 예상은 했었지만, 경찰 홈페이지에 아버지의 이름이 실려있다니, 역시 충격적이었다. 생각했던 것보다 아버지는 훨씬 더 유명한 사람인 것 같았다. 그것도 좋지 않은 일로.

"야, 지로!"

그때 부르는 소리가 들려왔다. 교실 앞에 준이 우뚝 서있었다. 얼굴이 새파랗게 질려있었다.

"어디 있었어? 내내 찾았는데."

"무슨 일인데?"

"가쓰야, 가쓰." 목소리를 낮추며 말했다. "교문 앞에 와있어, 부하들을 데리고."

지로의 급소가 불끈 솟구쳤다. 아직도 이 문제가 해결되지 않았던가. 지로는 까맣게 잊고 있었던 자신의 어리석음을 저주했다.

23

"터치 볼을 하는데 불량하게 보이는 중학생들이 교문 쪽에서 서성거리더라고. 그래서 무심코 쳐다봤더니만……."

준이 상황을 설명했다. 하교하는 6학년생을 붙잡고 뭔가 물어보았다고 한다. 분명 지로가 어디 있는지 확인했을 것이다.

마음에 먹구름이 흘렀다. 지난번 같은 파워는 이제 도저히 내지 못할 터였다.

"이거 큰일 났네. 선생님께 말씀드려서 쫓아달라고 하자."

무카이가 급히 발걸음을 돌렸다.

"아, 잠깐. 미나미 선생님은 이 일과는 상관없어."

지로가 가로막았다. 미나미 선생님을 귀찮게 하는 것도 싫었고, 게다가 공연히 가쓰의 성질만 돋우는 일이 될 게 뻔했다. 아이들의 세계에서 어른은 무력한 것이다.

"그럼 어떻게 해? 그냥 조용히 말로 넘어갈 거 같지 않아."

가쓰의 잔인한 웃음소리가 머릿속에 되살아났다. 무릎이 파르르 떨려왔다.

"후문으로 도망치자." 준이 말했다. "나도 이번에 붙잡혔다가는 무사하지 못할 거라고."

"응, 그러자."

준의 제안에 따르기로 했다. 전혀 근본적인 해결책은 아니지만, 아무튼 오늘 두들겨 맞는 건 싫었다.

책가방을 짊어지고 셋이서 후문을 향해 뛰었다. 긴장한 탓인지 목이 말랐다. 어째서 일이 이렇게 돌아가는 건가. 내 주변에는 왜 이리도 어려운 문제만 생기는가. 아버지도 그렇고 가쓰도 그렇고…….

후문 기둥 뒤에 누군가 서있었다. 불쑥 튀어나와 지로 일행 앞을 가로막고 섰다.

"구로키!" 지로의 목소리가 높아졌다. "너, 구로키지?"

"어서들 앞문으로 가서." 불쾌한 목소리였다.

"너, 아동상담소에 간 거 아니었어?"

"뭐, 거기서 하루 종일 있어야 하는 건 아냐." 여전히 눈을 깜빡거렸다.

"여기서 뭐해?"

"그러니까, 앞문으로 가라잖아."

"너, 설마……." 준이 옆에서 끼어들었다. "다시 가쓰의 부하가 된 건 아니겠지?"

"부하 아냐. 말조심해." 구로키는 화가 치미는지 땅바닥에 침을 뱉었다.

"그럼 뭐야?"

"친구로서 부탁을 하더라. 후문 좀 지켜달라고."

지로의 마음속에서 어두운 먹구름이 소용돌이쳤다. 분노라기보다 슬픔이 더 컸다. 저랑 나랑 에노시마까지 함께 도망쳤던 그밤은 대체 무엇이었단 말인가. 지로는 거기서 분명한 우정이 싹텄다고 혼자 믿고 있었다.

"가쓰 형이 나에 대해서는 아무 일도 없었던 걸로 해줬어. 편모슬하에서 이래저래 고생이 많았을 거라면서. 그래 봬도 착한 사람이야. 밥도 잘 사주고."

"강아지 같은 놈." 준이 거칠게 대들었다. "넌 강아지야. 먹이를 던져주면 아무한테나 졸랑졸랑 따라가지?"

"뭐가 어째, 이 새끼가!"

구로키의 얼굴이 순식간에 빨갛게 물들었다. 준의 멱살을 움켜쥐더니 앞뒤로 마구 흔들었다.

"구로키, 그러지 마라." 무카이가 끼어들었다. "구로키, 오늘만은 그냥 좀 봐줄래? 가쓰한테는 못 봤다고 해줘."

"그게 통하겠냐? 나는 빚진 게 있단 말이야, 그쪽에."

"너, 친구들을 팔아먹을래?"

"친구? 저희들 좋을 때만 친구? 언제부터 친구였다고 친한 척이야?"

"야, 준이 놔줘." 지로가 말했다. "도망 안 칠 테니까." 정면으로 구로키를 쏘아보았다.

크게 심호흡을 했다. 도망친다는 게 문득 너무나 귀찮게 느껴졌다. 가쓰는 무서웠지만, 앞으로 계속 벌벌 떨면서 하루하루를 보내야 한다고 생각하니 그것 역시 정신이 아득할 만큼 지겨웠다.

"지로, 불량배하고는 상대하지 마. 이런 때는 그냥 도망치는 게 이기는 거야"라는 무카이.

"아냐. 됐어, 이제."

자포자기의 감정도 있었다. 어차피 나는 보통 집안의 아이가 아니다. 아버지는 경찰 사이트에도 이름이 오른 옛 과격파다.

"흥, 각오했냐?" 구로키가 입 끝을 치켜올렸다.

"그 대신 구로키 너하고는 이번에야말로 절교야."

"뭐야, 내 부하로 써줄까 했더니."

"이놈이 까불어!" 불끈 피가 솟구쳤다.

구로키가 휴대전화를 꺼냈다. "여보세요, 가쓰 형?"

가쓰의 흉포한 얼굴이 머릿속에 떠올랐다. 입술이 떨리려는 것을 어금니를 악물고 꾹 참았다.

뭐, 될 대로 되라지. 설마 죽기야 할까 보냐.

가까운 절의 큼직한 돌 비석 뒤에서 가쓰와 마주 섰다. 가쓰는 제 친구 세 놈을 뒤에 달고 있었다.

새삼 마주하고 보니 가쓰는 자신보다 서너 살쯤은 나이가 많아 보였다. 가슴을 벌렁 젖히고 껌을 질겅질겅 씹고 있었다.

"여어, 보고 싶었다, 우에하라." 연극적인 목소리를 내뱉고는 천천히 다가왔다.

지로는 시선을 내려 가쓰의 가슴팍을 보았다. 이런 때는 대체 어떤 태도로 나가야 하는가. 아무튼 비굴한 표정은 보이고 싶지 않았다. 하지만 정면으로 눈을 맞추면 도전적으로 비칠 터였다.

일이 이 지경에 이르렀는데도 지로의 마음속에는 망설임이 있었다. 군말 없이 당할 것인지 아니면 저항할 것인지, 분명한 결심이 서지 않았다.

"네놈 덕분에 이 형님께서 창피해도 보통 창피한 게 아냐. 소문이란 게 어지간히 빨라야지. 참내, 초딩한테 당했냐고 다른 학교 새끼들까지 슬슬 비웃더라니까. 물론 그런 놈들은 죄다 톡톡히 피 맛을 보여줬지."

가쓰가 껌을 퉤하고 날렸다. 껌은 자갈 위를 두세 번 통통 튀어 풀숲으로 사라졌다.

"근데 나도 참 입장이 곤란하다, 우에하라 군. 초딩을 상대로 복수전을 펼치는 것도 영 모양이 안 나고, 그렇다고 아무 것도 안 하고 있자니 체면이 말이 아니고. 진짜 어떻게 해야 이 세상 인간들이 내 속을 알아줄지, 참내……." 고개를 좌우로 꺾어 우드득 소리를 낸다. "그래서 곰곰 생각해봤는데, 앞으로 당분간 네가 자전거로 이 형님을 모시고 다니면 일이 다 해결되겠더라고. 우유 배달할 때 쓰는 자전거 있지? 뒤가 튼튼한 걸로다가 어디서 좀 훔쳐가지고 말이지, 짐칸에 푹신한 방석을 깔고 아침저녁으로 나를 모시러 와라. 알았냐? 잘 부탁한다, 전속 운전기사."

음산하게 웃으며 지로의 어깨를 툭툭 쳤다.

"내가 그딴 짓을 할 것 같아?" 지로가 말했다. 목소리가 잔뜩 쉬어있었다.

"오우, 노, 노, 노!"

가쓰가 외국인처럼 고개를 저었다.

"이건 거절하고 자시고 할 일이 아냐. 오늘부터 이 형님이 너의 주인님이야. 노예가 주인님께 대드는 거 봤냐? 앞으로 일절 말대답은 허락되지 않아."

"싫어!"

배에 힘을 넣고 외쳤다. 가쓰의 얼굴빛이 쓰윽 바뀌었다.

"야, 우에하라. 엄지 좀 세워봐."

"……왜?"

"아무튼 좀 세워보라니까." 갑자기 홱 변해서 일부러 웃는 얼굴을 짓는다.

영문도 모른 채 그 말에 따랐다.

순식간에 엄지를 잡혔다. 반대로 꺾였다. 엄청난 통증이 밀려왔다. 땅바닥에 무릎을 꿇었다. 저도 모르게 아악 하는 비명이 터졌다.

"형님을 뭘로 보는 거야, 이 초딩이가!"

가쓰의 노성이 귓속에 울렸다. 지로는 발에 채여 뒤로 벌렁 넘어졌다.

"그러고 가만히 있어." 신발에 얼굴을 짓밟혔다. "야, 준스케. 사진, 사진!"

이름을 불린 중학생 하나가 카메라 폰을 꺼냈다. 화면을 맞추더니 셔터를 눌러댔다. 위를 올려다보니 가쓰는 손가락으로 승리의 브이 자를 그리고 있었다. 무슨 이런 놈이 다 있는가. 악마다, 이놈은. 조금이라도 움직이면 잡고 있던 손가락을 여지없이 꺾어버리는 통에 그때마다 격심한 통증으로 얼굴이 뒤틀렸다.

구로키에게로 시선이 갔다. 하얀 이를 드러내고 웃고 있었다. 무카이와 준은 창백한 얼굴로 우두커니 서있었다.

"야, 일어나."

가쓰의 손에서 해방되었다. 지로는 엄지를 부여잡고 가까스로 일어섰다. 앞차기가 날아왔다. 허벅지를 맞았다. 연달아 주먹이 들어왔다. 복부에 명중했다.

"네가 순순히 나를 모시러 올 때까지 날마다 찾아올 거니까 각오해. 하룻밤 천천히 생각해보서."

다시 얼굴을 맞았다. 뜨거운 것이 뺨을 타고 흘렀다. 눈꺼풀이 찢어졌다는 것을 깨달았다.

"아하하하……." 가쓰가 웃고 있었다.

어떻게 해볼 도리가 없었다. 몸을 둥그렇게 말고 가쓰의 폭력을 견디는 수밖에 없었다.

가쿠슈인으로 전학하면 이런 세계와는 영원히 이별할 수 있다. 문득 그런 생각을 했다.

아니, 아예 이사를 하지 않는 한 가쓰는 포기하지 않을 것이다.

진심으로 지겨운 마음이 들었다. 엉엉 울고 싶었다.

가쓰의 무릎 차기가 명치에 그대로 들어맞았다. 지로는 땅바닥에 무너져 내렸다.

집에 돌아오니 아버지는 거실에 누워 책을 읽고 있었다. 지로를 보자 놀라는 기색도 없이 "오옷, 섹시한데?"라고 한다. 지로의 얼굴은 여기저기 반창고였다. 무카이네 집에서 치료를 받은 것이다.

"아버지." 우뚝 선 채로 지로가 말했다.

"왜?" 아버지는 드러누운 채였다.

"류큐 가라테 좀 가르쳐줘."

몇 초의 침묵 후 지로를 흘끔 쳐다본다.

"그런 얘기, 누구한테 들었냐?"

"아키라 아저씨한테."

"……끄응." 돌아눕는다.

"그거 좀 가르쳐줘."

"공짜로?"

"무슨 야박한 소리야, 아버지하고 아들 사이에!"

"말귀도 참 못 알아듣는 녀석이네. 내가 전에 말했잖아. 쇠 파이프로 무릎 뒤쪽을 후려치라니까? 그거 한 방이면 네가 이겨."

"날마다 쇠 파이프를 들고 다니란 말야?"

"아버지 젊었을 때는 다들 들고 다녔어."

콧잔등을 슬슬 긁는다.

"장난치지 말고!"

아버지가 몸을 일으켰다. 지로를 똑바로 바라본다. "가라테의 길은 참으로 험난한 것이니라." 낮은 목소리였다.

"응, 나도 알아."

"아버지와 아들 사이라고 해서 적당히 봐주는 것도 없어."

"응." 지로는 진지한 얼굴로 고개를 끄덕였다.

"푸하하핫, 이런 바보. 농담이야, 농담." 아버지가 다시 벌렁 드러눕는다. "잘도 속아 넘어가는 놈이네. 야, 무슨 만화도 아니고, 가라테 며칠 배운다고 싸움에 이길 수 있을 거 같아?" 빙글빙글 웃고 있었다.

"뭐야, 나는 지금 진지하게 얘기하는데!"

지로가 거친 고함을 내질렀다. 분통이 터져서 아버지의 엉덩이를 발로 차버렸다.

"아야얏, 이놈이 아버지를 발로 차네."

"아버지 같지도 않잖아!"

흥분한 김에 그대로 아버지를 덮쳤다. 있는 힘껏 헤드록을 먹였다.

"아이쿠, 아야야. 나 죽네!"

뭐야, 이 개똥 같은 아버지. 노상 장난만 치고.

시야가 흐려졌다. 지로는 저도 모르는 사이에 눈물을 글썽이고 있었다.

24

다음 날은 배가 아프다는 핑계를 대고 5교시 수업 시작하기 전에 조퇴를 했다. 급식을 싹싹 다 먹은 뒤에 그런 거짓말을 하려니 아무래도 양심에 찔리기는 했지만, 교문 앞에서 기다릴 가쓰를 피하자는 것 외에는 아무 생각이 없었다.

지로의 풀죽은 얼굴을 보고 미나미 선생님까지 표정이 어두워졌다.

"그러고 보니 아침부터 유난히 조용하더라니." 지로의 이마에 손을 얹는다. "열은 없는데? 그럼, 체했나?"

눈썹 위에 붙인 반창고에 대해서도 한마디를 빠뜨리지 않았다.

"아까부터 마음에 걸렸는데, 누구하고 싸우기라도 했니?"

"아뇨, 그냥 넘어졌어요." 시선을 다른 데로 돌리며 대답했다.

"그래? 넘어졌는데 거기가 찢어져?"

"자전거를 타다 넘어져서 나무에 부딪쳤어요."

괴로운 거짓말로 어찌어찌 넘어갔다. 교무실을 나서자 저절로 어깨가 툭 떨어졌다. 우울해서 죽을 것만 같았다.

준과 무카이는 가쓰에 대한 얘기는 꺼내지 않았다. 냉정해서 그런 게 아니라 나름대로 마음을 써주는 것이었다. 뾰족한 대책이 있는 것도 아닌지라 지로는 어설픈 위로의 말을 듣는 것도 싫었다.

아버지처럼 강해지지 않으면 안 된다. 벌써 몇 번이나 그런 생각을 했는지 모른다. 아버지의 말대로 가라테 며칠 배운다고 싸움에서 이길 수는 없을 것이다. 요는 쇠 파이프를 들고 다닐 배짱이 있느냐 없느냐에 달린 일이었다. 아버지와 아들인데, 나는 왜 이렇게 다른 걸까. 누나보다 오히려 자신이 진짜 그 아버지의 아들인지 의심스러웠다.

집에 돌아오니 아버지는 여전히 거실에서 뒹굴고 있었다.

"어, 일찍 왔네?" 콧구멍을 파고 있다. 무시하고 2층으로 올라갔다. 아이들 방에서는 아키라 아저씨가 팔굽혀펴기를 하고 있었다.

"뭐해?"

"트레이닝. 지로도 같이 할래?"

이쪽도 무시해버렸다. 나잇살이나 먹은 어른 둘이 어쩌자고 대낮부터 이렇게 핑핑 놀고 있는 것인가.

"근데 오늘 밤 또 부탁할 일이 생겼어." 아키라 아저씨가 헉헉 숨을 몰아쉬며 말했다.

"싫어." 지로는 지르퉁하게 대답했다. 상냥하게 대꾸할 기분이 아닌 것이다.

"아유, 쌀쌀맞기는. 이번에도 초밥 사줄게용."

"필요 없어."

"웬일이래? 어째 기운이 없어 보인다?"

"별로."

"하, 이거 큰일이네." 눈썹을 여덟팔자로 내려뜨리고 있다.

"지로, 제발 부탁이야. 뭐든 해달라는 대로 해줄게, 응? 응?"

아키라 아저씨를 바라보았다. 가쓰의 얼굴이 머리에 스쳤다. 어른에게 해치워 달라고 부탁할까? 아니, 선생님한테 말했어도 아무 소용이 없었다. 어른이 나선다고 이 문제가 해결될 리 없다.

그런 생각이 얼굴 표정에 그대로 드러났던지, 아키라 아저씨가 "뭐든 말해봐"라면서 진지한 표정으로 앉음새를 바로잡았다.

대답을 하지 않았다. 아이들의 세계에서 어른은 도움이 되지 않는다. 게다가 어른이 아이들 싸움에 팔을 걷어붙이고 나서서 도와주었다는 얘기는 들어본 적이 없다. 지로는 책상으로 돌아앉아 턱에 팔꿈치를 괴었다.

하지만 불량배들은 이런 순수하고 착한 면을 노리는 것이다. 지로는 마음속으로 혼잣말을 흘렸다. 가령 가쓰라면 수단 방법을 가리지 않고 맞섰을 것이다. 쇠 파이프를 들건 애들을 떼로 몰고 오건, 어떤 비겁한 수라도.

"제발 아저씨 부탁 좀 들어줘, 지로야. 내 평생소원이야. 뭐든 다 해준다니까, 응? 응?"

"그럼, 중학생 깡패를 두들겨 패줘." 뜻밖에도 말이 입 밖으로 튀어나왔다. "가쓰라는 나쁜 놈이 있는데, 아저씨가 그놈을 아주 혼쭐을 내달라고."

이번에는 아키라 아저씨가 입을 다물었다. 지그시 지로를 바라보기만 했다.

"뭐든 해준다면서?"

"······일단 무슨 일인지, 이야기를 좀 들어봐야겠는데?" 천천히 입을 연다. "혹시 왕따를 당한 거라면 물론 내가 도와주겠지만."

왕따라는 말에 불끈 화가 나서 지로는 "그냥 결투야!" 하고 날카롭게 대꾸했다.

"난폭하고 끈덕지고, 아무튼 내 힘으로는 못 당하는 놈이야."

"그렇다면 내가 한번 만나서 따끔하게 꾸짖어줄게."

"그런 건 안 통해. 선생님이 말해도 안 듣는 놈이야."

"으음." 입을 한일자로 꾹 다물고 신음을 올린다. "하긴 그렇겠지. 교내 폭력이라는 거, 아예 교무실까지 밀고 들어와서 주먹질을 하는 판이라니까."

역시 아키라 아저씨로는 안 될 모양이다. 아저씨는 아버지만큼 몰상식하지는 않다.

"좋아, 그럼 가볼까?" 아키라 아저씨가 자리를 털고 일어섰다. "중학생 깡패를 녹신하게 때려주러." 잔뜩 인상을 쓴 표정으로 머리를 벅벅 긁는다.

지로는 곧바로 반응이 나오지 않았다. 아키라 아저씨 입에서 그런 말이 나올 줄은 생각도 못했던 것이다.

"뭐, 어쩌겠냐. 지로 말고는 내 부탁을 들어줄 사람이 없으니." 뭔가 그런 혼잣말을 중얼거렸다. 지로를 향해 돌아섰다. "그 대신 아저씨 부탁도 꼭 들어줘야 해. 내가 지금 몹시 절박한 상황이거든."

아키라 아저씨가 계단을 내려가 현관에서 자기 구두를 들고 왔다. 야구 모자를 쓰고 선글라스도 썼다.

"바깥에 개 한 마리가 있어서 말이야." 턱으로 바깥쪽을 가리켰다. "저치도 정말 사서 고생을 한다니까. 나라면 돈을 보따리로 싸준대도 저런 일은 하기 싫을 텐데."

그러더니 뒤쪽 창문을 열고 지붕으로 내려섰다. 지로는 무슨 영문인지 몰라 그저 멀거니 서 있었다.

"지로, 너는 현관으로 나가서 담배 가게 모퉁이에서 기다려. 자전거 타고 가는 거다?"

"……저기, 어디로 갈 건데?" 가까스로 입을 열었다.

"그 깡패 녀석이 다니는 중학교로. 교문 앞에 숨어 있다가 흠씬 때려주자." 창틀 너머로 돌아보며 그야말로 별일도 아니라는 듯 말했다.

도무지 실감이 나지 않았다. 아키라 아저씨는 서른 살이다. 정말로 중학생을 상대로 싸움판을 벌일 생각인 걸까.

지로는 하라는 대로 현관을 지나 자전거를 세워둔 뒤란으로 갔다. 위쪽에 인기척이 있었다. 올려다보니 아키라 아저씨가 옆집 지붕을 타고 넘어가고 있었다.

대체 뭐야, 저 아저씨? 새삼스럽기는 하지만, 정말 어처구니없었다.

담배 가게 모퉁이에서 기다리고 있으려니 아키라 아저씨가 골목길 뒤쪽에서 불쑥 나타나 자전거 짐칸에 올라탔다.

"자, 가자!" 지로의 어깨를 슬슬 쓰다듬었다.

조종을 당한 것처럼 지로는 자전거 페달을 밟았다.

가쓰가 다니는 중학교는 오후 수업 중이었다. 교정에서는 체육이 한창이어서 신나게 농구를 하는 중학생들의 모습이 보였다. 정문 앞에 코인식 주차장이 있어서 거기에서 기다리기로 했다.

뭐, 될 대로 되라는 기분이었다. 이러다 일이 더 복잡하게 꼬이더라도 상황이 크게 바뀔 것도 없었다. 최악의 상황이 조금 더 최악이 될 뿐이었다.

아키라 아저씨가 가드레일에 걸터앉아 크게 하품을 했다. 그 태평한 얼굴을 보고 있으려니 한 가지 궁금증이 떠올랐다.

"아키라 아저씨는 우리 집에 오기 전에는 뭘 했어?"

"일을 했지."

"어디서?"

"산야(山谷)에서. 복지 관련 일이었어. 하긴 그건 자원봉사고, 생활비는 간이 호텔의 매니저로 일해서 벌었지."

"음."

"밑바닥 노동자란 건 어떻게 해도 착취를 당하게 마련이야. 회사에서는 값싼 임금으로 죽어라고 일만 하고, 폭력단에게도 돈을 뜯기고." 아키라 아저씨는 담담하게 말했다. "경기가 안 좋아지면 가장 먼저 모가지고 아무 보장도 없어. 누군가는 나서서 도와줘야 해."

"응, 그건 그렇겠네."

"우리 그룹에서는 홍보 활동이나 지원 이벤트 같은 일을 했어. 때로는 폭력단과도 싸우면서."

"폭력단하고?" 지로가 아키라 아저씨를 쳐다보았다. 평소의 온화한 거동을 봐서는 상상도 할 수 없는 일이었다.

"응, 그 사람들 입장에서 우리는 정말 다루기 힘든 상대야. 돈을 위해 투쟁하는 게 아니거든. 한번은 어떤 야쿠자가 물어보더라. 당신들은 징역이 무섭지 않느냐고. 그 자들이야 돈이 목적이니까 형무소 들어가는 게 가장 무서운 거지."

뭔가 으스스한 이야기에 입이 떡 벌어졌다. 역시 아저씨는 아버지와 같은 통속이었다.

"근데 아나키스트라는 건 뭐야?" 지로가 물었다. 인터넷으로 조사하다가 보았던 단어다.

"어, 그런 어려운 말을 잘도 아네?" 아키라 아저씨가 쓴웃음을 지었다. "아나키스트라는 건 무정부주의자라는 뜻이야. 간단히 말해서, 국가도 지도자도 필요 없다는 사고방식이지."

"우리 아버지도 그거야?"

"응?" 잠시 뜸을 들였다. "……아버지가 그러셨어?"

"그건 아니고."

"뭐, 그렇다고 할까. 원래부터 지로네 아버지는 그룹 단위로 일하는 것을 싫어했으니까. 내홍의 권력 다툼이 지겨워서 그랬겠지만."

"그럼 엄마는?"

"사쿠라 씨는, 글쎄, 아나키스트라기보다 단순히 운동권이 싫어졌던 걸 거야."

어머니 이야기를 할 때는 아키라 아저씨의 말투가 침울해지는 것 같았다.

"우리 엄마, 형무소에 들어갔었다는 거, 진짜야?"

불쑥 말이 튀어나왔다. 말을 하자마자 가슴이 찌르르 아팠다. 어째서 이런 걸 물어보는지, 스스로도 알 수 없었다.

"누가 그런 소리를 해?"

아키라 아저씨가 돌아보았다. 지로의 안색을 살피고 있었다.

"지금 우리가 기다리는, 가쓰라는 중학생 깡패가. 엄마가 젊었을 때 사람을 칼로 찔렀대."

"거짓말이야, 그건." 그렇게 말하고는 하얀 이를 내보였다. "지로네 어머니 같은 분이 사람을 찌를 리가 있어? 그놈, 틀림없이 너를 흔들려고 그냥 입에서 나오는 대로 지껄인 거야."

지로는 그 말을 순순히 받아들일 수 없었다. 아저씨의 포커페이스가 도리어 부자연스럽게 보였던 것이다.

더구나 한참 나이 차이가 나는 아키라 아저씨가 아버지나 어머니에 대해 과연 얼마나 알고 있을지, 아무래도 미심쩍었다.

"지로." 아키라 아저씨가 다정한 목소리로 말했다. "오늘 부탁만 들어주면, 이리오모테 섬에 있는 내 배를 너한테 줄게."

"배?"

"그래, 쬐그만 어선이긴 하지만. 우리 집안은 대대로 바다에서 고기를 잡았어. 십 년 전에 본토로 이주해서 식당으로 전업했으니까 지금은 어부가 아니지만, 그때 쓰던 배는 아직도 이리오모테 섬에 남아있거든."

"그런 걸 내가 받아도 괜찮아?"

"괜찮고말고. 아버지가 돌아가시고 내가 물려받았는데, 아마 다시는 그 섬에 돌아갈 수 없을 거 같아. 후나우키(舟浮)라는 마을의 바닷가에 묶어놨어. 배 이름이 '타루마루(太郞丸)'야."

"타루마루?"

"오키나와 지방 사투리로는 '타로'를 '타루'라고 해. 이제 지로에게 주었으니까 '지루마루'로 바꿔야겠다."

"지로는 지루라고 하는구나. 근데, 나는 배 조종을 못하는데?"

"아버지한테 배우면 되지."

"아버지가 배를 조종할 줄 알아?"

"알고말고. 지로네 아버지는 쿠바에서 고기잡이 생활을 한 적도 있어."

"쿠바? 언제 적 얘기야?"

지로의 눈이 저도 모르게 휘둥그레졌다.

"지로가 태어나기 훨씬 전이지, 아마? 사탕수수를 수확하는 노동 봉사로 반 년쯤 그곳에 가 계셨을 거야. 공산당 쪽의 후원을 받아서. 그때 어부들이 하는 일도 도와줬대. 배의 돛폭을 잡고 있는 사진을 보여주신 적이 있어."

대체 아버지는 어떤 인생을 살아온 사람인가. 한 가지씩 새로운 사실을 알게 될 때마다 현기증이 일어날 정도다.

"아, 그렇지, 카스트로 의장과 어깨동무를 하고 찍은 사진도 있어. 지로네 아버지, 카스트로 의장과 비슷할 만큼 키가 커서 정말 멋있더라."

카스트로? 퍼뜩 생각이 났다. 그 이야기는 누나에게도 들은 적이 있었다. 누나는 아버지가 허풍을 떤 거라고 비웃었다. 하지만 그게 사실이었던 모양이다. 아버지는 늘보인가 거물인가. 정말 완전히 수수께끼 같은 아버지다.

그때 차임벨이 울렸다. 6교시 수업이 끝난 것이다.

"엇, 이제 슬슬 나오려나?"

아키라 아저씨가 엉거주춤 일어섰다.

"저기, 정말 때릴 거야?" 지로는 아직도 반신반의였다.

"그렇게 해달라면서?"

"그야 그렇지만……."

"걱정 마. 두 번 다시 괴롭히지 못하게 해줄 테니까."

정말 마음 든든한 말이었지만, 그리 큰 기대는 하지 않았다. 아키라 아저씨는 가쓰가 어떤 놈인지 모르기 때문에 그렇게 느긋할 수 있는 것이다.

특별활동이 없는 학생들부터 교문 밖으로 나오기 시작했다. 대충 두 가지 부류로 분명하게 나뉘었다. 모범생과 불량학생. 그렇게 찬찬히 살펴보고 있으려니 이 학교의 불량학생들은 유난히 질이 안 좋아 보였다. 거의 다 조폭 건달 수준이다.

내년부터 이 학교에 다녀야 하는가. 우울해졌다. 정말로 가쿠슈인이 나을지도 모르겠다. 저도 모르게 약한 마음이 들었다.

주차장 안쪽에 숨어 기다리고 있으려니 잠시 뒤에 가쓰가 나타났다. 친구 두 놈을 거느리고 낄낄거리며 교문을 빠져나왔다.

입술이 파르르 떨렸다. 분명 저놈은 상대가 어른이어도 아무렇지도 않게 대들 것이었다.

지로의 얼굴색이 바뀌는 것을 보고 아키라 아저씨가 "저 녀석?"이라며 턱 끝으로 물었다. 지로는 말없이 고개를 끄덕였다.

"흥, 척 보기에도 불량한 놈이로군. 뭐, 살살 봐줄 것도 없겠다." 아키라 아저씨는 혼잣말을 흘렸다. "그럼, 지로는 일단 밖에 나가 있어. 아, 그렇지······." 목을 빼고 주위를 둘러본다. "저쪽 편의점 앞에서 기다려라. 불량배들의 눈에 띄지 않게 조심하고."

하라는 대로 지로는 자전거를 끌고 슬며시 그 자리를 떴다. 편의점 쪽에서는 주차장의 일부만 보였다.

"야, 너!"

아키라 아저씨의 목소리였다. 가쓰를 불러 세운 것이다.

지로는 숨을 죽였다. 저도 모르게 머리를 납작 숙였다.

가쓰가 걸음을 멈췄다. 야구모자에 선글라스 차림의 어른이라서 경계심이 발동했는지 가쓰의 표정에 긴장감이 엿보였다.

아키라 아저씨가 웃는 얼굴로 손짓을 했다. "네 이름이 가쓰, 맞지? 잠깐 할 얘기가 있거든?" 온화한 말투였다. 그대로 주차장 안쪽으로 걸어갔다. 뜨악해 하면서도 가쓰와 그 친구들이 따라 들어갔다. 그 다음부터는 지로 쪽에서는 보이지 않았다.

어떻게 하려나 싶어서 자전거를 세워놓고 길을 건너갔다. 굳이 보고 싶은 마음은 없었지만, 보지 않고 기다리려니 더욱 불안했다. 허리를 낮게 숙이고 다가가 맨 앞쪽 차 뒤에 숨었다.

"무슨 일이죠?"

가쓰의 목소리가 들렸다. 주차장 저 안쪽에서 마주 서있었다.

"너, 체격이 아주 좋은데? 어떤 스포츠를 하냐?"라는 아키라 아저씨.

"아저씨, 누구예요?"

"아니, 그냥."

지로가 차 뒤에서 슬쩍 고개를 내밀었다. 아키라 아저씨가 가쓰에게 다가가 오른팔을 잡는 게 보였다.

"왜 이래요, 놔요!" 가쓰가 뿌리치려고 했다.

다음 순간, 아키라 아저씨의 얼굴 표정이 변했다. 선글라스를 쓰고 있어도 분명하게 느껴졌다. 입가에는 여전히 웃음이 감도는데도 어딘지 냉엄한 것이다.

아키라 아저씨와 가쓰의 몸이 맞닿았다. 안 좋은 소리가 났다. 나무 상자가 찌부러지는 듯한 소리. 뼈가 부러지는 소리였다.

허억, 설마! 핏기가 싹 가셨다. 설마, 아니겠지? 그 말만 머릿속에서 맴돌았다.

"너, 여기저기서 미움 받을 짓 많이 했지? 가슴에 손을 얹고 잘 생각해봐." 아키라 아저씨가 낮은 소리로 말했다.

팔을 풀고 밀쳐내자 가쓰는 그 자리에 웅크리고 주저앉았다. 친구들은 그 곁에서 창백한 표정으로 우두커니 서있을 뿐이었다.

아키라 아저씨가 발을 돌려 걷기 시작했다. 지로는 당황하여 자전거를 세워둔 편의점 앞으로 서둘러 돌아왔다. 떨리는 손으로 핸들을 잡고 안장에 올라탔다.

등 뒤를 툭 친다. 아키라 아저씨의 손이었다. "자, 가자." 아무 일도 없었던 것처럼 메마른 말투였다.

이래도 돼? 어른이 이런 짓을 해도 괜찮은 거야?

아저씨는 아무 말이 없었다. 목이 말랐다. 지로는 열심히 자전거 페달을 밟았다.

25

밤이 되자 아키라 아저씨는 2층 방에서 자신의 소지품을 정리하기 시작했다. 책들은 끈으로 묶고 옷가지는 종이가방에 넣고, 마치 먼 길을 떠날 사람처럼 굴었다.

"지금 뭐하는 거야?"

지로가 물었다. 저도 모르게 따지는 듯한 말투가 되었다.

"아 참, 지로에게 이거 줘야지."

아키라 아저씨는 묻는 말에는 대답도 하지 않고 팔목에서 시계를 풀어 지로에게 건네주었다.

"싸구려 국산 시계지만 밥은 뱅뱅 돌려서 주고, 전지가 필요 없으니까 요즘 세상에는 꽤 귀한 물건이야."

그러면서 하얀 이를 내보였다. 낮에 한순간 드러냈던 광기의 편린은 전혀 느껴지지 않는 소탈한 웃음이었다.

"됐어, 난 필요 없어." 지로가 당황하여 다시 돌려주려고 했다.

"초등학생이 시계는 무슨? 아저씨는 시계 없으면 불편하잖아."

"불편할 거 없어. 회사 다니는 것도 아닌데, 뭐."

아키라 아저씨가 다시 짐 꾸리기에 들어가는 바람에 지로는 반강제로 시계를 물려받고 말았다. 손목에 차보았다. 묵직했다. 아무래도 싸구려로는 보이지 않았다.

어느새 모모코가 들어와 있었다. "아저씨, 어디 가?" 불안한 목소리로 물었다.

"잠깐 지로하고 저~기."

장난처럼 대답한다. 대충 얼버무리는 것처럼 보였다. 그리고는 "모모코한테는 이거 줘야지" 하고 화제를 돌렸다. 아키라 아저씨가 가방에서 꺼낸 것은 산호 목걸이였다.

"와, 예쁘다!" 모모코의 눈이 당장 반짝반짝 빛났다. 금속 체인 끝에 작은 나뭇가지 모양의 빨간 산호가 매달려 있었다. 남자인 지로의 눈에도 예쁘게 보였다.

"아저씨가 어렸을 때는 바다에 잠수해서 이런 걸 잔뜩 따오곤 했어. 가끔 본섬에서 봇짐장수 아저씨가 찾아와서 사갔거든. 용돈이 쏠쏠히 벌렸지. 벌써 20년도 더 된 옛날 일이다만."

모모코가 목에 걸어보았다. 마음에 들었는지 얼굴이 발갛게 상기되었다.

"자, 그럼 지로 군, 가볼까?"

아키라 아저씨가 자리에서 일어서며 말했다.

"어디 가는데?"라는 모모코.

"비밀." 생각에 잠긴 채 지로가 대답했다. 실은 자신도 어디 가는지 알지 못했지만.

"나도 갈래."

"안 돼. 남자끼리만 가는 거야."

"아이, 그런 게 어딨어!" 고분고분한 모모코가 오늘 밤에는 유난히 엉겨 붙었다. 지로의 옷자락을 붙잡고 놔주지 않았다.

"모모코, 선물 사다줄게"라는 아키라 아저씨.

"그런 거 필요 없어. 나도 갈래."

"안 된다면 안 되는 줄 알아."

지로가 모모코의 손을 떼어냈다. 뾰로통하게 입을 빼문다.

아키라 아저씨가 1층으로 내려갔다. 어머니는 아직 가게에서 돌아오지 않았고 아버지는 거실에 누워있었다.

"그럼, 다녀오겠습니다."

"음, 그래."

그런 말 소리가 들려왔다. 아버지도 아저씨도 어딘지 무거운 목소리였다.

아저씨가 구두를 들고 다시 2층으로 올라왔다. 조그만 배낭을 메고 있었다.

"지로, 낮에 만났던 그 자리, 알지?"

미소를 지으며 그렇게 이르더니 뒤쪽 창문을 열고 지붕으로 내려갔다.

모모코가 볼이 부어서 지로를 흘겨보았다. 뭔가 또 잔소리를 할 기색이어서 지로는 얼른 계단을 뛰어 내려왔다.

"야, 지로, 손톱깎이 못 봤냐?" 아버지가 말을 걸어왔다.

"못 봤어."

"그럼 효자손은?"

"몰라. 본 적도 없어."

톡 쏘아붙이고 현관을 나섰다. 전봇대 옆에 아저씨 둘이 서있었다. 아버지보다 훨씬 나이 들어 보이는 시들어빠진 아저씨들이었다. 시선이 마주쳤지만 무시하고 자전거에 올라탔다.

밤바람이 얼굴을 어루만졌다. 미지근하고 눅눅한 공기였다.

엉덩이를 쳐들고 힘껏 자전거 페달을 밟았다. 마음속에서 용기 같은 것이 솟구쳤다. 낮에 아키라 아저씨가 가쓰를 한 방에 제압하는 모습을 목격한 탓인지도 모른다.

무슨 일인지 모르지만 이번에는 지로 자신이 도와줄 차례였다.

아키라 아저씨를 따라간 곳은 지난번에 아프가니스탄 어린이 돕기 모금이라는 위장술로 곰 인형을 팔았던 아사가야의 맨션이었다. 그때는 집 안에 사람들이 많았던 것이 기억났다. 지로에게 문을 열어준 사람은 젊은 여자였다.

지난번에 왔을 때는 미처 알아보지 못했지만, 맨션 앞에 작은 공원이 있었다. 바닥을 온통 콘크리트로 발라버린 인공적인 공원이었다.

"그냥 서있으면 이상하니까 캐치볼이라도 하자."

아키라 아저씨가 배낭에서 공을 꺼냈다. 노란 테니스공이었다.

"야구공하고 글러브는 시끄럽거든."

그런 변명을 하며 지로의 가슴팍을 향해 던졌다. 지로도 마주 던졌다. 약간 부자연스러운 감도 있었지만 아무 것도 안 하는 것보다는 나을 터였다.

아키라 아저씨는 이따금 공을 제대로 받지 못했다. 귀에 이어폰을 끼고 뭔가 듣고 있었기 때문이다. 이어폰 코드는 점퍼의 호주머니 속으로 들어가 있었다. 한순간, 스위치 켜는 것을 보았다. 트랜스시버 같은 기계였다.

어떤 상황인지, 희미하게나마 감이 잡혔다. 아키라 아저씨는 혁명을 꿈꾸는 활동가이고 그것을 위해 무언가를 꾸미고 있다. 그건 엄청나게 큰일이고 경찰에게 마크도 당하고 있다.

하지만 괜찮았다. 지로는 마음을 다잡았다. 초등학생인 자신에게 책임 따위는 없을 터였다. 어른이 아이의 세계에서 무력하듯이 아이는 어른의 세계에 관여할 수 없는 것이다.

말없이 던지고 받았다. 가로등 불빛에 형광색 테니스공이 선명하게 빛났다.

 잠시 그러고 있으려니 맨션 앞에 택시 한 대가 멈춰 섰다. 머리가 희끗희끗한 남자가 택시에서 내려 가방을 조심스럽게 품에 안고 건물로 들어갔다. 아키라 아저씨는 옆 눈으로 지켜보고 있었다. 표정이 굳어졌다.

 이어폰에 손을 대더니 고개를 숙였다. 지로는 더 이상 공을 던질 수 없었다. 말없이 상황만 살피고 있었다.

 "좋아, 틀림없군." 아키라 아저씨가 그런 혼잣말을 중얼거리더니 주먹을 움켜쥐었다. 곧바로 지로를 돌아보며 "출동이다!"라고 낮은 소리를 내뱉었다.

 배낭에서 종이 한 장을 꺼냈다. "지로, 이거 지난번 아프가니스탄 어린이를 위한 모금의 보고서야."

 지로에게 건네주었다. 그야말로 초등학생이 그린 듯한 일러스트의 프린트였다. 이걸 내가 만들었단 말이지, 라고 생각하니 우스웠다.

 "알지, 301호실? 나카스기 제2초등학교 6학년 1반 학생입니다. 지난번에 곰 인형을 구입해주셔서 감사합니다. 아프가니스탄에 성금을 보낸 보고서를 전해드리려고 왔습니다⋯⋯. 이런 식으로 말하는 거야. 요컨대 문을 열게 하기만 하면 돼."

 "응, 알았어."

 "현관 인터폰에 대고 말하면 우편함에 넣어두고 가라고 할 가능성이 있으니까 지난번처럼 입주민이 드나들 때 얼른 들어가는 거야."

"응." 지로는 조용히 고개를 끄덕였다.

"이번에는 아저씨도 함께 갈 거니까 들어가서 기다려."

아키라 아저씨가 등을 밀어주었다. 침을 꿀꺽 삼키고 발을 뗐다. 맨션 입구 앞에 다가가 서있었다. 잠시 뒤에 입주민이 나오고 문이 열린 겨를에 슬그머니 들어갔다. 그리고 나갔던 주민이 사라진 뒤에 아키라 아저씨가 입구 앞에 나타났고, 지로는 안쪽에서 기다리다 현관문을 열어주었다.

"계단으로 가자. 돌아갈 때는 이 계단을 죽어라 뛰어 내려오게 될 거야."

뭐라고? 지로가 아저씨를 올려다보았다. 아키라 아저씨는 눈을 맞춰주지 않았다. 나란히 계단을 올라갔다.

"지로에게 한 가지 사과할 게 있어."

"뭔데?"

"회전 초밥, 오늘은 안 되고, 한참 나중에나 사줄 거야."

"……응, 괜찮아."

아무래도 아키라 아저씨는 집을 떠날 모양이었다. 모모코가 울 텐데. 멍하니 그런 생각을 했다. 아니, 모모코도 초등학교 4학년이다. 그만한 일에 울지는 않으리라.

"그리고 아저씨가 '동지, 해산!' 이라고 소리치면, 지로는 아저씨한테 신경 쓸 거 없이 그대로 도망쳐. 그리고 그길로 곧장 집으로 돌아가야 해. 알겠지?"

뭐가 뭔지 알 수 없었지만 "응"이라고 대답해두었다.

"미안하다. 사실은 이런 일에 지로를 끌어들이고 싶진 않았어. 근데 현관에 감시 카메라가 있어서 택배 배달원으로 변장해봤자 문을 안 열어줘. 그래서 지로의 도움이 꼭 필요했어."

"응, 난 괜찮아." 대답하면서 왠지 가슴이 뭉클했다.

301호실 앞에 도착하자 아키라 아저씨는 배낭에서 고글을 꺼냈다. 지로는 흠칫 놀랐다. 군대에서나 쓸 것 같은 거창한 물건이었다. 오른손에는 캔 커피만 한 크기의 무언가를 움켜쥐고 있었다.

왠지 현실감이 희박했다. 모든 것이 꿈속의 일만 같았다.

"좋아. 인터폰 눌러."

아키라 아저씨가 현관문 옆의 벽에 바짝 붙어 섰다. 문이 열리면 그 뒤에 가려지는 쪽이었다. 위를 올려다보니 현관 위에 작은 카메라가 달려있었다. 지로가 버튼을 눌렀다.

잠시 뒤에 경계하는 기색이 역력한 "예"라는 소리가 들려왔다. 여자 목소리였다.

"실례합니다. 나카스기 제2초등학교 6학년 1반 학생인데요······."

아키라 아저씨가 일러준 대사를 말했다. "아, 곰 인형 팔러 왔던 아이구나?" 기억하고 있었는지 갑자기 다정한 목소리가 흘러나왔다.

도어록과 체인이 벗겨지는 소리가 들렸다. 시야 한 귀퉁이로 아키라 아저씨가 고글을 쓰는 것이 보였다. 새까만 렌즈였다. 문득 심장이 두근두근 뛰었다. 주춤 한 걸음 물러섰다.

문이 열리자마자 아키라 아저씨가 그 문짝을 잡더니 있는 힘껏 당겼다. 한순간에 여자의 얼굴빛이 변했다.

"동지, 해산!"

아키라 아저씨가 고함을 내지르고 안으로 뛰어들었다. 그와 동시에 펑 하는 날카로운 파열음이 울리고 문 틈새로 광선이 튀었다. 순간 지로는 눈앞이 아찔했다.

"오카다, 여기 있지? 혁공동 오카다 일파를 섬멸하러 왔다! 각오해라!"

한 번도 들어본 적이 없는 아키라 아저씨의 분노의 외침이었다. 연극배우처럼 아름답고 우렁찬 목소리였다. 방 안이 돌연 소란해지는 기척이 문밖에서도 느껴졌다.

지로는 몸을 돌려 마구 뛰었다. 앞이 온통 뿌옇게 흐렸다. 눈 속이 따가웠다.

복도 끝에서 뒤를 돌아보았다. 아키라 아저씨의 모습은 없었다. 집 안에 뛰어든 채 나오지 않은 것이다. 죽음이라는 단어가 떠올랐다. 태어나서 처음으로 그 말을 실감했다.

계단을 서너 칸씩 건너뛰며 내달렸다. 심장이 목구멍으로 튀어나올 것만 같았다. 큼직한 그림자가 지로를 덮쳤다. 몸에 충격이 왔다. 누군가와 부딪친 것이다.

"으차차, 요 녀석. 놓칠까 보냐?"

팔을 붙잡혔다. 얼굴을 올려다보았다. 머리를 짧게 깎은 건장

한 어른이었다. 머릿속이 새하얘졌다.

"어이, 301호야. 사상자 나지 않게 긴급히 신병부터 확보해. 사토, 지원요청 했어? 야마시타, 본청에도 보고해!"

사내는 혼자가 아니었다. 세 사람 정도가 우르르 계단을 뛰어올라갔다. "주임님, 섬광탄이에요!" 다른 사내의 외침이 들렸다.

"알았어. 구급차 불러!" 지로를 붙잡은 깍두기 머리의 사내가 지시를 내렸다. "아, 그리고 3층 입주민에게 복도에 나오지 말라고 방송해."

몸부림을 쳐봤지만 꿈쩍도 하지 않았다. "경찰이야. 겁내지 마라." 사내가 말했다. 경찰? 형사란 말인가? 어째서 여기에 경찰이? "착하지? 얌전히 있어." 위압적인 태도는 아니었다. 오히려 선생님처럼 따스한 목소리였다. 사내는 지로를 가슴으로 감싼 채 계단을 뛰어올랐다. 위층에서 다시 광선이 튀었다.

"우왓, 이게 뭐야, 미제 섬광탄인가? 기동대에서도 이렇게 강한 건 안 쓰는데." 사내가 눈을 가리며 고개를 저었다. "어휴, 구시대의 유물 같은 놈들. 21세기에 무슨 때늦은 혁명 놀이를 하고 있는 거야. 진짜, 이놈들 등쌀에 괜히 경찰만 괴롭다니까."

"주임님, 눈이 아파서 못 들어가겠어요!"

누군가의 고함 소리가 들렸다.

"그럼 됐어. 현관만 봉쇄해. 어이, 누구 이 아이 좀 잡고 있어."

다른 젊은 사내가 지로의 목덜미를 잡았다. 주임이라고 불린 깍두기 머리의 사내가 양복을 벗어 머리에 뒤집어썼다. 복도를 달려가 301호실 현관 앞에서 안쪽을 향해 외쳤다.

"어이, 나카무라. 더 이상 터트리지 마라. 절대로 도망은 못 간다. 그리고 사람은 죽이지 마. 목숨이 오락가락할 일이 아니잖아? 정 분하다면 오카다를 잡아넣을게. 체포할 건수는 얼마든지 있다고!"

맨션 입주민들이 복도에 얼굴을 내밀기 시작했다. 그때마다 젊은 형사들이 복도에 나오지 말라고 주의를 주고 돌아다녔다. 바깥에서는 경찰차의 사이렌 소리가 점점 가까이 다가왔다. 지로는 아무런 저항도 못하고 우두커니 서있었다. 도망칠 마음은 없었다. 우선 눈이 따갑고 눈물이 줄줄 흘렀던 것이다.

"우리도 다 알아. 활동자금 회수하러 온 거지? 미행했던 건 아니야. 우린 오카다 감시조야."

형사를 향해 아키라 아저씨가 뭐라고 응답을 했다. 내용까지는 알 수 없었다. 단지 흥분한 기색은 아니었다. 이미 각오를 단단히 한 것 같았다. "혁명의 불길은 꺼지지 않는다!" 그런 말로 들렸다.

제복 차림의 경관 몇 명이 올라왔다. 두랄루민(duralumin) 방패를 든 사람도 있었다. 적색등이 주변 일대를 비추었다. 바깥 복도 난간에서 아래쪽을 내려다보니 맨션 앞길에 경찰차와 구급차가 몇 대나 서있었다. 구경꾼도 몰려들었다. 광선이 바깥에까지 퍼져나갔는지 눈을 가리고 있는 사람들이 많았다.

"어이, 사토. 아이 데리고 먼저 가. 혹시 다치기라도 하면 수습

하기 힘들어."

형사가 팔을 잡아끌었다. "너, 어디 사는 애냐?" 걸으면서 물었다. 눈만 비벼대고 있으려니 "뭐, 됐다. 나중에 천천히 물어보자"라고 중얼거리고는 손수건을 건네주었다.

그대로 바깥으로 끌려나와 경찰차 뒷자리에 태워졌다. 물론 경찰차에 타는 건 처음이었다. 특수한 장치의 계기판을 바라보며, 준과 무카이에게 말하면 좀 더 자세히 이야기해달라고 졸라대겠구나 하는, 전혀 상황에 어울리지 않는 생각을 했다.

구경꾼을 헤치며 천천히 차가 출발했다. 사람들이 호기심 가득한 눈으로 차 안을 들여다보았다.

지로의 가슴속에 막연한 적막감이 밀려왔다. 아마도 아키라 아저씨와는 이것으로 영영 이별일 터였다.

26

경찰차는 스기나미(杉並) 경찰서로 들어섰고 지로는 거기에서 내렸다.

"너, 중학생이냐?"

함께 탄 안경 쓴 형사의 물음에 초등학교 6학년이라고 대답했더니 "어휴, 이런"이라고 눈이 휘둥그레져서 쳐다보았다.

"청소년과 담당자, 누구 남아 있습니까? 있으면 한 명만 제2조사실로 보내주세요. 피의자가 초등학생이라니까." 직원실인 듯한 방에서 동료에게 그런 말을 던졌다. "14세 미만이면 몇 시까지 조사할 수 있죠?"

"글쎄, 21시까지든가?"라는 누군가의 대답.

"그냥 '보호조치'로 해둬. 아동의 야간 배회. 보호조치에 따라 신원확인." 또 한 사람이 굵직한 목소리로 말했다.

"근데 아사가야 쪽은 어떻게 됐습니까?"

"용의자 확보. 본서로 데리고 갈 모양이야."

"본서로? 그럴 수는 없죠. 우리 쪽에 지원요청을 했으면서."

"아무려면 어때. 이런 골치 아픈 사건은 경비국 쪽에 앵겨줘."

어른들이 뭔가 이야기를 나누고 있었다.

복잡하게 얽힌 복도를 지나 조사실로 끌려갔다. 형사 드라마에 나오는 조사실보다 훨씬 더 깨끗하고 살풍경했다. 전기스탠드 하나가 잊혀진 물건처럼 책상 위에 놓여있었다.

"자, 거기 앉아라."

안경 쓴 형사의 지시였다. 자세히 보니 아키라 아저씨와 비슷한 또래의 곱상한 아저씨였다.

"우선 이름부터 말해볼까?"

맞은편에 앉아서 서류를 펼쳤다. 당연히 대답해야 한다는 듯한 태도에 왠지 반항하고 싶은 마음이 솟구쳤다. 지로는 입을 굳게 다물고 고개를 돌려버렸다. 형사가 고개를 들었다.

"왜 그러니?" 볼펜으로 책상을 톡톡 쳤다.

그래도 입을 꾹 다물고 암말 안 했다. 뺨이 파르르 떨린다.

"설마, 너?" 형사가 눈을 크게 뜨고 어이없다는 듯 웃었다.

"초등학생이 완전 묵비권을 행사하시겠다고? 혹시 그쪽에서 교육 같은 거 받았냐? 어휴, 제발 부탁이니 우리 서로 괜한 고생은 하지 말자."

지로는 눈을 맞추지 않았다. 어른을 상대해도 전혀 무섭지 않았다. 쉽게 입을 여는 건 아키라 아저씨에게 미안한 일이 될 것 같았다. 게다가 지금은 어느 누구에게도 공손하게 대꾸할 기분이 아니었다.

"부모님이 집에서 얼마나 걱정하시겠냐? 그러니까 이름과 주소만이라도 말해." 말투가 거칠어져 있었다.

지로는 팔짱을 끼고 무시했다. 형사가 한숨을 내쉬며 턱을 괴었다.

그 참에 다른 형사가 들어왔다. 구청 접수 담당자 같은 분위기의 아저씨였다. 묵비권을 행사하고 있다는 말을 듣자마자 미간을 찌푸렸다.

"배 안 고파? 주스라도 마실래?" 살살 달래는 목소리로 말하며 자리에 앉았다.

그 말을 듣자 문득 허기가 들었다. 회전 초밥을 사주는 줄 알고 저녁밥을 덜 먹고 왔던 것이다. 배가 꼬르륵 울었다.

"자, 덮밥이라도 시켜줄 테니까 어서 말해봐." 접수 담당자 같은 아저씨가 쓴웃음을 지었다. "아무 말 안 하고 있다가는 진짜로 집에 못 간다. 아버지 어머니도 못 만나."

지로는 배에 힘을 넣었다. 고집으로라도 더욱 더 입을 꾹 다물고 싶어졌다.

"너는 그저 어른의 부탁을 받고 따라온 것뿐이지? 누가 시킨 거냐? 그 아저씨하고는 어떻게 알았어?"

아키라 아저씨가 신분을 밝히지 않은 모양이었다. 그렇다면 더더욱 섣불리 대답할 수는 없었다.

"너, 고집이 보통이 아니구나. 어차피 내일이면 학교도 그렇고 아버지 어머니도 너를 찾아 나설 텐데……."

표정을 바꾸지 않고 그냥 옆만 바라보고 있었다.

"이 녀석, 진짜 이럴래?" 안경 쓴 형사가 안색을 바꾸었다.

"이봐, 애 데리고 화내지 말라고. 이런 일은 끈기야, 끈기. 청소년과는 원래 인내력 테스트라니까."

그때 방문이 열리더니 제복 차림의 경관이 얼굴을 내밀었다.

"아이를 본서로 이송하라는 지시가 내려왔어요."

"뭐야?" 안경의 목소리가 거칠어졌다. "지금 몇 신 줄 알아? 벌써 밤 10시라고!"

"글쎄요, 저는 그저 전해드리는 것뿐인데……."

"우선 애를 어디서 재울 거야? 유치장에서? 참내, 말도 안 돼."

"오늘 밤은 여기서 돌봐주겠다고 해." 구청 접수 담당자 같은 아저씨가 옆에서 끼어들었다. "숙직실이나 뒤쪽 독신자 기숙사에서 재우면 되겠지, 뭐."

"어이, 뭐하고 있어? 빨리 움직여." 다시 다른 아저씨가 나타났다. 처음에 지로를 붙잡았던 깍두기 머리 아저씨였다. 직급이 높은지 꽤 관록이 있어 보였다.

"어휴, 좀 봐주세요. 경비국에서 하라는 대로는 못 한다고요"라는 안경.

"아니, 형사1과 담당으로 넘어갔어. 상해치사 사건이야. 오카다가 사망했어."

"옛?" 그 한마디뿐, 안경과 구청의 입이 얼어붙어 버렸다. 지로도 그 순간 등줄기가 싸늘하게 얼어붙었다.

"경봉으로 정수리를 내리쳤다니까. 의식불명 상태로 병원에 후송되었는데 십 분 전쯤에 사망했어. 내가 보기에 이건 살인죄야. 분명한 확신범."

아키라 아저씨가 사람을 죽였다고? 설마, 말도 안 돼!

"살인사건이 되자마자 형사과하고 경비국에서 서로 가져가려고 난리야. 하긴 경비국에서도 분통이 터지겠지."

어른들의 대화가 한 귀로 들어와 다른 귀로 새어나갔다. 아무 생각도 나지 않았다.

아키라 아저씨의 선량한 얼굴이 떠올랐다. 굵은 눈썹에 부드러운 곱슬머리. 깨끗하고 고른 하얀 치열.

목구멍 안쪽에서 공포심이 치밀었다. 고함을 내지르고 싶은 충동에 휩싸였다.

하느님, 제발 거짓말이라고 해주세요. 마음속으로 기도했다.

손끝이 벌벌 떨렸다. 그 떨림이 온몸으로 퍼지는 데는 그리 긴 시간이 걸리지 않았다.

수많은 꿈을 꾸었다. 수많은 사람들이 등장했다. 준과 무카이, 삿사와 미나미 선생님. 물론 가족들도.

꿈속에서 지로는 어엿한 공범자였다. 고글을 쓰고 아키라 아저씨와 함께 집 안에 돌입한 것이다.

아키라 아저씨는 초로의 남자에게 일직선으로 달려가더니 "섬멸이다!"라고 고함을 내지르고 권총을 발사했다. 지로는 섬광탄을 들고 있다가 방 안에 있는 적들에게 내던졌다. 문득 정신을 차리니 모두가 바닥에 쓰러져 있었다. 바깥으로 뛰쳐나와 둘이 함께 도망쳤다. 갈림길에 이르렀을 때, 아키라 아저씨가 "지로는 왼쪽, 나는 오른쪽으로 간다"라고 말했다.

"싫어, 아저씨랑 함께 갈 거야."

"안 돼. 왼쪽으로 가면 너희 집이니까 그 길로 곧장 가."

"그럼 아키라 아저씨도 같이 가."

"나는 볼일이 있어. 그러니까 여기서 헤어지자."

그러면서 돌아본 아키라 아저씨의 얼굴이며 옷에 피가 잔뜩 묻어 있었다. 지로는 당황하여 손수건을 꺼내 부리나케 그 피를 닦아주려고 했다. 이대로 거리에 나가면 마주치는 사람들이 다들 수상하게 여길 것이다.

그런데 닦으면 닦을수록 진한 피가 묻어났다. 지로는 울고 싶었다. "됐어, 됐다니까." 아키라 아저씨가 웃으며 말했다. "되긴 뭐가 돼?" 지로는 열심히 피를 닦아냈다.

그럭저럭 하는 사이에 사람들이 모여들었다. 학교 친구들도 있었다. 선생님들도 있었다. 모두들 멀리 둘러서서 수군거렸다. 지로는 초조했다. 어떻게든 이 피를 감춰야 한다.

그러는 참에 아버지가 나타났다. "어이, 제대로 죽였나?" 아키라 아저씨에게 묻는다. 지로는 얼굴에서 핏기가 가셨다. 아버지의 지시였단 말인가? "아키라 씨, 수고했어요." 어머니도 나타나 치하의 말을 건넸다. 대체 어떻게 된 건가. 머리가 핑그르르 돌았다…….

"어이, 꼬맹이!" 누군가 몸을 흔든다. "이제 그만 슬슬 일어나시지?"

천천히 눈을 떴다. 어젯밤의 깍두기 형사가 지로의 얼굴을 들여다보고 있었다. 방 안을 둘러보고서야 그곳이 스기나미 경찰서 숙직실이라는 생각이 났다.

꿈의 뒷맛이 영 좋지 않았다. 온몸이 뻐근했다. 목구멍에서는 용각산을 물도 없이 털어 넣었을 때처럼 씁쓸한 맛이 느껴졌다.

간밤에는 본서라는 곳으로 옮기기로 했다가 결국 취소되었다. 매스컴 쪽에서 낌새를 채서, 아무래도 초등학생을 외부에 노출시키는 건 곤란하다고 판단한 모양이었다. 1층 숙직실에 이불을 깔아주어서 양쪽 형사들 틈에 끼여 잤다.

"우에하라 지로, 이제 곧 아버지가 데리러 오실 게다."

흠칫 놀라서 형사를 쳐다보았다. 어떻게 내 이름을 알았지? 끝끝내 한마디도 하지 않았었는데.

"자정쯤에야 나카무라 아키라가 입을 열었어. 나카무라는 네가 무사히 도망친 줄 알았던 모양이야. 처음에는 완전히 묵비권을 고수하더니만, 스기나미 경찰서에 아이가 들어와 있다는 말을 듣더니 깨끗이 다 불었어. 흠, 이 녀석, 그러면 안 되지, 기껏 초밥 정도에 식객에게 홀딱 넘어가서야 되겠냐?"

머리를 난폭하게 쓰다듬는다. 다시금 아키라 아저씨의 얼굴이 떠올랐다. 가슴이 미어지는 듯한 느낌이었다.

"그러니 이제 집에 가도 된다. 네 책임은 제로야. 걱정할 거 하나도 없다."

형사는 지로의 책임은 제로, 라는 부분을 특별히 강조했다. 사망자가 발생한 사건의 영향이 초등학생에게 미치는 일이 없도록 퍽 조심해주는 것 같았다. 곰 인형 속에 도청기가 설치되어 있었다는 사실도 알려주었다. 지로도 나름대로 짐작은 했던 일이다.

"일단 아동상담소로 넘어갈 테지만, 너는 이제 이 사건과는 아무 관계도 없어. 알겠니? 다 잊어버려라. 공부 열심히 해서 훌륭한 사람이 되어야 해."

깍두기 형사는 다정한 눈빛이었다.

아주머니 경찰이 와서 우유와 샌드위치를 대접해주었다. 군소리 없이 먹었다. 문득 테이블 위를 바라보니 아침 신문이 펼쳐져 있었다.

'아사가야 혁공동 내홍 사건, 대립하는 분파의 지도자 살해'

그런 큼직한 제목이 눈에 뛰어들었다. 위 근처가 묵직해졌다.

'섬광탄으로 주택가 한때 소란'

'시대에 뒤처진 혁명가들'

가슴이 마구 뛰어서 더 이상 먹을 수가 없었다. 생각을 가다듬어보려고 했지만 머리가 제대로 돌아가지 않았다.

그때 아버지의 목소리가 들려왔다. "우에하라 지로의 아비요. 아들을 데리러 왔소이다!"

평소보다 더 우렁찬 목소리여서 복도 안쪽의 숙직실까지 다 들렸다.

"지로, 아버지 오셨다." 형사가 일어서라고 재촉했다. "어디, 전설의 투사라는 양반을 한번 알현해볼까?" 중얼거리듯이 말하며 샌들을 신었다.

지로는 별로 만나고 싶지 않았다. 당분간 혼자 있고 싶은 기분이었던 것이다.

27

아버지는 경찰서에서 시종 무뚝뚝한 표정이었다. 형사들이 모두 모여 있는 사무실 테이블에서, 내놓은 서류에 불쾌한 듯 필요 항목을 써내려갔다. 깍두기 형사가 "당신이 예전 혁공동의 우에하라 씨?"라고 물었을 때는 아버지가 말도 없이 노려보는 바람에 잠시 흉흉한 공기가 흘렀다.

"자식까지 끌어들이지는 마쇼." 다른 나이든 형사가 툭 내뱉었다. "어차피 입을 안 열 테니까 쓸데없는 수고는 생략하겠지만, 본서에서는 공범으로 잡아들이라는 의견도 나왔다고."

아버지는 그 말에도 아무 대꾸 없이 힘주어 볼펜을 내달렸다. 마지막에는 난폭하게 사인을 그어 넣고는 소리를 내며 의자에서 벌떡 일어섰다.

"우에하라 씨, 인감도장 있소? 없으면 지문 날인을 해야 하는데. 설마 이제 와서 지문 날인 거부니 뭐니 하진 않겠지?"라는 나이든 형사.

아버지가 미간에 주름을 잡았다. "인주!" 날카롭게 소리를 내지르더니 여자 경찰관이 가져온 인주에 둘째손가락을 찍어 천천히 서류에 날인했다.

깍두기 형사는 이제 다 잊어버리라고 했지만, 양복 차림의 급이 높아 보이는 사람이 나와서 "나중에 다시 물어볼 테니까 그렇게 알고 있어라"라며 어깨를 툭툭 쳤다. 자신은 검사라고 말했다.

사람이 죽었다는데 경찰서 안에 긴장감이라고는 전혀 없었다. 범인이 체포된 탓인지 '한 건 해결했다!'는 분위기였다.

아버지와 둘이서 스기나미 경찰서를 나섰다. 정문 옆에서 지로의 자전거를 보관했다가 돌려주었다. 경찰서 앞 길거리에서는 책가방을 등에 진 초등학생들이 등굣길을 서두르고 있었다. 오늘은 결석이겠구나. 지로는 마음속으로 중얼거렸다. 이 일이 학교에도 알려졌을까. 아버지가 일부러 그런 걸 알리지는 않았겠지만, 경찰에서 연락이 갔을 가능성도 있었다. 간밤에 청소년과 형사도 왔었다. 아무 문책도 없이 조용히 넘어갈 리는 없었다.

"저기, 아버지." 지로가 불안한 마음으로 물었다. "아키라 아저씨, 사형이야?"

"아니. 구형 10년, 판결 7년, 3년 반이면 가석방."

아버지는 자전거 짐칸에 올라타더니 너무도 간단히 대답했다. 그리고 내뱉듯이 "사형당하게 놔둘까 보냐?"라고 말을 이었다. "그렇게 괜찮은 녀석이 사형당할 리 있어? 죽어야 할 놈은 따로 있어."

조금 안심이 되었다. 모모코에게도 아버지 말을 그대로 알려 줘야지. 하긴 아키라 아저씨가 사람을 죽였다는 사실만으로도 큰 충격을 받을 테지만.

"자, 그만 집에 가자."

아버지가 어깨를 두드려서 지로는 페달을 밟기 시작했다.

"오늘은 학교 안 가도 돼?"

"아버지는 학교 가라는 말, 한 번도 한 적 없어."

"그치만……."

백 미터쯤밖에 달리지 않았는데 벌써 온몸이 땀에 흠뻑 젖었다. 하늘은 묵직하게 구름이 껴서 당장이라도 빗방울이 떨어질 것 같았다. 그러고 보니 한참 전에 장마철로 접어들었다는 생각이 났다. 습기가 피부로 느껴졌다. 어서 빨리 진짜 여름이 와서 학교 수영장에 풍덩 뛰어들고 싶었다. 그때까지 과연 별 탈 없이 학교에 다닐 수나 있을지, 묘하게 마음이 불안했다.

15분쯤 자전거를 달려 나카노에 돌아오니 집 앞 좁은 골목길이 통행금지가 되어 있었다. 검정색과 노란색 표지판 바로 앞에 이웃 아주머니들이 모여서 수군수군 이야기를 하고 있었다. 그 안쪽으로는 경찰차가 보였다. 거기에 하얀 왜건 차와 지붕에 사이렌 하나 덜렁 올려놓은 승용차도 있었다.

아주머니들이 지로와 아버지를 보자마자 당장 표정이 굳어졌다. 스윽 눈길을 돌려버린다. 통행금지가 된 골목길 건너편에는 보도진이 몰려와 있었다. 카메라를 든 사람들이 몇 명이나 되었다. 아버지를 발견하자마자 일제히 셔터가 터졌다.

"흥, 할 일 없는 놈들." 아버지가 낮게 내뱉었다. 경찰과 이웃 아주머니들과 매스컴, 아마 그들 모두에게 던진 말이리라.

현관에는 어머니가 어두운 얼굴로 서있었다. 슬픔과 분노와 체념, 모두가 한데 뒤섞인 듯한 표정이었다.

현관 안쪽은 구두들이 잔뜩 어질러져서 발 디딜 곳도 없었다. 형사들이 집 안에 들어와 흰 장갑을 낀 채 서랍이며 장롱을 마음대로 열어젖히고 있었다. 그 광경에 지로는 큰 충격을 받았다. 텔레비전 드라마를 많이 봐서 알고 있었다. 바로 가택수색이라는 것이었다.

"이봐, 영장 내놔!" 아버지가 소리를 질렀다. 유리문이 부르르 흔들릴 만큼 큰 소리였다.

형사들이 일제히 돌아보았다. "아까 부인에게 보여줬수다." 그중 한 사람이 거만하게 대답했다.

"내가 이 집 주인이야. 나한테 보여야지."

대머리 형사가 귀찮다는 듯 문서를 펼쳤다. "자, 이러면 됐어?" 처들고 펄렁펄렁 흔들었다.

"읽어! 그리고 전원이 경찰수첩을 제시해!"

"이봐, 우에하라. 귀찮게 좀 하지 마. 당신들 시대는 애진즉에 지나갔어."

"시끄러워, 당장 제시해!"

너무나 큰 노성에 젊은 형사가 저도 모르게 움찔했다. 아버지는 진짜 성질이 난 것처럼 보였다.

"지로, 학교에 가거라."

어머니가 다가와 지로의 어깨에 손을 얹고 말했다.

"책가방, 2층에 있는데."

"그럼 빨리 가져와."

아버지가 아직도 고함을 내지르고 있었다. 그 소리를 등에 받으며 지로는 뛰는 걸음으로 계단을 올라갔다.

2층에 올라가자 누나가 활짝 열린 자기 방에서 침대에 걸터앉아 있었다. 어쩐지 몇 달 만에 만난 듯 반가웠다. 눈이 마주쳤다. 무시당했다. 모모코는 학교에 간 모양이었다.

"이보세요, 왜 내 방 서랍까지 뒤지느냐구요. 이건 월권행위 아닌가요?"

그 방에도 몇몇 형사가 들이닥쳐 뒤지는 통에, 누나는 항의하고 있는 중이었다. 정말 지겹다는 말투였다.

방에 들어가 교과서를 책가방에 담으려는데 형사가 지로를 불렀다. "얘, 미안하지만 가방 속 좀 보여줄래?"

떨떠름하게 열어보였다. 형사는 "일단 규칙이 그렇거든"이라고 혼잣말처럼 중얼거리고는 가방 안을 들여다보았다.

간밤에 아키라 아저씨가 정리했던 짐들은 두툼한 종이상자에 담겨있었다. 그게 아키라 아저씨의 전 재산일까. 그렇게 생각하니 갑자기 너무도 허탈한 마음이 들었다. 아키라 아저씨의 아버지는 죽었다고, 어제 말했었다. 다른 가족들은 어떻게 되었을까. 애인이나 친구는 없었을까.

땀에 젖은 티셔츠를 갈아입었다. 그 참에 양말도 갈아 신었다. 가방을 안고 계단을 내려왔다. 어느새 나타났는지 또 다른 아저씨들이 현관에 밀려들어 흥분한 표정으로 경찰에 대들고 있었다.

"이런 세금 도둑놈들. 경찰수첩을 제시해. 공복의 의무를 다하라고!"

"머리털 한 올도 압수 못한다!"

지로에게도 낯익은 얼굴이었다. 언젠가 집에 찾아와 아버지와 뭔가를 상의했던 아저씨들이었다. 그 바로 뒤에 아키라 아저씨가 이 집 식객으로 들어왔던 것이다.

새삼 찬찬히 살펴보니 모두 아버지보다 훨씬 나이가 많은 아저씨들이었다. 그야말로 시대에 뒤떨어진 옷차림이고, 생김새까지 전체적으로 그리 훤한 풍채들이 아니었다. 만일 선생이었다면 여학생들에게 진짜 구닥다리라고 실컷 무시당했을 타입이었다.

형사들은 그쪽은 상대도 하지 않았다. 시끄럽다는 듯 얼굴을 찌푸린 채 묵묵히 작업을 하고 있었다. 그 대신 매스컴이 덤벼들었다. 사내들을 빙 둘러싸고 있었다. 단지 질문은 한마디도 던지지 않았다. 마치 무슨 일이 터지기만을 기다리는 듯한 느낌이었다.

"어이, 우에하라 동지, 당신 집이잖아? 경찰에서 멋대로 휘젓게 그냥 놔둘 거야?" 리더인 듯한, 염소처럼 턱수염을 기른 사람이 말했다.

아버지와 어머니는 현관 밖에 나가 있었다. 어머니는 분명하게 비난이 담긴 눈빛으로 사내들을 쳐다보았다. 그러고 보니 전에도 못마땅하다는 듯한 태도로 대했었다.

"우에하라 동지, 당신답지 않구만. 경찰 따위 당장 패대기를 쳐버려."

"그래, 일이 터지면 우리가 변호사를 붙여줄 테니까."

"······동지라고 하지 마쇼." 그 순간, 아버지가 낮게 을러대듯이 말했다. "나는 당신들 동지가 아니야."

사내들이 아버지를 돌아보았다. 뒤쪽의 매스컴도 무슨 일인가 하고 목을 쭉 뺐다. 일시에 주위가 조용해졌다.

"당신들, 아키라에게 무슨 지시를 내렸어?"

사내들의 표정이 굳어졌다. "이봐, 말조심해." 염소수염이 콧구멍을 벌름거리며 말했다. 지로는 현관에 우두커니 서있었다.

 "애기가 전혀 다르잖아. 활동자금을 탈환해오는 것만이 아니었어." 아버지가 천천히 사내들에게 다가왔다. "오카다 부의장을 해치우다니, 나는 그런 애기는 전혀 못 들었는데?"

 "그건 나카무라가 독자적으로 판단해서 해치운 일이야." 염소수염이 가슴을 젖혔다. 입 끝이 파르르 떨리고 있었다.

 "아니, 그 녀석은 본바탕이 선량한 놈이야. 당신들이 지시를 내린 거지?"

 "이봐, 우에하라, 그게 이런 자리에서 할 말이야? 당신, 총회에 부칠 거야"라는 다른 사내.

 "총회에 부쳐야 할 건 당신들이야. 아무 의미도 없는 운동에 들러붙어서, 지금 뭐하자는 짓이야?" 염소수염의 멱살을 움켜쥔다. "왜 제일 젊은 아키라한테 그런 명령을 내리느냐고! 할 거면 당신들이 직접 했어야 할 거 아냐!"

 매스컴이 아연 술렁거리며 바짝 다가들었다. 어머니가 시선을 돌려 지로를 찾아내더니 "안에 들어가 있어!"라고 명령을 내렸다. 하지만 지로는 자리를 뜰 수 없었다. 다리가 그대로 못이 박힌 듯 움직여지지 않았다.

 "이봐, 관둬. 지금 동지들 간에 싸울 때야?"

 "나는 동지가 아니라잖아!"

 아버지는 오른손으로 염소수염의 허리 벨트를 붙잡더니 프로레슬링처럼 머리 위로 번쩍 들어올렸다. 구경꾼 사이에서 웅성거림이 일었다. 사태를 알아챈 형사들이 "우에하라, 잠깐!"이라고 고함을 쳤다.

아버지는 잠시 발을 굴러 뛰더니 힘차게 염소수염을 내던졌다. 둔탁한 소리가 났다. 자세를 취할 틈도 없이 땅바닥에 그대로 내동댕이쳐진 것이다.

"총회 소집해, 총회! 청문회에 부쳐서 네놈을 제명해주마!"

고함을 내지르는 사내를 아버지가 붙들었다.

"어이, 다들 바깥으로 나와! 수색은 나중에 하고 우선 우에하라부터 잡아!"

형사들이 우르르 뛰어나왔다. 일제히 아버지의 허리춤에 매달렸다. 하지만 아버지는 팔꿈치로 형사들을 쳐내고 두 번째 사람을 번쩍 쳐들어 이번에는 보도진 쪽으로 내던졌다. 마이크를 든 여자 아나운서가 어쩔 줄 모르고 도망쳤다. 일대가 온통 소란해졌다.

"혁명은 운동으로는 안 일어나. 한 사람 한 사람 마음속으로 일으키는 것이라고!"

아버지가 부르짖었다. 점점 더 사람들이 몰려들었다.

"집단은 어차피 집단이라고. 부르주아도 프롤레타리아도 집단이 되면 모두 다 똑같아. 권력을 탐하고 그것을 못 지켜서 안달이지!"

"이봐, 우에하라, 진정해!" 형사가 외쳤다.

"개인 단위로 생각할 줄 아는 사람만이 참된 행복과 자유를 손에 넣는 거얏!"

아버지가 세 번째 사람을 들어올렸다. 아버지의 키가 평소보다 곱절은 커 보였다. 어머니는 말리기를 포기하고, 몰려든 사람들 뒤에 멀거니 서있었다.

"더 이상 소란을 피우면 체포할 거야!"

"더 이상 민중에 의한 혁명은 없어. 마르크스주의는 패배했다고!"

세 번째 사람은 전봇대에 내동댕이쳐졌다.

"폭행 상해 및 공무집행 방해! 우에하라 이치로, 현행범으로 체포한다!"

형사의 다급한 목소리가 좁은 골목길에 울려 퍼졌다.

지로는 현관 옆에서 그 광경을 지켜보았다. 바로 눈앞에서 일어나는 일이건만 묘한 거리감이 있었다. 아버지와 어머니를 일개 인간으로서 바라보았다. 타인으로서 과연 저이들을 좋아할 수 있을까……, 그런 생각을 했다.

어깨에 손이 얹혀졌다. 돌아보니 누나였다.

"지로, 외갓집으로 들어가는 게 어때? 모모코는 그쪽으로 생각하는 거 같던데."

"……누나는?"

"난 어른이라 괜찮아. 보너스 나오면 혼자 나가서 살 거야."

누나가 지로의 볼을 꼬집었다. 집 앞에서는 여전히 난투극이 이어졌다. 형사 몇 사람이 한꺼번에 달려들어 아버지를 붙들고 팔목에 수갑을 채우는 게 보였다.

"연행! 그리고 어이, 누구 구급차 좀 불러!"

형사가 아버지를 끌고 가려고 했다. 하지만 아버지는 그 자리에 털썩 주저앉아 일어서지 않았다.

"나는 내 의사로는 움직이지 않는다. 연행하고 싶으면 떠메고 가."

"이런 제길. 당신들, 항상 그 수법으로 나오지." 형사의 얼굴이 벌게졌다. "어이, 떠메라. 누구, 거기 다리 좀 들어."

다섯 명이 달려들어 아버지를 들어올렸다.

"떠메고 연행하다니, 나리타 사건에 호출되었을 때 이후로 처음이네요." 한 형사가 말했다.

"잔소리 하지 마."

아버지는 경찰차가 아니라 왜건의 짐칸에 종이상자들과 함께 실렸다. 몸집이 너무 큰지라 그게 훨씬 수월하다고 판단했던 것이리라.

잠시 뒤에 구급차가 나타났고, 아버지가 내던졌던 사람들이 실려 갔다. 만천하에 내부의 추태를 고스란히 내보인 셈이어서 그런지, 부상자들은 저마다 이를 가는 험악한 표정이었다.

형사 몇 명만 남고 모두 철수했다.

"지로, 학교 가야지?"

누나가 뒤통수를 쳤다. 한숨이 터졌다. 학교에 가고 싶지 않았다. 어떤 얼굴로 수업을 받아야 한단 말인가.

문득 어머니를 바라보니 슬픈 눈빛으로 아버지가 탄 왜건을 배웅하고 있었다.

아니, 그건 슬픔과는 달랐다. 이제 완전히 포기다. 그렇게 말하는 듯한 눈빛이었다. 지로는 잠시 어머니의 인생을 생각했다. 부유한 전통의상 전문점의 딸이었던 어머니는 지금 행복한 걸까.

28

조금 늦은 시각에 학교에 도착하니, 반 친구들은 간밤의 사건을 알지 못하는지 평소와 똑같이 지로를 맞아주었다. 하지만 미나미 선생님의 모습은 보이지 않았다. 1교시부터 자습이었던 것이다.

무카이가 "웬일이야?"라고 물어와서 "응, 좀……"이라고 애매하게 대답해두었다.

"야, 지로. 준이 마침내 몽정을 했단다." 무카이가 눈을 반달처럼 뜨고서 말했다. 곧바로 준이 달려와 "큰 소리로 말하지 말랬지!"라며 붉어진 얼굴로 무카이에게 헤드록을 먹였다.

"그래? 다행이다." 지로는 눈을 내리깔고 책가방의 교과서를 책상에 꺼내놓았다.

"뭐야, 어째 기운이 없는 것 같네? 그럼 내가 좋은 뉴스 한 가지 알려주지. 가쓰 녀석이 어제 폭주족의 공격을 받아서 팔뼈가 부러졌단다." 준이 좋아 죽겠다는 얼굴로 지로의 팔을 툭툭 쳤다. "옆집 중학생한테 들은 얘기야. 이제 당분간은 얌전히 지내겠지?"

"폭주족은 무슨 폭주족? 가쓰 그놈이 괜히 허풍 친 거야." 지로는 목을 좌우로 한 번씩 돌린 뒤에 "팔을 부러뜨린 건 아키라 아저씨야"라고 한숨을 섞어 말했다.

"아키라 아저씨가?" 준과 무카이의 눈이 휘둥그레졌다. "그게 무슨 소리야?" 둘이서 동시에 목을 빼고 물었다.

한순간 망설였지만, 다 말해주기로 했다. 주위에 들리지 않게 목소리를 낮췄다. 자신이 보복을 해달라고 부탁했고, 그 대신 아키라 아저씨와 적대하는 그룹의 아지트 습격을 도와주었다고 말했다. 내심으로는 다른 친구들도 들어주었으면 하는 마음이 있었다.

"야, 혹시 오늘 아침 뉴스에 나왔던 아사가야의 내홍 사건이 그거냐?"라는 무카이.

"그래, 신문에 요란하게 실렸더라."

"그게 아키라 아저씨하고 네가 한 거였어?"라는 준.

"나는 그냥 거짓말을 해서 문을 열게 한 것뿐이야."

두 사람은 당장 얼굴빛이 달라졌다. 가쓰에게 복수한 것만 해도 엄청난 사건인데, 바로 눈앞의 친구가 그보다 더 엄청난 경험을 한 것이다. 형사에게 붙잡혀 스기나미 경찰서에서 하룻밤 신세를 지고 왔다는 이야기를 하자, 마치 어른을 바라보는 듯한 눈길로 지로를 눈부시게 바라보았다.

"……야, 지로. NHK 뉴스에서 누군가 죽은 사람도 나왔다고 하는 거 같던데?"

무카이가 진지한 표정으로 돌아왔다.

"진짜?" 준은 모르는 모양이었다.

"응. 아키라 아저씨가 적대 그룹의 리더를 경봉으로 내리쳐서 죽게 한 모양이야."

지로는 담담하게 말했다. 하룻밤이 지났지만 아직도 실감이 나지 않는 탓인지도 모른다.

"죽게 했다니……." 무카이와 준의 입이 떡 벌어졌다. "그, 그럼 살인이잖아?"

살인이라는 단어가 귀에 거슬려서 지로는 "어쩌다 잘못 맞은 거야. 그냥 한 방 내리친 것뿐이었어"라며 변호해주었다.

"너, 다 봤어?"

"아냐. 형사한테 들었어."

어느새 린조가 곁에 와있었다. 준은 누군가에게 말하고 싶어 근질거리던 참이었는지 당장 린조에게 처음부터 이야기해주기 시작했다. "야, 여기저기 퍼뜨리지 마." 지로가 짐짓 주의를 주었다. 하긴 이미 여기저기 다 알려졌을 터였다.

몇 번 만났던 것뿐이지만 자기들이 알고 있는 사람이 살인을 범했다는 사실에 무카이와 준은 큰 충격을 받은 눈치였다.

"아키라 아저씨, 형무소에 들어가는 거냐?"라는 무카이.

"우리 아버지는 3년 반이면 나올 거라고 하더라."

"일본이 원래 사람을 죽여도 3년 반이면 나오고 그러는 나라냐?"

"몰라, 나도."

1교시가 끝난 뒤에도 준과 무카이는 좀 더 자세히 이야기해달라고 졸라댔다. 삿사와 핫세도 다가왔지만 쫓아내고서 남자들끼리만 속닥속닥 이야기를 했다. 아침에 가택수색이 들어왔다는 말도 해주었다.

그리고 2교시도 자습이었다. 정장 차림의 미나미 선생님이 잠깐 교실에 들어와 그렇게 말하고 다시 나가셨다.

무슨 일인가 하고 반 아이들이 웅성거렸다. 선생님이 "우에하라 군, 잠깐 교무실로 오너라" 하고 손짓을 했다. 굳은 표정이었다.

물론 지로는 충분히 짐작이 갔다. 간밤의 사건에 대한 연락이 학교에도 도착한 것이다.

교실을 나와 선생님 뒤를 따라갔다. 가는 동안 아무 말도 없었다. 교무실이라고 하시더니, 그게 아니고 바로 곁의 내빈실로 데려갔다. 응접 소파에 교감 선생님과 또 한 사람 낯선 중년 남자가 앉아 있었다. 지로에게 맞은편 자리를 권했다.

"너도 알겠지만, 아침에 경찰서에서 찾아오셔서 우에하라 군이 한 일에 대해 설명해주셨어." 교감 선생님이 말했다. 말을 나눈 건 처음이었다. 미나미 선생님은 스툴에 멍하니 앉아서 우울한 얼굴을 하고 있었다. "우에하라 군은 아버지의 지인이 부탁하는 대로 움직였던 것뿐이겠지만, 이런 중대한 사건에 우리 학교 학생이 관련된 것에 대해 우리로서는 몹시 유감이다."

지로는 말없이 듣고 있었다. 창밖으로 눈을 던지니 이슬비가 흩뿌리기 시작했다.

"학교로서는 특별한 처벌을 내릴 계획은 없지만, 우에하라 군의 가정환경에 아무래도 문제가 있는 것 같아서 앞으로 어떻게 하는 것이 좋을지, 삼자(三者)가 모여서 진지하게 상의해볼 생각이야."

"아버지는 지금 어디 계시지?" 낯선 남자가 물었다.

"아, 이쪽은 구 교육위원회에서 오신 사이토 선생님이시다." 교감 선생님이 그렇게 소개했다.

"경찰서에 갔는데요." 지로가 웅얼웅얼 대답했다.

"간밤의 사건 때문에 조사니 뭐니 하는 걸로?"

"······네."

체포되었다는 말은 하지 않았다. 금세 다 알게 될지도 모르지만.

"아버지가 혹시 우에하라 군에게 폭력을 휘두르고 그러니?"라는 사이토 선생.

황급히 고개를 저었다. 프로레슬링을 하자며 장난은 걸어오지만 폭력을 휘두르지는 않는다.

"그럼 어머니를 때리거나 하는 일은?"

"그런 짓 안 해요." 지로가 불끈해서 대답했다. 큰 오해를 하고 있다는 생각이 들었다.

"직업은 없으시지?"

"있어요."

"어떤 일이지?"

"작가예요."

"작가?"

사이토 선생이 의외라는 듯한 얼굴을 하자, 곁에서 미나미 선생님이 귀엣말을 건넸다. 이제 곧 책을 출간하실 거래요. 희미하기는 했지만, 들렸다. 약간 미심쩍은 이야기라는 듯한 말투였다.

"만일 우에하라 군이 원하기만 한다면 잠시 집을 떠나 다른 곳에서 살 수도 있는데, 어떻게 생각하니?"

무슨 말인지 알 수 없어서 대답하지 않았다.

"가정 재판소의 명령이 나오면 부모 자식 간이라도 따로따로 살게 해준단다. 우에하라 군이 원한다면 동생 모모코와 함께 기숙사 같은 곳에 들어갈 수도 있어."

그 말에는 그만 화가 났다. 말없이 고개를 흔들었다. 선생님들은 보호자인 아버지가 가장 큰 문제라고 생각하는 것 같았다.

30분이 넘도록 집안일에 대해 꼬치꼬치 물었다. 집은 자기 집이냐, 자동차는 있느냐, 등등 경제사정까지 캐물었다. "전셋집인데요." 대답을 하면서 지로는 뭔가 비참한 심정이었다.

취조 비슷한 것이 끝나고, 지로와 미나미 선생님은 해방되었다. 교감 선생님이 "선생 혼자서는 감당하기가 어렵겠지?"라고 미나미 선생님에게 말했고 미나미 선생님은 "네"라고 대답했던 것이다. 어디서나 흔히 보이는 젊은 여자 같은 태도였다.

"자, 이만 가도 돼"라고 턱짓을 했다. 일단 복도로 나왔다. 미나미 선생님은 깊은 한숨을 내쉬더니 그대로 교무실로 들어갔다. 지로에게는 "교실로 돌아가거라"라는 말만 했을 뿐이었다.

지로는 무언가 좀 더 말을 건네주었으면 했다. 미나미 선생님과는 제대로 이야기를 나누고 싶었다. 그리고 격려를 받고 싶었다. 기운 내, 라고 머리를 쓰다듬어 주셨으면 했다.

복도를 걸어 나오며 깊은 고독을 느꼈다. 미나미 선생님은 아무래도 내 편을 들어줄 마음이 없는 모양이다. 나는 선생님에게는 귀찮기 짝이 없는 학생인 것이다…….

3교시부터 보통 때 같은 수업이 시작되었지만, 미나미 선생님의 얼굴에 명랑함은 없었다. 그러기는커녕 우울한 얼굴을 감추려고도 하지 않았다. 학생들도 뭔가 이상한 낌새를 느끼고 조용히 가라앉아 있었다.

간밤의 사건이 반 친구들에게도 다 알려진 모양이었다. 여학생들이 눈을 마주치지 않는 것을 보고 직감했다.

모모코는 괜찮을까. 불안했다. 이번만은 무사히 넘어갈 수 없을 것 같았다.

바깥에서는 비가 본격적으로 쏟아지고 있었다.

방과 후, 집에 돌아오니 아무도 없었다. 겨우 반 달 남짓이었지만 아키라 아저씨가 집에 있는 게 그새 당연한 일이 되어서 빈 방을 보니 마음에 구멍이 뻥 뚫린 듯한 느낌이 들었다.

가택수색의 흔적은 없었다. 어머니가 모두 정리한 모양이었다. 2층에 올라가니 아키라 아저씨의 짐은 사라졌고, 그동안 누나 방에 가있던 모모코의 짐들이 되돌아와 있었다.

책상 서랍을 열었다. 그저께 밤에 아키라 아저씨가 선물해준 손목시계가 들어있었다. 프라모델의 공구 세트를 꺼내 금속 시곗줄의 길이를 조정했다.

나사를 조였다. 손목에 찼다. 귀에 대고 초침 소리를 들었다. 스톱워치 기능을 시험해보았다. 세 개의 바늘이 일제히 움직였다. 깜빡 잊고 물어보지 못했지만 분명 방수 기능도 딸린 시계일 것이다.

다시 책상에 챙겨 넣었다. 지금으로서는 플레이 스테이션을 빼고는 지로가 가진 가장 값비싼 물건이었다.

책가방을 내려놓고 집을 나섰다. 혼자 있는 게 어쩐지 불안했던 것이다. 빗속을 뚫고 아가르타로 갔다. 그러자 여느 때와 똑같이 어머니는 가게를 열었고 카운터에서는 모모코가 숙제를 펼쳐놓고 있었다. 손님은 아무도 없었다.

"엄마, 아버지는?"

"아직 경찰서에." 어머니가 커피 잔을 닦으며 대답했다.

"데리러 가지 않아도 돼? 인수인인가 뭐, 그런 거 필요하잖아?"

"근데 데리러 오라는 전화가 없어. 곧바로는 못 돌아올 것 같다. 현장에서 체포되었고 부상까지 입혔으니." 입 끝을 들어올리더니 한숨을 내쉬었다. 이어서 "검찰까지 넘어가지는 않을 거야"라고 혼잣말처럼 중얼거렸다.

그때 가게 문에 달린 종이 울리면서 손님이 들어왔다. 어머니가 "어서 오세요"라고 고개를 들다가 상대를 보자마자 곧바로 "안녕하세요?"라고 인사를 건넸다.

"아, 커피는, 됐어요." 자그마한 몸집의 노인이 손을 저으며 말했다. 이웃집 철물점 할아버지, 지금 사는 집의 주인이었다. 접은 우산을 지팡이처럼 짚고 있었다.

"댁에서 살고 있는 집을 요번에 개축해볼까 해서 말이지. 참말로 미안하지만 이번에는 재계약을 못하겠구만." 노인은 선 채로 말했다. 고개를 숙이듯이 하고서 어머니의 눈을 똑바로 바라보지 않았다. "재계약 시기가 분명 올 9월일 것이오. 계약상으로는 반년 전까지 통지를 하라고 나와 있지만, 그런 자잘한 것까지는 좀 봐줘. 아직 석 달 넘게 남았으니까 이사 갈 집을 찾을 시간도 넉넉할 것이고."

어머니의 안색이 흐려졌다. 지로도 무슨 말인지 알아듣고 암울한 기분이 들었다.

"오래 전부터 집을 고쳐볼 생각이었는데, 요번에 갑작시리 은행에서 융자를 해준다는구만."

지로는 거짓말이라고 직감했다. 지난밤과 오늘 아침의 사건 때문에 더 이상 우리 가족에게는 집을 빌려주지 않으려는 것이다.

"나도 앞으로 살날이 그리 길지 않을 거 같아서 아들놈 생각도 좀 해야겠고 말이지. 그 상속세라는 게 은행 빚을 만들어두면 훨씬 줄어든다는구만. 거참, 여간 힘든 게 아니야, 집주인 노릇 하기도."

노인은 얼굴을 붉히며 빠르게 말을 늘어놓았다. 이 자리를 어서 벗어나고 싶은 기색이 역력했다. 아마 나름대로 마음을 다져먹고 찾아온 모양이었다.

"게다가 집이 너무 낡았어. 내화재(耐火材)도 제대로 안 쓴 구옥(舊屋)이라 혹시 불이라도 나면, 이게 보통 일이 아니라니까."

노인이 억지로 웃었다. 뺨이 팽팽해져 있었다.

"……알겠습니다." 어머니가 조용히 입을 열었다. "개축하실 거라면, 보증금은 그대로 돌려주실 수 있지요?"

"아, 물론이지." 노인의 얼굴에 안도의 웃음이 번졌다. "참말로 오랫동안 고맙구만. 올해로 벌써 십 년째지? 맞아, 막내는 여기 이 집에서 낳았을 것이구만."

모모코가 자기 얘기인가 하고 노인을 바라보았다. 갑자기 출생의 비밀을 알아버렸다는 듯한 표정이었다.

"그럼 나는 일단 통지를 했으니까 이제 그만 가봐야겠네."

노인은 몸을 돌려 도망치듯이 가게 문을 빠져나갔다. 종이 딸랑딸랑 메마른 소리를 냈다. 습기 때문에 창문이 부옇게 흐려서 노인의 모습은 금세 보이지 않았다.

"우리, 쿠키 먹을까? 홍차도 함께 마시자. 음, 따뜻한 게 좋겠지? 에어컨도 틀어놨고." 어머니가 환한 목소리로 말했다. 잔을 세 개 준비했다.

"나 낳기 전에는 어디서 살았어?" 모모코가 물었다.

"고엔지(高円寺)에서. 쥬오센(中央線) 기찻길을 따라 오르락내리락."

"그랬구나"라는 지로.

"그때 지로는 아직 애기였는데, 뭘. 기억도 안 날 거야."

모모코가 찬장에서 쿠키를 꺼내 접시에 담았다. 지로는 레몬 슬라이스를 준비했다. 손님이 찾아올 기미는 없었다. 이 가게에서 돈이 벌리는 걸까. 지로의 머릿속에 문득 그런 의문이 떠올랐다. 지금껏 생각해본 적도 없었다. 셋이 둘러앉아 홍차를 마셨다.

"우리, 이사해야겠네?" 모모코가 툭 내뱉었다.

"응, 그래야겠다"라는 어머니.

"그럼, 전학해야 돼?"

"아니, 이 근처에 빌릴 거야. 가게도 있는데, 뭐. 이번에는 단독주택으로 못 갈지도 모르지만, 언니가 따로 나가서 산다니까 방이 좀 적어도 괜찮겠지?"

"우리 집, 돈 있어?"

"있지. 모모코나 지로는 그런 걱정 안 해도 돼." 어머니가 하얀 이를 내보였다. 억지로 미소를 짓는 것처럼도 보였다.

우리 집이 궁지에 몰렸구나. 지로는 자신이 아무 것도 할 수 없다는 게 안타까웠다. 아버지는, 우리 아버지는 제대로 가족을 지킬 마음이 있기나 한 걸까.

빗발이 한층 강해졌다. 흐릿한 창문에는 지나가는 사람들의 우산 색깔만 희미하게 비쳤다.

29

아버지가 집에 돌아온 것은 그 다음 날 저녁 무렵이었다. 경찰서에서 꼬박 하룻밤을 보낸 셈이었다. 어머니가 말했던 '송검(送檢)'이라는 것은 면한 모양이었다.

아버지가 돌아오자마자 집 전화가 바쁘게 울리기 시작했다. 지로가 받았기 때문에 매스컴에서 걸려온 전화라는 것을 알았다.

"〈중앙신문〉인데, 아버지 계시니?" 그렇게 묻기에 바꿔줬더니 아버지는 불쾌한 듯이 대응했다.

"그러니까 내가 벌써 몇 번이나 말했잖아, 혁공동하고 나는 아무 관계도 없다고."

굵은 목소리로 대답하고 있었다. 그 기자와는 옛날부터 잘 아는 사이인 것 같았다.

"그보다 너희 신문 기사, 그게 뭐냐? '적(敵)이 없는 시대의 혁명 놀이'라고? 나리타 때하고는 완전히 딴판이군. 시대에 편승해

왔다갔다 하는 꼴이라니. 너도 별수 없는 부르주아 신문의 박쥐 같은 놈이야."

아버지가 일방적으로 떠들어댔다.

매스컴은 끈질기게 아키라 아저씨에 대한 정보를 원하는 모양이었다. 아버지는 그 모든 전화에 대해 "몰라!"라고 대꾸했다. "아무튼 나카무라 아키라에 대해 나쁜 소리를 썼다가는 가만 안 둘 줄 알아!"라고 윽박지르기도 했다.

출판사에서도 전화가 걸려왔다. "여기는 문학사인데요"라는 말에 아버지가 소설을 낸다던 그 출판사구나 하고 생각했다.

"……음, 그래? 알았어." 이때만은 전화를 받은 아버지의 표정이 흐려졌다. "그럼 내일이라도 와. 그 신임 부장인지 누군지하고 함께."

그리 좋은 이야기는 아닌 것 같았다.

하긴 나쁜 소식에는 이미 익숙해졌다. 맨 처음은 아키라 아저씨가 사람을 죽였다는 소식이었다. 그보다 더 마음이 무거운 뉴스가 어디 있을까. 두 번째는 이 집에서 나가야 한다는 것이었다. 어머니가 이번에는 단독주택으로 이사 가기는 어렵다고 했다. 집안이 경제적으로 몹시 어렵다는 것을 어렴풋이 짐작할 수 있었다.

"야, 지로." 아버지가 불렀다. "어디로 가고 싶냐?" 거실에 양반다리를 하고 앉아있었다.

"갑자기 뭘?" 무슨 말인지 몰라 어리둥절했다.

"이사 가고 싶은 곳이 있으면 말해봐."

"갑자기 그런 걸 물어보면 내가 어떻게 알아? 난 몰라."

"그럼 지금 생각해봐."

"……후나우키로 가볼까……." 지로는 작은 소리로 우물우물 말했다.

아버지가 얼굴을 번쩍 쳐들었다.

"어떻게 거기 이름을 알았어?"

"아키라 아저씨가 말해줬어. 거기 항구에 묶어둔 배를 나한테 준댔어."

"흐음." 아버지가 무언가 생각에 잠겼다. 벌렁 드러눕는다. "이리오모테 섬…… 음, 나쁘지 않군." 혼잣말처럼 중얼거렸다.

"저기, 아버지. 우리 집, 돈 있어?"

지로가 물었다. 한번쯤 물어보고 싶었다.

쓰윽 노려본다. "돈 같은 거, 전혀 중요하지 않아."

"그런가? 돈이 없으면 밥도 못 먹고 옷도 못 사잖아."

"그런 걸 자꾸 사들이는 건 인류의 기나긴 역사 속에서 그야말로 극히 최근의 일이야. 대부분은 자급자족으로 꾸려왔지."

"하지만 지금은 원시시대가 아니야. 다들 돈으로 물건을 사면서 생활하는데, 뭐."

"지로, 프로레슬링 한 판 할까?"

"싫어." 지로는 벌떡 일어나 방 한쪽으로 피신했다. "아버지는 일해본 적 있어? 프리라이터 같은 거 말고, 넥타이 매고 회사에 다니거나 가게에서 손님을 맞이하거나, 그런 일 해본 적 있어?"

"흥, 웃기시네. 그런 건 자본가에게 착취만 당하는 일이야. 참된 노동이란 민중을 위해 논밭을 경작하는 일이지."

"쿠바의 사탕수수밭?"

"……호오. 이것저것 많이 아시네?" 아버지가 돌아누웠다.

"엄마한테 들었냐?"

"아니. 아키라 아저씨한테. 쿠바의 카스트로 의장하고 함께 찍은 사진도 있다던데?"

아버지가 슬슬 기어서 팔을 뻗어오는지라 지로는 복도로 달아났다.

"엄마한테 돈 걱정 좀 그만 시켜. 이사하는 데 돈도 많이 들 텐데."

그 말만 하고 계단을 쿵쾅쿵쾅 뛰어올랐다. 가슴이 약간 두근두근했다. 아버지를 정면으로 비난한 것은 처음이었다.

학교에 가는 게 영 우울했다. 미나미 선생님이 냉랭했기 때문이었다. 제대로 눈도 마주치려고 하지 않았다. 경찰이나 교육위원회에 연락하는 일을 떠맡은 것 때문에 아무래도 기분이 좋지 않은 모양이었다.

"왜 학교가 경찰의 창구가 되어야 하죠?" 지로가 있는 앞에서 교감 선생님을 향해 불만스럽게 말했었다.

"그건 그러니까, 보호자도 참고인이니 어쩔 수 없이……."

교감 선생님은 어금니에 뭔가 낀 것처럼 못마땅한 말투였다.

아버지를 싫어한다는 게 분명하게 보였다.

수업 중에 학생 상담실에 불려가고, 그 다음에는 아동상담소에 불려가 경시청 형사와 이야기를 했다. 보호자 동반은 지로 쪽에서 거절했다. 어머니를 힘들게 하고 싶지 않았기 때문이다. 사건에 대해 추궁을 하려나 했더니만, 대부분은 그저 그런 평범한 이야기였다.

"아저씨가 초등학교에 다닐 때만 해도 터치 볼 정도밖에는 놀거리가 없었는데 말이야." 아버지와 비슷한 또래의 아저씨가 먼 눈을 하고서 말했다. "농구는 포트 볼이라고 해서 골대 대신에 사람이 서있었어."

무슨 이야기인지 모르겠다. 사건 조사도 그저 형식적으로 하는 듯한 느낌이었다.

"아키라 아저씨에게 여자친구는 없었니?"

"몰라요."

"정말 아무도 없었나 보네? 접견하러 오는 사람이 통 없다더니."

형사는 서류에 작문 같은 것을 써 넣었다. 지로에 대한 '공술서'라는 것인 모양이었다.

"아키라 아저씨를 가족처럼 느낀 나는 그의 부탁을 차마 거절하지 못하고……."

형사가 자신의 글을 읽어 내려갔다. "어디 잘못된 데 있니?"라고 물어서 고개를 가로저었더니 끄트머리에 서명을 하라고 했다.

아동상담소에서는 구로키를 만났다.

구로키는 학습실이라는 개인 방에서 혼자 공부를 하고 있었다. 그 앞을 지나칠 때, 복도 쪽 창문이 열려있어서 서로 눈이 마주쳤다.

지로를 향해 손으로 총을 쏘는 시늉을 했다. 지로도 마주 눈을 흘겨주었다. 그러자 구로키가 쓴웃음을 지으며 '바보'라고 입 모양만으로 욕을 해왔다. 지로는 '멍청이'라고 되갚아주었다.

점심시간에 아동상담소 식당에서 급식 도시락을 먹고 있는데 구로키가 나타났다. 조금 떨어진 자리에 앉았다.

"우에하라 지로도 마침내 상담실에 들락거리게 됐구나"라는 구로키. 익숙한 손놀림으로 밥에 깨소금을 뿌리고 있었다.

"너하고 똑같은 줄 아냐? 나는 그냥 조사받으러 온 것뿐이야."

구로키는 말없이 먹기 시작했다. 식당에는 다른 학생들도 있었다. 얼른 보기에도 불량학생이거나 따돌림을 받은 아이들이었다. 이런 애들과 함께 있다가 나까지 버리는 거 아닐까 하고 공연한 걱정을 했다.

밥을 더 담아오려고 일어서는데 구로키가 곁으로 다가왔다.

"어른한테 부탁해서 가쓰의 팔을 부러뜨렸다던데, 진짜냐?"

목소리를 낮추며 물었다.

"어떻게 알았어?"

"세상은 좁거든."

"다음은 네 팔을 부러뜨릴 차례야."

"웃기지 마. 그 어른이 '빵'에 갔다던데, 뭘."

구로키는 접시를 들고 지로 앞으로 자리를 옮겨 왔다.

"저리 가!" 지로가 험악한 표정을 지었다. 녀석을 용서해줄 마음은 전혀 없었다.

"가쓰는 뱀 같은 놈이야."

"나도 알아."

"절대로 제 발로 물러설 놈이 아니지."

"나도 다 안다니까."

"하지만 제 팔을 부러뜨린 어른이 그날 밤에 사람을 죽였다는 얘기를 듣고는 진짜로 꽝꽝 얼어버리더라."

구로키를 바라보니 느물느물 웃고 있었다.

"진짜야?" 지로가 물었다.

"응. 우에하라 지로 주변에는 과격파들이 우글우글하다는 소문이 돌고 있어."

이제 새삼 특별한 느낌은 없었다. 가쓰 따위, 덤빌 테면 얼마든지 덤비라는 기분이었다.

"무카이한테 들었어. 너희 아버지도 옛날에 과격파였다면서?"

"시끄러. 괜히 나하고 잘 아는 척, 친한 척 하지 마."

잔뜩 노려보았더니 구로키는 흥, 하고 코웃음을 쳤다. 아니꼽게시리 손으로 옆머리를 쓱쓱 쓸어올렸다. 이 녀석의 불량기는 점점 더 조폭을 닮아가는 것 같다.

그날은 학교에 돌아가지 않았다. 미나미 선생님이 아동상담소

쪽에 "학교에 다시 돌아오지 않아도 된다"는 연락을 보내온 것이다. 정말 쌀쌀맞기도 하다. 한숨이 나왔다. 교사라는 존재가 몹시 속물적으로 느껴졌다. 인간이 남에게 친절을 베푸는 건 자신이 안전할 때뿐이다.

 집에 돌아오니 집 앞 좁은 골목길에 검은 마이크로버스가 와있었다. 길을 가로막다시피 서있어서 그 옆으로 자전거 한 대가 겨우 드나들 정도였다. 자동차 몸통에 하얀 글씨로 '탈환! 북방사도(奪還! 北方四島)'라고 씌어있었다.
 군가를 크게 틀어놓고 거리를 돌아다니는 우익의 가두선전용 차량이었다. 어떤 사상을 가진 사람들인지는 알지 못했지만, 미안하다는 몇 마디 말로 고분고분 넘어가주는 사람들이 아니라는 건 잘 알고 있었다.
 "뭐야, 이 녀석." 자동차 곁에 서있던 젊은 남자가 말을 걸어왔다. "자꾸 힐끔힐끔 쳐다보면 구경한 값을 내라고 할겨."
 "여기가 우리 집인데요?" 무뚝뚝하게 대꾸했다.
 "아, 그래? 우에하라 씨 아드님이시고만. 지금 아버지가 몹시 바쁘시걸랑? 잠깐 바깥에 나가서 노는 게 좋을겨."
 아직 스무 살쯤밖에 안 된 젊은 남자가 사투리를 썼다. 긴장된 분위기는 없고 그저 쥘부채를 얼굴에 대고 팔랑팔랑 부치고 있었다.
 현관 옆에는 양복 차림의 이인조(二人組)도 서있었다. 사복형사라는 것을 금세 알아보았다. 이런 쪽의 콤비에는 완전히 익숙해졌다.

엄마한테나 가볼까. 모모코도 있을 것이다. 하지만 잠시 집 안의 정황을 살펴보고 싶었다.

"책가방 놓고 나올래요." 우익에게도 형사에게도 그렇게 둘러댔다. 지로는 현관문을 지나 2층으로 올라갔다. 방에는 들어가지 않고 계단참에 멈춰 서서 귀를 쫑긋 세웠다.

"이봐, 우에하라 씨. 21세기에 무슨 파르티잔도 아니고, 이런 거 발표해봤자 읽어줄 사람이 없어. 매스컴에서도 완전히 무시할 거고."

낯선 사내의 목소리였다. 저음으로, 상당히 관록 있는 목소리였다.

"그럼 당신도 무시하고 그냥 넘어가." 아버지의 목소리도 들렸다.

"그럴 수는 없지. 다들 입장이라는 게 있어. 이런 책이 세상에 나온다는 것 자체가 우익 진영을 완전히 바보로 여긴다는 뜻이라고. 이건 체면이 걸린 문제야."

"나는 모르겠어, 댁들의 체면 따위."

"이봐, 시대를 생각해야지. 아무 쓸모도 없는 싸움이잖아. 어느 쪽에도 이익될 게 없어. 게다가 우리도 당신과는 더 이상 문제를 일으키고 싶지 않아. 당신, 우익에는 아예 콧방귀도 안 뀌잖아."

아버지는 우익과도 아는 사이였던가. 하기사 이제 새삼 놀랄 일도 아니었다.

"문학사 말고 다른 출판사에 가져가도 우리는 다 쫓아다니면서 못 내게 할 거야. 자비 출판이라도 인쇄소를 찾아내서 압력을 가할 거라고. 당신 혼자서는 절대로 대항 못해. 포기하시지."

아버지는 침묵하고 있었다. 누군가가 작은 소리로 죄송하다고 사과하고 있었다. 아마 문학사라는 출판사의 사람일 것이다. 대충 알 만했다. 아버지의 책이 출판된다는 이야기는 이미 물 건너간 것이다.

"헌데 내가 문학 쪽에는 문외한이라서 말인데, 그 소설이 재미있기는 한 거야?"라는 저음의 목소리.

아무도 대답을 하지 않았다. 무거운 공기가 2층까지 전해져 왔다.

사내들이 하나둘 떠나갔다. 집 안에 아버지와 덜렁 둘이서만 남는 게 싫어서 지로는 혼란한 틈을 타 밖으로 나왔다.

어머니의 가게로 가는 건 관두고 나카노 브로드웨이 쪽으로 걸음을 옮겼다. 기분이 어두운 탓에 늘 놀던 곳까지 따분하게 느껴졌다. 어서 빨리 어른이 되면 좋을 텐데. 자기 힘으로 돈을 벌고 어디든 마음대로 갈 수 있는 어른. 초등학생은 가는 곳까지 제한되어 있다. 저녁 시간에는 냉큼 집에 돌아가야만 했다.

호주머니를 뒤져보니 잔돈이 있어서 게임 센터로 들어갔다. 껄렁거리는 중학생이 몇몇 서있었지만 무시해버렸다. 그쪽에서도 지로와는 눈을 마주치려고 하지 않았다. 구로키가 이야기하던 그 소문에 감사했다.

삐요오옹 하는 전자음이 양쪽 고막을 뒤흔들었다.

그날 밤, 아버지와 어머니가 늦도록 두런두런 이야기를 나누었다. 큰 소리가 터지지는 않았지만 의견 대립이 일어난 것 같았다. 왠지 잠이 오지 않아서 지로는 이불 속에서 내내 귀를 기울이고 있었다. 한 시간이 넘도록 긴 이야기가 이어졌다. 중간쯤부터 어머니의 말이 더 길었다. "좀 참아 봐요"라는 말이 들렸다. 하지만 결국에는 어머니가 뜻을 굽힌 것 같았다. "하긴 그것도 좋겠네, 한 가족쯤은." 메마른 어조로 그런 말을 했다.

모모코도 자꾸만 뒤척였다. 어쩌면 깨어있었는지도 모른다. 누나는 한밤중에야 돌아왔다. 휴대전화로 누군가에게 "그럼, 잘 자요"라고 여자 냄새가 풍풍 풍기는 목소리로 밤 인사를 건넸다.

30

다음 날 아침, 어머니가 할 말이 있다고 했다. 식탁에서 아침밥을 몰아 넣고 있으려니 "밥 먹으면서라도 좋으니까 내 얘기 좀 들어봐"라며 어머니가 의자에 앉은 것이다. 모모코는 곁에서 낫토를 휘젓고 있었고, 아버지와 누나는 아직 잠을 자고 있었다.

"우리, 오키나와의 이리오모테 섬으로 이사하기로 했어."

모모코가 젓가락 든 손을 멈췄다. 지로는 입에 밥을 가득 떠 넣은 채 씹는 것을 멈췄다.

"너희에게는 좋은 인생 경험이 될 거야. 대학에 가거나 회사원이 되는 데는 약간 불리할지도 모르지만, 누구나 다 걸어가는 그런 인생에 그다지 큰 가치가 있다고 생각되지 않기 때문에 도쿄에서의 생활을 이쯤에서 접으려고 해."

곧바로는 아무 생각도 떠오르지 않았다. 우선 입 안의 밥부터 삼키기로 했다.

"물론 너희는 부모의 소유물이 아니니까 자립할 수 있다고 판단되는 시점에는 얼마든지 독립해도 좋아. 하지만 열다섯 살까지는 아버지랑 엄마랑 함께 살자. 그래서 말인데, 지금 친구들과는 일단 이별해야겠다."

그 말을 듣자마자 준과 무카이의 얼굴이 떠올랐다. 린조의 얼굴, 삿사와 핫세의 얼굴도.

"언제 이사할 건데?" 지로가 물었다.

"가게의 가구와 그릇들을 처분하는 대로 출발할 거야. 아마 이삼 일 안으로. 이런 일은 길게 끌어봤자 좋을 게 없어."

이리오모테 섬은 아키라 아저씨의 고향이었다. 그리고 아저씨가 지로에게 물려준 배가 있는 곳이었다.

"아버지가 결정했어?"

"아버지랑 엄마가 함께 결정했어."

어머니가 의연히 말했다. "자, 어서 먹어라." 권하는 대로 밥을 한 그릇 더 먹었다.

"이리오모테 섬이라는 데는 인구가 몇 명이야?"라는 지로.

"글쎄, 꽤 큰 섬이니까 아마 천 명 정도는 될 걸?"

말이 나오지 않았다. 지금 다니는 학교의 학생 수가 천 명이다.

"전학할 학교는 어떤 초등학교?"

어머니가 테이블에 턱을 괴었다. "지로와 모모코는 학교가 꼭 필요하니?" 너무도 가볍게 묻는다.

지로는 무슨 뜻인지 얼른 알아듣지 못했다. 아버지가 그런 말을 했다면 또 모르지만, 어머니는 그래도 상식적인 어른이라고 생각했었다.

"……필요하지!" 지로가 대답했다.

"모모코는?"

모모코는 침묵한 채였다. 낫토를 밥에 얹어 힘없이 떠 넣고 있었다.

"너희가 학교에서 배우는 거, 실은 별로 중요한 것도 아니야. 공부하는 내용도 그렇고 집단생활의 규칙 같은 것도 그래. 정해진 통학로로만 다녀야 하다니, 그런 건 명백하게 아무 의미도 없는 규칙이잖니? 나라에서는 국민을, 어른은 어린애들을 그저 편리하게 관리하겠다는 것뿐이야."

어머니까지 아버지 같은 말을 하고 있었다. 하긴 비슷한 생각을 가진 사람들이기 때문에 부부가 되었을 것이다.

"학교에는 오늘 안으로 연락할게. 그러니까 지로와 모모코는 친구들에게 작별 인사를 해둬라."

어머니가 테이블을 떠나 싱크대로 돌아갔다. 그 등을 향해 지로가 물었다. "누나는?"

"요코는 이제 다 컸으니까 자기 의사에 맡길 거야."

누나가 그런 먼 곳에 갈 리가 없지. 지로는 입 안에서 중얼거렸다. 어머니에게 들리지 않게 가만히 한숨을 내쉬었다.

갑작스레 이사를 하다니. 게다가 머나먼 남쪽 섬으로.

마침내 올 것이 오고야 말았다는 느낌도 있었다. 마음속 어딘가에, 아버지가 있는 한 우리 식구들은 편히 살 수 없을 것이라는 체념이 있었던 것이다.

모모코는 밥을 한 그릇밖에 먹지 않았다. 달걀 프라이를 대신 먹어주겠다고 했더니, 그건 싫다고 단호히 거절했다.

학교 가는 길에 준에게 이사 간다는 이야기를 했다.

"그래?"라는 냉랭한 첫마디가 돌아왔다. "좋겠다, 오키나와에도 가고."

"좋긴 뭐가 좋아? 관광하러 가는 것도 아닌데. 이리오모테 섬이라는 곳에 가서 사는 거란 말이야."

"화장실은 푸세식?" 웬일인지 그런 엉뚱한 걸 물었다.

"아니, 나도 모르겠는데?" 대답하면서 지로도 은근히 마음에 걸렸다. 그보다 어떤 집에서 살게 될지도 아직 모른다.

잠시 준의 질문이 이어졌다. "겨울에도 수영할 수 있어?" "야자나무에 열매가 열리냐?" 거의 대답을 못했다. 거꾸로 지로가 물어보고 싶을 정도였다.

학교에 도착할 때쯤에야 준은 "그렇게 먼 곳이면 쉽게 놀러 가지도 못하겠네?"라며 섭섭한 기색을 비쳤다. 이제야 겨우 사태를 파악한 모양이었다.

수업이 시작되기 전에 교실에서 무카이와 린조에게도 말해주었다.

"이리오모테 섬? 일본에서 유일하게 아열대 정글이 있는 섬일 텐데?" 무카이는 역시 척척박사답게 몇 가지 지식을 토로했다. "이리오모테 고양이가 있고, 맹그로브(열대 및 아열대의 해안이나 하구의 습지에 해수의 염분농도에 견디는 수목으로 형성된 숲 - 역주)가 무성하고, 한마디로 야생의 섬이야."

"비행기 타고 가야 해?"라는 린조. 지로가 어깨를 으쓱 들어올렸다. 무카이는 책상에서 지도책을 꺼내더니 펼쳐들었다.

"오키나와에서도 한참 멀어. 이시가키 섬보다 아래쪽이야."

지로도 열심히 지도를 들여다보았다. 오키나와 본섬에서 떨어진 물방울 같은 섬들이 잔뜩 펴져 있었다.

"공항 표시가 없어. 그렇다면 일단 비행기를 타고 이시가키 섬 공항까지 간 다음에 거기서 다시 배를 타야 할 거야."

그렇구나. 비행장도 없는 섬이구나. 확대 지도에서 후나우키라는 지명도 찾아냈다. 아키라 아저씨가 물려준 배가 있는 곳이었다.

"여름방학에 다 같이 놀러 가자. 비행기도 한번 타보고 싶었어."

무카이가 말했다. 무카이라면 아이들을 이끌고 하와이까지라도 척척 데리고 다닐 것이다.

그날은 쉬는 시간마다 준도 무카이도 자꾸 말을 걸어왔다. 시간이 갈수록 이별이 실감나는 모양이었다.

"주소 좀 알려줘." 당연한 요청이었다. "나도 몰라." 얼빠진 대답을 할 수밖에 없었다.

준이 지로의 의자에 엉덩이를 들이밀었다. 팔을 지로의 어깨에 두른다.

"이사하기 전에 우리 집에 전골요리 먹으러 와."

"응, 고마워."

생각해보면 준과는 유치원 때부터 함께 한 친구였다. 같이 놀았던 횟수는 아마 2천 번은 넘을 것이다. 이별의 날이 오리라고는 상상해본 적도 없었다.

"뭐 가지고 싶은 거 있어?"라는 무카이.

"왜 그래, 갑자기?"

"멀리 떠나는데 선물 좀 해야지. 상아 인감도장은 어때? 평생 지닐 물건이라고." 그러면서 하얀 이를 내보였다.

모두들 정말 다정했다. 문득 지독히 허전했다. 이 친구들과 이제 더 이상 놀 수 없는 것이다.

오후 수업을 면제받고 아동상담소에서 다시 형사의 조사에 응했다. 아키라 아저씨가 다시 묵비권을 행사해서 지로의 증언이 필요한 모양이었다. 어디까지 이야기해야 좋을지 알 수 없었지만, 죽은 사람이 나온 이상 감출 일은 없다는 생각에 묻는 것에는 모두 대답했다.

"아키라 아저씨는 착한 사람이에요." 그 점은 몇 번이고 강조했다. "다정한 성격이고 어린아이들을 좋아하고 사타안다기를 정말 잘 만들고 여동생에게는 가정교사처럼 친절하게 공부도 가르쳐줬고……"

"응, 알았다, 알았어."

형사가 쓴웃음을 지으며 지로의 말을 가로막았다.

"재판은 언제 해요?"

"아직 멀었어. 증거를 맞춰놓고 검찰이 기소하고 국선 변호인이 정해지고, 그 다음에나 재판에 들어가거든."

"그래요?"

"앞으로 검찰에서 누군가 물어보러 올지도 모르겠는데, 협력 좀 해주라."

"……하지만 이제 곧 우리 집은 이사를 가는데요?"

"그래?" 형사가 목을 쭉 뽑았다. "가족이 모두 간단 말이야?"

"네."

"어디로?"

"오키나와 쪽으로요."

형사의 안색이 변했다. "후텐마(普天間)? 아니면 코자(コザ)로?"

"이리오모테 섬인데요."

"이리오모테 섬?"

형사가 고민스러운 표정을 지었다. 아키라 아저씨 일은 내버려두고, 이사 가는 곳에 대해 시시콜콜 캐물었다. 어딘가에 전화 연락도 했다. 아버지는 정말 경찰로부터 지대한 관심을 받는 인물인 모양이었다.

학교에 돌아가지 않고 그대로 집에 돌아왔더니 오늘은 커다란 트럭이 골목길을 막고 있었다. 작업복을 입은 아저씨들이 테이블이며 냉장고를 차에 싣고 있었다. 지로는 깜짝 놀랐다. 벌써 이사를 가는 건가?

급하게 집 안으로 뛰어들었다. 아버지가 부엌에서 전자계산기를 든 남자와 마주 서있었다.

"손님, 대부분 재활용품으로도 못 내놓을 물건들이에요. 사실은 회수해 가는 수고비를 받아야 할 정도라니까요."

"괜히 긴 말 할 거 없소. 당신들 수법은 나도 다 알아. 냉큼 얼만지나 말하쇼."

아버지의 으름장에 남자가 전자계산기를 두드렸다. 그 숫자를 들여다보더니 아버지가 마뜩찮은 얼굴로 고개를 끄덕였다. 협상이 이뤄진 것 같았다.

"아버지." 지로가 불렀다. "벌써 이사 가는 거야?"

"오, 아들. 친구들에게 작별 인사는 했냐?"

"참내, 어떻게 벌써 작별 인사를 해? 이제 곧 이사한다는 얘기만 했지."

"그럼, 저리 가서 편지라도 써."

"에휴……." 지로는 말이 막혔다.

"쇠뿔도 단김에 빼라고 했어. 이런 일은 내친 김에 쓱싹 해치우는 거야. 진짜 좋아, 남쪽 섬은." 아버지가 환한 얼굴로 반달눈을 뜨고 있었다. "가재도구는 몽땅 정리할 거다. 배편으로 가면 시간도 많이 걸리고 비용도 많이 들거든. 꼭 필요한 건 오키나와에서 사는 게 더 빨라."

급히 2층으로 올라갔다. 책상도 없고 서랍장도 없었다. 서랍에 들어있던 것들은 죄다 상자에 옮겨져 있었다. 아키라 아저씨에게서 받은 손목시계를 찾아보았다. 금세 눈에 띄어서 부리나케 손목에 찼다. 이어서 붙박이장을 열었다. 텅 비었다. 이불도 없는 것이다. 오늘 밤에는 어떻게 할 작정인가.

누나 방으로 갔다. 이곳만은 그대로였다. 정말로 누나는 가지 않는구나. 누나와는 이제 이산가족이 되는 것이다.

1층으로 내려갔다. "엄마는? 모모코는?"

"가게에. 그쪽도 한창 정리중이야."

전화를 걸어보려고 했더니 늘 있던 자리에 전화기가 없었다.

"아버지, 전화는?"

"해약했어. 역시 전화국은 일처리가 빠르더라, 와하하."

지로는 입이 붙어버렸다. 아무리 그래도 이건 너무 급하다. 그러는 참에 어머니가 나타났다. "여보, 의자에 테이블에 식기까지, 다 해서 50만 엔밖에 안 돼." 입을 뾰로통하게 내밀고 있었지만, 어딘가 활기가 넘쳐 보였다.

"엄마, 아가르타는 이제 없는 거야?"

"그래. 커피 마시러 온 손님이 깜짝 놀라더라."

"그래도 돼? 이렇게 간단히 결정해도?"

"우리 아들, 의외로 걱정 많은 성격이네. 누구를 닮았지?"

그러면서 시원하게 웃었다. 오늘의 어머니는 세상이라든가 인생이라든가, 그런 것에 대해 전혀 관심이 없는 사람처럼 보였다.

"모모코는?"

"글쎄, 어디 갔지? 친구들하고 놀고 있는 거 아니니?"

지로는 방바닥만 남은 거실에 벌렁 누웠다. 천장에 형광등도 없었다.

하긴 뭐, 어떠냐. 자신에게 되뇌었다. 아버지와 어머니는 이미 결정해버린 것이다.

"저녁밥은 편의점 도시락이다."

어머니는 아예 콧노래를 부르고 있었다. 무슨 경사라도 난 것처럼.

"냉장고도 없으니까 상할 것은 사지 마."

아버지가 빗자루를 들고 말했다.

"여보, 어차피 허물어버릴 집인데 청소 같은 건 안 해도 돼."

"아, 그런가? 그럼 다다미도 뜯어다 팔아버릴까?"

둘이서 웃고 있었다. 왠지 사이가 좋아 보였다.

그때 누군가 찾아왔다. "실례합니다." 현관에서 남자 목소리가 들렸다. 발소리로 보아 여러 사람이었다. 아버지가 나갔다. "어이, 우에하라. 오키나와로 이주한다고?" 당황한 기색이 역력했다.

"참 귀찮게 구네. 내가 뭣 때문에 공안에 그런 일을 일일이 보고해야 해? 재판소의 명령이라도 있어? 조사는 모조리 임의로 하는 거잖아?"

아버지의 말을 듣고 공안 경찰이라는 것을 알았다. 낮에 지로가 했던 말이 벌써 전달된 것이다.

"허참, 그런 소리 하지 말고, 좀 봐줘. 나카무라 아키라를 입건할 때까지 당신은 도쿄를 떠나면 안 돼. 이봐, 부탁이야."

"사양하겠어. 경찰에는 협력 안 해."

"오키나와 쪽에는 갑자기 무슨 일이야? 잘 알겠지만, 오키나와 본섬에 발을 들이면 우리도 스물네 시간 밀착 감시를 할 거야."

"오키나와가 아니라 야에야마(八重山)의 이리오모테 섬이야. 안심해."

"후텐마 사건은 아직 민사사건으로는 시효 전이야. 팬텀기 한 대에 얼마였는지 알아?"

"웬 고릿적 얘기야? 게다가 증거도 없으면서."

"미군기지 문제에서는 손을 뗐었잖아?"

"참 못 알아듣네. 내가 가는 곳은 이리오모테라고 하잖아. 미군기지고 뭐고 이제 나는 몰라. 그리고 우리 조상이 오키나와 출신이야. 고향에 돌아가겠다는데, 왜들 이래?" 아버지의 목소리가 점점 높아졌다.

"혁공동쯤은 이제 무섭지도 않아. 그쪽은 아무 짓도 못해. 기껏해야 내홍 사건이지. 우리는 그쪽보다 우에하라 이치로가 더 겁이 난다고."

"언제까지 나를 과대평가할 거야? 나는 진즉에 은퇴한 몸이라고."

말다툼이 한없이 이어질 것 같았다.

너무 시끄러워서 지로는 어른들의 옆구리를 비집고 밖으로 나왔다. 아버지의 무용담은 정말 끝이 없는 모양이다. 미군기지는 또 뭔가. 소설일랑 관두고 자서전을 쓰면 훨씬 더 잘 팔릴 텐데. 쓰기만 한다면 내가 제일 먼저 읽을 거다.

오후 5시를 알리는 학교 차임벨 소리가 서쪽 하늘에 울려 퍼졌다. 까마귀가 울었다. 이 동네와도 이제 그만 작별인가. 남쪽 섬에서는 어떤 새가 울까.

골목길 건너편에서 모모코의 친구들이 걸어왔다. 이웃에 사는 같은 반 친구들이었다. "얘, 모모코 어디 있는지 알아?" 지로가 물어보니 "3시쯤에 역에서 봤어. 요츠야에 볼일이 있다던데?"라는 대답이 돌아왔다.

모모코는 혼자서 외갓집에 간 것이다.

안 좋은 예감이 들었다. 오키나와 쪽으로 이사한다는 이야기를 듣고 외할아버지와 외할머니가 가만히 있을 리가 없었다.

31

요츠야 3가 역 출구에서 뻗어나간 신주쿠의 널찍한 인도는 귀가를 서두르는 사람들, 거꾸로 네온이 환한 시내로 나가는 사람들이 뒤엉켜 복닥거렸다. 지로는 티셔츠 아래로 땀을 줄줄 흘리며 저녁 해를 등에 받은 채 달리고 또 달렸다.

모모코를 데리러 간다기보다 지로 역시 외할머니를 만나고 싶었다. 일이 너무 급하게 흘러가는 게 두려웠다. 마구잡이로 내달리기 시작한 수레를 일단 멈춰놓고 싶었다.

호리우치 빌딩의 인터폰을 누르자 일하는 사람이 받더니 곧바로 외할머니가 건네받아서 "어서 오너라" 하고 무거운 목소리로 말했다. 모모코에게 이사 간다는 이야기를 들었는지, 지로가 오기만을 기다렸다는 듯한 말투였다.

방에 들어서자 거실 소파에 모모코가 쿠션을 안고 누워있었다. 지로를 흘끔 쳐다보더니 부루퉁한 얼굴을 쿠션에 파묻었다. 그 곁에는 사촌 여동생 가나가 앉아 있었다. 친자매처럼 꼭 붙어 있었다.

"왜 전화가 안 되지?" 외할머니가 물었다. "지로네 집에 아까부터 몇 번이나 전화를 했는데 아무도 안 받는구나."

"전화가 없어요." 지로도 소파에 앉았다. "해약했대요."

"저런!" 외할머니가 눈을 둥그렇게 떴다.

"가구하고 냉장고도 처분해서 집 안이 텅 비었어요."

"대관절 어쩔 작정이람. 오키나와는 뭐고 이리오모테 섬은 또 뭐야? 살 집도 정하지 않고 무작정 떠나다니……."

외할머니가 전화기를 집어 들었다. "그래, 잠깐 나카노에 가서 사쿠라를 좀 만나봐……." 누군가에게 지시를 내리고 있었다. 외삼촌인 것 같았다.

"어찌됐든 사쿠라만이라도 데려와. 애 아범은 아무려나 상관없어. 사쿠라가 오지 않겠다고 하면 모모코와 지로는 못 보낸다고 해라."

전화를 끊더니 어처구니없다는 얼굴로 크게 한숨을 내쉬며 지로 곁으로 다가왔다.

"지로, 너희 아버지 따라가면 안 된다. 아무리 조상이 오키나와에 살았더라도 그렇지, 일할 데가 있는 것도 아니고, 가게를 하려도 자금 한 푼 없을 텐데 덮어놓고 떠나서 어떻게 살려고 그러는지. 게다가 학교는 어떻게 할 거야? 외할머니도 이리오모테 섬이 어떤 곳인지 자세히는 모르지만, 전교생이 스무 명밖에 안 되는 그런 곳일 게야. 외할머니는 절대 반대다. 너희들의 장래를 생각한다면 이런 식으로 이사하는 게 결코 좋을 리가 없어."

"열다섯 살이 되면 함께 살지 않아도 괜찮다고, 어머니가 그러셨는데요."

"사쿠라까지 그런 무책임한 소리를 했어? 괜찮을 리가 있겠니? 열다섯 살에 혼자 살다니. 겨우 중학교 졸업할 나이잖아. 앞으로 고등학교도 대학교도 입시 경쟁이 점점 더 치열해진다는 판에……."

외할머니가 답답하다는 듯 내뱉었다. 가정부가 시원한 음료수와 과자를 내왔다. 모모코가 말없이 손을 내밀어 쿠키를 집었다. 지로도 똑같이 따라 했다.

"모모코, 어떠니? 아무래도 가쿠슈인으로 전학하는 게 좋겠지? 외할아버지가 전에 이사로 재직하셨으니까 언제든지 편입할 수 있어."

외할머니가 말했다. 지로가 오기 전부터 모모코를 달래고 있었던 모양이다.

"지로도 그렇게 해라. 여기는 방도 많아. 한두 군데 고치고 가구 몇 개만 1층으로 옮기면 너희 방 두 개쯤은 금세 만들 수 있어. 잠시 아버지 어머니와 떨어져서 살아보는 것도 괜찮다. 네 엄마가 기어코 오키나와에 가겠다면 지로와 모모코는 여기서 살아라."

지로는 대답을 하지 못했다. 쉽게 대답할 수 있는 일이 아니었다. 앞으로의 인생을 좌지우지하는 결단을 내려야 하다니, 이런 일은 처음이었다.

"가쿠슈인이라도 걱정할 거 하나도 없다. 지로도 모모코도 호리우치 가문의 혈통이야. 그저 남들 하는 대로 공부하면 얼마든지 따라갈 수 있어."

지로는 가쿠슈인 교복을 머릿속에 떠올렸다. 그 단추 없는 하이 칼라의 옷을 입는다고 생각하니 문득 낯이 간지러웠다. 하지만 전혀 실감은 나지 않았다. 아버지 어머니와 헤어진다는 것도, 일류 사립학교에 다닌다는 것도.

모모코가 몸을 일으키더니 "오빠, 어떻게 할 거야?"라고 진지한 눈빛으로 물었다.

"너는?"

"생각중."

정말로 생각해보는 듯한 기색이었다.

외할머니는 가게에 급한 볼일이 있는지, "장부를 좀 점검해야 한단다. 너희 둘 다 꼭 여기 있어라"라는 말을 남기고 아래로 내려갔다.

"저기, 가쿠슈인이라는 데, 재미있냐?"

지로가 가나에게 물어보았다.

"응, 재밌어." 입술을 동그랗게 내밀고 대답하더니 가나는 모모코의 머리카락을 만지작거렸다.

"불량한 학생은 없어?"

"없어."

"세탁소 집 아이는?"

"몰라."

가나가 모모코의 볼이며 코를 만졌다. 스킨십이라기보다 인형처럼 갖고 노는 듯한 느낌이었다.

"전학 오는 애도 있어?"

"아니, 하나도 없어. 온다고 해도 대개는 재외 국민."

그럴 테지. 지로는 그제야 제정신으로 돌아왔다. 외할아버지나 외할머니가 아무리 원하더라도 일류 사립학교에 전학하기가 그리 간단할 리 없었다. 더구나 초등학교 6학년 1학기라는 어중간한 시기에. 내년에 중학교 입시를 치르라고 할 게 뻔했다.

"나라면 남쪽 섬 학교로 갈 텐데." 가나가 말했다. "시골에는 피아노 선생님도 없을 거고."

"무슨 소리야?" 모모코가 물었다.

"진짜 지겨워." 모모코를 끌어안았다. 가나는 피아노 레슨이 싫은 모양이었다.

그러는데 다카시 형과 아츠시가 학교에서 돌아왔다. 다카시 형의 스포츠 백 귀퉁이에서 테니스 라켓이 삐죽이 내보였다. 아츠시는 바이올린 케이스를 안고 있었다.

"여어, 왔구나." 다카시 형이 어른스럽게 인사를 건넸다. 아츠시는 지로를 보자마자 반가운 눈빛으로 쪼르르 다가왔다.

"저녁밥 먹으러 왔어?"

"그런 거 아닌데?"

"이번에도 백 텀블링 해줄 거야?"

"응, 좋아."

"이번에도 토했다가는 오누이 인연 끊을 줄 알아"라는 모모코. 지로는 누이의 엉덩이를 걷어찼다.

"오빠." 가나가 다카시 형을 불렀다. "모모코 언니랑 지로 오빠, 우리 집에서 살지도 모른대."

"그래?" 자기 방으로 올라가려던 다카시 형이 발을 멈추었다.

"모모코 언니네 아버지하고 어머니가 오키나와의 어떤 섬에 이사 가려고 해서, 우리 집에서 맡아주려나 봐. 할머니가 그랬어."

다카시 형이 지로를 흘끔 쳐다보았다. "흐응." 입 끝으로 웃는 것처럼 보였다.

"학교도 전학할 거래."

"가쿠슈인으로?" 이번에는 분명하게 웃었다. "할아버지는 가쿠슈인이 지금도 자기가 다니던 때하고 똑같은 줄 아신다니까. 요즘에는 시험에 합격하지 않으면 편입은 어려운데."

그대로 거실을 나갔다. 아츠시도 그 뒤를 따라갔다. 환영하지 않는 듯한 분위기였다.

"아, 나도 저녁 먹기 전에 숙제해야 돼." 가나가 일어섰다. "미안. 저녁 먹고는 피아노 레슨 받으러 가야 해."

거실에 지로와 모모코, 둘만 남겨졌다. 올려다보니 천장에 고드름 같은 샹들리에가 매달려 있었다. 이 집에는 아마 형광등 같은 건 없으리라.

"모모코, 어떻게 할 거냐고?" 지로가 다그쳤다. "아버지랑 엄마는 당장 내일이라도 도쿄를 떠날 태세란 말이야."

모모코는 대답 없이 쿠션에 얼굴을 묻었다.

"따라가면 그걸로 끝, 도쿄에 다시는 돌아오지 못할 거야. 적어도 중학교 졸업할 때까지는 그 섬에서 살아야 해." 또 다른 쿠션을 모모코에게 내던졌다. "이리오모테라는 섬에는 비행기도 없다더라. 정글이 대부분인 야생의 섬이래. 아마 화장실은 푸세식일 것이고……."

"푸세식? 그게 뭐야?"

"모르냐? 수세식이 아니란 거야. 구멍만 뚫렸고 그 아래로 똥이 쌓이는 거."

"우엑!" 모모코가 얼굴을 잔뜩 찡그렸다.

"게임 센터도 없고 브로드웨이도 없고 선플라자도 없어. 아무것도 없다고."

"크로켓 파는 가게도 없겠지?"

"아마 그럴 걸?" 대답을 하자마자 배가 꼬로록 소리를 냈다. 점점 더 암울한 기분이 들었다. "모모코, 너는 이 집에 와서 살아도 아무렇지도 않겠어?"

"생각중."

"계속 그 말만 하냐?"

"아이 참, 마음이 정해지지 않는데 어쩌란 말이야?"

"이 집에서 살면 공부에 학원에, 무지 힘들 거 같다."

모모코가 돌아누웠다. 지독히 우울한 한숨을 내쉬었다.

"나, 일단 가쿠슈인은 포기할 거야."

"왜?"

"절대로 나하고는 안 어울릴 거 같아서."

"그래. 오빠하고는 안 어울려."

"모모코, 너는 어울릴 거 같아?"

"……어울릴지도 몰라."

"하긴 여자들은 공주가 되고 싶어서 안달이지. 예쁜 옷에 피아노에 케이크에……. 한마디로 비싸게 놀고 싶은 거지?"

모모코가 지로를 발로 찼다. 하지만 힘은 없었다.

"너는 앞으로 무슨 무슨 브랜드의 가방을 사겠다, 와인은 어디 거가 아니면 안 마신다, 그런 소리만 하는 밉살맞은 여자가 될 거야."

"그런 여자, 안, 될, 거야." 한마디씩 끊어가며 대꾸했다.

"될 걸? 틀림없지, 뭐." 지로는 모모코의 다리를 툭 쳤다.

그때 가정부가 얼굴을 내밀었다. "저어, 지로 군, 어머니 전화예요." 부엌문이 열리면서 치즈가 녹는 듯한 좋은 냄새가 함께 실려 왔다.

무선 전화기를 받아 귀에 댔다.

"거기서 뭐하고 있니?" 어머니의 단호한 목소리가 날아들었다.

"조금 전에 외삼촌이 오셨는데 그냥 쫓아냈어. 어머니는 죽어도 요츠야 집에는 안 갈 거야. 너희가 제 발로 돌아오지 않으면 그대로 두고 갈 거다. 비행기는 내일 오후 12시 반이야. 11시에는 집에서 출발할 테니까 그런 줄 알아."

"그, 그렇게 갑자기?"

"오늘 학교에 이사하겠다고 연락했어. 아무리 떼를 써도 소용없어."

"선생님은 뭐라고 하셔?"

"별 말씀 없으셨어."

설마 그럴 리가. 어머니는 완전히 딴 사람이 된 것 같았다.

"엄마, 모모코는 여기 외갓집에서 살고 가쿠슈인에 편입하려나 봐."

지로가 전화기에 대고 말했다.

"내가 언제?" 모모코가 급히 몸을 일으켰다.

"하지만 생각중이라며?"

"아니야!"

"그런 데서 형제끼리 싸우면 못써." 어머니의 꾸지람이 날아왔다. "아무튼 엄마는 할 말을 했으니 전화 끊는다. 외갓집에서 살고 싶다면, 원하는 대로 해."

어이없이 전화가 뚝 끊겼다.

"오빠, 엄마가 뭐래?"라는 모모코.

"모모코 너는 집에 안 와도 된대."

"거짓말!" 모모코가 발길질을 했다. 이번에는 힘이 있었다.

"오빠는 집에 갈 거야. 비행기, 내일 점심때쯤 탄대."

지로가 자리에서 일어섰다. 모모코도 함께 엉덩이를 들었다.

"뭐야, 생각중이라며?"

"생각 끝났어."

"어쩔 건데?"

"오키나와에 갈 거야." 입술을 툭 내밀고 말했다.

"외할머니에게 말하면 일이 복잡해지니까 편지 써놓고 가자."

모모코가 가나 방에 가서 종이와 사인펜을 빌려 왔다. 그 참에 가나도 따라왔다. 편지는 지로가 썼다.

〈외할머니께. 저희는 오키나와에 가기로 했습니다. 그곳에 도착하면 편지를 드리겠습니다. 그러니까 걱정하지 마세요. 지로.〉

"나도." 모모코가 펜을 집어 들었다.

〈외할머니를 맞나서 정말 조았어요. 유카타는 저의 보물입니다. 모모코.〉

"모모코, 맞춤법이 틀렸어. 그것도 두 군데나."

"에, 진짜?"

새 종이에 다시 썼다. 모모코는 편지글 가장자리에 꽃이며 하트까지 잔뜩 그려 넣었다.

"좋겠다." 가나가 말했다. "나도 남쪽 섬에 가고 싶어." 모모코를 끌어안고 머리를 쓰다듬었다. 이 아이가 애완견을 기른다면 하루 종일 끌어안고 쪽쪽 빨겠구나, 지로는 그런 생각을 했다.

눈치를 챘는지 아츠시가 나타났다. "한동안 못 보겠다"라고 말하고 거실에서 백 텀블링을 기똥차게 한 판 돌아주었다. 아츠시는 천진하게 박수를 쳐주었다.

친척이라고 해봐야 그야말로 잠시 잠깐 만나본 것뿐이지만, 지로는 나름대로 흐뭇했다. 한 핏줄인 사람들이 같은 하늘 아래 살고 있는 것이다.

다카시 형도 얼굴을 내밀었다.

"왜, 가려고? 오키나와에 가기로 결심했어?"

"응. 남쪽 섬에서 살아보는 것도 괜찮을 거 같아."

다카시 형은 말없이 다시 들어가더니 1분 만에 양손에 접시를 들고 나타났다.

"하나씩 먹고 갈래?"

두툼한 햄버거 위에서 치즈가 치지직 녹고 있었다. 포크를 햄버거에 꽂아 한 입 덥석 베어 물었다. 세 입에 다 먹었다. 모모코도 볼이 불룩하게 먹고 있었다.

"밥이랑 함께 먹으면 더 좋을 텐데……"라는 모모코.

"지금 바빠. 사치스런 소리 하지 마."

"너희는 진짜 속도 편하다." 다카시 형이 쓴웃음을 지으며 말했다. 무슨 뜻인지는 짐작할 수 없었다. 하지만 비아냥거리는 듯한 느낌은 전혀 없었다.

"자, 그럼." 지로가 손을 쳐들었다. 사촌 형제 셋이서 나란히 손을 들어주었다. 마치 인디언 같았다. 이제 새삼 바라보니 세 사람이 서로 붕어빵처럼 닮았다.

외할머니가 보시면 한사코 붙잡을 것 같아 살그머니 빌딩을 빠져나왔다. 몸을 돌려 건물을 올려다보았다. 마침 해가 저무는 시간이어서 유리창이 빨갛게 물들어 있었다.

모모코와 둘이 냅다 뛰어서 요츠야 3가 역으로 향했다. 도쿄도 오늘 밤으로 끝이다. 동쪽 하늘에서는 별이 빛났다.

32

집에 돌아오자 가재도구가 말끔히 사라지고 없었다. 유난히 넓게 느껴지는 거실을 알전구 하나가 밝히고 있었다. 아버지와 어머니는 방바닥에 도시락을 펼쳐놓고 있었다. 물은 페트병이었다.

"어라, 어서 와. 닭튀김 도시락이야. 아직 따끈따끈하니까 너희도 먹어라." 어머니가 말했다. 왠지 기분이 좋아 보였다. 게다가 한층 젊어진 것 같다.

흰밥이 그립던 참이라 얼른 뚜껑을 열었다. 조금 전에 햄버거 하나를 뚝딱 해치우고 왔지만, 여유 있게 싹싹 비워냈다. 모모코도 경쟁하듯이 먹어댔다. 페트병의 물을 꿀꺽꿀꺽 들이켰더니 단숨에 목구멍이 뻥 뚫리면서 가슴에 걸려있던 게 깨끗이 씻겨 내려가는 듯한 기분이었다.

방바닥에 다리를 쭉 뻗었다. 방석이 없었다. 게다가 커튼도 없어서 엉덩이 언저리가 서늘했다. 아키라 아저씨에게 받은 손목시계를 보았다. 오후 8시 가까운 시각이었다. 거실 귀퉁이에 이미 텔레비전은 없었다.

"엄마, 내 자전거는?"

"2천 엔에 팔았어."

겨우 2천 엔? 너무도 싼 값에 분개해서, 자전거를 어머니 마음대로 팔아버린 데 대해서는 미처 불만도 생기지 않았다. 지로는 벌떡 일어나 현관으로 향했다.

"준이네 집에 갔다 올게."

"이불도 없는데 거기서 하룻밤 자고 올래?"

거기에는 대답을 하지 않았다. 어머니는 어딘가 나사 하나가 빠져버린 것 같다.

집을 나서서 골목길을 걸었다. 습기가 피부에 휘감겨왔다. 고양이가 여기저기서 울어댔다. 오늘 밤은 유난히 울음소리가 요란하다. 뭔가 말을 걸어오는 것만 같았다.

준이네 세탁소는 아직도 간판의 전깃불이 켜졌고 창문 너머로는 아저씨가 러닝셔츠 차림으로 다리미질을 하고 있었다.

"준이 있어요?" 문을 열고 물어보자 아저씨는 얼굴이 헤벌쭉하게 풀어지며 "2층에 있어"라고 턱으로 가리켰다.

아는 집인지라 인사는 생략하고 2층으로 올라갔다. 준은 제 방 침대에서 만화를 읽고 있었다. 후덥지근한 날씨라 웃통은 벗은 채였다.

"야, 내가 실은……." 지로가 내일 도쿄를 떠난다는 이야기를 했다. 준은 새파래진 얼굴로 벌떡 몸을 일으켰다. "그렇게 빨리?" 뒤를 이을 말이 생각나지 않는다는 기색이었다.

"우리 집, 지금 아무 것도 없어. 가구고 뭐고 다 팔아 치워서 이불도 없다."

"진짜?"

"진짜로 진짜야." 지로가 웃었다. 어쩐지 자랑스럽기도 했다. 상식에서 벗어난다는 건 어딘가 유쾌한 일이었다. "내일 낮 비행기를 탄다는데, 거기 가서 살 집도 아직 정해지지 않은 것 같고, 앞으로 어떻게 되려는지 모르겠다, 우리 식구."

"너, 남의 일처럼 얘기한다?"

"무카이네 집에 안 갈래? 마지막으로 얼굴도 보고 싶고."

"그것도 괜찮긴 한데……." 준이 침대에서 내려왔다. 티셔츠에 팔을 꿴다. "너, 삿사한테도 인사 한마디쯤 하고 떠나라."

"삿사한테?"

"응. 오늘 네가 아동상담소에 간 뒤에 이것저것 물어보더라고. 언제 이사 가느냐, 이사 가는 곳의 주소는 아느냐 하고."

"흐응."

"삿사가 너 좋아해."

"……그런가?" 말을 하면서 왠지 얼굴이 달아올랐다. 조금쯤은 자부심도 들었다. 전혀 예상을 못했던 일은 아니었다.

"핫세가 그러는데, 삿사가 너를 5학년 때부터 좋아했대."

삿사의 얼굴이 떠올랐다. 또렷한 눈. 둥그스름한 볼.

"전화라도 해. 이대로 헤어지면 분명 후회할 걸?"

준의 입에서 후회라는 말이 나올 줄은 몰랐다. 준도 의외로 어른스러웠다.

준이 무선 전화기를 가져다줘서 방 안에서 걸었다. 심장이 두근거렸다. 여학생 집에 전화를 하는 건 태어나서 처음이었다.

삿사는 집에 없었다. 학원에 갔다고 아주머니가 친절하게 알려주었다.

"아, 그럼 와세다 거리에 있는 그 학원이야. 린조하고 같은 곳." 준이 장소를 알고 있었다. "지금 가보자."

준은 유난히 열심이었다. 어떻게든 친구를 도와주려는 눈치였다. 둘이서 준의 자전거를 타고 밤길을 달렸다. 티셔츠 밑으로 준의 등이 삐죽 나와 있어서 손가락으로 꼬집어주었다.

"야, 아파!" 준이 웃었다. 오늘 밤은 무슨 짓을 해도 화를 내지 않을 것 같다.

5분쯤 달려서 학원 앞에 도착했다. 마침 수업이 끝난 참인지 학생들이 인도에 몰려나와 있었다.

"어, 이런 시간에 왜 돌아다녀?"

린조가 지로와 준을 알아보고 말을 걸어왔다. 안경을 쓰고 있어서 깜짝 놀랐다. 둥글고 세련된 안경이었다. "웬일이냐, 안경 낀 거 처음 봤다." 지로가 손으로 안경을 가리키며 물었더니, 린조는 "밤에만 쓰는 거야"라고 부끄러운 듯 대꾸했다.

"지로가 내일 이사 간대"라는 준.

"뭐? 설마!" 린조의 얼굴색이 변했다.

"정말이야. 지로네 집, 벌써 가구도 다 치웠대."

"아, 그래서 일부러 나를 보러 왔구나." 애절한 말투였다.

"너는 그냥 온 김에 만나는 거고, 실은 삿사를 만나러 왔어"라는 준.

"아냐." 지로가 고개를 저었다. "린조, 너한테도 잘 있으라는 인사, 하고 싶었어." 다정한 마음으로 말을 건넸다. 사실 이렇게나마 린조를 만난 게 너무 반가웠다.

서서 이야기를 하고 있으려니 삿사가 학원에서 나왔다. 학교에서는 금지하는 리본을 머리에 꽂고 있었다. 가로등 불빛에 유난히 어른스럽게 보였다.

곧바로 지로를 알아보고, 깜짝 놀라면서 동시에 볼을 붉혔다.

"야, 가봐라." 준이 등을 떠밀었다.

"이런 바보, 넌 여기 있고"라는 준의 목소리. 린조가 따라오려고 한 모양이었다.

맥박이 빨라졌다. 뭐라고 해야지? 마음의 준비가 전혀 되어 있지 않았다.

"여어." 한 손을 쳐들었다.

"안녕?"이라는 삿사. 학교에서는 들어본 적이 없는 여성스러운 말투였다.

"나, 내일 이사 간다."

"진짜?" 삿사가 손으로 입을 덮었다. "송별회 하려고 핫세랑 상의하던 참이었는데……."

"우리 아버지가 원체 극단적인 사람이라서."

"그렇구나……."

"이제 학교에는 못 갈 거 같아서 그냥 인사라도 할까 하고."

"그래……."

삿사는 고개를 떨구었다. 갑작스런 일이라 뭐라고 말해야 할지 난감한 기색이었다.

"자, 그럼. 나, 간다."

"……응, 안녕." 삿사는 앞머리를 매만지며 한순간 지로를 빤히 쳐다보았다.

준과 린조가 있는 곳으로 돌아왔다.

"너, 뭐라고 했냐?"

"내일 이사 간다고."

"그 말만 했어?"

"그랬는데?"

"뭔가 플러스알파가 있어야지!" 준이 미간을 좁히며 말했다.

"그럼 무슨 얘기를 해야 하는데?"

"편지라도 하자든가, 그런 말을 하면 되지."

"아, 그렇군."

다시 삿사가 있는 곳으로 갔다. 자전거에 열쇠를 꽂고 있었다.

"삿사, 서로 편지라도 할래?"

"편지?" 삿사가 돌아보며 뺨을 붉게 물들인 채 미소를 지었다.

"응, 좋아."

"그쪽에 도착해서 자리가 잡히는 대로 내가 먼저 편지할게."

왠지 영화 같은 대사였다. 그래도 말이 술술 나온 스스로를 칭찬하고 싶은 심정이었다.

"고마워, 지로. 건강하게 잘 지내." 삿사가 하얀 이를 내보였다.

만족스러웠다. 이것이면 충분하다 싶었다. 초등학생이 이 이상 더 무엇을 할 수 있으랴.

발길을 돌렸다. 창피해서 준의 얼굴은 쳐다보지 않았다.

"자, 다음은 무카이네 집이다."

준의 자전거 짐칸에 올라탔다. 린조와는 여기서 헤어지기로 했다.

"너, 그 안경 아주 잘 어울린다."

"그러냐?" 콧등을 긁는다. 그리 싫지 않은 표정이었다.

"자, 그럼."

"응."

준이 자전거 페달을 밟았다. 한참 달리다 돌아보니 린조가 아직도 학원 앞에 서있었다. 그 뒤에서는 삿사가 이쪽을 바라보고 있었다. 달콤 씁싸래한 느낌이 가슴에서 뭉클거렸다.

삿사를 향해 손을 흔들었다. 삿사도 발돋움을 하고 마주 흔들어주었다. 그 앞쪽에서 린조도 손을 흔들고 있었다.

"혹시, 야반도주하는 거냐?"

무카이는 상당히 무례한 질문을 진지한 얼굴로 던져왔다.

"그런 거면 아무 말 없이 떴겠지. 바보!"

은근히 화가 나서 거칠게 대꾸했다. 그 참에 다리를 뻗어 툭툭 차주었다. 무카이의 방에서 셋이 둥그렇게 둘러앉았다.

"그나저나 이사를 가더라도 최소한 같은 반 친구들에게 인사 정도는 하고 가는 게 상식 아니냐? 과자 부스러기 하나라도 놓고서 말이지."

"닥쳐. 과자 부스러기는 무슨."

"예의는 소중한 것이니라."

무카이가 할아버지 같은 소리를 했다. "너, 사실은 초등학교 12학년이지?" 지로가 노려보자 무카이는 "오, 말재간이 제법 기특한데, 지로 군?"이라고 중년 아저씨처럼 껄껄 웃었다.

"그나저나 오늘 밤으로 작별이라니, 지로에게 전별금을 좀 줘어야겠지?"

무카이가 일어섰다. 책상 서랍에서 스위스제 군용 나이프를 꺼내왔다.

"동네 어린이회에서 캠프 갔을 때, 하나씩 나눠준 거야. 도쿄에서야 도통 쓸 일도 없을 테니, 너나 써라."

그다지 비싼 것 같지는 않았다. 나이프와 드라이버와 병따개가 달려있는 정도였다. 그래서 사양할 것 없이 고맙게 받기로 했다.

"답례로는 그 손목시계도 괜찮아." 지로의 왼팔을 손끝으로 가리키며 무카이가 넉살좋게 말했다.

"이건 안 돼. 아키라 아저씨가 준 거야."

그 참에 어선 한 척을 물려받았다는 이야기도 했다. 둘이서 바짝 몸을 내민다. "그러면 우리 지로가 호화 선박의 오너란 말이야?" 무카이가 존경의 눈초리로 바라보는지라 지로는 자존심이 빵빵하게 채워졌다.

"그렇다면 여름방학 때 기필코 놀러 가야겠네."

"응, 꼭 와. 편지할 테니까."

"나도 바다에서 헤엄치고 싶다. 벌써 3년 넘게 바다에 가본 적이 없어"라는 준.

"야, 나는 울 아버지 세상 뜨신 뒤로 당최 못 가봤다"라는 무카이.

"얼마나 아름다울까, 남쪽 바다는."

"응, 열대어가 살랑살랑 헤엄을 치겠지?"

잠시 오키나와 이야기를 했다. 물론 아무도 가본 적이 없는지라 전부 다 상상이었다. 오키나와로의 이사, 친구들과의 이별이 점점 더 현실감 있게 다가왔다. 내일이면 천 킬로미터나 떨어진 머나먼 곳으로 서로 헤어지는 것이다.

무카이네 할머니가 이마카와 야키(今川燒き. 묽은 밀가루 반죽에 팥 앙금을 넣어 작은 북 모양의 틀에 넣어 구운 빵. 도쿄 이마카와 지역의 명물—역주)를 간식으로 대접해주셨다. 일부러 나가서 사오신 모양이었다.

"그나저나 오늘 낮에 아동상담소에서 구로키를 만났어." 지로가 빵을 우물거리며 말했다. "나한테 말을 걸더라만, 싸악 무시해줬지."

"너무 쌀쌀맞게 하지 마. 그 녀석, 속으로는 항상 외로움을 타는 놈이야." 무카이가 눈썹을 여덟팔자로 만들며 말했다. 같은 모자가정이라는 속사정도 있어서 무카이는 구로키에게 항상 동정적이었다.

"웃기지 마. 몇 번이나 우리를 배신한 녀석이야. 가쓰의 부하잖아."

"아냐, 밥 한 번 사줬다고 졸졸 따라다닐 만큼 여리고 순정적인 놈이야."

"그건 아니지. 가쓰가 무서워서 그러는 것뿐이야."

"그렇게 말 하지 마. 그보다, 마지막이니까 전화라도 한번 해줘라. 그 녀석, 실은 지로 너를 좋아한단 말이야."

좋아해? 나를? 말도 안 된다. 하지만 또 다른 생각이 떠올랐다. 똑바로 살아라, 라는 충고를 꼭 해주고 싶었다. 흠, 몇 마디 미운 소리를 해주고 떠나는 것도 나쁘지 않다. 구로키는 술집에 나가는 어머니 밑에서 살 수밖에 없는 애다. 이대로 나카노 중학교에 올라가 가쓰의 후배가 될 수밖에 없는 운명인 것이다.

지로는 전화를 들었다. 그래, 실컷 약을 올려주리라…….

33

구로키는 저희 아파트에 있었다. 어머니가 술집에 나가시니까 아마 혼자서 텔레비전이라도 보고 있었을 것이다. 지로가 수화기에 대고 이사한다는 말을 하자, 한순간 말이 막히더니 그 다음에는 욕을 하기 시작했다.

"네 얼굴 안 보게 되니 속이 다 시원하다." "오키나와 바다에서 상어한테 잡아먹혀라."

예상은 했었지만, 이렇게까지 싸움 조로 나올 줄은 몰랐기 때문에 지로도 불끈해서 맞대거리를 했다.

"너는 평생 가쓰 부하 노릇이나 해라." "물웅덩이에 빠져서 죽어라."

곁에서 듣고 있던 무카이가 "야, 마지막인데 그럴 거 없잖아?"라며 팔을 붙잡았다. 지로는 그 손을 뿌리치고 "어른이 되면 분명 조폭이겠네. 야, 참 훌륭한 장래다"라고 독설을 퍼부어 주었다.

"이 새끼, 당장 나하고 한판 붙어볼래?"

구로키가 나지막하게 을러댔다.

"병신, 누가 너 따위를 상대할까."

"삼십 초 만에 땅바닥을 설설 기게 만들어주지."

"귀 먹었냐? 너 따위는 상대 안 한다잖아."

"도망치려고? 이 겁쟁이, 내가 무섭지?"

"뭐라고?" 불끈했다. "내가 지금까지 한 번이라도 도망친 적이 있었냐?"

"그럼 결정됐어. 십 분 뒤에 선플라자로 나와."

"까불지 마. 나는 안 가."

"내가 몇 수 접어주지. 왼손으로만 싸울 거야."

"웃기시네."

"어어, 진짜로 겁쟁이구나. 좋아, 우에하라 지로는 중학생한테 왕따 당할까 봐 남쪽 섬으로 도망쳤다고 애들한테 실컷 광고해줄 게." 그야말로 사람을 바보로 취급하는 말투였다.

"뭐야, 이 새끼!"

녀석의 꾐수라는 걸 알면서도 자꾸 얼굴이 달아올랐다.

"그럼 와라. 기다릴 테니까."

어금니를 악물고 다음 말을 찾는 사이에 전화가 끊겼다. "왜 그래?"라는 두 사람의 질문에 지로가 설명해주자 무카이가 한마디 충고를 했다.

"그냥 놔둬. 구로키는 그런 말밖에 못하는 녀석이야. 저도 모르게 본심하고는 다른 소리를 해버린다고."

"아냐, 자전거 좀 빌려줘." 지로가 벌떡 일어섰다. "마지막으로 구로키를 실컷 패줄 거야."

도망쳤다는 소문이 나는 건 역시 굴욕적이었다. 게다가 마지막으로 한바탕 난장을 치고 떠나고 싶은 마음도 있었다.

"그만두라니까." 준도 말렸다.

"아니, 새는 떠나간 뒷자리가 깨끗하다는 말도 있잖아."

"야, 지로. 무슨 뜻인지 알고나 하는 얘기냐?" 무카이가 얼굴을 찌푸리며 바지를 잡아당겼다.

"괜찮아. 절대로 안 질 거야."

"아니, 그런 얘기가 아니잖아……."

지로는 방을 나섰다. "야, 너 진짜 가는 거야?" 무카이가 한숨 섞인 소리로 중얼거렸다. 계단을 내려서자 두 사람이 뒤를 따라왔다.

나카노 선플라자 뒤편에서 구로키가 기다리고 있었다. 무슨 속셈인지 오른손을 수건 같은 것으로 제 몸에 묶어놓았다. 자전거는 한 손으로 운전하고 온 모양이었다.

"뭐야, 저거? 정말 왼손으로만 하겠다는 거야?" 사람을 바보로 만드는 구로키의 태도에 지로는 점점 더 분통이 터졌다. "흥, 그래. 나야 좋지, 뭐." 거리를 줄여 정면에서 마주 바라보았다.

"여전히 단순하구나, 너는." 구로키가 입 끝을 치켜올리며 쓴 웃음을 지었다. 전화할 때와는 말투가 완전히 달랐다. 눈빛도 온화했다. "어, 무카이하고 구스다도 함께 왔냐? 그럼, 마침 잘 됐네. 너희한테도 좋은 구경을 시켜주지."

무슨 말을 하는 건지 알 수 없었다.

"뭐야? 칼이라도 품고 왔냐?"

"하참, 그게 아니야. 너하고는 안 싸워. 대결은 가쓰하고 한다."

"뭐?"

예상도 못했던 대꾸에 지로는 할 말을 잃었다. 준과 무카이도 미간을 좁힌 채 멀거니 서있었다.

"지금 가쓰네 집에 갈 거야. 지로, 네가 앞에 타. 나는 뒤다."

"왜 이야기가 이렇게 흘러가냐?"

"네가 나를 가쓰의 부하라고 생각한 채 이리오모테 섬인지 어딘지로 가버리는 건 진짜 신경질 나는 일이거든. 그래서 지로 네가 직접 보는 앞에서 가쓰와 결투를 해주려는 거야. 가쓰는 오른팔이 부러졌지? 이건 녀석과 똑같은 조건을 만들려는 거."

구로키가 묶어놓은 제 오른팔을 탁탁 쳤다. 거무스레한 얼굴에서 하얀 이가 내보였다.

"그런 거라면 처음부터 그렇게 말했어야지!" 지로가 고함을 내질렀다. 마음이 홀떡 바뀌어 새로운 감정이 물밀듯이 밀려왔다. 신바람이 뭉클뭉클 피어오른 것이다.

"자, 가자!"

구로키의 재촉에 자전거에 올랐다. 구로키는 뒤에 타더니 지로에게 몸을 딱 붙여왔다. 헤어 무스 냄새가 났다. 이 망할 녀석, 이라고 생각했다. 지로는 자전거를 힘껏 밟아댔다.

"어허, 애들은 이제 슬슬 잘 시간인데?"

뒤따라오던 무카이가 느긋하게 영감 같은 한마디를 날렸다.

지로는 웃었다. 구로키도 웃고 있었다.

"우리가 다 함께 때려눕힐까?" 라는 준.

"아니, 나한테 맡겨" 라는 구로키.

"상대가 팔이 부러지니까 아주 기세 등등이구나."

"닥쳐. 그래서 나도 한 손으로 싸운다잖아."

하지만 구로키는 화를 내지 않았다. 돌아보니 뭐에 들썩운 얼굴 같았다. 어째서 이제야 본 얼굴을 내미는 거야. 지로는 마음속으로 투덜거렸다. 좀 더 빨리 제 속마음을 보여줬으면 훨씬 더 사이좋게 놀았을 텐데.

가쓰네 집을 향해 좁은 골목길을 누비며 내달렸다. 손목시계를 보니 벌써 밤 10시 가까운 시각이었다. 경찰의 눈에 띄었다가는 틀림없이 보호조치를 당할 시각이었다. 하지만 대담한 마음이 들었다. 어떻게든 둘러댈 수 있을 것 같았다. 안 통한다면 달아나 버리면 그만이다.

건축자재장 한 귀퉁이에 있는 가쓰의 방은 푸르스름한 전깃불이 켜져 있었다. 창문에 붙여놓은 해골 스티커는 여전히 그대로였다. 구로키는 자전거에서 내리더니 심호흡을 한 번 하고는 천천히 걸음을 옮겼다.

자갈 밟는 소리를 들었는지 창문으로 사람 그림자가 움직이는 게 보였다. 지로의 목구멍이 꿀꺽 소리를 냈다.

창문이 드르륵 열렸다. 가쓰가 얼굴을 내밀었다. 오른팔을 삼각건으로 고정해놓고 있었다.

"응, 구로키냐?" 나지막한 소리였다. 동시에 지로와 친구들이 같이 온 것을 깨닫고 표정이 험악해졌다. "뭐야, 저놈들?" 딱딱거리는 목소리를 내며 네 사람을 차례차례 노려보았다.

"가쓰 형, 나하고 가볍게 한 판 붙죠?"

구로키가 가슴을 젖히고 말했다. 각오를 단단히 했는지 그 열기가 지로에게도 그대로 전해졌다. 구로키의 팔다리가 평소보다 길게 보였다.

"뭐야, 이 새끼. 아직도 잠이 덜 깼냐? 잠꼬대는 이불 속에서나 해."

"괜찮습다, 애들은……." 지로 일행을 턱으로 가리켰다. "그냥 구경꾼이에요. 그리고 나도 왼손만 쓸 거고. 이거 봐요, 꽁꽁 묶어놨잖습까?"

말투가 제법 깡패스러운데? 지로는 그런 생각을 했다. 구로키는 정말로 불량기가 한층 성숙해져 있었다.

"바보 새끼, 그딴 걸로 조건이 맞춰지냐? 나는 석고를 처발랐다고. 다 나은 다음에 와. 그러면 네가 원하는 만큼 실컷 놀아주지."

"그게 그렇게는 안 되겠습다. 나도 바쁜 몸이라서요. 이봐요, 가쓰 형. 상대 좀 해주시죠. 형이 항상 그랬잖습까, 싸움은 내일로 미루지 말라고."

"까불고 있어, 이 초딩이가!"

가쓰가 얼굴을 붉혔다. 흉포한 중학생으로 얼굴이 바뀌는 순간이었다. 이미 익숙해지기는 했지만, 매번 심장이 써늘해졌다. 창문을 훌쩍 뛰어넘어 슬리퍼를 신은 채로 바깥으로 나왔다.

"너도 진짜 지긋지긋한 놈이다. 덤볐다가 사과하고 또 덤볐다가 사과하고. 이번에는 절대로 용서 안 해준다."

"괜찮습다. 이제 절대로 사과는 안 할 거니까." 구로키가 조용히 말했다.

가쓰의 얼굴이 한층 더 붉어졌다. 분노가 한계를 넘어선 표정이었다. 왼손을 뒤로 감추고 있었다. 어두워서 잘 보이지 않았지만, 몽둥이 같은 것을 들고 있었다.

"구로키, 조심해. 뭔가 들고 있어"라는 지로.

"알아. 경봉이지? 늘 그래."

두 사람이 마주 서서 슬금슬금 간격을 좁혀나갔다. 금속음이 나면서 가쓰의 경봉이 50센티미터쯤 쭉 뻗었다.

"가쓰, 비겁하다!" 지로가 소리쳤다.

"닥쳐. 어른한테 일러바치고, 다친 사람한테 덤비고. 그런 주제에 비겁하기는 무슨!" 가쓰는 땅바닥을 박차더니 경봉을 휘두르며 구로키에게 덤벼들었다.

머리에 명중했다. 휘익 소리를 내며 허공을 가른 경봉이 무방비 상태의 구로키 머리에 정통으로 맞은 것이다.

"뭐하는 거야, 구로키!"

지로는 제 눈을 가렸다. 구로키가 오른손이 묶여있다는 것을 깜빡 잊고 그 손으로 경봉을 막으려고 했던 것이다.

으아, 안 돼! 마음속으로 부르짖었다.

구로키가 머리를 부여잡고 뒷걸음질을 쳤다. 지로는 저도 모르게 몸을 날렸다.

가쓰를 향해 온몸으로 들이박았다. 오른편에서 들어갔기 때문에 가쓰는 신음소리와 함께 오른팔을 부여안고 땅바닥을 데굴데굴 굴렀다. 고통으로 얼굴을 찌푸리고 있었다.

쫓아가서 발차기를 먹였다. 가쓰가 벌렁 누워서 다시 뒹굴었다. 지로는 자신이 한 짓에 놀랐다.

"야, 지로, 너는 빠져. 내 체면이 뭐가 되냐고!"

구로키가 어이없다는 목소리로 외쳤다.

"알았으니까 이제 그만 됐어. 구로키 너는 가쓰의 부하 아냐."

"그렇게는 안 되지. 일대일이 아니면 아무 의미도 없어."

"이제 됐다니까!"

어깨 힘이 스르르 빠져나갔다. 어쩐지 아무려나 상관없다는 기분이 들었다. 가쓰 따위, 굳이 정정당당하게 싸울 만한 상대도 못 된다.

지로는 바닥에 쓰러진 가쓰에게 다가가 경봉을 빼앗으며 "네가 나빠"라고 말했다. "애초부터 시비를 걸어온 건 너였고 우리쪽은 정당방위였어."

"지로, 이 새끼! 내 팔뼈가 붙으면 제일 먼저 네 놈 팔부터 분질러줄 거야." 가쓰가 거친 숨을 몰아쉬며 말했다.

"좋아. 언제든지 와. 근데 이 몸이 내일이면 이리오모테 섬에 가 있거든? 비행기하고 뱃삯을 두둑이 준비해야 할 거야."

가쓰가 미간을 좁혔다. 무슨 말인지 모르겠다는 표정이었다.

"나, 이사 가. 남쪽 섬으로. 그러니 이제 더 이상 만날 일도 없을 거다."

가쓰가 몸을 일으켰다. 이를 악물고 일어선다.

"지난번에 네 팔을 부러뜨린 아저씨, 기억나지? 그 아저씨는 사람을 죽이고 형무소에 들어갔지만, 그 친구들이 이 근처에 득실득실해. 또 다시 문제가 생기면 그 아저씨들한테 부탁할 거니까 알아서 해."

허풍을 좀 쳤다. 무섭게 겁을 주어야지 안 그러면 앞으로 준과 구로키가 걱정이다.

가쓰는 말없이 노려볼 뿐이었다. 대충 먹혀든 것 같았다.

"한마디로 우리한테는 앞으로 시비 걸지 말라는 얘기야. 너도 매번 초딩들하고 싸우는 거, 영 꼴사나울 거 아냐?"

말을 하면서 지로는 경봉을 휘둘러보았다. 휘잉휘잉 하고 바람을 가르는 소리가 났다.

가쓰와 눈이 마주쳤다. 뺨을 파르르 떨고 있었다. 갑자기 잔혹한 마음이 일었다.

지로는 경봉을 가쓰의 이마를 향해 내리쳤다.

가쓰가 왼손으로 머리를 감싸며 주저앉았다.

"야, 지로, 너 뭐하는 거야!" 구로키가 눈을 둥그렇게 떴다.

"귀찮으니까 다 합세해서 해치워 버릴까 보다."

어르고 달래는 것도 귀찮다는 생각이 들었다. 어차피 이게 마지막인 것이다. 지로는 이제 떠나야 했다. 울어도 소용없고 악을 써도 소용없었다.

"무슨 소리야, 지로? 이제 너하고는 상관도 없어."

"아니, 상관이 있어도 크게 있어. 내가 이걸로 몇 번이나 맞은 줄 알아?"

"야, 제발 그만 좀 해." 가쓰가 불쑥 내뱉었다. "너희들, 정말 끈질기다. 끈질겨. 초딩들이 왜 이래, 진짜? 중학생이 큰소리를 치면 좀 숙여주는 맛이 있어야지. 이건 뭐, 대들고 또 대들고, 어휴."

"네가 먼저 만 엔을 가져오라, 자전거로 모시러 와라, 그런 말도 안 되는 요구를 하니까 그렇지."

"야, 그까짓 만 엔, 다른 애들은 대개 군소리 없이 내주더라. 그러면 나도 잘 봐줬을 거라고."

"우리가 왜 그런 돈을 내줘?"

"그러니까 빨랑 꺼지라잖아! 너희 같은 놈들, 꼴도 보기 싫어."

가쓰는 얼굴이 시뻘게져 있었다. 컴컴한 어둠 속이었지만 눈에 핏발이 선 것까지 보였다. 굴욕감을 필사적으로 견디는 듯한 눈치였다.

"그럼 내 농구 공 돌려줘." 뒤에서 준이 말했다.

가쓰가 눈을 치뜨고 발걸음을 돌렸다. 제 방으로 돌아가더니 준의 농구공을 창문 밖으로 던져주었다. 자갈 위를 통통 튀어 공이 준 앞에까지 굴러왔다. 창문이 닫히고 커튼도 닫혔다.

"어이, 그만 가자." 무카이가 말했다.

"응, 그러자."

지로는 밤하늘을 향해 경봉을 힘껏 내던졌다. 바통처럼 빙글

빙글 돌면서 하늘 높이 쑥쑥 올라갔다. 그 뒤편에는 달이 덩그렇게 떠있었다.

내일 밤에는 저 달을 머나먼 남쪽 섬에서 바라보는 걸까? 그 생각을 하니 신기하기만 했다.

"뭐야, 멋진 역할은 지가 다하고!"

구로키가 묶었던 팔을 풀고 자전거에 올라탔다.

"내가 덤비지 않았으면 구로키 너, 더 맞았을 거라고."

뒤에 타면서 지로는 구로키의 어깨에 손을 얹었다.

"흥, 그 다음 순간에 이 몸의 멋진 하이 킥이 가쓰의 옆얼굴에 작렬할 참이었어."

"말은 잘 한다."

구로키의 옆구리를 간질였다. 둘이서 웃었다.

마음이 환하게 밝았다. 어쩐지 온몸이 가뿐해진 느낌이었다. 구로키도 똑같은 기분인지 자전거를 마구 지그재그로 몰았다. 다른 두 친구도 연신 싱글벙글이었다.

가쓰를 해치웠다! 몸속 깊은 곳에서 실감이 밀려 나왔다. 지레 겁에 질려 벌벌 떨었던 때를 생각하면 정말 기적 같은 결말이었다.

맨 먼저 사거리에서 무카이와 헤어지게 되었다.

"지로 군, 부디 강녕하시게."

너, 솔직히 불어. 실은 어른이지? 마음속으로 그렇게 물었다.

"가끔 전화해서 그쪽 이야기 좀 들려다오."

"응, 알았어."

무카이는 손을 흔들고는 등을 돌렸다. 잠시 그 등을 배웅했다. 인생 최초로 맛보는 친우와의 이별이었다.

셋이서 골목길을 빠져나왔다. 구로키가 집에까지 데려다준다고 해서 그러자고 했다.

이어서 준과 이별할 시간이 다가왔다. '구스다 크리닝' 앞에서 자전거를 세웠다. 창문이 열리더니 아주머니가 얼굴을 내밀고 소리쳤다. "왜 이렇게 늦었어? 지금 몇 신 줄 알아?" 이마를 잔뜩 찌푸리고 있었다.

"무카이 때문에요. 자꾸 잡더라고요"라는 지로. 일단 모범생인 무카이 탓으로 해두는 게 유리했다.

"빨리 들어와서 목욕해. 네가 꼴찌야."

"응, 알았어." 준이 농구공을 안고 뒷문 쪽으로 달려갔다. "지로, 그럼." 한 번 돌아보고 손을 흔들었다. "그래." 지로도 손을 마주 흔들었다.

마치 내일 또 만날 사람 같은 인사였다.

너무 무덤덤해서 슬며시 김이 빠졌다. 하긴 이런 이별도 괜찮네, 준다워서. 영화 대사 같은 인사를 했다면 지로도 얼굴이 근질거렸을 것이다.

가장 긴 시간을 함께 보낸 친구가 준이었다. 유치원 때부터 날이면 날마다 함께 놀았다. 학교에서도 집에서도. 가진 옷도 읽은 만화도 시험 점수도, 서로 전부 다 알았다.

"야, 지로!"

준의 목소리였다. 돌아보니 창문으로 고개를 내밀고 있다.

"나한테도 전화해야 돼."

"알았어."

"빨리 목욕하라니까!" 안쪽에서 아주머니의 날카로운 목소리가 울리는 것과 동시에 준의 얼굴이 쏙 들어갔다. 복도를 두두두 내달리는 소리가 들렸다.

따스한 기분이 되었다. 이별은 쓸쓸한 것이 아니다. 서로 만나 함께 어울리다가 와 닿게 된 결승점이다.

다시 자전거를 달렸다.

"좋겠다, 넌. 남쪽 섬에도 가고."

구로키가 한숨을 섞어 말했다.

"놀러가는 게 아냐. 거기서 살아야 해."

"그래서 더 부러워."

그 말을 듣고 퍼뜩 생각이 났다. 지난번에 둘이서 에노시마까지 가출했을 때, 구로키는 "이런 나라, 얼른 탈출할 거야"라고 했었다.

"또 가출할 거면 우리 집으로 와라." 지로가 말했다.

"좋지! 편지나 전화나, 뭐든 좋으니까 꼭 연락해."

"지난번에 에노시마에 갔던 거, 진짜 재밌었어."

"응, 재밌었지. 가출을 네 번 했는데, 그때가 제일 재밌었어."

잠시 그날 일을 떠올리고 한숨을 내쉬었다. 이토록 무방비 상태의 구로키는 지금 처음 보았다는 생각이 들었다. 신경을 곤두세우지 않은 온순한 구로키가 눈앞에 있었다.

구로키는 어떤 어른이 될까. 얼굴도 잘 생기고 몸매도 근사하니까 혹시 유명한 영화배우가 될지도 모른다. 아니, 의외로 평범한 공무원이나 친절한 점원, 아니면 운전기사가 될지도 모르지.

눈 깜빡할 사이에 지로의 집에 도착했다. 자전거에서 내려 구로키의 등을 툭툭 쳤다.

"자, 그럼."

"응, 잘 지내라."

가볍게 손을 쳐들더니 밤길을 사라져간다.

준 이상으로 깨끗한 이별이었다. 하지만 나쁘지 않았다. 센티멘털한 기분에 빠지는 건 대부분 어른들이다. 어린이에게는 과거보다 미래가 훨씬 더 크다. 센티멘털한 기분에 빠질 틈이 없는 것이다.

지로에게 회한은 없었다. 오늘 밤, 친구들을 모두 만난 것만으로도 대만족이었다.

길고 긴 하루였어. 현관 앞에 우두커니 서서 혼잣말을 흘렸다. 이 동네와도 이별인가. 가볍게 심호흡을 하고 주위를 둘러보았다. 괜찮아, 언젠가 돌아올 수 있어. 앞으로 6, 7년이면 나 혼자 어디든 갈 수 있으니까.

이제 곧 열두 살이 된다. 이제 곧, 더 이상 어린애가 아니게 된다. 몸이 변해가는 게 하루하루 느껴졌다. 인생 최초의 문이 활짝 열리는 게 실감으로 느껴졌다.

지로는 도쿄의 밤하늘을 향해 키를 쭈욱 늘였다. 팔이 쭉쭉 늘어나 별에 닿을 것 같은 착각이 들었다.

내일은 오키나와다. 새로운 세계에 발을 내딛는 것이다.

2권에 계속

남쪽으로 튀어! 1

1판 1쇄 인쇄 2006년 7월 15일
1판 39쇄 발행 2025년 4월 1일

지은이 · 오쿠다 히데오
옮긴이 · 양윤옥
펴낸이 · 주연선

총괄이사 · 이진희
편집 · 심하은 백다흠 강건모 이경란 최민유 윤이든 양석한
디자인 · 김서영 이지선 권예진
마케팅 · 장병수 최수현 김다은
관리 · 김두만 유효정 신민영

(주)은행나무
04035 서울특별시 마포구 양화로11길 54
전화 · 02)3143-0651~3 | 팩스 · 02)3143-0654
신고번호 · 제 1997-000168호(1997. 12. 12)
www.ehbook.co.kr
ehbook@ehbook.co.kr

ISBN 978-89-5660-161-8 03830
　　　978-89-5660-160-1 (세트)

• 이 책의 판권은 지은이와 은행나무에 있습니다. 이 책 내용의 일부 또는 전부를 재사용하려면 반드시 양측의 서면 동의를 받아야 합니다.

• 잘못된 책은 구입처에서 바꿔드립니다.